UN DÉFENSEUR POUR ZARA

UN DÉFENSEUR POUR ZARA (MERCENAIRES REBELLES, TOME 6)

SUSAN STOKER

DU MÊME AUTEUR

Autres livres de Susan Stoker

Mercenaires Rebelles

Un Défenseur pour Allye

Un Défenseur pour Chloé

Un Défenseur pour Morgan

Un Défenseur pour Harlow

Un Défenseur pour Everly

Un Défenseur pour Zara

Un Défenseur pour Raven

Ace Sécurité

Au Secours de Grace

Au Secours d'Alexis

Au Secours de Bailey

Au secours de Felicity

Au secours de Sarah

Forces Très Spéciales Series

Un Protecteur Pour Caroline

Un Protecteur Pour Alabama

Un Protecteur Pour Fiona

Un Mari Pour Caroline

Un Protecteur Pour Summer

Un Protecteur Pour Cheyenne

Un Protecteur Pour Jessyka

Un Protecteur Pour Julie

Un Protecteur Pour Melody

Un Protecteur pour l'avenir

Un Protecteur Pour Les Enfants de Alabama

Un Protecteur Pour Kiera

Un Protecteur Pour Dakota

Forces Très Spéciales : L'Héritage

Un Sanctuaire pour Caite

Un Sanctuaire pour Brenae

Un Sanctuaire pour Sidney

Un Sanctuaire pour Piper

Un Sanctuaire pour Zoey

Un Sanctuaire pour Avery

Un Sanctuaire pour Kalee

Hawaï : Soldats d'élite

Un paradis pour Élodie (Apr 2021)

Un paradis pour Lexie (Aug 2021)

Un paradis pour Kenna (Oct 2021)

Un paradis pour Monica

Un paradis pour Carly

Un paradis pour Ashlyn

Un paradis pour Jodelle

Delta Force Heroes Series

Un héros pour Rayne

Un héros pour Emily

Un héros pour Harley

1

—

— Ils leur mettent une raclée ! On doit faire quelque chose !
s'exclama Gabriella.

— Nous ne pouvons pas encore y aller, ils vont se
retourner contre nous, répondit Mags patiemment, pourtant
son regard était inquiet.

Personnellement, Zara n'était pas sûre qu'il fallait aller
aider les deux hommes qui se faisaient tabasser. En grandis-
sant comme elle l'avait fait, dans les *barrios* pauvres de Lima,
au Pérou, elle avait appris à toujours prendre soin d'elle en
premier. Tout le monde et tout le reste passaient après son
besoin inné de survivre. Cependant, elle ne pouvait pas
s'empêcher de se sentir mal à l'aise face aux hommes qui se
faisaient rosser à quelques mètres de là.

C'était le milieu de la nuit et les femmes avaient observé
de loin deux soldats de l'armée péruvienne se préparant à
mener un raid sur l'une des maisons avec une équipe
américaine.

Jadis, Zara aurait peut-être fait tout ce qu'elle pouvait
pour attirer l'attention de ces Américains. Maintenant, la

seule chose qu'elle voulait, c'était s'enfuir et rester en sécurité.

Mais parce qu'elle aimait et respectait Mags, le chef de leur groupe hétéroclite, elle resta derrière les femmes blotties autour de la porte de la bicoque et regarda deux Américains se faire tabasser par une bande de brutes qui vivaient dans le *barrio,* leur maison, comme ils l'appelaient. Personne ne défiait ostensiblement ces hommes, néanmoins Mags et son groupe faisaient de leur mieux pour leur résister en silence et en secret.

Mais le fait que les hommes aient commencé à kidnapper des enfants pour les vendre à Roberto del Rio, le chef notoire et impitoyable du plus grand réseau de trafic sexuel du Pérou, avait changé les choses. Mags n'allait pas tolérer cela. Pas question.

Écartant ses cheveux bruns et courts de ses yeux, Zara se nota mentalement de les couper rapidement. Ils devenaient trop longs et la dernière chose qu'elle voulait, c'était que quelqu'un la regarde et comprenne qu'elle était une femme. En fait, avec ses cheveux courts, sa petite taille, ses seins bien bandés contre sa poitrine et sa petite taille, les gens voyaient l'image qu'elle voulait donner. Celle d'un adolescent pauvre et sale nommé Zed. Elle avait travaillé dur au fil des ans pour cultiver cette image et, bien que Mags ait en quelque sorte vu à travers son déguisement en une fraction de seconde, la plupart des gens se faisaient berner.

Et c'était très bien ainsi. Car le subterfuge lui avait permis de survivre ces quinze dernières années dans les rues et les *barrios* de Lima. Elle se souvenait de sa vie d'avant. Elle ne voulait pas s'en souvenir. Cette vie était partie pour de bon. C'était ça, sa vie, maintenant.

— Ils s'enfuient, chuchota Teresa en espagnol. Quelque chose a dû les effrayer.

— Ils sont toujours en vie ? demanda Gabriella.

— Je ne… Attends, oui. Celui qui est le plus proche de nous vient de bouger un pied, dit Teresa.

— OK, on doit faire vite.

Ça, tout le monde le savait déjà. Ce n'était pas la première fois qu'elles redoublaient d'efforts pour aider une pauvre âme qui avait eu le malheur d'attirer l'attention de ce gang brutal.

— On va choper le premier gars, le ramener ici, puis Zed pourra le charger pendant que les autres retourneront chercher l'autre.

— Pourquoi on ne les laisse pas là ? voulut savoir Bonita.

La question avait aussi traversé Zara, même si elle ne l'aurait jamais posée. Les blessés étaient des étrangers. Ils n'étaient même pas d'ici. Ils n'étaient pas du *barrio*, alors pourquoi risquer leur vie pour eux ?

— Parce qu'ils sont ici pour essayer d'aider, déclara Mags avec fermeté. Ils ne savent évidemment pas que les militaires sont corrompus. Ils ne savent pas que leur mission était d'emblée vouée à l'échec, simplement parce que ces soldats empochent de l'argent de Del Rio. Si l'un de ces hommes était des nôtres, un homme bon qui se bat contre les maux du monde au lieu de travailler pour Satan, tu voudrais qu'il meure comme ça ?

Elles se turent toutes.

Zara avait passé beaucoup de temps avec les femmes qui l'entouraient. Elle leur faisait confiance. Elles connaissaient toutes intimement la souffrance.

Maria avait vingt-neuf ans et venait du Mexique. Elle avait été mariée à quinze ans et avait fui son mari violent quelques années plus tôt. Elle s'était retrouvée sans le sou et seule au Pérou, où Mags l'avait prise sous son aile.

Bonita et Carmen avaient respectivement trente-deux et trente-cinq ans. Elles avaient toutes deux été vendues à douze ans par leur propre famille à Roberto del Rio. Elles étaient « retraitées » du service de del Rio depuis environ cinq ans et avaient passé la plupart de ce temps avec Mags.

À vingt et un ans, Gabriella était la plus jeune de leur groupe et avait grandi dans le quartier, tout comme Zara. Elle avait réussi à éviter d'être « recrutée » par del Rio, mais seulement par pure chance et parce que Mags avait fait de son mieux pour la tenir cachée des éclaireurs qui fréquentaient la région. Teresa, qui venait du Brésil, était avec le groupe depuis environ six mois. Elle avait été « virée » par del Rio et livrée à elle-même.

Il était intéressant de noter que personne ne connaissait l'histoire de Mags... mais il était évident que c'était elle qui avait le plus souffert. Aimable avec les membres de son équipe hétéroclite, elle faisait de son mieux pour aider les autres, mais elle ne parlait jamais d'elle-même ni de la façon dont elle avait fini par devenir en quelque sorte la mère adoptive d'un groupe de femmes brisées et désespérées.

Tout le monde secoua la tête en réponse à sa question. Si les Américains étaient des « hommes bien », comme Mags l'avait affirmé, alors non, elles ne voulaient pas qu'ils souffrent aux mains de la plus méchante brute du *barrio*, Ruben, et de sa bande.

— C'est vrai. À trois, nous allons toutes sortir et ramener le premier homme. Teresa, tu es responsable de l'élimination des traces que laissera son corps quand on le traînera. Comme ça, si le gang revient, ils ne sauront pas où il est passé. Zed, tu prépares l'ambulance.

Zara hocha la tête et se tourna vers l'engin qu'elles qualifiaient d'ambulance. Il s'agissait en fait d'un vieux vélo branlant auquel on avait accroché une caisse sur roues tout aussi vieille. Elle avait un couvercle à charnière avec des objets placés stratégiquement sur le dessus. Des boîtes de conserve, des morceaux de bois et de métal, des déchets... tout ce qui pouvait faire que quelqu'un qui y jetterait un coup d'œil n'y regarderait pas à deux fois. Mais sous ce couvercle à charnière se trouvait une caisse vide, assez grande pour transporter un être humain à travers les rues et les *barrios* de Lima.

L'ambulance n'aurait pas résisté à une inspection approfondie de la police ou de l'armée, mais au premier coup d'œil, elle ressemblait à un énorme tas d'ordures. Zara s'assura que les détritus sur le couvercle étaient bien fixés, puis elle testa la connexion entre la boîte et le vélo. La dernière chose qu'elle voulait, c'était que la chose se détache pendant qu'elle se rendait chez le médecin.

Zara avait rencontré Daniela Alvan par l'intermédiaire de Mags. Daniela avait une trentaine d'années et était ce qui ressemblait le plus à un médecin dans le *barrio*. Elle avait aidé plus de femmes que Zara ne pouvait en compter. Si sa spécialité était la profession de sage-femme, elle recousait régulièrement et soignait les blessures aussi bien au couteau que par balle. Discrète, Daniela vivait dans une petite maison près du *barrio* dont Zara avait fait son quartier. Elle avait de vrais murs en briques et l'eau courante, deux luxes dont la plupart des habitants de la région étaient privés.

Daniela avait souvent permis à « Zed » de l'aider, en faisant des courses et en lui permettant de surveiller et d'aider pendant qu'elle soignait les patients. En conséquence, Mags considérait désormais Zed comme le médecin particulier de leur petit groupe.

Mais elles savaient toutes deux que les hommes qui avaient été frappés auraient besoin de plus d'aide que de celle que Zara pouvait leur apporter. Elle les emmenait donc chez Daniela, qui s'assurerait qu'ils ne souffraient pas d'hémorragie interne, puis les rendrait à leurs amis américains afin qu'ils puissent recevoir le traitement médical approprié dont ils avaient probablement besoin.

Cependant, leur premier objectif était de les éloigner de

la zone. Du gang qui détestait tous les étrangers et qui reviendrait pour s'assurer qu'ils étaient bien morts – une fois passé le danger qui les avait effrayés. Ils fouilleraient chaque taudis jusqu'à les trouver, c'est pourquoi Zara s'assurait que leur « ambulance » était prête à partir.

Quelques secondes après avoir vérifié les roues du vélo et de la remorque, elle sursauta lorsque les femmes apparurent brusquement à la porte. Elles traînaient un homme qui semblait déjà mort, la tête renversée en arrière et les yeux fermés.

— Traînez-le jusqu'à la remorque, ordonna Mags.

Elles durent se mettre à quatre pour le déplacer et Zara ne savait pas comment Daniela et elle allaient pouvoir le faire sortir de la brouette toutes seules, mais elle n'avait pas le temps de s'en inquiéter pour l'instant. Aidée de Mags, elle maintenait la remorque en place pendant que les autres se battaient pour hisser le corps de l'homme inconscient par-dessus le rebord de la caisse en bois. Il était grand et musclé, ce qui rendait leur manœuvre d'autant plus difficile.

Lorsqu'elles y parvinrent enfin, Zara le contempla d'un air consterné. Elles avaient déjà pu transporter deux personnes dans la remorque, mais l'Américain était immense. Zara estimait que debout, il la dépasserait d'au moins trente centimètres. Même après l'avoir placé sur le côté, en position fœtale, il était évident que l'homme n'allait pas tenir dans le petit espace qui restait.

— Ruben et Marcus reviennent ! siffla Bonita.

Elle regardait entre les lattes de bois de ce qui leur servait de porte rudimentaire.

— Ce qui veut dire qu'Eberto, Alfonso et le reste de la bande ne tarderont pas, prédit Gabriella.

Elles le savaient toutes.

— Merde, murmura Mags dans un souffle. On n'a plus le

temps. On ne peut pas sortir et aller chercher l'autre Américain. Zed, tu es prêt ?

Zara fit un signe de tête. Elle jeta un dernier coup d'œil à l'homme blessé au fond de la remorque. Il avait les cheveux bruns, une barbe d'un jour, et avait été dépouillé de sa chemise, de son pantalon et de ses chaussures par les hommes qui l'avaient battu. Il portait un maillot de corps ensanglanté et déchiré, ainsi que son caleçon.

Voir l'homme en sous-vêtements éveilla en elle un sentiment de pitié, chose inhabituelle pour Zara. Elle s'efforçait autant que possible de rester loin des hommes. Elle avait appris longtemps auparavant qu'ils n'apportaient que des ennuis.

Mais voir cet Américain si gravement blessé, savoir que c'était à elle de lui trouver de l'aide, ça la rendait anxieuse. Elle pouvait le ramener directement à ses amis américains, mais elle soupçonnait que les deux soldats corrompus l'accuseraient de l'état de leur compatriote et l'arrêteraient. Et qui savait s'ils l'aideraient vraiment ?

Non, la meilleure solution était de l'amener à Daniela. La doctoresse pourrait s'assurer qu'il reste en vie, puis elles trouveraient quoi faire de lui ensuite. Elle le mettrait peut-être en garde quant au genre d'hommes avec lesquels son équipe travaillait. Tout le monde dans les *barrios* savait que beaucoup des salauds qui œuvraient dans la première brigade des forces spéciales de l'armée péruvienne étaient corrompus, travaillant de mèche avec del Rio et toute autre personne suffisamment riche pour les payer afin qu'ils détournent les yeux quand quelque chose d'illégal se produisait. Ils faisaient régulièrement des rondes dans les *barrios* et rossaient tous ceux qui osaient leur répondre ou les regarder de travers.

Le couvercle fut abaissé et les femmes s'affairèrent sur les objets qui camouflaient la caisse. Lorsqu'elles trouvèrent qu'elle ne ressemblait à rien d'autre qu'à un tas d'ordures, elles s'écartèrent.

Mags s'approcha de Zara alors qu'elle montait sur le vélo. Elle tendit une main pour exercer une pression l'épaule de Zara.

— Fais attention, lui souffla-t-elle en anglais.

Lorsque Mags avait trouvé « Zed » cinq ans plus tôt et découvert que l'anglais avait jadis été sa langue maternelle, elle s'était donné pour mission d'aider Zara à la pratiquer tous les jours. Elle l'avait prise sous son aile et lui avait offert ce qui s'apparentait le plus à une famille et un sentiment de sécurité depuis une décennie. Il n'y avait rien que Zara ne ferait pour Mags et si cette dernière voulait qu'elle réapprenne l'anglais, elle le ferait.

Zara acquiesça.

— Reste avec Daniela aussi longtemps que nécessaire, ordonna Mags. Ne reviens pas ici tant que nous ne savons pas si la situation est sûre. Del Rio enlève des garçons et des filles de plus en plus jeunes, mais des gosses qui ressemblent à des adolescents disparaissent encore. Compris ?

— Oui.

Zara ne parlait pas beaucoup. Elle avait découvert il y a longtemps qu'elle mémorisait beaucoup plus en écoutant. Et comme elle avait appris l'espagnol à l'oreille, elle se sentait gênée de le parler, malgré sa facilité d'expression.

— J'attends ton rapport dès que tu le peux et pour ce qui est de rendre l'homme à ses amis, je te laisse juge, termina Mags. Et puis... bien que nous n'ayons aucune idée du genre d'homme dont il s'agit, tâche de te rappeler qu'ils ne sont pas tous mauvais. Il y en a des nobles et des gentils.

Zara acquiesça, même si elle n'était pas sûre de croire Mags, pourtant plus âgée qu'elle. Elle avait vu le pire de ce que l'humanité pouvait offrir. Elle avait vu des hommes voler littéralement de la nourriture dans les mains de bébés, pousser des hommes âgés à terre en traversant une rue. Et, bien sûr, il y avait la corruption rampante au sein de la police et des forces militaires pourtant censées protéger les citoyens du Pérou.

Un souvenir tenace au fond de son esprit tenta de refaire surface. Le souvenir d'un homme dont les bras étaient l'endroit le plus sûr qu'elle ait jamais connu. Un homme qui sentait l'après-rasage et le savon, qui pouvait la faire rire et qui rayonnait de fierté lorsqu'il lui souriait.

Mais à la seconde où ces souvenirs essayèrent de s'insinuer dans son esprit, Zara les écarta impitoyablement. Cette partie de sa vie avait disparu. Il ne servait à rien de s'en souvenir ou de souhaiter quelque chose qu'elle ne pourrait jamais retrouver.

— Vas-y, maintenant, et rappelle-toi : pas de précipitation. Sinon, tu attireras l'attention sur toi. Va lentement, arrête-toi de temps en temps pour ramasser quelque chose par terre. Fais comme si de rien n'était et personne ne prêtera attention à toi. Et... Zed ?

Zara regarda Mags, dans l'attente de la suite.

Baissant la voix, Mags ajouta :

— Je suis fière de toi.

La poitrine de Zara se serra. Elle pouvait compter sur les doigts d'une main le nombre de compliments qu'elle avait reçus ces quinze dernières années. Et venant de Mags, une femme qu'elle admirait et respectait, ces mots signifiaient beaucoup.

— Merci, répondit-elle d'un ton bourru.

— De rien, fit Mags, qui recula ensuite d'un pas et se tourna vers Gabriella. Assure-toi que la voie soit libre pour sortir par-derrière.

L'autre femme fit un signe de tête et se dirigea vers l'arrière de la cabane pour regarder par l'autre porte. Ne repérant aucun des membres du gang aux alentours, elle retira le morceau de métal qui bloquait la sortie et hocha la tête.

Zara prit une grande inspiration et poussa sur les pédales du vélo. C'était difficile, car elle remorquait plus de deux cents livres de chair humaine derrière elle, mais une fois qu'elle eut démarré, Zara garda la tête baissée et les yeux levés. Elle parcourut les chemins de terre accidentés du *barrio* et retint sa respiration jusqu'à avoir quitté le bidonville,

pourtant, se retrouver sur le trottoir en béton à l'extérieur des murs ne signifiait pas qu'elle était à l'abri. Elle devait rester vigilante. Il suffisait qu'un policier devienne un peu trop curieux et sa vie ainsi que celle de l'homme dans la carriole derrière elle ne vaudraient plus rien.

Respirant régulièrement et essayant de ne rien faire qui pourrait attirer l'attention, Zara pédalait lentement vers la maison de Daniela. Pourvu que l'homme derrière elle aille bien. Qu'il ne se réveillerait pas et ne paniquerait pas, les exposant tous les deux et signant probablement leur arrêt de mort. Dans son état, il aurait probablement du mal à soulever le couvercle de la caisse, car elle était sécurisée par un petit crochet, mais il pouvait crier. Et s'il forçait vraiment, il pourrait casser le crochet et soulever le couvercle.

Elle serait traînée en prison pour enlèvement. Qui savait alors ce qui lui arriverait, à lui.

Avec cette idée en tête, Zara prit le risque de pédaler un peu plus vite.

2

Hunter « Meat » Snow poussa un gémissement guttural. Il ne se souvenait pas d'avoir jamais autant souffert... Jamais. Oh, il avait eu sa part en tant qu'agent de la Delta Force dans l'armée où il avait été torturé, mais en général il n'avait pas une dizaine d'hommes à la fois sur le râble.

Il se rappelait avoir aidé Black dans une des rues du *barrio*, mais ils avaient été tous les deux rapidement dépassés par une bande d'hommes déterminés à les punir... pour une raison inconnue.

La dernière chose que Meat se remémorait, c'était d'avoir regardé son ami et d'avoir prié pour que ses coéquipiers les retrouvent au plus vite.

Non, ce n'était pas vrai. La toute dernière chose dont il se souvenait, c'était d'être allongé dans la crasse à essayer péniblement de respirer lorsqu'un groupe de silhouettes sombres était apparu au-dessus de lui. Il s'était crispé, en prévision d'une nouvelle raclée, mais au lieu de cela, ces nouveaux venus l'avaient saisi par les bras et traîné. La douleur provoquée par ce mouvement avait suffi à le faire tourner de l'œil.

Et maintenant, il était...

Où était-il ?

Meat essaya de se retourner sur le dos, mais il se rendit compte qu'il ne pouvait pas. Il était dans une sorte de conteneur. Il sentait des mouvements. Chaque secousse lui donnait l'impression d'un couteau qu'on lui enfoncerait dans les côtes et son épaule était en feu. Sa tête l'élançait, il ne voyait rien. Avait-il été aveuglé ?

En tournant la tête, Meat fut soulagé d'apercevoir un rayon de lumière au-dessus de lui. Il n'était donc pas aveugle, Dieu merci. Mais où était-il et que lui arrivait-il ?

Il entendait des Klaxons de voitures et des gens qui parlaient en espagnol, mais comme il ne comprenait pas la langue, il n'avait aucune idée de ce qui se disait. Meat réalisa alors qu'il n'était ni menotté ni attaché. Bizarre. On enfermait un prisonnier sans l'immobiliser ? Enfin, l'idiotie de son ravisseur profitait, après tout, il n'allait pas s'en plaindre.

D'une main, il poussa ce qui se trouvait au-dessus de lui, mais ne fut pas vraiment surpris que cela ne bouge pas. Ce qui le surprenait, en revanche, c'était la sévérité de la douleur qui lui vrillait le corps. Assez puissante pour lui faire voir des étoiles. Il dut fermer les yeux et haleter un peu afin de soulager la douleur. Il était plus qu'évident qu'il n'allait pas pouvoir se battre physiquement pour sortir de cette boîte dans laquelle on l'avait mis. Il devrait se contenter d'attendre que la situation s'améliore. Évaluer les choses, puis établir un plan pour retrouver Black et le reste de l'équipe.

Être allongé sur le flanc dans la caisse était atrocement douloureux. Chaque respiration était l'équivalent d'un clou enfoncé dans son flanc. Meat savait qu'il avait probablement quelques côtes fracturées ou broyées, ainsi qu'une épaule disloquée. Il avait la nausée, signe qu'il avait probablement aussi une commotion cérébrale. Mais c'était sa cheville qui l'inquiétait le plus. Il pouvait se battre avec des côtes cassées et une commotion cérébrale, mais il n'irait pas loin avec une cheville fichue.

À ce moment-là, son corps fut légèrement projeté vers l'avant, et ses pieds sans chaussures cognèrent contre la caisse. Il y a eu des cris, sonores, puis la boîte dans laquelle il se trouvait bascula d'un côté à l'autre pendant un moment avant de se stabiliser.

Meat n'entendait plus rien, car heurter la paroi de la boîte lui avait fait l'effet de recevoir un coup de marteau sur la cheville.

Pantelant et étourdi, il lutta contre la perte de conscience, mais en vain. Le niveau de douleur qu'il pouvait supporter étant limité, il s'évanouit à nouveau.

Zara jura à mi-voix. À force de trop penser à l'homme dans sa carriole, elle avait presque franchi une intersection sans s'arrêter. La dernière chose dont elle avait besoin, c'était de se faire écraser par sa cargaison illégale.

Elle ne répondit pas aux gens qui lui criaient dessus en la dépassant dans leur voiture et s'efforça de contrôler sa respiration à un feu rouge avant de pouvoir traverser la rue. Elle était presque arrivée dans le quartier de Daniela et, quoiqu'elle se fonde assez bien dans le paysage, elle ne s'intégrait pas non plus aussi bien que dans les bidonvilles avec son vélo et sa remorque apparemment remplie d'ordures.

Daniela ne savait pas qu'elle était en route, mais cela n'avait pas d'importance. Elle accueillerait Zara et le patient sans problème.

Zara contourna la maison par l'arrière et mit pied à terre

pour ouvrir le portail en bois de la clôture. Elle poussa le vélo, puis referma soigneusement derrière elle avant de guider le vélo entre deux vieilles voitures accidentées et de l'abandonner là pour le moment. En courant, elle gagna la porte et frappa.

L'espace d'une fraction de seconde, Zara crut que Daniela n'était pas chez elle, mais elle poussa un soupir de soulagement lorsque le médecin ouvrit finalement la porte.

— Tu as un patient pour moi aujourd'hui, Zed ? demanda Daniela en espagnol.

Zara ignorait si Daniela savait qu'elle était une femme et non un adolescent, mais elle ne lui avait jamais donné d'explications et la doctoresse n'avait pas cherché à en savoir plus.

Sur un hochement de tête, Zara retourne à la bicyclette. Elle déplaça quelques objets sur la remorque, puis la décrocha et souleva le couvercle.

Son cœur s'emballa quand elle découvrit l'homme si immobile à l'intérieur. Pendant une seconde, elle le crut mort, puis elle vit sa poitrine se soulever et s'abaisser sur une respiration laborieuse.

Fermant les yeux de soulagement, Zara ne prit pas le temps de se demander pourquoi elle se souciait tant de lui. Tout d'abord, l'homme était un inconnu. Elle n'avait jamais posé les yeux sur lui avant aujourd'hui. Et deuxièmement, c'était un homme.

Toute sa vie – enfin, au cours des quinze dernières années –, elle avait fait de son mieux pour rester loin des hommes. Mais il y avait quelque chose chez celui-ci, quelque chose d'inexplicable, qui lui donnait envie de se rapprocher au lieu de le repousser.

Daniela était occupée à décrocher la remorque du vélo quand Zara se ressaisit enfin. Elles avaient fait ça plusieurs fois : ensemble, elles tirèrent la remorque à l'intérieur de la petite maison toute propre. Daniela prépara une palette au sol pendant que Zara se tenait au-dessus de la remorque, les yeux rivés sur l'homme. Lorsque le médecin fut satisfait du lit de fortune qu'elle avait fabriqué, elle demanda à Zara de s'agenouiller par terre et de l'aider à guider le corps de l'homme inconscient, pendant qu'elle le versait littéralement de la carriole.

La façon dont le corps de l'homme tomba de la caisse n'était pas ce que l'on aurait qualifié de gracieux, mais il était impossible pour les deux femmes de le soulever délicatement et le placer sur la palette. Zara fit de son mieux pour éviter que sa tête ne heurte le sol et, une fois qu'il fut sorti de la remorque, elle se hâta avec Daniela pour le redresser et lui placer un oreiller sous la tête.

Il semblait encore plus grand, allongé sur le sol dans la petite salle de soins que Daniela avait aménagée. Son visage était blême et une vilaine entaille au niveau du crâne saignait encore un peu. Ruben et sa bande ne l'avaient pas épargné, si bien que Zara se sentit une fois de plus désolée pour l'Américain étendu au sol.

C'était un sentiment étrange. Après ce qui lui était arrivé à elle... à sa mère... elle ne se souvenait pas d'avoir jamais éprouvé de pitié pour un homme, quel qu'il soit. De la haine et du dégoût, oui. De la satisfaction quand ils recevaient ce qu'ils méritaient, oui.

Mais de la pitié ? Non.

Sauf que cet homme n'avait rien fait de plus qu'essayer d'aider des enfants destinés à finir entre les griffes de Roberto del Rio. Chose que Mags et le reste de leur groupe tentaient également d'empêcher.

— Tu connais son nom ? demanda Daniela, tirant Zara de ses rêveries.

Elle secoua la tête.

— Eh bien, j'ai le sentiment qu'il va se réveiller d'ici peu, commenta la docteure en lui soulevant les paupières pour observer ses pupilles. Il a une commotion cérébrale et, d'après les empreintes de chaussures que je vois sur son tee-shirt, probablement quelques côtes cassées. Je dois l'examiner. Toi, ton travail sera de faire en sorte qu'il reste calme. Tu crois que tu peux y arriver, Zed ?

Zara soutint le regard de Daniela et hocha la tête. Elles avaient déjà procédé ainsi : Zara tenait les mains des patients blessés, leur caressait le visage et les cheveux pour les calmer, s'assurait qu'ils ne s'agitaient pas ou n'essayaient pas de se lever.

Elle avait le sentiment toutefois qu'il faudrait un peu plus qu'une petite caresse dans ses cheveux pour que cet homme reste à terre.

Elle lui prit délicatement la main, remarquant ses articulations fendillées et en sang. Elle éprouva une étrange fierté de constater qu'il avait manifestement distribué quelques coups lui aussi avant d'être dépassé par la bande de Ruben.

Alors que Daniela commençait son examen pour déterminer exactement à quel point il était blessé, Zara étudia son visage. Ses cils étaient longs pour un homme et elle se prit à se demander de quelle couleur étaient ses yeux. Elle n'y avait pas prêté attention, quand Daniela lui avait soulevé les paupières. Son nez était tordu et elle devina qu'il était probablement cassé. Il avait un début de barbe, des cheveux un peu trop longs qui lui tombaient sur le front. Ses épaules étaient larges, mais son torse se rétrécissait en un « V » jusqu'à une taille fine. Il avait de gros biceps, des doigts longs et fins. Zara aperçut aussi le bord d'un tatouage sur la face interne de son bras, qui pointait de sous la manche de son tee-shirt.

Bref, il était très beau. Elle pouvait éviter les hommes comme la peste, ça ne l'empêchait pas d'apprécier un beau mec quand elle en voyait un. Et ce soldat blessé, allongé sans défense devant elle, il était beau, sans l'ombre d'un doute.

Zara fut arrachée à son inspection quand il ouvrit brusquement les yeux et les fixa sur elle.

Gris. Ses yeux étaient d'un gris pâle avec des stries bleues. Uniques et fascinants. Même s'ils étaient pleins de douleur, quelque chose dans leur expression l'attira instantanément, lui donna envie de connaître cet homme ainsi que tous les secrets qu'il cachait au reste du monde.

Sa main se serra sur la sienne au point de la faire souffrir, mais Zara n'en laissa rien paraître. Elle conserva une expression neutre, un air qu'elle avait perfectionné au fil des ans. Moins les autres savaient ce qu'elle pensait et ressentait, mieux c'était.

— Où suis-je ? demanda l'homme en anglais.

— Parlez-lui, ordonna Daniela. Qu'il reste calme.

La bouche de Zara s'ouvrit et elle essaya de parler, mais elle ne trouva rien à dire. Toute sa vie, elle n'avait parlé que lorsqu'on lui posait une question directe. Elle n'était pas vraiment du genre à faire la conversation. Et même s'il lui avait bel et bien posé une question, elle ne savait pas trop quoi lui répondre.

Sans la lâcher des yeux, il plissa les paupières.

— Où est Black ?

Zara savait que ses compétences en anglais avaient souffert au fil des ans, mais, en l'occurrence, même si elle comprenait les mots, elle ne voyait pas ce qu'il voulait dire. Le fixant du regard, elle fronça les sourcils.

— Mon ami. Où est mon coéquipier ?

Ah. Elle haussa les épaules. Elle aurait voulu lui dire que Mags et les autres l'avaient également sauvé, mais comme Ruben et ses amis avaient à nouveau débarqué, elles n'en avaient probablement pas eu la possibilité. Si elle espérait que ses autres coéquipiers étaient intervenus, elle n'avait aucune idée de ce qui s'était passé après son départ.

L'homme fronça les sourcils, puis il prit une brusque inspiration quand Daniela lui manipula la cheville droite. Il souleva la tête et grimaça tout en lui jetant un regard noir.

— Entorse, diagnostiqua Daniela, s'adressant à Zara. Sévère. Je ne pense pas qu'elle soit cassée, mais il ne devra pas marcher sur ce pied avant plusieurs jours.

— Merde, jura l'homme. Qu'est-ce qu'elle a dit ? Tu me comprends ? Je ne parle pas l'espagnol... – il soupira –, ça craint, marmonna-t-il. Je vais devoir reconnaître auprès de Gray qu'il avait raison quand il prétendait que ça me ferait du bien d'apprendre une langue étrangère.

Zara compatissait. Il fut un temps où elle ne comprenait pas l'espagnol non plus. Et c'était extrêmement effrayant et frustrant. Elle lui serra la main et lui déclara calmement :

— Elle a dit que c'était probablement une entorse. Pas cassée.

Le regard de l'homme fila sur elle – et il sembla pouvoir lire dans son âme à ce moment-là.

— Tu parles anglais.

Zara fit un léger signe de tête.

— Quel est ton nom ?

Elle hésita. Pour la première fois depuis quinze ans, elle envisageait de révéler à quelqu'un le nom qu'on lui avait donné à la naissance, mais elle savait que c'était exclu. Surtout avec Daniela dans les parages.

— Zed.

L'homme fronça les sourcils.

— Zed ? Mais c'est un nom de garçon.

Zara hocha à nouveau la tête, sans le lâcher du regard. Le froncement de sourcils s'accentua.

— Mais...

Daniela interrompit ce qu'il allait dire en se lançant dans le résultat de son premier examen.

— Je suppose qu'il a quelques côtes cassées ou fêlées. Une commotion cérébrale, peut-être un nez cassé, une épaule disloquée et, bien sûr, cette cheville abîmée. Il aura quelques bleus et égratignures, toutefois dans l'ensemble, il a eu beaucoup de chance. Que s'est-il passé ?

Zara lui parla de l'embuscade dans le *barrio*. Lorsqu'elle expliqua que les Américains essayaient de sauver un groupe de garçons que Roberto del Rio avait ciblé, l'expression de Daniela se fit dure.

— Certes, je déteste les politiciens et les policiers corrompus qui dirigent cette ville, mais je déteste encore plus cet homme.

Tout comme Zara. Toutes les femmes et tous les enfants des bidonvilles de la ville connaissaient Roberto del Rio. Il n'avait pas une once d'empathie dans tout le corps. Il prenait ce qu'il voulait, quand et où il le voulait, et si quelqu'un osait se mettre en travers de son chemin, il le tuait tout simplement. L'armée et la police savaient ce qui se passait dans son grand manoir et pourtant nul n'y mettait un terme, parce que del Rio leur graissait la patte avec plus d'argent qu'ils ne pouvaient légalement en gagner sur une année.

C'était dégoûtant et dépravé, pourtant personne ne pouvait rien y faire.

— Qu'est-ce qu'elle dit ? demanda l'homme, en regardant tour à tour Daniela et Zara.

Zara ne répondit pas, Daniela continuait de parler.

— Je suppose qu'il va vouloir bientôt retourner auprès de ses amis, mais avec ses blessures, il n'ira pas loin. Il va devoir rester ici pendant quelques jours.

Zara grimaça. L'homme n'allait pas aimer ça et elle ne

pouvait pas vraiment le blâmer. En se tournant vers lui, elle lui demanda :

— Quel est ton nom ?

— Meat, répondit-il sans hésiter.

Encore une fois, Zara se dit que son anglais était sans doute rouillé, même après toutes ses leçons avec Mags. Elle avait dû mal le comprendre. Cela ne pouvait pas être son nom. Elle fronça les sourcils en s'efforçant de chercher dans son esprit ce qu'il pouvait signifier en réalité.

— Mon vrai nom, c'est Hunter. Hunter Snow. Mais tout le monde m'appelle Meat. C'est un surnom.

Ah, là c'était logique. Mais ensuite, Zara ne put s'empêcher de se demander pourquoi il avait été affublé d'un surnom aussi bizarre. Elle voulut poser la question, toutefois, vu la façon dont il lui serrait la main, elle se dit que ce n'était pas le moment.

— Elle explique que ta cheville est abîmée. Ainsi que ta tête, tes côtes et tes épaules. Tu devras rester ici jusqu'à ce que tu ailles mieux.

Il secouait déjà la tête avant qu'elle ait fini de parler.

— Non, je dois retourner auprès de mon équipe. De Black. Ils doivent s'inquiéter pour moi. Donne-moi un téléphone. Tout de suite.

Zara se tourna vers Daniela pour traduire la demande de Meat, mais il avait bougé avant que les mots ne sortent de sa bouche.

Il se redressa et lui enroula son bras valide autour du cou, la tirant vers l'arrière et la tenant contre son torse. Le mouvement avait dû lui faire mal, pourtant il la tenait fermement.

Les mains de Zara lui saisirent instinctivement le bras pour enfoncer leurs ongles, quoique courts, dans la peau. Il ne broncha même pas. Elle sentait ses respirations rapides contre son cou, mais malgré sa peur et sa colère évidentes, elle ne craignait pas pour sa vie. Oui, il avait un bras autour de son cou et elle savait sans l'ombre d'un doute qu'il pouvait facilement la priver d'air. Mais il n'en fit rien.

Daniela se mit à hurler sur l'homme, lui ordonnant de lâcher « Zed », mais comme Meat ne la comprenait pas, ces injonctions étaient inutiles.

— Dis-lui de m'apporter un téléphone, ordonna-t-il. *Teléfono* !

Daniela secouait la tête alors même que Zara commençait à parler.

— Il n'y a pas de téléphone ici. Pas de lignes téléphoniques. Le gouvernement les a détruites.

— Alors un téléphone portable, grogna Meat. Tout le monde a un portable.

Zara secoua la tête – dans la mesure du possible.

— Peut-être en Amérique. Pas ici. Ils sont chers. Regarde autour de toi. Est-ce que ça ressemble à une maison de riches ? Non. Tu es dans le bidonville. Le *barrio*. Seuls les gens qui travaillent avec la police et l'armée corrompues ont des téléphones portables. Nous, on passe nos journées à essayer de trouver de quoi manger et à rester loin de ceux qui veulent nous faire du mal.

C'était la plus longue tirade qu'elle ait prononcée depuis très longtemps, mais elle voulait qu'il comprenne. Qu'il sache qu'elle ne lui mentait pas.

— Pourquoi suis-je ici ? Où suis-je ? demanda Meat.

— Ruben et sa bande allaient revenir te tuer. Ils vont fouiller chaque maison du *barrio* pour te trouver. Finir ce qu'ils ont commencé.

— Pourquoi ne pas m'avoir ramené à mon équipe ? Ils m'auraient protégé.

Zara déglutit avec peine. Elle n'était pas sûre qu'il la croie pour les téléphones portables et il aurait probablement encore plus de mal à croire que les militaires avec lesquels ils travaillaient au Pérou étaient de ripoux.

— Les hommes avec qui ils se trouvent, non.

Meat resta silencieux et Zara ne savait pas trop si c'était bon signe.

Daniela en profita pour s'adresser à Zara, de façon discrète et urgente.

— Frappe-le fort et vite sur sa mauvaise épaule, Zed. Il lâchera prise et tu pourras te libérer.

Zara savait qu'elle avait raison, cependant elle ne pouvait pas s'y résoudre. Elle devait le faire. Meat, qui s'était assis, la tenait maladroitement contre lui. Elle avait non seulement accès à son épaule blessée, mais elle pouvait aussi lui flanquer le coude dans les côtes ou lui donner un coup de pied dans la cheville pour qu'il la relâche.

À la place, elle restait comme pétrifiée. Ce qui donna à Meat le temps de réfléchir à ses paroles.

— Tu dis que la première brigade des Forces spéciales est corrompue ? demanda-t-il, d'un ton un peu moins furieux.

Zara hocha la tête du mieux qu'elle put.

— Probablement pas tous, mais la plupart.

— Merde.

Le bras de Meat se desserra autour de son cou. Pourtant, Zara ne bougea pas.

— Et mon ami ? Que lui est-il arrivé ?

— Je ne sais pas, admit Zara. Mags allait pour le récupérer, mais Ruben est revenu.

— Mags ?

— Mon amie. C'est en quelque sorte la chef des gens que j'appelle mes amis.

— J'ai besoin de savoir, insista Meat, et Zara perçut l'émotion dans sa voix. Il a une femme à la maison. Elle sera dévastée s'il ne rentre pas.

Quelque chose en Zara s'adoucit. Elle ne faisait pas confiance aux hommes, pas après ce qui s'était passé quinze ans plus tôt – sans parler de ce qu'elle avait vu depuis –, pourtant quelque chose dans le ton de Meat lui rappelait la façon dont son père s'occupait de sa mère.

Ses supplications afin qu'elle ait la vie sauve, et pas lui, ce jour-là, il y avait si longtemps.

— Je vais me renseigner, dit-elle doucement. Mais s'il y avait eu un moyen de sauver ton ami, Mags l'aurait sauvé.

— Je n'ai pas confiance en cette Mags, répondit Meat.

La colère souleva de la poitrine de Zara. Il y avait longtemps qu'elle ne s'était pas autorisée à ressentir une émotion quelconque.

— Moi, si.

Elle sentit plus qu'elle n'entendit Meat soupirer contre son dos. Elle sentit son bras se détendre autour d'elle, en même temps que Daniela bougeait. La docteure en avait visiblement eu assez de regarder et d'attendre, et elle était passée à l'action.

Dès que Daniela frappa la cheville de Meat façon karaté, il rugit de douleur, lâchant aussitôt Zara. Mais au lieu de l'attraper à nouveau et de l'utiliser comme otage, il fit quelque chose qu'elle ne comprit pas.

Il la poussa *loin* de lui.

Et au lieu de plonger pour envoyer son énorme poing dans le visage de Daniela, il tâcha de s'éloigner d'elle. Malheureusement pas assez vite.

En raison de situations qui l'avaient opposée à d'anciens patients devenus fous à cause de la douleur, la docteure n'avait pas pour habitude de reculer. Au contraire, elle allait se défendre ainsi que Zara.

Elle le frappa encore à la cheville et Zara vit Meat haleter de douleur, puis ses yeux se révulser. Et il tomba en arrière.

Incapable de bouger, Zara regarda Daniela, debout, la poitrine gonflée à l'adrénaline.

— Est-ce que ça va ?

Elle fit « oui » de la tête.

— Bien. Je suis désolée. Je ne m'attendais pas à ça. Allez, aide-moi à le remettre dans la remorque et tu pourras le jeter dans le *barrio* le plus proche.

Zara hoqueta de surprise.

— Allez ! Ne reste pas assise là, aide-moi.

Zara se surprit à venir se poster devant Meat, pour empêcher Daniela de le toucher à nouveau.

— Non.

— Quoi ?

— Il est blessé. Il ne tiendra pas une heure dans son état si on le laisse dehors. Il ne me faisait pas mal. Il s'accrochait juste à moi en essayant de comprendre la situation.

Daniela l'observa un long moment, puis finit par soupirer.

— Je ne suis pas ravie de ta proposition, Zed. S'il te fait du mal, souviens-toi que je t'avais avertie. Je n'aime pas être menacée.

Zara opina. Elle comprenait, mais elle comptait aussi sur le besoin inné de Daniela d'aider les autres. Par chance, son calcul fonctionna.

— Bien, alors aide-moi à nettoyer ses blessures. La dernière chose dont il a besoin, c'est qu'elles s'infectent. Nous lui placerons une attelle à la cheville, lui remettrons l'épaule en place et nous devrons le réveiller toutes les heures à cause de sa commotion. Je n'ai pas d'analgésiques, donc il devra s'en passer jusqu'à ce qu'il soit assez bien pour se lever tout seul. Nous nous débarrasserons de lui dès que possible. D'ici deux ou trois jours, je pense.

Le cœur de Zara s'emballa en entendant ces mots, sans qu'elle comprenne pourquoi.

Meat représentait un lien avec un passé dont elle ne se souvenait pas vraiment, dont elle ne voulait pas se souvenir. Elle ne comprenait pas pourquoi elle ressentait quoi que ce soit pour lui ou sa situation. Surtout quand elle ne doutait pas que, dès qu'il en serait capable, il retournerait auprès de ses amis puis en Amérique.

3

Meat fut à nouveau réveillé par une douleur atroce. Mais cette fois, il avait une meilleure idée de ce qui s'était passé et de l'endroit où il se trouvait. Il garda les yeux fermés, essayant d'obtenir autant d'informations que possible sur sa situation. Il avait été stupide de sous-estimer la docteure péruvienne.

À sa décharge, il avait été étrangement distrait par la personne qui lui servait d'aide médicale et qui parlait anglais.

Elle avait dit s'appeler Zed, mais son nom ne correspondait pas à ce que les sens de Meat lui disaient. Oui, il était petit et maigrichon, comme le serait un adolescent. Il avait des cheveux bruns, courts et ébouriffés et une attitude qui le faisait ressembler à la plupart des adolescents aux États-Unis.

Au début, Meat avait été perplexe quand il avait entendu que l'assistant s'appelait Zed, mais ses soupçons avaient été confirmés quand il avait mis le bras autour du cou du gamin.

Lorsque Zed s'était retrouvé plaqué contre lui, Meat

avait su sans l'ombre d'un doute que l'adolescent était en réalité… une fille.

Bien que couverte de terre et vêtue d'un tee-shirt trois fois trop grand et d'un pantalon de survêtement qui couvrait chaque centimètre de ses jambes, il l'avait deviné.

Il brûlait d'ouvrir les yeux, de les plonger dans les siens et de lui demander pourquoi elle se faisait passer pour un garçon, mais il resta totalement immobile, le temps de recueillir le plus d'informations possible avant de faire savoir à quiconque qu'il était éveillé et conscient.

Il entendit le docteur parler, puis il sentit ce qu'il sut instinctivement être la main de « Zed » contre son front. Elle lui nettoyait le visage avec un gant de toilette. Elle ne parlait pas beaucoup – il l'avait remarqué même s'il n'avait passé que peu de temps en sa présence –, mais sa voix, lorsqu'elle parlait, la trahissait également. Elle était grave, mais pas assez par rapport à la majorité des jeunes garçons. Son anglais ne portait la trace que d'un léger accent et il n'était même pas sûr que sa langue maternelle soit l'espagnol.

Rien ne collait et la curiosité de Meat était pour le moins piquée.

Réalisant qu'il n'allait pas obtenir de nouvelles informations en écoutant, puisqu'il ne comprenait pas l'espagnol, il fit semblant de se réveiller lentement. Le temps qu'il ouvre les yeux, Zed et le médecin se trouvaient toutes les deux à l'autre bout de la pièce. Elles avaient manifestement retenu la leçon et ne l'approcheraient plus de trop près.

— Je dois partir d'ici, lâcha-t-il doucement.

Il vit Zed regarder Daniela, avant de se retourner vers lui.

— Tu es trop blessé. Daniela dit qu'il faudra environ trois jours, selon elle, avant que tu sois assez remis pour te défendre.

— Trois jours ? Pas question, gronda Meat en secouant la tête. Déposez-moi près de mon équipe et tout ira bien.

Il vit les paupières de Zed se plisser, puis elle croisa les bras. Le regard de Meat tomba et il ne fut pas surpris de ne rien voir. Il avait senti les bandages autour de son corps et se demandait si cela faisait mal de prétendre avoir le torse aussi plat que celui d'un garçon.

— Lève-toi, traverse la pièce pour prouver que tu en es capable et je te ramènerai.

Meat la fixa du regard, se demandant si elle disait la vérité. Puis il décida de la prendre au mot et hocha la tête. Il s'assit très lentement et poussa jusqu'à ce que son dos soit contre le mur derrière lui. Il remonta sa bonne jambe et appuya les mains contre le plâtre qui s'effritait.

Poussant sur les pieds, il oscilla et ferma aussitôt les yeux, pour essayer de retrouver son équilibre. Sa tête cognait si fort que le noir menaçait de le rattraper. Prenant deux grandes respirations, il réussit à le combattre.

Quand il rouvrit les yeux, il constata que le médecin et Zed le surveillaient toujours : Daniela, d'un air suffisant et Zed d'un air nerveux. Elle mâchouillait sa lèvre inférieure charnue et se tordait les mains.

Très lentement, il avança sa jambe droite pour faire un pas... mais à la seconde où il fit basculer son poids dessus, il s'effondra au sol.

Ses côtes et son épaule hurlèrent de douleur, et il ne put retenir le haut-le-cœur qui lui remonta dans la gorge. Il vomit par terre, puis se figea en proie à un mélange de gêne, de souffrance et de frustration.

— Je vais nettoyer, entendit-il Zed murmurer, mais il ne la vit pas approcher avant de sentir ses mains sur ses épaules. Allez, passe sur les fesses. C'est ça. Maintenant, allonge-toi. Je vais t'aider.

Sachant qu'il n'avait probablement fait qu'empirer sa

situation, au lieu de l'améliorer, il s'abandonna à ses soins. Il se laissa aider et il resta allongé en silence, le temps de surmonter la douleur atroce qu'il ressentait à la tête, à la cheville et aux côtes.

Il devinait Zed s'affairant à nettoyer son vomi et avait honte de ne pouvoir rien faire pour l'aider. Mais elle ne râlait pas. Elle ne lui exprima pas son dégoût et ne le fit pas culpabiliser pour ce qui s'était passé.

Quand elle en eut fini, elle déplaça la palette près de l'endroit où il était étendu et l'y installa de nouveau. Meat ouvrit enfin les yeux et balaya la pièce du regard. Daniela avait disparu. Il n'y avait plus que Zed et lui.

Il avait besoin de réponses et elle était la seule à pouvoir les lui donner.

— Dis-moi ton vrai nom, murmura-t-il.

— Zed.

Il secoua la tête.

— Non, ton vrai nom, insista-t-il. Je suppose que la plupart des gens ne prêtent pas attention à toi, vu la façon dont tu te présentes, mais il est évident que tu n'es pas plus un « Zed » que je ne suis une « Huntress ».

Elle cligna des yeux. Puis se passa la langue sur les lèvres, baissant le regard.

— Je sais que tu n'as aucune raison de me faire confiance, mais je ne le dirai à personne. Ce n'est pas un secret que je ne suis pas ravi d'être ici, mais je ne fais pas de mal aux femmes ou aux enfants. Point barre.

Il la fixa des yeux, espérant qu'elle y lirait sa sincérité.

Au bout de plusieurs minutes, alors qu'il pensait qu'elle n'allait rien répondre, elle le surprit.

— C'est Zara.

— Zara comment ?

Elle cilla encore, d'étonnement.

— Quel est ton nom de famille ? insista Meat.

Il n'était pas sûr de savoir pourquoi il était si important qu'elle le lui dise, mais voilà.

— Layne.

— Zara Layne. C'est joli, commenta Meat.

Elle ne rougit pas, ne détourna pas les yeux. Au lieu de quoi, elle dit :

— C'est juste un nom.

— Je te demanderais bien pourquoi tu ne l'utilises pas, mais je crois le deviner. Comme elle ne mordait pas à l'hameçon et ne lui donnait pas l'explication espérée, il poursuivit.

— Je suppose que la vie n'est pas facile par ici. Surtout quand on est une femme. Tu es menue, donc c'est facile de passer pour un garçon, mais je parie que ceux qui prennent la peine de se rapprocher de toi le savent, non ?

Elle haussa les épaules.

— Merci de m'avoir fait confiance. Tu ne regretteras pas de me l'avoir dit.

Il se déplaça légèrement et grimaça en bougeant sa cheville.

— Reste tranquille, le réprimanda Zara.

— Je déteste ça. Mes amis vont me chercher comme des fous.

— Les militaires avec qui tu étais… ils savaient, pour les garçons.

Meat plissa les paupières.

— Ils savaient ? Comment ça ?

— On les a déjà vus dans le *barrio*. Ils payent pour les enfants. Et si les parents ne veulent pas les vendre, ils les prennent quand même. Je ne serais pas surprise qu'ils aient payé Ruben pour vous attaquer, toi et ton ami. Ça la ficherait mal si des Américains découvraient la vérité sur ce qu'ils font.

L'esprit de Meat tourbillonnait. Leur officier traitant,

Rex, travaillait avec l'armée et la police péruviennes depuis un moment, et les informations qu'ils avaient reçues sur ce raid étaient solides. Mais si ce que Zara disait était vrai, il comprenait mieux que tout ait dérapé une fois qu'ils étaient arrivés dans le pays.

Les hommes qui les accompagnaient lors du raid ne semblaient pas savoir grand-chose sur le *barrio* où ils se rendaient, ils n'avaient pas été très francs sur le nombre de garçons suspectés de se trouver dans la cabane quand ils y étaient arrivés. Les choses avaient tellement changé d'une minute à l'autre, que toute l'équipe avait été extrêmement mal à l'aise. Mais comme ils étaient déjà au Pérou et qu'ils avaient l'approbation du gouvernement, l'équipe avait décidé de continuer.

Et les deux membres de la brigade n'avaient pas paru inquiets du tout. Ils riaient et plaisantaient jusqu'au moment où ils avaient pénétré dans la maison décrépie.

Il y avait non seulement des garçons, à l'intérieur, mais aussi des femmes.

Rex et l'équipe avaient entendu parler de la corruption dans les forces de police au Pérou, mais ils n'avaient soupçonné personne dans la Première Brigade des Forces Spéciales. Et ils ne s'attendaient certainement pas à être pris en tenaille au beau milieu d'un putain de gros bordel.

Zara et ses amis ne lui avaient pas fait de mal, et elle avait dit qu'ils avaient prévu d'aider Black aussi. Elle l'avait fait sortir du *barrio*. Du moins supposait-il qu'ils n'y étaient plus, à en croire ses souvenirs de bousculade et de voyage dans une sorte de caisse.

Daniela et elle lui avaient bandé la cheville, nettoyé ses coupures et ses blessures. Elles ne lui avaient pas donné de médicaments, mais il les croyait quand elles lui avaient expliqué qu'elles n'en avaient tout simplement pas. Il n'allait pas rester allongé pendant trois jours, mais pour l'instant, il ne pouvait rien faire avec sa tête et sa cheville dans l'état où elles étaient, alors il devait faire confiance à ces femmes.

— Si tu dis la vérité, je vous dois, à tes amis et toi, mes remerciements.

Zara se contenta d'un hochement de tête. Ses yeux se fermaient, mais il s'obligea à les rouvrir.

— J'ai besoin de savoir, pour Black.

— Je vais essayer de me renseigner.

Ses paupières s'abaissèrent et, au prix d'un effort herculéen, il les força à s'ouvrir encore une fois.

— La femme de Gray doit accoucher de leur bébé d'un jour à l'autre. Il ne rentrera pas si j'ai disparu. Il va rater la naissance. La femme d'Arrow est également enceinte. Il lui reste encore un mois et demi, mais le stress de son absence pourrait la faire entrer prématurément en travail. Chloé et Everly sont probablement inquiètes aussi et Harlow va devenir dingue quand elle apprendra que Black a été attaqué. Ce sont mes amis, Zara. Mes frères. Je ne peux pas supporter l'idée qu'ils s'inquiètent pour moi.

— Dors, répliqua-t-elle doucement. Je te réveillerai dans une heure pour m'assurer que tu vas bien, à cause de ta tête.

— S'il te plaît, tenta encore Meat, qui n'avait pas honte de supplier. J'ai besoin de savoir que mon ami va bien...

La dernière chose qu'il se rappela, ce fut la main de Zara prenant la sienne et la serrant.

Après ce qui lui parut durer deux minutes, mais qui avait probablement duré une heure, Meat fut brusquement réveillé par une forte secousse sur sa bonne épaule.

S'attendant à voir Zara, il fut surpris de découvrir Daniela, debout au-dessus de lui. Vu le couteau contre son flanc, il était plus qu'évident qu'elle ne lui faisait pas confiance.

Elle dit quelque chose en espagnol, puis leva sa main libre avec trois doigts en l'air.

— Trois. *Tres*, dit Meat.

Elle hocha la tête, puis s'éloigna de lui en direction de la porte.

— Attends ! cria-t-il, en se haussant sur un coude.

Il grimaça, ce simple geste ayant suffi à faire remonter la bile dans sa gorge. Il la ravala.

— Où est Zed ?

Mais Daniela ne répondit pas, elle le laissa par terre à se demander s'il avait dit quelque chose qui avait fait fuir Zara.

Meat ne savait pas combien de temps s'était écoulé, mais toutes les heures, Daniela le secouait brutalement pour le réveiller et levait une main en lui demandant de lui dire combien de doigts elle montrait, avant de partir sans lui parler davantage – de toute façon, ils ne se seraient pas compris.

Il aurait aimé avoir sa montre pour savoir depuis combien de temps il était allongé par terre dans cette maison et depuis combien de temps Zara était partie. Il savait qu'il devait s'être écoulé au moins dix ou douze heures, parce que lorsqu'il fut réveillé cette fois, le lever du soleil était loin, la matinée touchait peut-être à sa fin.

Et Zara était à nouveau à ses côtés.

Elle l'avait poussé délicatement pour le réveiller, contrairement à son amie qui n'avait pas pris la peine d'être délicate quand elle s'était occupée de lui. Meat était si heureux de la voir, si heureux de pouvoir parler à quelqu'un, qu'il sourit.

— Tu es revenue.

Elle hocha la tête et sortit une bouteille d'eau, deux barres chocolatées et une cruche en plastique. La nourriture et l'eau lui firent l'effet d'un festin. Meat n'avait pas réalisé à quel point il avait eu faim jusqu'à ce moment. Il observa la cruche, perplexe, se demandant à quoi elle servait, quand Zara expliqua :

— Toilettes.

Elle ne rougissait pas et ne semblait pas gênée qu'il ait à uriner dans le pichet, puis qu'elle doive s'en débarrasser pour lui. Mais en y réfléchissant, Meat comprit que si elle avait vécu dans les *barrios* un certain temps, plus grand-chose ne devait être en mesure de la choquer.

Soulagé parce qu'effectivement, il avait besoin de faire pipi, il lui prit le pichet des mains. Elle leva et sortit de la pièce pour lui laisser son intimité. Reconnaissant, il se hâta de faire sa petite affaire et mit la cruche de côté.

Au bout de quelques minutes, elle revint pour emporter le récipient. Elle ne tarda pas à reparaître pour placer la cruche, désormais vide, près de lui. Elle s'assit alors à côté de lui et lui tendit l'eau et les barres chocolatées.

— Où les as-tu eues ? demanda-t-il.

Elle soutint son regard, sans rien dire.

— Tu as mangé, toi ?

Pour la première fois, son regard se détacha du sien et elle hocha la tête. Le grognement de son estomac, à ce moment précis, ne fut donc pas le seul indice de son mensonge.

Il lui tendit une des barres chocolatées.

— Tiens. Prends-la.

Elle le regarda avec incrédulité et Meat n'aima pas l'expression de choc qu'il vit se peindre sur son visage.

— Personne ne t'a jamais donné de barre chocolatée ?

Cette fois, elle ne le quitta pas des yeux quand elle secoua la tête.

— Eh bien, il faut une première fois à tout, conclut Meat aussi légèrement que possible.

Mais en son for intérieur, il était secoué. Il savait que la pauvreté existait. Il en avait vu beaucoup dans le monde entier. Mais le *barrio* avait choqué un être aussi endurci que lui. Il ne savait pas comment Zara avait mis la main sur ces victuailles, mais il prit aussitôt la décision de ne manger que le strict minimum. Daniela et elle avaient probablement bien plus besoin de nourriture et d'eau que lui.

— J'aurai de la meilleure nourriture demain, affirma-t-elle entre deux bouchées.

— C'est bon.

Et ça l'était. Ayant passé des jours sans manger par le passé, il n'était pas trop inquiet. Il était plus préoccupé par la guérison de sa cheville, du moins assez pour pouvoir marcher dessus. Sa tête allait déjà mieux, mais il n'était pas encore à cent pour cent. Au moins pouvait-il s'asseoir sans vomir. C'était déjà ça.

Ils restèrent assis à manger leurs barres chocolatées en silence. Enfin, Meat n'y tint plus. Il était trop curieux de la jeune femme assise à côté de lui. Si son récit était exact, elle lui avait littéralement sauvé la vie. Rien que pour cela, il voulait tout savoir sur elle.

— Alors, Zara... parle-moi de toi.

4

———————

Zara se figea. Elle n'était pas prête à parler d'elle. Elle ne parlait jamais d'elle. C'était plus sûr comme ça. Mais elle ne voulait pas non plus se lever et s'en aller. Pour une raison qui lui échappait, elle se sentait à l'aise avec Meat.

Ça n'avait pas de sens, vraiment. Mais bon... elle était fatiguée. Fatiguée de regarder constamment derrière elle. De devoir batailler pour trouver à manger. D'essayer de rester sous les radars. Elle était bien trop pragmatique pour vivre sa vie à coups de « et si », pourtant, en cet instant, en parlant avec Meat, elle sentit sa garde s'abaisser.

Elle n'allait pas lui parler d'elle pour autant. Pas encore. Elle ne connaissait cet homme que depuis quelques heures. En revanche, elle pouvait le rassurer.

— Je suis retournée dans le *barrio* et j'ai eu des nouvelles de tes amis aujourd'hui.

Ses yeux s'élargirent et il se redressa. Il se pencha vers elle avec impatience.

— Ah oui ?

Zara hocha la tête.

— Mags a dit que juste après mon départ avec toi, des Américains sont venus chercher l'homme avec qui tu étais.

Meat lâcha un soupir de soulagement.

— Dieu merci ! Tu as pu leur dire que j'allais bien ?

Zara se mordilla la lèvre et secoua la tête. Meat fronça les sourcils. Face à son expression, elle se sentit obligée de se justifier.

— Les membres de la Brigade des Forces Spéciales sont toujours avec eux. On ne peut pas prendre le risque de parler aux Américains. Ça attirerait l'attention sur nous. Et ça, on ne veut pas – Zara n'était pas sûre que Meat comprenait. Le mieux, c'est de ne pas être vu, précisa-t-elle. S'ils nous voient, ils vont commencer à poser des questions et on ne pourra plus aider les autres comme on le fait maintenant.

Meat l'observa un long moment avant de finalement hocher la tête.

— Je comprends.

— Mags a dit qu'elle essaierait de leur faire parvenir un message. Mais avec un peu de chance, tu seras assez en forme pour les rejoindre bientôt et ce ne sera pas nécessaire.

— Je me demandais où tu étais passée aujourd'hui, lui avoua Meat. Je ne m'attendais pas à ce que tu en fasses autant pour moi.

— Tu t'inquiétais pour eux.

— Effectivement. Mais quand même. Quelle distance as-tu dû parcourir pour revenir dans le *barrio* où tu m'as trouvé ?

Elle hésita. La dernière chose qu'elle voulait, c'était causer des ennuis à Daniela ou que Meat devienne trop curieux. Moins il en savait, mieux c'était.

Avant qu'elle puisse trouver une bonne réponse, il reprit :

— Peu importe. J'apprends peu à peu qu'il y a beaucoup de choses qu'il vaut mieux me laisser ignorer, non ?

Zara acquiesça.

— Je t'ai remerciée ? demanda-t-il.

Zara le regarda avec ce qu'elle savait être probablement une autre expression médusée.

— Ça doit vouloir dire que non. Il est évident que tu connais cette ville bien mieux que moi. Black et moi ne nous attendions pas à ce qu'on nous saute dessus comme ça. J'apprécie que tes amis et toi soyez intervenus, surtout si on considère l'ampleur du danger que vous avez manifestement couru.

Zara se passa la langue sur les lèvres, mais ne répondit rien.

— Tu ne m'as pas demandé ce qu'on faisait là.

Elle savait déjà, pour les garçons qu'ils avaient trouvés, mais elle haussa quand même les épaules.

— Mes amis et moi faisons partie d'un groupe quelque peu secret. On nous appelle les Mercenaires Rebelles. Nous nous sommes donné pour mission de sauver les femmes et les enfants des mains de ceux qui pourraient leur faire du mal. La femme de notre chef, Rex, a disparu il y a des années et il soupçonne qu'elle a été enlevée dans le cadre d'une sorte de traite des blanches. Il n'a jamais cessé de la rechercher. En attendant, il a consacré sa vie à aider d'autres personnes comme elle, qui sont arrachées à leur foyer et à leur famille. On travaillait avec le gouvernement sur une affaire de trafic d'êtres humains. On nous a dit que plusieurs garçonnets étaient sur le point d'être vendus pour connaître le genre de vie dont aucun enfant ne devrait jamais soupçonner ne serait-ce que l'existence. Nos renseignements étaient bons... mais quand nous sommes arrivés ici, les choses se sont gâtées. Nous aurions dû nous retirer immédiatement de la mission, mais nous avons décidé d'aller de l'avant. Grave erreur.

Zara dévisageait Meat. Elle et les autres avaient déjà

déduit que les Américains étaient là pour essayer de sauver les enfants, mais elles ignoraient tout de leurs motivations. Elles se demandaient pourquoi un groupe américain se souciait de ce qui arrivait à une bande de pauvres gamins du *barrio*. Or il était évident que Meat s'en souciait. Il se souciait d'une bande de gosses qu'il n'avait jamais vus.

Pendant un instant, Zara se demanda ce qu'aurait pu être sa vie si Meat et ses amis avaient été là quand elle en avait eu besoin, elle.

Mais à la seconde où cette idée la traversa, elle la rejeta. Elle ne savait pas quel âge avait Meat, mais quinze ans plus tôt, il n'était probablement pas dans la même branche d'activité que maintenant.

Puis elle se rappela un autre de ses propos et elle expliqua :

— Beaucoup de militaires sont corrompus. Pas tous les soldats, mais beaucoup. L'argent est rare, ici, et il est difficile de s'accrocher à la morale quand votre famille vit dans la crasse et la faim, alors certains se mettent à travailler pour les cartels de la drogue. Ou pour del Rio. Les hommes avec lesquels tes amis sont en contact ne sont pas des gens bien. Je t'ai déjà raconté qu'ils aident del Rio à trouver des femmes et des enfants pour ses bordels. Récemment, ils ont commencé à chercher des enfants beaucoup plus jeunes. Je soupçonne que ça a mal tourné parce qu'ils tenaient à ce que vous échouiez dans votre mission.

Meat ne s'emporta pas qu'elle lui parle ainsi. Il ne lui dit pas non plus qu'elle devait se tromper. Il se contenta d'une grimace.

— Ça me semble tout à fait logique. Je peux te poser une question ?

Zara fit « oui » de la tête.

— Mes amis sont-ils en sécurité ? Je sais qu'ils ne partiront pas sans moi et ils travaillent probablement en collaboration avec l'armée pour essayer de me retrouver. Si ces hommes corrompus constituent un danger pour eux, je dois retourner auprès d'eux le plus vite possible, même si c'est dangereux pour moi.

Le respect de Zara pour Meat était décuplé.

— Ils devraient être en sécurité, affirma-t-elle avec conviction. Ils s'en prennent aux femmes et aux enfants, pas aux hommes forts. Et encore moins aux Américains. Il se peut qu'ils aient payé Ruben et ses amis pour intervenir en amont, pour essayer de perturber votre mission de sauvetage des enfants, mais s'ils l'ont fait, ça n'a clairement pas marché. Mags dit qu'après le raid, les enfants ont été rendus à leurs parents et transférés dans un foyer, quelque part à Lima. Cela dit, Del Rio et les militaires qui contrôlent tout ne veulent certainement pas vous avoir ici plus longtemps que nécessaire. Ils tiennent à retourner à leurs petites habitudes.

— C'est-à-dire ? voulut savoir Meat.

Zara haussa les épaules.

— L'intimidation. Prendre des enfants à leur mère pour les donner à del Rio. Éloigner la police honnête de la piste des gens qui travaillent pour les cartels de la drogue. Retirer les femmes de la rue pour gonfler le nombre de leurs esclaves dans les bordels.

Meat se pencha en avant et Zara l'entendit prendre une brusque inspiration. Un rappel qu'il était loin d'avoir recouvré toutes ses forces, que ses côtes étaient encore très douloureuses.

Il lui posa une main sur la jambe et lui demanda avec une perspicacité étonnante :

— C'est pour ça que tu t'habilles comme un garçon, n'est-ce pas ? Que tu te coupes tes cheveux si courts et que tu te bandes la poitrine ?

Elle était affolée par la facilité avec laquelle il avait percé à jour son déguisement qu'elle portait comme un bouclier depuis presque toute sa vie au Pérou. Elle fut prise d'une seconde de panique, d'une folle envie de s'enfuir et de se cacher. Pour échapper aux yeux gris perçants de Meat qui semblaient voir à travers elle.

— Pas de panique, la rassura-t-il, comme s'il pouvait lire dans ses pensées. Ton secret est bien gardé avec moi. Je suis impressionné, en fait. Tout le monde n'en serait pas capable, même si je suis surpris qu'on puisse passer plus de cinq minutes sans voir que tu es une fille. Quel âge as-tu, Zara ? Seize ans ? Dix-sept ?

Elle secoua lentement la tête.

— Dix-huit ans ?

— Vingt-cinq ans, admit-elle tout bas.

Meat se cala le dos et la dévisagea, sidéré.

— Sérieusement ?

Elle hocha la tête.

— Waouh. OK, maintenant je suis encore plus impressionné. Comment as-tu appris l'anglais ? J'ai remarqué que peu de gens le parlent dans le *barrio*.

Zara réfléchit à ce qu'il fallait lui dire. Elle voulait se confier. Mags l'avait encouragée à découvrir si l'Américain l'aiderait. Elle voulait tout révéler à Meat, lui demander s'il l'aiderait à rentrer aux États-Unis, mais elle n'était pas sûre de pouvoir supporter un éventuel rejet. Pas de sa part, et pas après tout ce temps.

Aller en Amérique, c'était un fantasme, mais ça n'avait jamais été que ça. Un rêve.

Décidant d'y aller tout doucement, elle répondit :

— Je suis née là-bas.

Meat parut perplexe.

— Où ? Dans le *barrio* ?

— Non. En Amérique. J'ai vécu dans le Colorado.

— Sérieusement ? Putain de merde ! C'est de là qu'on vient, mes amis et moi ! Colorado Springs. Où es-tu née ?

— Denver, chuchota Zara.

Elle avait la chair de poule sur les bras et savait qu'elle respirait trop vite. Ça ne pouvait pas être une coïncidence... si ? Pendant très longtemps, elle avait été perdue et abandonnée. Elle n'était pas tout à fait d'accord avec Mags pour ce qui était d'aider les Américains. Mais peut-être, oui peut-être que c'était le destin.

Meat ouvrit la bouche afin d'ajouter quelque chose, mais, à cet instant, Daniela fit irruption dans la pièce et annonça à Zara qu'elle avait besoin de son aide pour un patient.

Zara se leva immédiatement, cependant Meat la saisit par la main. Un geste qui dut lui faire mal, sans qu'il lâche pour autant.

— Qu'est-ce qui se passe ?

— Quelqu'un est ici pour voir Daniela. Quelqu'un qui a besoin d'un médecin.

— Je veux continuer notre conversation. Je veux en savoir plus sur toi.

À ces mots, Zara sentit des papillons prendre leur essor dans son estomac, mais elle les fit impitoyablement taire. Il vivait en Amérique. Il avait des tas d'amis et aucune idée de la dureté du monde dans lequel elle évoluait. Elle n'était pas une bonne personne. Et même si elle trouvait le courage de lui demander de la ramener aux États-Unis, que ferait-elle là-bas ? Où irait-elle ?

La vie dans les *barrios,* c'était tout ce qu'elle connaissait. Au moins ici, elle avait Mags, Daniela et les autres femmes.

— Zed ! appela Daniela dans l'autre pièce.

Zara retira sa main à Meat et se détourna de lui.

— Si je peux me rendre utile d'une quelconque façon, faites-le-moi savoir, lança Meat. Je suis toubib et, même si je ne peux pas me lever ou bouger très vite, je peux toujours vous conseiller.

Elle hocha la tête et s'obligea à se détourner de lui. Plus elle restait auprès de Meat, plus elle l'appréciait. C'était un homme bien, ça se voyait aisément.

Zara ne fut pas vraiment surprise de découvrir la femme très enceinte dans le salon de Daniela. Elle avait un petit enfant à ses côtés, une fillette qui devait avoir quatre ou cinq ans. Pantelante, la femme expliquait à Daniela qu'elle était en travail depuis près de douze heures et que quelque chose n'allait pas. Le bébé ne sortait pas.

Zara n'était pas non plus surprise que la femme ait réussi à se rendre chez Daniela. Ce n'était pas comme si elle avait un autre choix, décrocher un téléphone par exemple et appeler à l'aide. Elle ne savait pas où se trouvait le mari de la femme, probablement en train de mendier de l'argent ou de chercher du travail – enfin, si elle avait un mari. C'était ça, la vie dans le *barrio*.

Daniela installa la femme sur un drap au milieu du salon, car la pièce qu'elles utilisaient en général comme salle d'accouchement était actuellement occupée par Meat. La petite fille reniflait et avait l'air terrifiée. Elle assistait probablement depuis des heures à la bataille de sa mère pour mettre au monde son frère ou sa sœur.

Sans réfléchir, Zara prit la petite main de la fillette et la conduisit vers la chambre de Meat. Il était assis, le regard tourné vers la porte, quand elle entra.

— Qu'est-ce qui ne va pas ? demanda-t-il d'un ton pressant.

— Sa mère est venue pour accoucher, dit Zara. Tu peux veiller sur la petite ?

— Bien sûr, répondit-il sans hésiter, en lui tendant la main.

Zara conduisit l'enfant vers Meat et lui expliqua en espagnol que Meat était un homme gentil et qu'il allait veiller sur elle pendant qu'avec Daniela, elles aideraient sa mère.

— Meat ? répéta la fillette.

Zara sourit.

— C'est un surnom.

La petite hocha la tête.

— Comme quand *mamá* m'appelle « Bonita », alors que mon vrai nom, c'est Natalia.

— C'est ça, confirma Zara. Bonita parce que tu es très jolie.

Natalia gloussa, puis retrouva son sérieux.

— Est-ce que ma maman va s'en sortir ?

— Daniela va faire tout ce qu'elle peut pour l'aider.

La petite fille lui adressa un signe de tête.

— Alors tu vas rester ici avec Meat ?

Elle refit un signe de tête.

Zara se tourna vers l'homme. Elle savait qu'il observait attentivement son interaction avec la fillette.

— Elle s'appelle Natalia.

Il opina du chef.

— Je vais prendre soin d'elle. Vas-y, va aider Daniela. On attend ici.

Zara n'avait pas eu beaucoup d'occasions de remercier qui que ce soit, dans sa vie. Les gens d'ici ne faisaient pas d'efforts pour aider les autres, simplement parce qu'ils étaient très occupés à essayer de garder la tête hors de l'eau. Mais elle ressentit à cet instant-là une immense gratitude envers Meat.

— Merci.

— Tu n'as pas à me remercier d'agir normalement, lui dit-il. Vas-y, tout ira bien.

Sur un hochement de tête, Zara retourna vers la porte. Elle ne put s'empêcher de jeter un regard en arrière avant de quitter la pièce. Meat était penché vers Natalia. Il grimaçait, ce qui suggérait que le mouvement le faisait souffrir, mais il ne la rappela pas afin de lui dire qu'il souffrait trop pour l'aider. Il se tapota la poitrine et déclara :

— Je suis Meat.

Puis il montra la petite du doigt et ajouta :

— Tu es Natalia.

La fillette acquiesça et la dernière chose que Zara entendit avant de reporter son attention sur la jeune femme qui essayait d'accoucher, ce fut le doux éclat rire de l'enfant.

5

Meat était épuisé, sa cheville et ses côtes l'élançaient. Son épaule se portait assez bien, en revanche. La douleur due à sa remise en place n'était pas trop préoccupante par rapport à ses autres blessures. Il lui fallait aussi se soulager, mais il restait immobile, adossé contre le mur de la pièce et les yeux rivés à l'embrasure de la porte. Il n'avait aucune idée du temps qui s'était écoulé, mais sans doute des heures.

Il avait fait de son mieux pour occuper Natalia, en jouant à un jeu où il disait un mot en anglais et où elle répondait par son équivalent en espagnol. Ils avaient passé en revue les chiffres, les couleurs et les parties du corps. Meat ne pouvait pas dire qu'il était plus à l'aise dans cette langue qu'il ne l'était quelques heures auparavant, en revanche il était à moitié tombé amoureux de la petite qui dormait maintenant dans ses bras. Elle commençait à être fatiguée et, comme il n'y avait pas de lit dans la chambre et qu'il était assis sur la palette, elle s'était glissée sur ses genoux, avait posé la tête sur sa poitrine et s'était endormie presque immédiatement.

Elle n'était pas très lourde, mais son poids plume suffisait à tirailler sur ses côtes. Au point qu'il avait la sensation qu'un bébé éléphant reposait sur sa poitrine. Il préférait se concentrer sur les bruits qu'il entendait dans l'autre pièce. C'était frustrant de ne pas savoir ce qui se passait, de ne pas pouvoir se rendre utile. Il était habitué à aider les gens. Dans les situations d'urgence notamment. Mais tout ce qu'il pouvait faire, là, c'était écouter les trois femmes qui parlaient espagnol à voix basse et les gémissements occasionnels de la femme qui essayait d'accoucher.

Il était lui-même à moitié endormi quand il sentit le retour de Zara. Il ne se demanda même pas comment il avait su qu'elle était entrée dans la pièce : il l'avait senti, c'est tout. La nuit était tombée et la seule lumière dans la chambre venait d'au-delà de la porte. La silhouette de Zara bloquait la lumière et Meat pouvait pratiquement voir à travers sa chemise et son pantalon déchirés.

— Comment va-t-elle ? demanda-t-il doucement.

— Elle se repose, répondit Zara à voix basse.

— Et son bébé ?

Zara haussa les épaules.

— Ce sera un peu délicat pendant un moment, mais on l'a sorti. Il se présentait par le siège, alors j'ai dû le retourner. Bref, ils se reposent tous les deux maintenant.

Alors que ses mots prenaient sens, Meat la dévisagea, médusé.

— Tu l'as retourné ?

Elle hocha la tête.

— Comment ?

Zara leva les mains.

— J'ai de petites mains. J'ai pu l'atteindre par l'intérieur et le tourner physiquement. Ce n'est pas idéal et très douloureux pour la femme, mais ça a marché... cette fois.

Meat était époustouflé par son pragmatisme. Aux États-Unis, lorsqu'une femme avait un bébé qui se présentait par le siège, elle était emmenée en salle d'opération pour subir une césarienne. Là, Zara avait littéralement utilisé ses deux mains pour les plonger à l'intérieur du ventre de la femme et faire tourner le bébé afin qu'il ait une chance de survivre.

Mon Dieu, plus il apprenait à connaître Zara, plus elle l'impressionnait. Mais il voyait aussi le prix qu'elle payait maintenant pour ses efforts.

— Tu ne devrais pas la laisser dormir sur toi comme ça. Ça doit faire mal, gronda-t-elle en désignant du menton une Natalia endormie.

— Je vais bien.

Les maux et douleurs dont il s'était affligé plus tôt lui paraissaient maintenant superficiels, à côté de ce que la femme dans la pièce voisine avait dû subir.

— Laisse-moi l'emmener à sa mère, dit Zara en entrant dans la pièce et tendant la main vers l'enfant endormie.

— Du moment que tu reviens après, répliqua Meat, qui garda une main dans le dos de la fillette jusqu'à ce que Zara accepte.

Elle le fixa pendant un long moment avant de hocher la tête. Puis elle saisit le conteneur vide qu'il avait utilisé plus tôt dans la journée et le posa à ses côtés.

— Tu peux t'occuper de tes petites affaires pendant mon absence. Tu as besoin d'autre chose ? Je peux aller te chercher de l'aspirine si tu en veux. Ou quelque chose de plus fort. Comment va ta cheville ? Elle a besoin d'être rebandée ?

Exaspéré, Meat secoua la tête. Pas question qu'il dise quoi que ce soit qui pousse Zara à sortir à cette heure de la nuit pour lui trouver une putain d'aspirine.

— Je vais bien, répéta-t-il, en lâchant Natalia pour que Zara la soulève.

Ils se dévisagèrent un long moment, quelque chose passa entre eux. Une sorte de camaraderie qui n'existait pas avant qu'il ne se soit porté volontaire pour veiller sur Natalia pendant que Zara et Daniela aidaient la mère de la petite fille à accoucher. Avant, il n'était qu'un patient parmi d'autres, mais maintenant, ils semblaient former une sorte d'équipe. Ils œuvraient ensemble dans le but commun d'aider autrui.

Il aimait ça. Beaucoup.

Zara se retourna et se dirigea vers la porte avec la petite fille, tandis que Meat s'occupait de son pauvre corps. Il s'allongea très lentement sur le sol. Il avait mal, mais se sentait aussi très bien après être resté assis contre le mur pendant si longtemps. Il tourna doucement sa cheville, grimaçant sous l'effet de la douleur qui lui remontait le long de la jambe, mais il décida que, bien que cela fasse mal, ce n'était pas aussi douloureux que la veille. D'ici quelques jours, il serait sans doute capable d'y appuyer du poids. À la seconde où il le pourrait, il filerait d'ici. Il retournerait auprès de ses amis et quitterait ce fichu pays.

Zara revint quelques minutes plus tard et saisit le conteneur qu'il avait utilisé, puis elle disparut une fois de plus par la porte. Elle fut de retour au bout de moins d'une minute, le conteneur vide.

— Bonne nuit, murmura-t-elle.

Mais avant qu'elle puisse s'éclipser, Meat tendit la main et s'accrocha à la sienne. Surprise, elle tira dessus, ce qui fit fuser une pointe douloureuse dans les côtes. Il n'y prêta pas attention.

— Reste ici cette nuit, dit-il. – En voyant qu'elle hésitait, il ajouta simplement –, s'il te plaît.

Il la regarda prendre une profonde inspiration, puis hocher la tête. Elle s'agenouilla lentement et s'allongea à côté de lui sur le sol dur.

— Ça n'a pas l'air confortable, osa-t-il au bout d'un moment.

Elle haussa les épaules.

— J'ai l'habitude.

Ses mots lui firent froncer les sourcils. Sans réfléchir, il tendit le bras, le lui passa autour des épaules et l'attira contre lui. Elle ne résista pas, mais il songea que c'était plus par souci de ne pas lui faire de mal que par désir d'être auprès de lui.

Il l'invita à poser la tête sur sa bonne épaule. Elle était raide et mal à l'aise contre lui, pourtant Meat brûlait de la voir se détendre.

— Tu es en sécurité, Zara, lui dit-il. J'ai trop mal pour faire autre chose que rester allongé ici près de toi. Je ne vais pas me jeter sur toi au milieu de la nuit. Tu dois être épuisée, c'est fatigant de sauver une vie.

Il entendit un petit grognement amusé sortir de sa bouche, mais il la sentit se relaxer d'un rien.

— Voilà. Détends-toi.

Il voulait lui poser d'autres questions sur sa vie aux États-Unis. Lui demander comment elle en était venue à vivre au Pérou, à endurer la vie qu'elle menait actuellement. Puis il pensa à la dépendance qu'il avait développée envers ses ordinateurs. S'il voulait savoir quelque chose, il n'avait qu'à chercher. Sans l'électronique, il devait se fier à l'ancienne méthode pour obtenir des informations : poser des questions. Il n'était pas le meilleur communicateur qui soit, mais il y avait quelque chose dans le fait de voir Zara s'ouvrir lentement à lui, lui faire confiance, qui rendait chaque bribe de renseignement découverte d'autant plus satisfaisante.

— Si je te fais mal, fais-le-moi savoir, marmonna-t-elle.

— Ça va, la rassura-t-il.

Il le sentit le moment où elle s'endormit. Jusqu'alors, elle était crispée contre lui, mais à la seconde où elle sombra dans le sommeil, tout son corps se détendit. Et rien n'était plus agréable que cette confiance.

Meat n'avait jamais été du genre câlin avec les femmes avec qui il couchait. Enfin, cela faisait des années qu'il n'avait pas été avec une femme. Il était tellement occupé par les Mercenaires Rebelles et par ses recherches informatiques en coulisses qu'il n'avait pas eu le temps de sortir et de faire la cour à quelqu'un. Il n'avait jamais été partant pour les aventures d'une nuit, il les trouvait dégoûtantes. Mais être allongé avec Zara dans ses bras lui rappelait ce qu'il avait manqué.

Était-ce ce que ses amis ressentaient avec leur femme ? Ce sentiment de calme ? De justesse ?

Merde. Il fallait qu'il se sorte la tête du cul. Il ne savait presque rien sur Zara Layne. Seulement son nom et son prénom, qu'elle était née dans le Colorado et qu'elle avait apparemment aidé le médecin local. Et basta.

Malgré tout, plus il essayait de se rappeler qu'il ne la connaissait pas, plus il se rendait compte qu'il avait tort. Il ne connaissait peut-être pas les informations qu'on possède habituellement sur une personne, en revanche il savait qu'elle était une belle personne. Jusqu'à la pointe de ses petits orteils délicats. Elle faisait de son mieux pour protéger les autres, comme Natalia et lui, et sans rien demander en échange de cette aide. Elle était loyale envers ses amis et dégoûtée par la corruption rampante qui l'entourait. Elle n'hésitait pas à renoncer à manger pour nourrir quelqu'un d'autre, même si elle était affamée. Elle était peu bavarde, mais cela ne signifiait pas qu'elle ne soit pas attentive.

Plus il la connaissait, plus sa curiosité grandissait.

Pour la première fois de sa vie, Meat espérait ne pas guérir trop vite. Car plus vite sa cheville allait mieux, plus vite il partirait.

Puis une idée folle lui vint. Si Zara était née aux États-Unis, elle était citoyenne américaine. Qu'est-ce qui l'empêchait d'y retourner ?

Elle ne tenait quand même pas volontairement à rester au Pérou, si ? Pour vivre dans une pauvreté abjecte, manger des restes de nourriture ? Elle était adulte – il n'arrivait toujours pas à croire qu'elle avait vingt-cinq ans. Avec ses cheveux coupés comme ils l'étaient et sa poitrine bandée, elle avait facilement l'air d'un adolescent, en effet. Toujours est-il qu'elle pouvait partir sans avoir à demander la permission à un parent.

Sentant monter son excitation à l'idée qu'il aurait peut-être plus de temps pour connaître la femme endormie dans ses bras, Meat ferma les yeux. Il commençait à s'habituer à la douleur, ou peut-être qu'elle n'était plus aussi forte.

Même s'il aimait bien dormir avec Zara, il devait se rétablir aussi vite que possible et retourner auprès de ses amis pour qu'ils puissent tous rentrer chez eux. Gray devait être auprès d'Allye quand elle accoucherait de leur bébé. Meat serait mortifié si Gray manquait ce grand événement parce qu'ils le cherchaient, merde.

Chaque fois que Meat se réveilla cette nuit-là, il paniqua pendant une fraction de seconde, pensant que Zara l'avait quitté, mais il ouvrait ensuite les yeux et découvrait qu'elle était au même endroit qu'au moment où il s'était endormi. La tête sur son épaule, son bras léger maintenant passé autour de son ventre.

Ils étaient tous les deux en sueur, il avait besoin de se raser et de se brosser les dents, mais il n'était pas question de la lâcher. C'était trop agréable de la sentir à côté de lui. Trop bien.

6

———————

Agité, Gray se passa une main dans les cheveux. Ils avaient déplacé leur opération du *barrio* à un motel voisin. Niveau confort, ce n'était pas exactement à la hauteur du standard attendu par la plupart des Américains, mais personne dans l'équipe ne s'en souciait. Ils étaient trop préoccupés par le sort de Meat.

Black avait été sévèrement rossé par le groupe d'hommes qui les avaient agressés, Meat et lui, dans le *barrio*. Gray et les autres mercenaires étaient furieux que les deux militaires péruviens avec lesquels ils travaillaient n'aient pas semblé du tout pressés de trouver les responsables. Ils étaient plus enclins à défoncer les portes, à effrayer les habitants de ce quartier pour le moins défavorisé.

C'était Ro qui avait remis le sujet sur la table, alors que Meat avait disparu depuis près de deux jours. Ils étaient tous épuisés, après une deuxième journée infructueuse passée à chercher leur coéquipier. Les gars de l'équipe avaient souhaité bonne nuit aux autres membres de la brigade qui avaient rejoint le groupe après la disparition de

Meat, puis s'étaient réunis dans la chambre de motel de Gray.

— C'est moi, ou ces gars étaient plus intéressés par les femmes qu'ils reluquaient que par le fait d'interroger les résidents pour obtenir des informations sur Meat ? demanda Ro.

Gray poussa un soupir de soulagement à ses mots.

— Dieu merci, il n'y a pas que moi qui ai fait ce constat.

— Je ne veux pas insinuer que tu manques d'autorité, mais il semble qu'ils étaient plus soucieux d'effrayer tout le monde, y compris les enfants, que d'aider à la recherche, renchérit Arrow.

— Meat n'a pas pu disparaître comme ça, déclara Ball, frustré. Quelqu'un a dû le faire sortir de là.

— Je m'en veux de ne pas en avoir vu davantage, lança Black depuis le lit.

Ils l'avaient bourré de toutes sortes d'analgésiques et il avait toujours l'air extrêmement mal en point. Mais à part une entorse au poignet et quelques contusions, il allait s'en sortir. Apparemment, sa tête était plus dure qu'ils ne l'auraient imaginé.

— Ce n'est pas ta faute, assura Gray. Mais Ball a raison. Quelqu'un a vu quelque chose et je pense qu'on ne nous le dira pas, avec nos amis militaires qui rôdent à nos basques. Et je ne peux pas blâmer les gens. Cette mission pue depuis le moment où nous avons atterri au Pérou, et je commence à comprendre pourquoi.

— Corruption, conclut Arrow.

— Exactement. Ce qui va compliquer encore la recherche de Meat.

— On pourrait larguer nos escortes ? suggéra Ro.

Gray haussa les épaules.

— On pourrait, mais ce n'est probablement pas une bonne idée. Il était très clair, lorsque nous sommes entrés dans le pays, que nous devions rester avec eux en permanence. Je suis surpris qu'ils nous aient laissés seuls dans ce motel de merde, pour être honnête.

— On devrait retourner dans le *barrio* et commencer à poser des questions ce soir, à la faveur de l'obscurité, déclara Ball.

— J'aimerais beaucoup, seulement aucun d'entre nous ne parle couramment l'espagnol – ce que je vais m'efforcer de changer dès mon retour aux États-Unis. C'est ridicule que dans le groupe, il n'y en ait pas un qui est capable de le parler ou de le comprendre. Bref, on pourrait toujours aller dans le *barrio* ce soir, mais j'ai le sentiment qu'on ferait plus peur aux habitants qu'autre chose. En plus, on est censés travailler avec le gouvernement. Rex nous a demandé de faire de notre mieux pour coopérer et de ne rien entreprendre qui pourrait les énerver.

— Ce qui est ironique, car je soupçonne certains de leurs soldats de travailler pour les personnes qu'on est justement censés arrêter, lança Black depuis le lit.

— C'est vrai, acquiesça Gray. Si l'un d'entre nous connaissait l'espagnol, je n'hésiterais pas à retourner là-bas, à frapper à toutes les portes et à trouver quelqu'un pour nous parler. Ça me rend furieux, mais j'ai peur que pour l'instant, on doive se contenter de la jouer tranquille en attendant demain matin.

— Tu as parlé à Allye ? lui demanda Arrow au bout d'un moment.

Gray soupira.

— Oui. Elle a des douleurs et le docteur pense que c'est un signe avant-coureur de l'arrivée du bébé.

— Merde, murmura Ball.

— Si tu veux rentrer, on va rester jusqu'à ce qu'on retrouve Meat, proposa Arrow.

Gray ferma les yeux un instant, submergé d'amour pour ses frères d'armes. En les rouvrant, il les posa sur Arrow.

— Que ferais-tu si c'était Morgan ?

Ils savaient tous que Morgan était presque aussi enceinte qu'Allye. À cette différence près qu'il lui restait encore un mois et demi de grossesse.

— Je sais ce que je *voudrais* faire, mais je sais aussi qu'elle m'interdirait de ramener mes fesses tant qu'on n'a pas trouvé Meat, admit Arrow.

Gray hocha la tête et renifla amèrement.

— Ça ressemble exactement à la conversation que j'ai eue avec Allye tout à l'heure.

— Meat ne voudrait pas que tu manques la naissance de ton premier enfant, souffla Ro à Gray.

— Je sais, mais voilà, le truc c'est que... Je n'arrête pas de penser à la façon dont on a retrouvé Morgan. Elle avait disparu depuis un an et personne ne la cherchait. Je ne peux pas m'imaginer partir d'ici sans Meat. Il sait qu'on le cherche. Tout comme je le saurais si j'étais à sa place. Je ne peux pas partir sans lui. En tant que SEAL, on m'a appris qu'on ne laisse pas un homme derrière soi. Jamais. Et même si Meat n'était pas un SEAL, la règle s'appliquerait quand même.

— Alors, il faut nous dépêcher de le trouver, conclut Arrow.

Les autres acquiescèrent en chœur.

— Rex a scruté les images satellites et n'a rien vu qui sorte de l'ordinaire, les informa Gray. Il a quelques photos des hommes dans la rue qui cognent Black et Meat, mais le satellite ne prend des clichés que toutes les trente secondes. Sur l'un d'eux, Black et Meat sont allongés dans la rue, et sur le suivant, il ne reste plus que Black. Donc ce qui s'est passé, quoi que ce soit, s'est produit en trente secondes.

— Merde. Il doit y avoir autre chose, grommela Ro.

— Peut-être, mais nous savons tous que c'est Meat notre pirate informatique attitré et notre expert en la matière. Rex n'est pas un nul, mais quand les choses se gâtent, c'est Meat qui est le maître, nuança Gray.

— En plus, ce n'est pas comme si les caméras de surveillance à pirater étaient légion, par ici, ajouta Ball tout bas. Et il n'y a pas que la corruption. Il y a le gang qui a attaqué Black et Meat, les femmes qui ne regardent personne dans les yeux, qui se recroquevillent quand on essaie de leur parler. Il y a la pauvreté abjecte et le fait que personne dans l'armée ne semble s'en soucier.

— On ne peut pas changer toute une culture, souligna Ro.

— Je sais, mais le comportement de la brigade va à l'encontre de tout ce que nous défendons, insista Ball. Depuis des années, on cherche à essayer de donner aux femmes et aux enfants une vie meilleure. Je comprends bien qu'il y a encore beaucoup trop d'endroits dans le monde où les hommes se croient supérieurs aux femmes et font tout ce qui est en leur pouvoir pour rester au sommet de la chaîne alimentaire, n'empêche que ça continue de me débecter chaque fois que j'en suis le témoin.

— Mon frère, Lance – vous vous souvenez, le photographe ? – a dit la même chose quand il est venu ici, pour accompagner une équipe de tournage, ajouta Black depuis le lit. Ils tournaient un documentaire sur la prostitution et, quand il est revenu, il a déclaré que c'était l'une des missions les plus déprimantes qu'il ait jamais eues. Il avait perçu un sentiment d'échec chez toutes les femmes qu'il avait croisées. Contrairement aux États-Unis, où certaines femmes choisissent de vendre leur corps, les femmes d'ici n'ont pas le choix. Elles sont soit vendues par leurs propres parents, soit enlevées de force à leur maison et on leur dit qu'elles pourront partir quand elles auront remboursé une dette.

— Une dette qui n'a jamais existé, marmonna Gray.

— Bien sûr. Lance a également raconté qu'il y avait beaucoup de femmes étrangères dans la prostitution, ici. Certaines ne parlaient même pas espagnol. Mais avec son équipe, ils n'étaient pas autorisés à s'entretenir avec ces femmes ou à les filmer. Chaque fois que Lance en apercevait une, elle disparaissait dans une pièce ou était entraînée à l'écart par un des hommes. Certaines de ces femmes avaient l'air américaines, mais sans leur parler, Lance ne pouvait pas en être sûr. Le nom de del Rio a souvent été mentionné et j'ai fait des recherches : apparemment, c'est l'homme qui contrôle tout ici. C'est lui qui a le plus de pouvoir sur le commerce du sexe et tout le monde est à sa solde.

Le silence s'abattit sur le groupe après la déclaration de Black. Chacun était perdu dans ses propres pensées. Finalement, Gray reprit la parole :

— Il va falloir faire mieux demain. Prendre de l'argent. Peut-être que si on ne nous parle pas par bonté de cœur, on nous parlera avec une motivation suffisante. Dieu sait que les gens d'ici ont besoin d'argent. Je ne partirai pas tant que nous n'aurons pas récupéré Meat. Nous n'avons jamais laissé personne derrière nous et nous n'allons pas commencer maintenant.

Un par un, les autres manifestèrent leur accord. Ro et Arrow partirent pour regagner leur chambre à côté, tandis que Ball s'installa sur une paillasse par terre. Personne ne dit un mot, pourtant Black, Ball et Gray ne dormaient pas. Il s'était passé trop de choses et ils étaient trop inquiets pour leur ami et coéquipier.

· · ·

Le troisième jour se déroula à peu près comme le précédent, en ce qui concernait la fouille du *barrio*. Personne ne savait rien, personne n'avait rien vu. Les militaires, tout aussi odieux que la veille, se moquaient de faire peur aux habitants, or ceux-ci auraient pu être plus utiles s'ils ne s'étaient pas sentis aussi menacés.

Même si Gray offrait de l'argent à quiconque pourrait les aider à trouver Meat, ils n'étaient arrivés à rien. Pourtant, il avait le sentiment que certains habitants du coin en savaient plus qu'ils ne le disaient. Surtout ceux qui vivaient dans la rue où Black et Meat avaient été frappés. Gray ne pouvait pas leur reprocher d'être méfiants, n'empêche que c'était très frustrant.

La seule lueur d'espoir de revoir Meat s'était produite vers la fin de la journée. Ils se trouvaient dans l'un des taudis de la rue où Meat avait été vu pour la dernière fois, alors que le militaire qui était avec Ro et lui en était sorti. Il y avait deux femmes à l'intérieur, qui avaient juré sur tout ce qu'elles avaient qu'elles n'avaient rien vu ni entendu, qu'elles ne savaient rien sur un Américain disparu.

Toutefois, à la seconde où leur escorte disparut, l'une d'entre elles avait osé, dans un anglais approximatif :

— Peut-être quelqu'un emmener ami chez docteur. Il revenir quand il aller mieux.

Gray avait ouvert la bouche pour demander plus d'informations, mais un militaire, qui avait passé la tête dans la hutte, avait aboyé quelque chose en espagnol à l'attention des femmes. Elles avaient hoché la tête et tourné immédiatement le dos à Gray et Ro, pour se remettre à balayer le sol comme si leur vie en dépendait.

Échangeant un regard, les mercenaires avaient été frustrés, cependant c'était plus d'informations qu'ils en avaient obtenues de toute la journée. La femme n'avait pas affirmé que quelqu'un avait emmené Meat chez un médecin, mais c'était ce que son propos sous-entendait.

Espérant que la femme n'avait pas raconté des salades, Gray avait suivi Ro à la porte, cependant avant de partir, il avait placé l'argent avec lequel il avait essayé de soudoyer des gens toute la journée sur une petite étagère près de la porte.

Une fois de plus, ce soir-là, ils se retrouvèrent dans la chambre de motel de Gray pour mettre Black au courant de leurs recherches, puisqu'il était encore alité. Gray et Ro répétèrent aux autres ce que la femme avait dit et tous convinrent que, puisqu'ils n'avaient pas trouvé la moindre trace de Meat dans le *barrio*, la suggestion de la femme avait son intérêt. Du moins l'espéraient-ils.

Cela dit, ils n'avaient guère d'espoir de le trouver par eux-mêmes. Cette ville, c'était des centaines d'hectares de zones aussi déshéritées que celle qu'ils avaient fouillée. Sans parler des maisons à l'extérieur de chaque *barrio* fortifié. Si quelqu'un avait sorti Meat du *barrio*, ce serait comme chercher une aiguille dans une botte de foin. Tout ce qu'il leur restait à faire, c'était attendre et prier pour que Meat leur soit ramené. Ou alors, s'il était retenu en otage, qu'il trouve un moyen de s'échapper.

7

———

Trois jours s'étaient écoulés depuis que Meat avait été transporté chez le médecin. La nuit tombait sur le troisième jour et, même s'il ne se sentait pas prêt à affronter un autre gang, il se sentait beaucoup mieux que la veille. Il n'avait pas beaucoup vu Zara aujourd'hui, mais il espérait qu'elle reviendrait bientôt. Il ne pouvait pas communiquer avec Daniela et, bien qu'elle soit plus gentille maintenant, elle ne semblait pas vraiment ravie de l'avoir à ses côtés.

Meat s'était réveillé ce matin avec Zara dans ses bras. Chose qui l'avait surpris, car il avait pensé qu'elle était probablement une lève-tôt, comme lui. C'était seulement lorsque Daniela avait frappé à la porte que Zara s'était réveillée en sursaut. Elle avait rougi en réalisant où elle était et dit quelque chose à Daniela, qui avait aussitôt disparu, les laissant seuls.

Elle n'avait pas dit grand-chose à Meat, juste marmonné qu'elle devait partir et, avant qu'il ne puisse la retenir, elle était sortie.

Meat avait passé la journée à bouger doucement sa cheville, encore et encore, pour essayer de retrouver son amplitude de mouvement et l'aider à guérir plus vite. Ses côtes lui faisaient toujours très mal, mais il avait déjà eu des côtes cassées par le passé et faisait de son mieux pour passer outre cette douleur-là. Les bleus sur tout son corps l'élançaient, de temps en temps, une sensation de nausée lui donnait des vertiges. Il dormait beaucoup, car la maison se réchauffait rapidement sous le soleil de l'après-midi, ce qui le rendait somnolent.

Quand il se réveilla la fois suivante, le soleil se couchait et il était affamé. Meat savait que son temps d'immobilité forcée touchait presque à sa fin. Demain, il verrait comment il pouvait supporter son propre poids et il réfléchirait à sortir de là et à retourner auprès de ses coéquipiers. Mieux valait se déplacer de nuit, car il pourrait se fondre dans la masse, mais ce serait aussi plus dangereux. Il n'était pas idiot, il savait qu'évoluer à travers les quartiers les plus pauvres de Lima dans l'obscurité n'était pas vraiment malin, mais comme il ne portait qu'un maillot de corps et un caleçon, il n'était pas en capacité de se faufiler discrètement à la lumière du jour.

Ses pensées furent interrompues par le retour de Zara. Elle avait toujours le même tee-shirt ample et le survêtement sale et effiloché qu'elle portait lorsqu'ils s'étaient rencontrés, mais la voir debout sur le seuil de la pièce l'amena à se demander une fois de plus comment on pouvait la prendre pour un garçon. Ses cheveux étaient courts, certes, mais ses hanches étaient un peu trop larges pour être masculines et sa délicatesse lui donnait aussi un air féminin.

Ses joues étaient rougies. Par l'effort ou la chaleur, il n'en savait rien, mais il se prit à songer à l'apparence qu'elle pourrait avoir après l'orgasme.

Elle se tint un moment là, à le dévisager sans un mot, et

finalement, Meat remarqua qu'elle avait un sac en plastique dans la main. Plein à craquer.

— Qu'est-ce que tu m'apportes ? demanda-t-il en désignant le sac d'un geste de la tête.

Zara entra en haussant les épaules.

— J'ai trouvé des trucs pour toi aujourd'hui. Si ça se trouve, tu n'aimeras rien.

Meat n'avait aucune idée de ce qu'elle lui avait dégoté, en revanche il était certain que ça lui avait pris toute la journée. Il ne voulait pas penser à la façon dont elle avait obtenu tous ces trésors, mais il lui était d'avance reconnaissant de ses efforts, quoi qu'elle rapporte.

— Eh bien, viens par ici et voyons ce que c'est.

Elle hocha la tête et s'approcha. Meat espérait qu'il y avait de la nourriture dans le sac, mais peu importait. Il pouvait bien passer un jour supplémentaire sans rien manger, il avait tenu plus longtemps que ça sur certaines de ses missions dans l'armée. Daniela lui avait apporté de l'eau tout au long de la journée, donc tout allait bien.

Zara posa le sac et l'observa en se mordillant la lèvre. Meat tapota le sol à côté de lui.

— Assieds-toi, Zara. Tu as l'air fatiguée.

Elle cilla, surprise, et Meat se demanda si quelqu'un avait jamais veillé sur elle auparavant, s'était inquiété pour elle. Il devinait que non, ce qui le rendait à la fois triste et furieux.

Elle s'assit lentement tandis qu'il regardait dans le sac en plastique. Ses yeux s'élargirent lorsqu'il en sortit le premier objet. C'était un tee-shirt noir, neuf, avec les étiquettes encore dessus. Ensuite vint un jean, toujours avec ses étiquettes. Elle lui avait aussi apporté des chaussettes neuves et une paire de baskets légèrement usées, mais pas en lambeaux. La taille du jean était à peu près correcte et les chaussures étaient un peu grandes, mais il pouvait y mettre du papier journal ou n'importe quel autre rembourrage pour compenser.

Au fond du sac, il trouva une canette de soda, une pomme, quelque chose d'enveloppé dans du papier paraffiné et une autre barre chocolatée.

Il la regarda, surpris.

— Où as-tu trouvé tout ça ?

Nouveau haussement d'épaules. Il n'allait pas laisser passer ça.

— Sérieusement, les vêtements sont tout neufs. Tu as dit que tu n'avais pas d'argent, alors comment les as-tu eus ?

— Je suis allée à Miraflores, la zone touristique, et j'ai mendié, dit-elle en relevant le menton, comme si elle le mettait au défi de la juger.

Meat était sidéré. Il n'avait rien à répondre et, apparemment, elle avait pris son silence pour de la désapprobation, car elle ajouta :

— Les touristes sont plus susceptibles de donner de l'argent à un jeune sans-abri que n'importe qui ici. De plus, personne dans ce quartier n'a d'argent à dépenser. J'ai dû deviner ta taille. J'espère que ça t'ira. J'ai pensé que tu ne voudrais pas te promener en sous-vêtements quand tu partiras. Et il faut bien des chaussures pour marcher.

Elle haussa de nouveau les épaules.

— J'ai acheté le hamburger avec ce qui me restait d'argent et le reste de la nourriture, je l'ai volé.

Elle soutenait son regard, pleine de défiance.

— Tu l'as volé ?

Il détestait l'idée qu'elle se mette en position d'être attrapée pour un délit. Étonnamment, cependant, il n'était pas rebuté par l'idée pour d'autres motifs. Bien sûr, ça n'était pas bien de voler, mais il avait suffisamment vu comment vivaient les gens d'ici au cours de ses quelques jours au Pérou. Il serait hypocrite de la juger, et puis d'accepter ses présents. Surtout avec le mal qu'elle s'était donné pour les lui obtenir.

— Oui, je suis plutôt douée pour ça. Je ne risquais pas de me faire prendre, si c'est ce qui te tracasse. Les magasins touristiques sont toujours bondés, c'est plus facile que de voler dans les boutiques du quartier. Il aurait été encore plus facile de jouer les pickpockets, mais quand j'ai réussi à mendier assez d'argent pour acheter les vêtements, il commençait à faire nuit et la plupart des touristes s'étaient déjà enfermés dans leurs hôtels.

Meat avait la tête qui tournait. Il ne se souvenait pas d'avoir jamais été aussi surpris par quelqu'un. Il était blasé, il avait vu à peu près tout ce que l'humanité avait à offrir, et pourtant là, il ne put faire autrement que de regarder fixement le bout de femme devant lui.

Elle commença à se lever.

— Désolé d'avoir mis autant de temps. Je me doute que tu dois avoir faim.

Il ouvrit et referma délicatement la main autour de son biceps avant qu'elle ne puisse se lever.

— Reste, demanda-t-il, sur un ton beaucoup plus bourru que prévu.

Elle le regarda, un peu effrayée.

— J'ai été seul avec mes pensées toute la journée. J'ai bien besoin de quelqu'un à qui parler, ajouta-t-il comme une supplique.

Après un moment d'indécision, elle s'installa à nouveau sur le sol à côté de lui, les jambes croisées.

— Tu dois être fatiguée d'avoir passé toute la journée debout, reprit-il.

Elle haussa les épaules.

— Tu t'es acheté quelque chose à manger ?

Elle secoua la tête.

Maintenant, il avait de quoi la sermonner. Lui dire

qu'elle devait mieux prendre soin d'elle. Mais ce serait déplacé. De toute évidence, elle avait déjà accompli des miracles pour prendre soin d'elle dans cet environnement difficile, elle n'avait pas besoin qu'il lui fasse la morale.

Il déballa la barre chocolatée et la coupa en deux avant de lui en tendre un morceau. Elle regarda tour à tour la friandise et Meat, mais elle ne le prit pas.

— Mange, toi, ordonna-t-elle.

— Le moins que je puisse faire, c'est de partager avec toi le repas que tu as eu tant de mal à obtenir.

— Ce n'était pas difficile, protesta-t-elle sans lâcher le chocolat des yeux, mais sans tendre la main non plus. Beaucoup de gens ont pitié de moi quand je mendie et je suis assez douée pour voler.

Ça, il n'en doutait pas. Et si elle essayait de le décourager, ça ne marchait pas non plus. Au contraire, il n'était que plus impressionné par sa résilience. Il lui agita la confiserie sous le nez.

— S'il te plaît, partage avec moi, d'accord ?

En se passant la langue sur les lèvres, Zara finit par saisir la barre chocolatée. Ils mangèrent en silence et Meat savait qu'il n'oublierait jamais le goût incroyable de ce chocolat. Il ouvrit ensuite le hamburger et, bien qu'il ait eu un bref doute sur la possibilité de le manger froid pour des raisons sanitaires, il le coupa également en deux et en donna une portion à Zara. Cette fois, elle ne le regarda qu'une fraction de seconde avant de s'en saisir.

Leurs doigts se frôlèrent... et Meat aurait juré qu'il sentait encore ce contact longtemps après qu'ils eurent fini le hamburger.

Ils partagèrent aussi la pomme puis, après une longue gorgée de soda tiède, il lui tendit la canette. Elle secoua la tête.

— Pourquoi ? demanda Meat.

— C'est plein de sucre, répondit Zara.

Il ne put s'en empêcher : il pouffa. Puis il se mit à rire si fort qu'il dut porter une main à ses côtes pour essayer de contrôler la douleur que ce rire faisait naître en lui. Malgré les élancements, il ne pouvait pas s'arrêter.

Par chance, les lèvres de Zara se retroussèrent. Elle ne savait peut-être pas pourquoi il riait, mais, au moins, elle n'avait pas quitté la pièce.

— Je suis désolé, lâcha Meat quand il parvint à se maîtriser. Je ne devrais pas rire. Tu as raison. C'est de la merde, ce truc. Mais avec toute cette misère...

Il balaya la pièce d'un geste de la main.

— Je ne pensais pas que tu serais aussi pointilleuse sur ce que tu manges et bois.

Pendant une seconde, il eut peur d'être allé trop loin et de l'avoir offensée, mais elle se contenta de hausser les épaules, avec cette nonchalance qui lui était si particulière.

— Quand j'étais petite, mes parents m'ont appris que les boissons gazeuses étaient mauvaises pour la santé. Il faut croire que ça m'est resté, car je m'en suis toujours détournée, du coup.

Ses mots frappèrent Meat.

— Tes parents ? fit-il doucement, avant de se dépêcher de boire le reste de la boisson.

Elle avait raison, ce n'était pas sain du tout, mais il avait besoin de calories et la caféine lui procurerait un coup de fouet plus que nécessaire.

— Chad et Emily Layne.

Voyant qu'elle ne lui donnait pas d'autres informations, Meat comprit qu'il allait devoir demander tout ce qu'il voulait savoir. À gestes lents pour ne pas l'effrayer, il mit de côté les reliefs de son étrange dîner et tendit une main pour la reposer légèrement sur son genou en guise de soutien.

— Où sont-ils maintenant ?

— Morts, répondit Zara, sans aucune inflexion dans sa voix.

Meat cilla.

— Comment ? Et quand ?

Zara leva les yeux vers lui. Jamais il n'avait vu une telle tristesse dans le regard de quiconque. C'était comme si elle les avait perdus hier, pourtant il avait l'impression que cette disparition remontait à longtemps. Il ne pensait pas possible que, vivants, les parents de Zara aient pu laisser leur fille se débrouiller seule dans les *barrios* de Lima, comme cela avait pourtant été le cas, de toute évidence. OK, il ne connaissait pas les Layne, mais s'ils étaient venus dans ce pays en vacances avec leur fille, il était peu probable qu'ils l'aient abandonnée là exprès.

— Ils ont été assassinés il y a quinze ans alors que nous rentrions à notre hôtel à Miraflores après le dîner.

Pendant un moment, il ne put rien faire d'autre que la dévisager en silence.

— Tu étais avec eux ? Que vous est-il arrivé ? demanda-t-il finalement.

Zara haussa les épaules et baissa les yeux.

— Les hommes m'ont emmenée parce que je pouvais les identifier. Ils n'avaient apparemment pas les tripes pour tuer une enfant de dix ans, alors ils m'ont abandonnée au milieu de la nuit dans l'un des *barrios*... et je suis restée là depuis.

8

Retenant son souffle, Zara attendait la réaction de Meat à l'histoire qu'elle n'avait racontée que peu de fois dans sa vie. Les autres personnes auxquelles elle s'était ouverte lorsqu'elle était plus jeune ne l'avaient pas comprise ou pensaient simplement qu'il s'agissait d'une nouvelle ruse pour leur soutirer de l'argent : ils lui avaient conseillé de retourner chez elle.

Mais elle n'avait rien inventé et elle n'avait pas de chez elle où aller.

Si Meat ne la croyait pas, cela n'aurait pas vraiment d'importance. Elle continuerait à faire ce qu'elle faisait tous les jours, c'est-à-dire aider Daniela en s'efforçant de subsister dans le *barrio* avec Mags et les autres femmes.

Ce qu'elle avait plus de mal à dépasser, c'était l'attirance qu'elle ressentait pour Meat. Il était la première personne depuis très longtemps, Mags mise à part, à la regarder comme une vraie personne. Les touristes se contentaient généralement de regarder à travers elle, ou de lui jeter un peu d'argent, avant de continuer leurs amusantes vacances. Les autres habitants du *barrio* étaient trop préoccupés par leurs propres difficultés, cherchant à trouver de la nourriture et à passer eux-mêmes inaperçus, pour se soucier des autres.

Zara détestait mendier de l'argent, mais savait qu'elle ne pourrait jamais voler les vêtements dont il avait besoin. Elle avait donc passé toute la journée assise devant les magasins pour touristes à essayer d'avoir l'air aussi pathétique que possible afin que les gens lui donnent de l'argent. Et c'est ce qu'ils avaient fait. Elle avait dépensé jusqu'au dernier centime pour les vêtements et s'était résolue à voler la majorité de la nourriture.

Elle ne savait pas si Meat la croirait vraiment ou s'il lui donnerait une petite tape sur la tête et exprimerait une compassion feinte avant de remercier in petto sa bonne étoile de pouvoir bientôt s'en aller.

— Dis-m'en plus, dit-il après un long moment.

Zara se mordit la lèvre. Que voulait-elle lui révéler ? Lorsqu'elle était retournée dans le *barrio* pour se renseigner sur l'ami de Meat, Mags avait dit à Zara tout ce qu'elle savait sur Black, puis indiqué en termes très clairs que si l'occasion se présentait, elle devrait raconter son histoire à l'Américain. Elle avait insisté sur le fait que cela pourrait être sa chance de retourner là où était sa place. À savoir aux États-Unis.

Seulement Zara n'était plus sûre de l'endroit où se trouvait sa place. Elle avait fait des rues de Lima sa maison. Elle n'avait qu'une éducation du niveau école primaire, elle était sans le sou et pas certaine qu'aucun des membres de sa famille dont elle se souvenait vaguement ne veuille avoir affaire à elle. Elle n'était plus une enfant et elle avait quitté l'Amérique depuis plus longtemps qu'elle n'y avait effectivement passé d'années.

Au moins ici, on avait besoin d'elle. Avec les autres filles, elles aidaient les enfants du quartier, cherchant à les tenir à distance des griffes d'hommes comme del Rio et Ruben dans le *barrio*.

Néanmoins, quelque chose dans le ton de Mags l'avait touchée et, assise sur le béton dur, à mendier quelques piécettes, elle s'était imaginée retournant dans le Colorado et retrouvant ses proches ravis de l'accueillir.

Ça, des douches chaudes et des tables chargées de nourriture.

Zara ne savait pas si Meat allait croire son histoire. Elle ne savait pas s'il serait capable de l'aider à revenir en Amérique. Elle n'était même pas sûre que ce soit possible, vu qu'elle n'avait pas de papiers d'identité, pas de preuve qu'elle était bien celle qu'elle prétendait être. Elle n'avait littéralement que les vêtements qu'elle portait sur le dos. Mais comme Mags l'avait dit, si elle n'essayait pas, ça n'arriverait pas tout seul.

Elle prit donc une grande inspiration et commença à raconter son histoire. Toute l'histoire, pour la première fois en quinze ans.

— J'avais dix ans quand mes parents ont décidé de venir à Lima pour les vacances. Moi, je voulais aller à Disney World, mais ils pensaient que ça m'apprendrait plus de choses si nous venions ici. Nous étions descendus dans un hôtel de la région de Miraflores. Je me souviens plus du nom de l'hôtel, mais je me souviens de l'énorme baignoire de la salle de bains et de la façon dont l'eau de la douche tombait par des petits trous dans le plafond plutôt que d'un pommeau.

Elle secoua la tête au souvenir de toutes ces choses étranges pour la fillette qu'elle était.

— Nous étions sortis dîner un soir et je suppose que nous sommes rentrés trop tard. Tout le monde sait qu'il ne faut pas se promener après la tombée de la nuit, même dans les quartiers chics et touristiques. Je me rappelle avoir détesté ce dîner. Je m'étais plainte et j'avais fait la tête pendant tout le repas. Mon père m'a grondée, il m'a dit d'arrêter de me comporter comme une gamine de quatre ans. J'étais en colère contre lui, furieuse du temps interminable qu'ils avaient passé à table en riant et buvant du vin alors que je voulais retourner à l'hôtel et manger quelques bonbons qu'ils m'avaient achetés plus tôt dans la journée.

Zara reprit une profonde inspiration, honteuse de la superficialité dont elle avait fait preuve à l'époque. Elle n'était pas du tout préparée à la vie qui l'attendait.

Elle sentit la main de Meat se poser sur sa jambe et fut surprise de n'être pas effrayée qu'un homme la touche. Il ne la tripotait pas, ne la reluquait pas avec un air lubrique. Même en ressemblant à un garçon, elle avait été soumise aux regards et aux attouchements lascifs d'hommes qui pensaient avoir le droit de la caresser et de lui dire ce qui leur passait par la tête, simplement parce qu'elle était sans abri et seule dans la rue.

— Continue, l'encouragea doucement Meat.

Sa gorge était sèche. Zara n'avait pas parlé autant depuis très longtemps, mais elle se passa un coup de langue nerveux sur les lèvres et continua.

— Je marchais à quelques pas derrière ma mère et mon père. J'étais toujours en colère contre eux et je savais qu'ils trouvaient ma petite crise de colère amusante. Ils parlaient du bateau qu'ils avaient affrété pour le lendemain et de leur plaisir à la perspective de cette sortie, lorsque deux hommes ont surgi d'une allée que nous croisions. Ils y ont traîné ma mère en lui couvrant la bouche afin qu'elle ne puisse pas crier. Mon père a essayé de la libérer de leurs bras, mais il a été poignardé avant de pouvoir faire grand-chose de plus de supplier qu'on lui laisse la vie sauve. Je ne savais pas quoi faire... j'étais peut-être en état de choc. Alors je les ai suivis dans la ruelle. Je ne suis même pas sûre que les hommes étaient conscients de ma présence auprès de ma mère et mon père. Ils ont laissé le corps de mon père au bout de la ruelle, dans l'ombre, et ont traîné ma mère plus loin dans l'obscurité. Elle essayait de se débattre, mais le type avait la main sur sa bouche et elle ne pouvait pas faire grand-chose. Elle était petite, comme moi. Elle ne faisait pas le poids. Le deuxième gars a fini par me remarquer et il m'a attrapée. Il m'a plaqué une main sur la bouche pendant que l'autre homme violait ma mère. Puis ils ont échangé leurs places et le deuxième type l'a également violée. Quand il a eu fini, les yeux de ma mère ont croisé les miens... et j'ai vu le soulagement qu'ils contenaient. Que c'était fini, qu'ils allaient partir et qu'on pourrait recevoir de l'aide.

Zara s'arrêta et ferma les yeux. Ce moment resterait pour toujours gravé dans son esprit. Elle revoyait tout comme si c'était hier. Elle détestait aller à Miraflores, elle savait exactement où se trouvait cette allée, mais comme c'était là qu'elle gagnait le plus d'argent en mendiant, elle y retournait quand même.

Elle n'avait pas réalisé qu'elle avait serré les mains l'une contre l'autre jusqu'à ce que Meat en prenne une dans les siennes. Sans rien dire, ce dont elle lui était reconnaissante. Maintenant qu'elle avait commencé cette histoire, elle voulait aller au bout. Raconter à une autre personne ce qui s'était passé au cours de cette nuit fatidique qui avait changé sa vie pour toujours.

— Mais au lieu de partir, le type qui venait de violer ma mère... il a sorti un couteau et lui a tranché la gorge. Elle n'a pas eu le temps de dire ou de faire quoi que ce soit, tellement ça a été rapide. Il l'a laissée là, par terre, le pantalon autour des genoux, et même si je ne parlais pas l'espagnol à l'époque, j'ai compris qu'il voulait que le type qui me tenait m'achève. Sauf qu'apparemment, il avait une forme du sens de l'honneur ou une chose comme ça, parce qu'il a refusé.

Elle lâcha un rire sans joie.

— Assassiner un homme, violer et égorger une femme, c'était acceptable, mais tuer un enfant, ça allait trop loin. Ils se sont disputés et je suppose qu'aucun des deux ne voulait être celui qui me tuerait. Alors ils m'ont emmenée. J'avais une peur bleue. Je n'avais aucune idée de ce qu'ils prévoyaient pour moi. Je réalise maintenant la chance que j'ai eue. Ils auraient pu me vendre à quelqu'un comme del Rio, mais ils ne l'ont pas fait.

Voyant qu'elle s'arrêtait de parler et ne reprenait pas, Meat demanda :

— Qu'est-ce qu'ils ont fait, Zar ?

Zar. Elle aimait bien. C'était bien mieux que Zed, le nom qu'elle avait choisi des années plus tôt, le jour où elle avait compris qu'il valait mieux faire semblant d'être un garçon.

Quand elle sentit les doigts de Meat serrer délicatement les siens, elle décida de finir son histoire le plus vite possible.

— Ils ont roulé pendant ce qui m'a paru des heures, mais je sais maintenant que c'était probablement juste une trentaine de minutes. Ils se sont arrêtés dans un *barrio* assez semblable à celui où tu as été attaqué et m'ont littéralement poussée hors de la voiture. Ils m'ont crié un tas de trucs, menaçant probablement de revenir me tuer si je racontais à quelqu'un ce qui s'était passé, puis ils sont partis. Il faisait nuit noire et je n'avais aucune idée de l'endroit où j'étais.

— Merde, Zar.

Oui. Merde.

— J'étais terrifiée. Je ne comprenais pas ce que les gens disaient et personne ne me comprenait non plus. J'ai réussi à trouver une cachette derrière un mur en béton. Il y avait des tonnes d'ordures et des morceaux de béton empilés contre le mur. Alors, en gros, je me suis creusé un espace en dessous jusqu'à ce que mon corps puisse rentrer à l'intérieur. Je me suis cachée là pendant des jours, plus affamée que je ne l'avais jamais été de toute ma vie et terrifiée à l'idée qu'un de ces hommes effrayants qui erraient dans le *barrio* me trouve. Parfois, je sortais la nuit et je volais des restes de nourriture, mais la plupart du temps, je vivais dans ce trou. Ça a duré des semaines.

— Mon Dieu, Zara. Est-ce que quelqu'un te cherchait ? Et le reste de ta famille aux États-Unis ?

Elle haussa les épaules.

— Je ne sais pas. Je ne parlais pas espagnol et ce n'était pas comme s'il y avait des télévisions qui diffusaient les nouvelles dans le *barrio*. J'étais morte de peur à l'idée que, si je racontais mon histoire à quelqu'un, les hommes reviennent et me tuent. Au bout d'un moment, j'ai eu l'impression que c'était un peu moins pénible. J'avais mon petit espace à moi et personne ne me dérangeait trop. J'ai fini par me couper les cheveux, parce qu'ils étaient très sales et dégoûtants, mais surtout parce que j'ai vu que les filles attiraient beaucoup plus l'attention que les garçons. Une attention qu'il valait mieux éviter. Je voulais que tout le monde me laisse tranquille et ça m'a semblé la meilleure façon d'y parvenir.

Les yeux gris de Meat fouillaient les siens.

— Comment s'appelaient tes parents déjà ?

— Chad et Emily.

Meat hocha la tête.

— Si seulement j'avais mon ordinateur avec moi... Mais je te jure, Zara, je vais faire tout ce que je peux pour retrouver ta famille, si tu en as, et leur faire savoir que tu es en vie et en bonne santé.

Elle hocha la tête, emplie d'une émotion qu'elle n'avait pas ressentie depuis des années et qui la submergea presque.

L'espoir.

— Mais quoi qu'il en soit, je veux te ramener en Amérique. Il ne fait aucun doute que tu as fait au mieux avec ce que la vie a mis sur ta route, mais tu n'as pas ta place ici, Zara. Tu veux bien me laisser t'aider à rentrer chez toi ?

Elle le dévisagea, incrédule. Mags l'avait pressée de faire cette demande à Meat : qu'il l'aide à entrer en contact avec l'ambassade américaine et à plaider sa cause. Elle avait déjà essayé, une fois, mais les gardes lui avaient jeté un seul coup d'œil – à ses vêtements sales et son air de gamine des rues – et l'avaient escortée hors de la propriété. Ils n'avaient pas voulu entendre son histoire, ne lui avaient même pas accordé une chance de prouver qu'elle ne mentait pas.

Mais Meat la croyait. Elle n'avait même pas eu besoin de lui dire les quelques détails dont elle se souvenait de son enfance aux États-Unis pour essayer de le convaincre.

Interprétant à tort son silence comme de la réticence, Meat entreprit de la convaincre.

— Je suis l'expert en informatique de mon équipe. Dès que je pourrai remettre la main sur mon ordinateur portable, je récupérerai toutes les informations disponibles sur ta famille qui, j'en suis sûr, sera ravie de te savoir en vie et en bonne santé. Tu es une citoyenne américaine et, même s'il faudra leur donner un échantillon de ton sang afin qu'ils puissent faire un test ADN, Rex s'arrangera pour accélérer le processus afin qu'on obtienne un passeport et qu'on te fasse sortir d'ici.

— Ça a l'air si facile, quand tu le présentes comme ça, chuchota Zara.

Meat gloussa.

— Ce n'est pas le cas, mais mes amis ont des relations. Rex s'occupera de ça de son côté, et nous te garderons en sécurité jusqu'à ce que nous soyons partis d'ici.

— Roi ? fit Zara.

Voyant que Meat avait l'air confus, elle expliqua :

— *Rey* signifie « roi » en espagnol, mais je crois que c'est *rex* en latin.

Il pouffa.

— Je ne sais pas comment tu es au courant de ça, mais tu as raison. Il est en quelque sorte le responsable de l'équipe. Il enquête en amont sur les missions que nous faisons et a des contacts partout.

Sans trop savoir quoi penser de ce « roi », Zara se mordit la lèvre.

Meat se pencha et lui porta lentement une main vers le visage. Il lui libéra la lèvre qu'elle coinçait entre ses dents et passa doucement le dos de ses doigts sur sa joue.

Zara s'immobilisa. Elle n'avait jamais éprouvé le genre de sensations qui traversaient son corps en cet instant, alors que Meat la touchait. Des sensations à la fois effrayantes et excitantes. Elle ne savait pas si elle devait se pencher vers lui ou s'écarter. Alors elle ne fit ni l'un ni l'autre, elle resta pétrifiée, à s'efforcer de gérer ses émotions.

— Zara ?

Elle le regarda.

— Veux-tu venir avec moi ? Retourner aux États-Unis ?

Le pouvait-elle ? Était-elle assez courageuse pour prendre ce risque ?

Elle hocha la tête une fois. Le visage de Meat s'illumina.

— Bien. Tu me ramèneras auprès de mes amis demain ?

Un million de prétextes lui vinrent à l'esprit pour expliquer pourquoi elle ne devrait pas. Il avait encore une commotion cérébrale. Sa cheville n'était toujours pas guérie. Il serait préférable d'y aller la nuit, quand il y aurait moins de monde dans le *barrio*.

Mais elle avait perçu l'angoisse dans sa voix quand il avait dit que son équipe s'inquiétait pour lui. Que son ami allait probablement rater la naissance de son premier enfant. Et elle entendait aussi son désir de les retrouver.

N'avait-elle pas ressenti la même chose lorsqu'elle avait été enlevée à ses parents ? N'aurait-elle pas été prête à faire n'importe quoi pour retrouver ce qui lui était familier ?

— Oui, lâcha-t-elle après une hésitation.

Elle appréciait qu'il n'essaie pas de la brusquer. Qu'il la laisse toujours réfléchir sans faire pression sur elle pour obtenir une réponse rapide.

— Merci, dit-il simplement. Il est tard, tu dois être fatiguée. Tu veux bien t'allonger encore à côté de moi, ce soir ?

Zara fit « oui » de la tête. Elle était fatiguée. Épuisée. Du stress causé par son retour à Miraflores, d'avoir mendié de l'argent, de l'inquiétude d'être prise en flagrant délit de vol. De raconter à Meat son histoire et peut-être de le voir refuser ce qu'elle avait dit, comme d'autres avant lui.

Elle s'allongea lentement et, comme la veille, Meat l'attira contre son flanc. Posant la tête sur son épaule, elle passa soigneusement le bras autour de son ventre.

— Comment ça va, tes côtes ?

— Fêlées, répondit-il immédiatement.

Zara leva les yeux au ciel. Elle avait le sentiment qu'il minimisait ses blessures. Elle avait déjà été dans sa situation. Enfin, pas exactement, mais elle avait été blessée dans le passé avec l'obligation de continuer à vivre sa vie, alors elle comprenait. Il n'allait pas laisser ses côtes, sa tête ou sa cheville l'empêcher de retrouver ses amis.

Elle s'inquiéta un moment de la logistique liée au retour de Meat dans le *barrio*. Ce serait délicat et il faudrait qu'ils décident de ce qu'ils allaient raconter sur l'endroit où il avait séjourné et les personnes qui l'avaient aidé. Il était hors de question qu'elle mette Mags, Daniela et les autres femmes en danger, il faudrait donc inventer une histoire crédible.

Elle ne pensait pas non plus qu'il serait capable de retourner à pied jusqu'au *barrio*. Elle devrait donc utiliser à nouveau le vélo et le compartiment de rangement caché, ce que Meat n'aimerait probablement pas. Elle devrait aussi cacher le vélo quelque part pour que les militaires ne le voient pas. Elle le ferait sortir en douce à la nuit tombée. Maintenant, les militaires étaient plus nombreux dans le quartier, à cause de la disparition de Meat, et elle ne voulait pas qu'ils découvrent comment elles réussissaient à faire passer des gens – y compris des enfants – pour les sortir du *barrio* juste sous leur nez.

— Arrête de trop réfléchir, dit Meat tout bas.

— Je ne peux pas, avoua-t-elle.

Elle sentit plus qu'elle n'entendit son rire.

— On aura tout le temps de se soucier de tous les « et si » demain, déclara-t-il fermement. Repose-toi.

Pour la deuxième fois seulement en quinze ans, Zara s'endormit avec un sentiment de sécurité. La première fois, c'était la nuit précédente, où elle avait dormi dans cette même position auprès de Meat.

Elle savait que c'était dangereux, qu'elle ne devait compter sur personne, mais juste un instant, elle voulait être faible. Laisser quelqu'un d'autre s'inquiéter des bandes qui erraient en cherchant des noises aux gens du *barrio*, de la police corrompue ou qu'on essaie de lui voler le peu qu'elle avait pu acquérir.

Comme s'il pouvait lire dans ses pensées, Meat dit encore :

— Dors, Zara. Je ne laisserai rien t'arriver.

9

Meat n'était pas content.

Il ne se rappelait pas vraiment comment il était arrivé chez Daniela, mais en découvrant la petite caisse en bois maquillée en poubelle dans laquelle il était censé monter, les souvenirs lui revinrent. La douleur. La confusion. L'obscurité.

À présent qu'il était à nouveau dans cette fichue boîte, secoué par Zara qui le remorquait à travers les ruelles et les rues de Lima vers le *barrio* où il avait été vu pour la dernière fois, il détestait ne pas être capable de voir ce qui se passait. Ne pas pouvoir protéger Zara. Ce qui était ridicule, car elle était manifestement l'experte ici, sur son terrain.

Il n'avait pas beaucoup dormi, la nuit précédente, trop occupé à penser à tout ce qu'il faudrait faire pour ramener Zara aux États-Unis. Ses doigts le démangeaient. Vivement qu'il récupère son ordinateur. Si ce qu'elle disait était vrai, et il n'avait aucune raison d'en douter, la presse américaine allait s'en donner à cœur joie.

Sa vie changerait du tout au tout et deviendrait extrême-ment mouvementée et probablement confuse pendant un certain temps. Mais Meat ne l'abandonnerait pas. Non seulement il lui avait une dette envers elle, qu'il n'était pas sûr de pouvoir rembourser, pour lui avoir sauvé la vie dans le *barrio* où ce gang les avait attaqués, mais en plus il était attiré par elle. Elle était différente de toutes les femmes qu'il avait connues. Elle était résiliente. Forte. Timide. Gentille. Et tout cela mis ensemble était irrésistible.

Il sentit le vélo ralentir et se crispa, ne sachant pas à quoi s'attendre. Il entendit beaucoup de voix d'enfants autour de lui, ainsi que des rires. Ne sentant aucun danger, il regarda par le petit trou que Zara lui avait montré avant de refermer le couvercle.

Elle était descendue du vélo, parlait et riait avec un groupe d'enfants âgés de cinq à douze ans, selon ses estimations. Elle se faisait un devoir de parler à chacun d'eux et ils lui souriaient. Au bout de quelques instants, elle prononça quelques mots et tous lui firent signe de la main avant de décamper. Meat vit un air de tristesse se peindre sur son visage avant qu'elle ne se retourne et ne remonte sur le vélo.

Ce fut à ce moment qu'il réalisa à quel point son départ allait être un déchirement. Elle était dans la rue depuis qu'elle avait dix ans. Quinze ans. À se débrouiller, à se faire des amis dans la même situation qu'elle. À s'occuper de ceux qui étaient plus vulnérables, comme le groupe d'enfants dont il se doutait qu'elle venait de leur dire au revoir. Il pourrait peut-être la sauver, elle, mais combien d'autres allaient rester sur le carreau ? Pas nécessairement des citoyens américains kidnappés et laissés pour morts, juste des enfants dans le besoin ?

Il s'obligea à se reconcentrer sur l'endroit où ils se rendaient, histoire de se débarrasser de ses pensées déprimantes.

Zara lui avait expliqué que, lorsqu'ils s'approcheraient du *barrio* où elle espérait que ses amis se trouveraient encore, elle cacherait le vélo et qu'il devrait parcourir le reste du chemin à pied. Ça ne posait pas de problème à Meat. Les vêtements qu'elle avait récupérés lui allaient à peu près, à l'exception des chaussures. Sa cheville était encore douloureuse, mais il l'avait bandée de bon matin, aussi serrée que possible. Par le passé, il lui était déjà arrivé de marcher plus longtemps alors qu'il souffrait. Sa tête ne l'élançait plus que légèrement et, heureusement, les nausées avaient disparu.

Il serait plus difficile, en revanche, d'amener Zara là où l'équipe se trouvait. La Brigade continuait probablement à suivre ses amis, et ils n'apprécieraient sans doute pas que Zara se présente avec lui, surtout quand ils découvriraient qu'elle l'avait kidnappé, en gros. Meat n'avait aucune idée de l'endroit où ses amis avaient séjourné entre-temps ni de la façon dont ils se déplaçaient dans la ville, mais Zara et lui avaient discuté de plusieurs possibilités pour empêcher les militaires de la voir. Il lui avait également promis que si aucun de tous leurs stratagèmes ne fonctionnait, il reviendrait la chercher.

Et il le ferait. Il était hors de question qu'elle passe une nuit de plus seule dans le *barrio* où elle avait déjà vécu quinze ans. L'idée qu'elle dorme à même le sol lui était odieuse.

Au bout de cinq minutes environ, Meat sentit le vélo ralentir à nouveau. Il vit Zara descendre et les conduire dans une ruelle. Elle attendit une minute ou deux, puis souleva enfin le couvercle de la caisse. Comme ils en avaient discuté, il sortit rapidement, avec un soupir de soulagement. Mais l'allée dans laquelle ils se trouvaient sentait si mauvais qu'il faillit s'étouffer sur la grande inspiration qu'il venait de prendre.

Une fois qu'il fut remis, il aida Zara à cacher le vélo parmi les poubelles. Cela fait, il recula, impressionné :

quiconque passerait par là n'aurait aucune idée qu'un vélo et une remorque y étaient cachés.

— Tes amis vont réussir à le trouver ? demanda-t-il, afin de s'en assurer.

La dernière chose qu'il voulait, c'était que ce moyen de transport, manifestement important et nécessaire, soit perdu pour ceux qui en avaient le plus besoin.

Zara hocha la tête.

— C'est la cachette habituelle. Et Mags sait que si je ne rentre pas, elle devra venir le chercher. Que je suis partie avec toi.

Son explication était logique et il était encore une fois impressionné par la façon dont ses amis et elle avaient réussi à contourner les obstacles auxquels ils étaient confrontés dans leur vie quotidienne. Sa poitrine se gonfla de quelque chose qui ressemblait à de la fierté.

Meat n'avait aucune idée de la raison pour laquelle ce petit bout de femme l'affectait autant. Il venait de la rencontrer, juste quelques jours plus tôt, mais elle avait réussi à l'impressionner. N'empêche, il voulait être celui qui la protégerait de tout ce qui l'avait fait souffrir par le passé.

Syndrome de Stockholm ? Il ne le pensait pas. Oui, elle l'avait plus ou moins kidnappé, mais il savait maintenant que ses amis et elle l'avaient fait avec les meilleures intentions. On ne l'avait pas enchaîné et il aurait pu quitter la maison du médecin à tout moment. Il ne savait pas comment ses amis à lui jugeraient la situation, toutefois Meat s'en fichait. Il ressentait un lien avec Zara qu'il n'avait ressenti envers personne.

— Comment va ta cheville ? Tu peux marcher ? lui demanda-t-elle.

Il hocha la tête sans réfléchir. Il n'avait pas le choix. Il ne pouvait pas s'appuyer sur elle, parce qu'il serait bizarre qu'un homme adulte s'appuie sur ce que tout le monde supposait être un adolescent. Cela attirerait une attention non désirée. Il ne ressemblait pas au soldat américain dur à cuire qu'il pensait être, pas avec ses vêtements sales, sa barbe de trois jours et ses cheveux gras.

— N'oublie pas de m'appeler Zed, murmura Zara alors qu'ils descendaient l'allée pour gagner la rue.

Tous les sens de Meat furent assaillis lorsqu'ils y parvinrent enfin et se dirigèrent vers le *barrio*. Des voix espagnoles parlant à toute vitesse. L'odeur des ordures et de la fumée des feux. Il était déjà venu dans le *barrio* auparavant, mais savoir qu'il s'agissait du lieu où Zara avait vécu pendant tant d'années rendait ce quartier encore plus déprimant.

Le soleil sur son visage, c'était une sensation agréable, mais il sentait la sueur couler sur ses tempes et imbiber sa chemise au creux de son dos. Les poils de ses bras au garde-à-vous, Meat se sentait nu, sans aucune arme. Bref, il était hors de son élément et n'aimait pas du tout ça.

Puis une pensée le frappa.

Que ressentirait-il s'il avait dix ans et qu'on venait de le jeter ici comme un déchet indésirable ? Aurait-il pu survivre dans la situation de Zara ?

Il en doutait.

Son admiration monta d'un cran. C'était une chose d'entendre son histoire alors qu'ils étaient assis dans un endroit relativement sûr. C'en était une autre de voir en vrai le monde qu'elle avait conquis.

— Bon, on arrive à l'entrée de derrière. Il y a deux militaires là-bas, probablement à l'affût. C'est toi qu'ils cherchent. Tu te souviens du plan ?

— Oui, répondit Meat, pas le moins du monde offensé qu'elle lui ait posé la question.

Ils l'avaient revu au moins dix fois, leur plan, mais elle

avait beaucoup plus à perdre que lui. Il brûlait de lui prendre la main, mais il n'osait pas.

— Sois prudente, Zara, murmura-t-il. Quoi qu'il arrive dans les trente prochaines minutes, rappelle-toi que je suis de ton côté. Je vais t'aider.

— Ne panique pas si ça part en vrille, répliqua-t-elle. Ce sera juste une manière de faire diversion.

Il hocha la tête.

Il entendit quelque chose sur sa gauche et tendit le cou pour regarder. Ne voyant rien, il se retourna pour rassurer Zara encore une fois, mais elle n'était plus là. Une seconde, elle était à ses côtés, la suivante, elle avait disparu.

Prenant une profonde inspiration et s'efforçant de ne pas s'inquiéter, il s'approcha de la brèche dans le mur qui entourait le *barrio*. Les militaires levèrent les yeux sans grand intérêt, mais à la seconde où ils le virent, ils se mirent au garde-à-vous.

L'un d'eux saisit immédiatement le talkie-walkie à son flanc, tandis que l'autre s'approchait de Meat.

— Hunter Snow ? demanda-t-il.

Meat répondit par un signe de tête.

— C'est moi.

En quelques minutes, il fut entouré d'une dizaine d'hommes de la Première Brigade des Forces spéciales.

Trois jours plus tôt, il se serait senti à l'aise et protégé en leur présence, mais après avoir appris la corruption rampante et la crainte que les militaires inspiraient à la plupart des habitants du *barrio*, il était pressé de voir ses coéquipiers.

Les Péruviens parlaient entre eux. Juste au moment où Meat commençait à se demander ce qui se passait, il perçut de l'agitation du coin de l'œil.

En se retournant, Meat ne put s'empêcher de sourire.

Gray, Ro, Arrow et Ball accouraient à toute vitesse. Black

les suivait aussi vite qu'il le pouvait, mais il était évident que son ami souffrait de ses propres blessures.

Tournant le dos aux militaires autour de lui, Meat se dirigea vers ses amis.

Gray fut le premier à l'atteindre et il l'engloutit sans la moindre gêne dans une étreinte pleine de chaleur. Les côtes de Meat protestèrent, mais il sentit à peine la douleur.

Les autres se joignirent à leur étreinte immédiatement après et Meat n'avait jamais été aussi soulagé de sa vie. Pendant un certain temps, il avait pensé ne jamais revoir ces hommes.

Et une fois de plus, l'image de Zara se faufila dans sa conscience. Elle avait dû rêver de ce genre de retrouvailles avec ses propres parents, mais on l'en avait privée. Cela le rendit d'autant plus déterminé à la ramener dans les bras aimants d'une famille qui devait être à l'agonie, à force de se demander où ce qu'elle était devenue depuis toutes ces années.

Tout le monde fit un pas en arrière lorsque Black les rejoignit. Meat se tourna vers lui et les deux hommes s'enlacèrent un long moment. Black fut le premier à s'écarter.

— Tu as une mine de chiotte.

Meat éclata de rire, puis il porta un bras autour de sa taille en gémissant.

— Putain, ça fait mal. Et je parie que si je me regardais dans un miroir, je te ressemblerais beaucoup.

— En fait, vu qu'on a pu se raser et pas toi, tu ressembles plus à l'abominable bonhomme des neiges, dit Arrow en riant.

Meat n'avait même plus l'énergie de se soucier de son aspect crasseux, de son odeur probablement nauséabonde, de son besoin de se brosser les dents et de sa barbe de trois jours. C'était si bon de retrouver ses amis qu'il se fichait de la façon dont ils se moquaient de sa tronche.

— Tu étais où ?

Ce fut Gray qui posa la question que tout le monde avait probablement en tête.

— Plus tard. Je suppose que vous n'êtes pas restés plantés ici ? demanda-t-il au lieu de répondre.

— Pas vraiment, ricana Ro.

— Putain, non, confirma Arrow.

Jetant un coup d'œil derrière lui vers les militaires qui rôdaient, Meat baissa la voix.

— Vous avez pris une voiture jusqu'ici pour me chercher ?

Les yeux de Gray suivirent ceux de Meat, en direction de la Brigade. Puis il répondit doucement.

— On a notre propre véhicule, mais ils ne nous quittent pas d'une semelle. Pourquoi ?

Meat n'était pas surpris.

— J'aimerais prendre une douche et me reposer, dit-il, assez fort pour que les hommes puissent l'entendre, avant d'ajouter, plus bas, à l'intention de Gray : j'ai une connaissance qui doit nous accompagner sur notre lieu de séjour et doit demeurer discrète.

À sa décharge, Gray ne cligna même pas des paupières. Il hocha simplement la tête et marmonna :

— Il nous faut une distraction alors.

Meat ouvrit la bouche pour lui expliquer qu'il ne pensait pas que ce soit nécessaire, que son « amie » avait tout prévu, quand un fort brouhaha se fit entendre quelque part, non loin de là. Plusieurs personnes s'étaient mises à crier en même temps, puis Meat entendit un coup de feu.

Une demi-douzaine de militaires se précipitèrent vers la source du bruit qui semblait provenir d'une quelconque ruelle en face de l'endroit où ils se tenaient. Trois autres accoururent vers l'attroupement des Mercenaires Rebelles qui s'étreignaient et discutaient.

— Il faut qu'on parte. Maintenant ! Ce n'est pas sûr ici.

Meat ne put s'empêcher de remarquer que les hommes ne semblaient pas se soucier des nombreuses femmes, enfants et personnes âgées qui couraient partout, dans l'espoir d'atteindre la sécurité relative de leurs huttes et cabanes dans le *barrio*. Mais il garda ses pensées pour lui, alors que, avec ses coéquipiers, ils se ruaient vers une ouverture dans la clôture, à une centaine de mètres de la brèche par où il était entré quelques minutes auparavant.

Gray se tenait à côté de Meat et, alors qu'ils approchaient d'une camionnette noire, il chuchota :

— Où est ton ami ?

— Je ne sais pas trop, admit-il.

Ro, qui ouvrit la portière, posa une main ferme sur le flanc de Meat tandis qu'il montait dans le véhicule. Une paire d'yeux bleu foncé le fixait depuis le sol entre les deuxième et troisième rangées de sièges.

Plus soulagé qu'il n'aurait su l'exprimer, en découvrant que Zara était déjà là, il se hâta vers la troisième banquette, se plaçant ainsi entre elle et la porte. Il ne savait pas comment elle avait deviné dans quel véhicule ils allaient voyager, mais il supposa qu'un de ses amis dans le *barrio* avait vu les Mercenaires Rebelles sortir de ce fourgon à leur arrivée.

Quant à ses coéquipiers, même s'ils ne pouvaient pas ne pas avoir remarqué Zara, ils ne pipèrent mot sur leur passager clandestin. Ils se contentèrent de s'entasser dans le fourgon et Ball referma la portière une fois qu'ils furent tous à l'intérieur.

— On a deux chambres dans le motel le plus proche, annonça Gray en se glissant au volant. Habituellement, on se gare sur le parking fermé derrière le bâtiment. Les militaires ne nous suivent pas à l'intérieur, puisqu'ils n'y séjournent pas. Ils ont posté un van rempli de gardes à l'extérieur, soi-disant pour assurer notre sécurité.

Distrait, Meat hocha la tête. En apparence, Zara semblait calme et maîtrisée, mais il sentait son corps trembler contre sa jambe et elle s'accrochait à son pantalon, si fort qu'elle en faisait blanchir ses phalanges. Elle hoqueta en entendant que l'armée avait des gardes qui surveillaient l'équipe, mais ne dit rien.

— Tu as des informations sur nos amis militaires ? demanda Ro à Meat.

— Je n'ai pas la preuve qu'ils ont orchestré notre passage à tabac, à Black et moi, mais c'est certainement à cause d'eux que cette mission est merdique depuis le début, déclara Meat à ses coéquipiers. En gros, ils sont complètement corrompus et acceptent des pots-de-vin de tous les côtés. Ils ont probablement été payés pour essayer de saboter la mission dès le début et, quand les locaux ont décidé que nous étions des proies faciles, ils ont utilisé ma disparition comme un moyen de détourner notre attention de la raison première de notre présence ici.

— Trafic d'enfants, compléta solennellement Gray depuis son siège au volant de la camionnette.

— Exactement, acquiesça Meat.

— Et ton ami ? demanda Ball en désignant Zara d'un signe de tête – elle était toujours accroupie derrière le siège.

— Zed n'est pas une menace, éluda sèchement Meat.

— Je n'ai pas dit qu'il en était une, objecta Ball d'un ton apaisant. Je me demande juste quel rôle il a joué dans tout ça.

— Je vous expliquerai tout quand on sera dans un endroit plus sûr, assura Meat.

Tous les cinq hochèrent la tête et il soupira de soulagement.

— Gray ?

— Ouais ?

— Comment va Allye ?

Les lèvres de Gray se retroussèrent, mais Meat perçut aussi une forme de chagrin.

— Bien. Darby James est né hier, en parfaite santé.

— Avec une tête couverte de cheveux, ajouta Ro. Et une mèche blanche, comme sa maman.

Meat baissa la tête et prit une grande inspiration. La douleur lui emplit la poitrine, et pas seulement à cause de ses côtes cassées.

— Je suis désolé, mec, murmura-t-il.

— Ce n'est pas ta faute, répliqua fermement Gray.

— C'est drôle. Parce que j'ai pourtant furieusement l'impression que si, répliqua Meat. Si j'avais été plus malin à bien des égards, tu n'aurais pas manqué la naissance de ton fils.

— Non, c'est moi qui n'aurais pas dû courir après le gamin, répliqua Black depuis le siège passager avant. J'ai merdé en quittant mon poste.

Meat secoua la tête.

— N'importe lequel d'entre nous aurait fait pareil, essaya-t-il de rassurer son ami.

Il voyait bien que Black s'en voulait de sa réaction impulsive.

— On ne l'a même pas retrouvé, ce gosse, insista-t-il. Au lieu de quoi, on s'est fait sauter dessus et, maintenant, le gamin est probablement paumé et mort de terreur.

— Non, intervint doucement Zara depuis sa position aux pieds de Meat.

Un silence tendu s'abattit sur la voiture. Tout le monde se retourna pour braquer les yeux sur elle.

Zara se recroquevilla encore un peu plus sur elle-même pendant quelques secondes, avant de se redresser et de redresser les épaules.

— Sa mère avait peur de l'avoir perdu pour toujours aux mains de del Rio. Mais ils se sont retrouvés une fois que la situation s'est calmée et ils ont quitté le *barrio* pour un autre endroit. Il va être beaucoup plus prudent à partir de maintenant. Plus attentif à son environnement, afin de ne pas se faire à nouveau attraper par des hommes à la solde de del Rio.

En voyant que personne ne réagissait, elle continua.

— Je ne dis pas que le fait que M. Gray ait manqué la naissance de son enfant, ou que Meat et vous, monsieur Black, vous soyez fait rosser, c'était une bonne chose. N'empêche que ça a créé une diversion qui a permis à José de se cacher et puis de retourner auprès de sa mère.

Meat devinait que Zara avait appris l'existence du garçon lorsqu'elle était retournée parler à Mags et à ses autres amis, alors que lui-même était encore dans les vapes chez le médecin. Il était heureux pour l'enfant, mais toujours contrarié que Gray n'ait pas été auprès d'Allye quand le travail avait commencé.

Comme s'il pouvait lire dans ses pensées, Gray reprit :

— Toutes les filles étaient là avec elle : Chloé, Morgan, Harlow et Everly. Elles n'ont pas quitté son chevet. Aux dires d'Allye, le personnel de l'hôpital était un peu décontenancé que tant de gens souhaitent rester dans la salle pour l'accouchement, mais aucune ne voulait bouger. Darby est donc venu au monde entouré de ses tantes honorifiques et de beaucoup d'amour. Et Zed... c'est juste Gray. Pas M. Gray.

— Je pense que j'aimerais avoir cette discussion le plus tôt possible, déclara Arrow en étudiant Zara.

— Quel est le plan pour le faire entrer ? demanda Black. Il est petit, mais pas autant que ça.

— Vous pensez qu'il tiendrait dans un de nos sacs ? demanda Ball.

— Non ! s'exclama Meat. On ne fourre personne dans un sac de sport.

— Je plaisantais, marmonnait Ball.

Meat n'en était pas tout à fait certain.

— Ça ne posera pas de problème, affirma Ro. Nos ombres ne nous suivent pas dans le parking. Gray peut se garer à l'arrière du motel. Nous sortirons tous en même temps avec ton ami – Zed, c'est ça ? – entre nous. Il est si petit que, même si on nous surveillait, personne ne le verrait. Nous entrerons et monterons à l'étage comme nous le faisons d'habitude. Pas de problème.

— On nous a attribué deux chambres. Ton ami et toi pouvez en partager une avec Ro et moi, décréta Gray. Arrow, Black et Ball occuperont l'autre.

Meat vit Zara secouer violemment la tête. Sans réfléchir, il posa une main sur son épaule pour la calmer.

— Qu'est-ce qui ne va pas ? demanda Ball, percevant visiblement la détresse de Zara.

— Si c'est l'armée qui vous paie vos chambres, elles sont probablement sur écoute, dit-elle.

Meat pinça les lèvres. Il ne savait pas si Zara était paranoïaque ou si elle avait une raison sérieuse de penser cela. Quoi qu'il en soit, il n'allait pas prendre le moindre risque.

— Je paierai pour une troisième chambre quand nous arriverons, annonça-t-il. Vous pourrez emmener Zed à l'étage. Une fois que j'aurai une clé, on s'installera dans ma chambre pour parler.

Arrow se pencha sur la droite de Meat, pour observer attentivement « Zed » pendant encore un long moment, puis il reporta son attention sur Meat.

— Il semble que tu aies beaucoup de choses à nous raconter.

Meat acquiesça.

— Beaucoup, en effet.

— Et tu fais totalement confiance à ton ami, quel que soit le sujet abordé ?

Meat fit un nouveau signe de tête.

— Oui.

Il retint son souffle. En général, les Mercenaires Rebelles n'étaient pas du genre à faire facilement confiance. Mais avec l'apparition des femmes dans leur vie, ils se montraient un peu moins méfiants. À l'intérieur de leur cercle étroit, ils partageaient presque tout. Ses amis ne savaient peut-être pas que Zara était en fait une femme, cependant ils faisaient confiance à l'instinct de Meat.

Cela dit, encore une fois, Meat avait le sentiment que Zara ne trompait personne. Arrow avait une expression douce dans les yeux, qui signifiait probablement qu'il avait compris : ils n'hébergeaient pas un adolescent, mais plutôt une fille ou une femme. Comment Zara avait-elle pu berner autant de gens pendant si longtemps ? Il n'en avait aucune idée.

Il détestait penser que Gray avait manqué la naissance de Darby, mais il s'excuserait à nouveau auprès de son ami plus tard... et auprès d'Allye lorsqu'il la verrait. Quoi qu'on lui objecte, il ne pouvait pas s'empêcher de penser que, s'il avait réussi à mieux se défendre contre ce groupe de types, ils seraient déjà à la maison et Gray aurait pu rencontrer son fils à l'heure qu'il était.

Bien sûr, cela signifierait qu'il n'aurait pas rencontré Zara et qu'elle vivrait toujours dans la rue. Un conflit existentiel, c'était le genre de sentiments auquel Meat était étranger. Les Mercenaires Rebelles avaient sa loyauté depuis si longtemps qu'il culpabilisait de se réjouir que les choses se soient passées ainsi.

Un seul regard sur Zara, blottie à ses pieds, fit cependant – et bizarrement – disparaître ce sentiment. Il ne pouvait pas regretter quoi que ce soit si cela signifiait qu'il parvenait à la ramener chez elle, à la place qui était la sienne.

Gray se gara dans le parking fermé et salua les militaires dans le fourgon stationné dans la rue, à l'extérieur du parking.

Comme s'ils s'étaient entraînés à la manœuvre, Ball, Ro et Arrow formèrent un mur humain, masquant Zara alors qu'elle sortait du van. Elle se blottit contre Meat et il passa son bras autour d'elle alors qu'ils se dirigeaient vers l'entrée. Black et Gray refermaient le cercle, dissimulant leur passager clandestin à la vue des soldats dans la rue. Meat n'osa plus respirer jusqu'à ce qu'ils soient en sécurité à l'intérieur du motel.

— Je vais réserver la troisième chambre, annonça Ball avant de s'éloigner vers l'accueil.

Le reste du groupe se dirigea vers la cage d'escalier et commença à monter.

Meat jurait à mi-voix, car chaque marche lui causait des douleurs dans les côtes. Sa cheville l'élançait également. Marcher était une chose, apparemment, monter un escalier en était une tout autre.

Il sentit le bras de Zara lui entourer la taille et elle prit sur elle une partie de son poids, soulageant juste assez sa cheville pour qu'il puisse monter les escaliers sans tomber sur le cul.

— Merde, ça grimpe, se plaignit Black.

Meat aurait bien ricané, mais il savait que les secousses lui feraient trop mal, alors il se contenta de hocher la tête en signe d'accord.

— Peut-être que si tu n'étais pas resté allongé comme un couillon pendant qu'un groupe de types te marchait sur le torse, tu n'aurais pas aussi mal, se moqua Ro en riant.

— Va te faire foutre, rétorqua Black, sans aucune colère dans le ton.

Mon Dieu, ces hommes avaient manqué à Meat.

Ils parcoururent le couloir jusqu'à une chambre et Gray l'ouvrit avec une vraie clé, plutôt qu'avec les cartes en plastique auxquelles ils s'étaient tous habitués aux États-Unis. Ils entrèrent et s'entassèrent maladroitement dans la pièce, se dévisageant les uns les autres. Ils ne pouvaient pas parler, pour le cas où la pièce serait sur écoute.

— Je vais aux toilettes, annonça Meat. Faites-moi savoir quand l'autre chambre sera prête.

Puis il plaqua une main dans le dos de Zara et la poussa doucement dans la petite salle de bains. Dès que la porte fut refermée derrière eux, il ouvrit les robinets de la douche et du lavabo, sachant que le bruit de l'eau qui coulait masquerait tout ce qu'ils diraient si la salle de bains était effectivement équipée d'un dispositif d'écoute.

— Ça va ? demanda-t-il, veillant à parler à voix basse.

Elle fit « oui » de la tête.

— Et tes amis dans le *barrio* ? Ils vont s'en sortir après la diversion qu'ils ont causée ?

Elle le fixa pendant longuement des yeux. Que pensait-elle ? Meat n'était pas bien sûr de deviner.

— Quoi ? demanda-t-il enfin.

— Pourquoi tu te soucies de ça ?

Meat resta une seconde déconcerté. Pourquoi s'en souciait-il ? Elle pensait vraiment qu'il n'avait pas de cœur ?

— Parce que ce sont tes amis. Parce qu'ils ont fait tout leur possible pour m'aider alors qu'ils n'étaient pas obligés. Parce qu'ils auraient pu être blessés.

— Désolée, murmura-t-elle. Sans doute que je ne suis pas habituée à ce que les hommes m'aident, sauf s'ils veulent m'entuber.

Il lui posa les mains sur ses épaules, sans toutefois l'emprisonner.

— Écoute-moi bien, reprit-il, très sérieux. Je t'aide parce

que je le veux. Parce que quelqu'un aurait dû le faire depuis une éternité. Parce que tu tires le diable par la queue depuis si longtemps qu'il est temps que tu sois enfin traitée équitablement et récompensée comme il se doit. Mais plus important, je t'aide parce que je t'aime bien, Zara Layne. Tu me fascines. Je suis impressionné par ta force et ta résilience. Je déteste ce qui t'est arrivé, mais je te suis extrêmement reconnaissant d'avoir pris le risque de m'aider.

Elle cligna des paupières.

— Tu m'aimes bien ?

Meat ne put se retenir. Il éclata de rire, puis il gémit quand ses côtes protestèrent.

— Oui, Zara. Je t'apprécie vraiment beaucoup.

Elle avait toujours l'air déconcertée.

— Personne ne t'a jamais dit qu'il t'appréciait avant ?

— Pas depuis que je suis arrivée ici, avoua-t-elle.

— Alors je vais devoir te le rappeler tous les jours à partir de maintenant.

— Je ne pense pas que tes amis m'aiment bien, eux.

— Ils ne te connaissent pas.

Ils se dévisagèrent encore un long moment, puis Meat s'efforça de détendre l'atmosphère.

— Entendre couler cette douche me donne envie d'y entrer... tout habillé.

Les lèvres de Zara s'étirèrent.

— Je ne me rappelle pas à quand remonte la dernière fois que j'ai pris une douche. Je ne pense pas que rester debout sous la pluie compte.

L'humeur de Meat retomba soudain, quand il pensa à la vie qu'elle avait dû mener dans la rue.

— Si tu attends quelques minutes de plus, tu pourras prendre la douche la plus longue de tous les temps si ça te chante.

— À ton avis, il y aura assez d'eau chaude dans cet hôtel ? demanda-t-elle en souriant.

Mais il en fallait plus à Meat pour lui remonter le moral.

— Avec un peu de chance, beaucoup.

Il l'observa alors qu'elle cherchait quelque chose à ajouter.

— Je suis sûre que tes amis vont vouloir parler.

— Ils peuvent attendre que tu sois prête, lui dit Meat.

— Tu ne m'as pas expliqué, reprit-elle sans le regarder. Pourquoi t'appelles-tu Meat ?

— J'étais en mission d'entraînement dans l'armée. Pour plaisanter, quelqu'un a fait en sorte que toutes nos rations soient végétariennes. Nous avons passé quatre jours sur le terrain avec des légumes pour toute alimentation. Je n'étais pas ravi, ravi. Je me plaignais tout le temps. J'ai même dit que j'étais assez désespéré pour manger un cheval afin d'avoir un peu de protéines. Les gars de mon peloton ont commencé à me taquiner et à m'appeler Meat, c'est-à-dire « viande », en anglais.

Raconter l'histoire de son surnom n'avait jamais été vraiment embarrassant... jusqu'à présent. Se plaindre d'avoir des plats cuisinés, qui contenaient au moins deux mille calories chacun, ça lui semblait ridicule et d'une bêtise sans nom, après avoir vu le peu dont devaient se contenter les gens dans les *barrios*. Ils tueraient probablement pour avoir ces rations végétariennes.

Mais Zara ne le traita pas de connard irréfléchi, elle se contenta de sourire à nouveau.

Il ouvrit la bouche pour s'excuser de son ignorance, de ne pas avoir vraiment compris que certaines personnes manquaient réellement de tout, quand on frappa doucement à la porte.

— Oui ? cria-t-il.

— Ball est de retour avec la clé de ta chambre, annonça Gray.

— On arrive tout de suite.

Il se tourna vers Zara.

— Prête ?

Elle secoua la tête, mais répondit :

— Oui.

Meat lui sourit.

— Ça va aller. Tu verras. Et la bonne nouvelle, c'est que Gray va m'apporter mon ordinateur.

— Ton ordinateur ?

— Oui. Je me rends compte maintenant à quel point il m'a manqué. J'ai pris l'habitude de pouvoir chercher et vérifier des informations au pied levé. Je veux passer ton affaire en revue et en apprendre le plus possible. Je dois également prendre contact avec Rex, afin de lui demander de s'occuper de tes papiers et des documents qui te permettront de sortir du pays. On ne va pas pouvoir t'exfiltrer du Pérou comme on t'a fait entrer clandestinement dans ce motel.

Il lui sourit, mais pas elle.

— Et si vous ne réussissez pas ? demanda-t-elle.

— On y arrivera et on le fera, répliqua Meat du tac au tac, et il lui tendit la main. Je ne te laisserai pas ici. Maintenant, viens. Allons-y, que je te présente correctement à mes amis et que tu puisses prendre cette longue douche ensuite.

Elle hocha la tête et, même s'il devinait sa réticence, elle lui prit la main. Meat eut soudain l'impression de mesurer trois mètres de haut. Il se jura de faire tout son possible pour ne jamais la décevoir. Elle avait été malmenée par trop de gens au cours des années – les hommes qui avaient tué ses parents, les gens qui ne l'avaient pas crue –, elle ne devait plus jamais ressentir ça.

10

Mal à l'aise, Zara se tenait au milieu de la chambre où Meat l'avait emmenée. Elle ne voulait pas s'asseoir sur le lit et le salir. Elle était plus que consciente de son aspect et de son odeur, probablement dégoûtants. La chambre de motel n'était peut-être pas très chic selon les standards de ces hommes, mais, pour elle, c'était l'endroit le plus luxueux qu'elle ait vu depuis qu'elle était petite fille.

La seule pensée des draps et des serviettes propres suffisait à la faire hyperventiler. Et une douche ? Une douche chaude ? Être nue sans avoir à s'inquiéter que quelqu'un la surprenne ou lui vole ses vêtements pendant qu'elle était occupée ? C'était le paradis.

Meat avait proposé qu'elle prenne une douche avant de parler à ses amis, mais elle ne voulait en aucun cas retarder l'inévitable. S'ils ne la croyaient pas et la mettaient dehors, elle ne voulait pas avoir connu la béatitude d'être vraiment propre, puis devoir retourner à la crasse du *barrio*. En outre, la saleté qui la recouvrait contribuait à dissimuler son sexe.

— Les gars, j'aimerais vous présenter Zara Layne.

Elle grimaça : elle ne s'était pas attendue à ce que Meat

la présente d'emblée par son vrai nom, mais, comme aucun des hommes ne parut choqué, elle comprit qu'ils savaient déjà qu'elle était une femme. Probablement depuis le début. Bizarre. Personne ne s'était jamais douté de rien jusqu'alors. On la prenait pour ce à quoi elle ressemblait. On voyait ses cheveux courts, sa petite taille, et l'on supposait qu'elle était un garçon.

Chacun des hommes hocha la tête poliment et avec respect. Comme s'ils la rencontraient dans un cadre formel et qu'elle se tenait devant eux en robe de bal ou un truc du genre. C'était bizarre. Elle n'était pas sûre d'aimer toute l'attention qu'ils lui témoignaient.

— Au cas où tu n'aurais pas mémorisé les noms de tout le monde dans la voiture... Voici Gray. Sa fiancée vient d'avoir leur bébé, Darby. À sa droite, c'est Ro. Puis il y a Arrow, Ball et Black.

Elle n'aurait pas de mal à se souvenir de Black, car Meat et lui gardaient des bleus et des égratignures de leur rencontre avec Ruben et ses amis dans le *barrio*. Elle hocha la tête, ne sachant pas trop ce qu'elle devait dire.

— Merci d'avoir aidé notre ami, commença Ball.

Les autres acquiescèrent et Zara opina du chef à nouveau.

— Vous voulez nous dire ce qui s'est passé et où vous étiez ? demanda Gray à Meat.

Ignorant la question de son ami, ce dernier se tourna vers Zara.

— Tu es sûre que tu ne veux pas prendre une douche pendant que je leur raconte toute l'histoire ?

L'espace d'une seconde, Zara envisagea de saisir la perche que Meat lui offrait. Elle ne voulait pas voir le doute sur le visage de ses amis quand il leur parlerait d'elle. Son histoire semblait folle, elle le savait. Comment quelqu'un pourrait-il survivre seul dans le *barrio*, et à plus forte raison une fillette de dix ans ? Pourtant elle avait réussi et elle n'avait pas menti sur ce qu'elle avait raconté à Meat.

Elle releva le menton et secoua la tête.

Elle ne sut comment interpréter l'expression qui se peignit sur le visage de Meat. Elle n'avait pas beaucoup d'expérience avec les hommes. Elle ignorait s'il était content qu'elle reste ou en colère contre elle. Mais lorsqu'il tendit la main et lui écarta une mèche de cheveux sur le front, elle ne put pas s'empêcher de fondre un peu.

Il reporta son attention sur ses amis.

— Bien, voici donc Zara. Elle a vingt-cinq ans. Quand elle avait dix ans, ses parents et elle sont venus en vacances ici, à Lima. Une nuit, ses parents ont été assassinés et les tueurs l'ont emmenée avec eux. Apparemment, ils ont eu une sorte de cas de conscience, car, au lieu de la violer et de la tuer, ils l'ont jetée dans un *barrio* comme celui que nous connaissons. Elle vit ici depuis.

— Elle est américaine ? demanda Arrow.

Puis il s'adressa à Zara.

— Vous êtes américaine ?

Elle fit « oui » de la tête.

— Putain de merde, marmonna Arrow, en se passant une main dans les cheveux. Sacrée coïncidence.

Zara ne comprit pas bien et cela dut se voir sur son visage, car Black précisa :

— Lors d'une mission en République dominicaine, il y a peu, on est tombés par hasard sur une femme qui avait été enlevée en Géorgie et qui était retenue là-bas.

Zara le dévisagea, sous le choc.

— Vraiment ? chuchota-t-elle. Qu'avez-vous fait d'elle ?

— On l'a ramenée à la maison et Arrow est tombé amoureux d'elle. Puis il n'a rien trouvé de mieux que de la mettre en cloque, répondit Ro avec un sourire.

Zara avait du mal à comprendre ce qu'ils lui expliquaient.

— Alors, vous... vous retrouvez les Américains perdus, c'est ça, votre boulot ?

Les six hommes s'esclaffèrent.

— Pas exactement, nuança Meat. Je t'ai déjà dit que nous consacrions notre vie à aider les femmes et les enfants. En cours de route, certains d'entre nous ont eu de la chance et sont tombés sur la femme de leur vie dans le cadre de notre travail.

Elle les regarda tour à tour. Aucun d'entre eux ne la dévisageait avec dégoût ou suspicion. C'était... bizarre.

— Bref, poursuit Meat, Zara et ses amis ont assisté à notre agression, à Black et moi. Ils savaient que les types allaient revenir d'une seconde à l'autre, alors ils m'ont sorti de là et, au moment où ils allaient chercher Black, deux des salauds ont rappliqué. C'était trop tard. Zara m'a fait sortir clandestinement du *barrio* pour aller voir un médecin, où je suis resté jusqu'à ce que je sois assez remis pour revenir. J'ai eu une commotion cérébrale assez grave, qui m'a mis complètement à plat le premier jour et ma cheville aussi a été trop abîmée pour que je puisse marcher pendant un moment.

— Pourquoi n'êtes-vous pas venue nous dire qu'il était en sécurité ? demanda Gray à Zara, les paupières plissées.

Voilà, il était là, le regard qu'elle attendait.

— Les militaires avec qui vous étiez sont à la solde de del Rio. Ils patrouillent régulièrement dans les *barrios* à la recherche de femmes et d'enfants à lui ramener. Je ne voulais pas risquer qu'ils se retournent contre vous... ou mes amies, qui sont toujours dans le *barrio*.

— Que pouvez-vous nous apprendre de plus sur ce del Rio ? s'enquit Ro. On dispose de quelques éléments, mais on est intéressés par toutes les informations que vous pourrez nous donner.

— Il est...

Zara n'était pas sûre de savoir comment expliquer, mais elle devait essayer.

— Il dirige pratiquement tout le commerce du sexe à Lima. Il contrôle la plupart des bordels et il est connu pour être impitoyable. Il y a des femmes qui disparaissent à tout bout de champ, ici, et il passe même des contrats à l'étranger pour obtenir des étrangères... qu'elles soient d'accord pour travailler pour lui ou non. En plus, il s'est diversifié, il enlève des filles de plus en plus jeunes. Des garçons aussi.

Elle vit la colère sur le visage de ses interlocuteurs.

— Il est diabolique et personne ne peut l'arrêter.

— La police ? voulut savoir Ball.

Zara secoua la tête.

— Il les paie. Pareil pour les militaires. Pas tous, mais suffisamment. Beaucoup d'hommes avec qui vous travaillez sont payés pour lui ramener des enfants et des femmes des *barrios*. Il y en a un dont peu de gens se soucieront ou qui ne manquera pas à grand monde. À part à leurs amis et à leur famille, qui n'ont pas assez d'argent pour le combattre, conclut-elle amèrement.

Le silence emplit la pièce pendant un moment, mais pas parce qu'ils mettaient sa parole en doute. Du moins, elle ne le pensait pas. Elle percevait un courant de colère sous-jacent : il était évident que ces hommes essayaient de garder leur sang-froid.

— Bref, si Mags, mon amie que nous respectons tous, n'a pas jugé bon de vous donner des nouvelles de Meat tout de suite, c'est simplement parce que vous étiez toujours avec l'un des militaires. Nous ne savions pas s'ils allaient riposter contre le *barrio* en général, ou parler à del Rio d'une forme de résistance. Nous n'étions même pas sûres que vous nous croiriez. Mags soupçonne la Brigade d'avoir payé Ruben et les autres pour vous tabasser. Si ce petit garçon ne s'était pas enfui et que vous ne l'aviez pas suivi, ils auraient probablement tenté quelque chose pour détourner votre attention du sauvetage des autres.

— Merde, lâcha Ro, à l'instant même où Black jurait à mi-voix.

— Et maintenant ? demanda Gray en regardant Meat.

— Je vais prendre mon ordinateur, trouver la famille de Zara, contacter Rex pour qu'il l'aide à obtenir ses papiers et à foutre le camp d'ici, répondit Meat.

— Un jour ? Deux ? demanda Arrow.

Meat haussa les épaules.

— Le temps qu'il faudra.

— Attends, tu ne peux pas…, commença Zara.

Les hommes ne l'entendirent pas, ou bien ils ne firent pas attention.

— Je vais appeler Allye et lui annoncer qu'on t'a trouvé. Je lui expliquerai qu'il risque de s'écouler encore quelques jours avant qu'on rentre à la maison, déclara Gray.

— Morgan doit accoucher dans un mois et demi, mais je suis sûr qu'elle doit devenir folle de ne pas m'avoir dans les parages pour aller lui acheter de quoi assouvir ses fringales nocturnes, fit Arrow avec un sourire indulgent.

— Chloé va s'assurer qu'elle va bien, promit Ro à son ami avec une tape sur son épaule.

— Attendez ! s'exclama Zara. Vous n'avez pas besoin de rester ici avec moi. Rentrez chez vous auprès de vos femmes et de vos petites amies. Je peux très bien attendre toute seule.

— Si vous pensez qu'on va vous abandonner ici, vous vous trompez, intervint Gray d'un ton ferme.

Zara fronça les sourcils.

— Nous ne sommes pas aussi naïfs que vous le pensez, expliqua Ball. Nous savions que quelque chose clochait dans cette mission – pas à ce point, cela dit. Nous avions déjà compris que les hommes avec lesquels nous étions associés n'étaient pas vraiment la crème de la crème. Vos amis et vous avez fait de votre mieux pour sauver Meat et Black, et nous ne prenons pas votre dévouement à la légère.

— Si nous avions été au courant de votre sort, nous serions venus vous chercher, ajouta Arrow. Aucun homme, femme ou enfant ne devrait être enlevé à ses proches et abandonné, donc désormais, vous êtes notre nouvelle mission. Aucun d'entre nous ne repart sans vous.

Pour la première fois depuis des années, Zara sentit les larmes lui monter aux yeux. Elle avait appris depuis long-temps que les pleurs n'aidaient pas. En fait, beaucoup de gens aimaient voir des larmes, parce que cela signifiait qu'ils vous avaient brisé.

— Je ne suis personne, murmura-t-elle.

— Faux, corrigea Meat avec force. Tu es Zara Layne. Tu as risqué ta vie pour la mienne et je ne l'oublierai pas. Jamais.

— Moi non plus, déclara Ro.

— Ni moi, ajouta Gray.

Les autres marquèrent tous leur accord.

— Mais je pourrais mentir, insista Zara, sans trop savoir pourquoi elle s'obstinait.

— Vous mentez ? demanda Black.

Elle le fixa du regard. Il était beau. Avec ses cheveux noirs et ses yeux marron perçants, il aurait pu faire la couverture de n'importe quel magazine sur papier glacé que Zara avait vu à Miraflores dans les boutiques pour touristes. Les ecchymoses sur son visage ne diminuaient en rien sa prestance.

Pourtant, elle ne se souciait pas de son apparence. Elle avait rencontré beaucoup d'hommes beaux au cours de la dernière décennie et leur beauté ne les avait pas empêchés d'avoir une âme noire.

En revanche, elle percevait facilement que cet homme se souciait de son ami. Et, pour une raison qui lui échappait, d'elle aussi.

Elle secoua la tête.

Black opina du chef.

— Bien, alors nous restons tous jusqu'à ce que Rex puisse tirer les ficelles et t'obtenir un passeport. On va se terrer ici en attendant.

— Qu'est-ce qu'on va raconter aux militaires ? demanda Ball.

— On va mettre Rex sur le coup aussi. C'est lui qui travaillait avec eux. On lui a déjà dit qu'on pensait que certaines des personnes avec qui il travaille étaient corrompues, maintenant on en a la confirmation. Il devra être prudent, mais il peut nous aider à trouver un moyen de nous débarrasser d'eux, affirma Gray.

— On ferait mieux de changer de chambres, au cas où les autres seraient sur écoute, suggéra Ro.

Gray hocha de nouveau la tête.

— Pendant que Zara et Meat se douchent, nous allons travailler là-dessus. Meat, tu as l'air d'aller, si l'on excepte une douleur diffuse, mais j'aimerais quand même jeter un coup d'œil à tes blessures, si ça ne te dérange pas.

Meat acquiesça.

— Cheville cassée, côtes cassées et commotion cérébrale, comme je l'ai dit tout à l'heure. L'amie médecin de Zara a remis mon épaule en place. Je ne serais pas contre quelque chose pour calmer la douleur, mais sinon ça va.

Gray hocha le menton, puis il la regarda.

— Zara ? Et toi ? On peut peut-être tous se tutoyer, non ?

— Oui, mais...

Elle fronça les sourcils, ne comprenant pas la question. Il sourit.

— Tu as besoin de soins médicaux ?

Zara aurait pu en rire. Elle n'avait pas vu de médecin depuis l'âge de neuf ans, le jour où elle s'était cassé un doigt à la récréation. Avec sa meilleure amie, Renee, elles s'étaient balancées trop fort sur la balançoire et son doigt s'était coincé dans les chaînes alors qu'elles étaient enroulées l'une autour de l'autre.

— Non.

À son crédit, Gray n'insista pas.

— Je t'apporterai ton baluchon quand on aura fini, promit Ball à Meat. Mais je ne sais pas ce qu'on va faire pour Zara.

— Ce que j'ai sur moi me suffit, se hâta-t-elle de répondre.

Les six hommes la regardèrent comme si elle était folle.

— Je veux dire… Je vais tout laver sous la douche et une fois que mes vêtements auront séché, ils iront très bien, précisa-t-elle.

— Je vais m'éclipser et trouver quelque chose, décréta Arrow.

Zara détestait la panique qui l'envahissait, mais l'idée de mettre des vêtements féminins lui était odieuse. Elle ne pouvait pas être une fille. C'était trop dangereux.

Meat se tourna vers elle et lui passa un doigt sous le menton : elle n'eut pas d'autre choix que de le regarder.

— Fais-nous confiance, murmura-t-il. Arrow ne va pas t'offrir une robe de soirée rose ou trop tape-à-l'œil, Zar.

Elle prit une profonde inspiration. Bien sûr que non. Ces hommes voulaient rester sous le radar tout autant qu'elle. Surtout après avoir entendu à quel point les officiels étaient corrompus dans ce pays ! Elle hocha donc la tête.

— Tu as faim ? demanda Gray.

L'estomac de Meat choisit ce moment pour gargouiller, si fort que personne ne put le manquer. Tout le monde rit et même Zara ne put s'empêcher de sourire.

— Je suppose que ça répond à ta question, ironisa Meat sans une once d'embarras.

— Je peux passer prendre quelque chose en même temps que je fais des courses pour Zara. Je ne sais pas quelle a été votre situation ces derniers jours... Il vous faut quelque chose de roboratif, mais fade, ou bien je peux me laisser aller à la folie ? demanda Arrow.

À sa surprise, Meat se tourna vers elle.

— Qu'est-ce que tu veux, Zara ?

— N'importe quoi, ça m'ira, répondit-elle, sans réfléchir.

Les yeux de Meat s'étrécirent et elle n'était pas sûre de deviner ce qu'il pensait. Puis il se retourna vers son ami.

— Roboratif, mais simple. Et beaucoup de sucreries. Pas de boissons gazeuses. Des fruits et des légumes, si tu en trouves.

— Noté. Je reviens dès que je peux, annonça Arrow, sans ciller à l'énoncé de cette demande étrange.

— Prends ton temps. On ne va nulle part, répondit Meat.

Zara sentit à nouveau les larmes monter. Meat s'était souvenu qu'elle ne buvait pas de soda et il avait évidemment compris que les barres chocolatées étaient son point faible. Enfin, ce n'était probablement pas une bonne idée ni pour l'un ni pour l'autre de se gaver de nourriture riche et épicée. Elle ne se souvenait pas non plus de la dernière fois où elle avait mangé une portion complète de légumes. Quand elle était enfant, elle refusait tout ce qui était vert dans son assiette, mais maintenant, elle tuerait pour manger des légumes sains à chaque repas.

Les hommes commencèrent à quitter la pièce, quand Meat appela :

— Gray ?

L'interpellé se retourna une fois que les autres furent partis.

— Oui ?

— Tu peux m'apporter mon ordinateur tout de suite ?

— Je reviens dans deux minutes, assura Gray

Et soudain, il ne resta plus que Zara et Meat dans la chambre.

— Tu y vas en premier, dit-il, en désignant la salle de bains.

Zara hésita. Elle n'avait rien à se mettre après s'être lavée et même si elle avait affirmé pouvoir renfiler les vêtements qu'elle portait, c'était la dernière chose dont elle avait envie.

Une fois de plus, Meat sembla lire dans ses pensées.

— Je te donnerai un de mes tee-shirts propres et un survêtement à porter jusqu'à ce qu'Arrow revienne avec quelque chose pour toi.

Zara se mordit la lèvre. Elle voulait prendre une douche plus que tout au monde – tout sauf revoir ses parents en vie –, mais elle ne voulait pas paraître avide ou grossière.

— Je ne plaisantais pas en disant que je me demandais combien d'eau chaude il y avait ici, précisa-t-elle, afin d'expliquer sa situation. Ça fait très longtemps que je n'ai pas pu prendre une douche chaude. Une fois que j'y serai entrée, il me faudra un certain temps avant d'en ressortir.

Au lieu de rire de sa tentative de plaisanterie, il fronça les sourcils et s'approcha. Zara ne bougea pas et soutint son regard. Meat la dépassait de plusieurs têtes. Ses larges épaules bloquaient la lumière du plafonnier. Sa barbe brune et dure cachait une grande partie de son visage, mais elle distinguait son regard grave.

— Je m'en moque si tu y restes une heure, Zara. Prends ton temps. Prends toute la nuit, putain, ça ne me dérange pas.

— Mais tu dois avoir hâte aussi, protesta-t-elle faiblement.

— Mon tour viendra. Quand tu auras fini.

Une vision momentanée d'eux partageant la douche lui

traversa l'esprit. Zara n'avait aucune idée d'où venait cette image. Elle ne se croyait pas intéressée par le sexe. Elle avait passé la majeure partie de sa vie d'adulte à essayer d'éviter les hommes et à rester le plus loin possible d'eux.

Pourtant, elle était là, seule dans une chambre de motel avec un très beau mec. Elle aurait dû avoir peur de lui. Elle aurait dû faire tout ce qui était en son pouvoir pour s'éloigner de lui. Seulement, quand il la regardait avec respect, admiration et tendresse, elle ne pouvait penser à rien d'autre qu'à sa taille impressionnante, à sa capacité à se mettre entre elle et tout ce qui pourrait la blesser.

C'était fou. Dingue. Mais elle ne pouvait pas empêcher ses pensées de vagabonder.

— OK, concéda-t-elle après une hésitation.

— OK, répéta-t-il avec un sourire. Pendant que tu seras occupée là-dedans, je vais voir ce que je peux trouver sur ta situation et ta famille. Est-ce que ça te va ?

Zara ne pouvait pas parler. Cet homme avait fait plus pour elle en quelques jours que quiconque depuis quinze ans. Elle finit par hocher la tête.

Elle voulait lui expliquer qu'à l'époque de leur disparition, ses parents n'avaient plus beaucoup de rapports avec la famille de sa mère. Qu'elle se souvenait de ses grands-parents maternels comme de gens froids et distants et qu'elle ne gardait aucun souvenir de ses grands-parents paternels : son père était fils unique et ses parents étaient décédés quand Zara était petite. Sa mère avait un frère, en revanche, Alan, son aîné de dix ans. Il n'était pas bien sympathique non plus et sa mère n'avait gardé aucun contact avec lui.

Mais elle ne dit rien. Peut-être que ces gens avaient changé maintenant. Peut-être que la perte de leur fille, celle de sa sœur pour son oncle, les avait transformés. Peut-être que la disparition de leur petite-fille dans un pays étranger les avait poussés à être plus gentils envers les autres en général.

Elle voulait savoir s'ils l'avaient cherchée. S'ils se demandaient encore ce qui lui était arrivé – s'ils s'étaient posé la moindre question sur elle.

Mais elle ne parvint pas à ouvrir la bouche pour demander à Meat de le découvrir. Car elle avait peur de connaître la réponse.

Quinze ans plus tôt, quand elle s'était cachée dans le *barrio*, terrifiée, elle était restée saine d'esprit en se convainquant qu'on avait organisé des recherches intensives pour elle. Ce n'était qu'une question de temps, se disait-elle, avant que la police ne vienne défiler dans le quartier en appelant son nom.

La première fois qu'elle avait vu un policier dans le *barrio*, elle était sortie de sa cachette, impatiente de lui annoncer que ça y était, qu'il l'avait trouvée. Tellement elle était pressée de rentrer chez elle. Mais il avait levé et balancé sa matraque quand elle s'était approchée, lui criant quelque chose en espagnol.

Apeurée, elle avait reculé, trébuchant et tombant, et il avait réussi à lui donner quelques coups de matraque sur les pieds. Ça lui avait fait mal. Sacrément mal, même. Elle était retournée à sa cachette en courant et n'en était pas ressortie pendant des jours.

Lentement mais sûrement, elle avait compris que la grande recherche qu'elle avait imaginée n'avait pas eu lieu. Ou si elle s'était produite, elle n'avait pas fait son chemin jusqu'à l'endroit où ses ravisseurs l'avaient déposée. Une prise de conscience à la fois effrayante et dévastatrice.

À présent, après toutes ces années, Zara souhaitait savoir si ses proches avaient organisé des recherches. Elle voulait croire que oui... mais pourrait-elle vivre en sachant que ça n'avait pas été le cas ?

Elle redressa le dos. Bien sûr qu'elle y arriverait. Elle avait réussi à survivre jusque-là toute seule, elle pourrait continuer à se débrouiller sans eux s'il le fallait.

— Il s'en passe, des choses, derrière tes beaux yeux, Zara. Je ne vais pas m'en mêler si tu ne le veux pas, mais après avoir vu le cirque médiatique qui a entouré le retour de Morgan de la République dominicaine – elle avait disparu pendant un an –, j'ai le sentiment que ton histoire prendra encore plus d'ampleur. Tu étais une enfant quand tu as disparu et, contre toute attente, tu as survécu. Tout le monde va vouloir connaître ton histoire. Nous ferons de notre mieux pour garder la nouvelle secrète, mais à la seconde où Rex tirera ses ficelles pour obtenir ton passeport et des papiers légaux, la nouvelle se répandra. C'est comme ça que les choses se passent. J'ai besoin de savoir à quoi nous allons être confrontés en ce qui concerne ta famille et ton passé. D'accord ?

Zara hocha la tête. Elle ne voulait pas se retrouver sous les feux de la rampe. Elle avait fait de son mieux pour se fondre dans le décor pendant si longtemps que s'imaginer devant les caméras ou avec sa photo dans les journaux lui était intolérable.

Meat lui prit une main et la porta à son visage. Il en pressa la paume contre sa joue. Zara sentit sa barbe lui gratter la peau... et se surprit à se demander si ses cheveux avaient la même texture.

— Tu ne seras pas seule face à cette situation, Zar. Je serai là. Et le reste des gars aussi. Ainsi que leurs femmes. Tu verras, tu t'intégreras parfaitement.

Ça, elle n'en était pas sûre, mais elle ne prit pas la peine de le contredire.

Un coup porté à la porte la fit sursauter violemment. Meat lui prit la main et fit de son mieux pour l'apaiser.

— Chhhhut. C'est juste Gray avec mon ordinateur et probablement mon sac aussi.

Elle opina du chef et il la dévisagea longuement avant de lui lâcher la main. Il se dirigea vers la porte, récupéra le sac de sport et le sac à dos apportés par Gray, qu'il remercia en lui disant qu'il les verrait plus tard, les autres et lui, quand Arrow reviendrait avec de la nourriture.

Puis il referma la porte, tourna le verrou et mit la chaîne. Ayant posé les sacs sur le lit, il sortit un tee-shirt, un bas de survêtement gris et une paire de chaussettes. Il fouilla encore un peu plus dans son sac et en sortit un petit sachet à fermeture.

— Il y a un peigne, du shampoing, du dentifrice, du déodorant et de la lotion dans ce sac. Rien de très féminin, mais j'ai pensé que peut-être...

Il laissa sa phrase en suspens.

Zara écarquilla les yeux. Mon Dieu, elle n'avait pas utilisé de déodorant depuis une éternité. Et du vrai dentifrice ? Le bonheur ! Peu importait qu'elle n'ait pas de brosse à dents, elle pouvait se servir de son doigt, comme elle le faisait depuis des années.

— Merci, murmura-t-elle.

Meat balaya ses remerciements d'un revers de la main. Il n'avait aucune idée de ce que ses actes signifiaient pour elle. Des vêtements propres, un peigne, du déodorant... C'était comme une mine d'or pour les gens du *barrio*.

— Vas-y. Prends ta douche. Tu es en sécurité ici. Personne ne viendra te déranger.

Bien sûr qu'ils n'entreraient pas. Pas avec Meat qui gardait la porte. Et Zara n'avait aucun doute qu'il interdirait l'entrée à quiconque voudrait lui faire du mal.

Elle prit les vêtements et la trousse de toilette, qu'elle tint contre sa poitrine. Il y avait tant de choses qu'elle voulait dire, mais elle n'arrivait pas à faire sortir les mots.

Elle avait vu de petits actes de gentillesse au fil des ans, mais rien ne l'avait autant touchée que tout ce que Meat et ses amis avaient fait et faisaient pour elle.

Hochant la tête, Zara se retourna et se dirigea vers la salle de bains. Comme e claqua la porte un peu plus fort qu'elle ne l'avait prévu, elle fit une grimace. Pourvu que Meat ne la trouve pas impolie.

Elle contempla longuement le petit verrou sur la poignée de la porte. Elle n'avait pas besoin de verrouiller. Meat n'entrerait pas sans son accord. Elle lui faisait confiance.

N'empêche, elle se surprit à poser la main sur le petit bouton, qu'elle tourna quand même.

Essayant de passer outre sa honte de ne pas faire totalement confiance à Meat, elle posa son baluchon sur le bord du lavabo. Pendant une seconde, elle admira les serviettes blanches, propres et soigneusement accrochées à la patère. Elle regarda les gants de toilette et les vêtements propres sur le comptoir, se pencha, fourra le nez dans le tissu et inhala l'odeur du savon, de la lessive et de ce qu'elle supposa être l'odeur de Meat lui-même. Son essence était tissée au cœur des vêtements qu'il lui avait prêtés.

C'est à cela que devait ressembler le paradis.

Des vêtements propres, du dentifrice et de l'eau chaude.

Il y avait longtemps qu'elle n'avait pas été aussi comblée.

Sur ces pensées, Zara ouvrit l'eau de la baignoire, passant la main sous le jet jusqu'à ce que sa température devienne chaude. Puis elle ouvrit la douche, tira le rideau et retira les vêtements sales, laids et malodorants qu'elle portait depuis trop longtemps, y compris le tissu qu'elle utilisait pour se bander la poitrine. Abandonnant le tout en tas au milieu de la pièce, elle évita son reflet dans le miroir, attrapa la petite savonnette du lavabo et passa sous l'eau brûlante.

11

Meat était assis au bord de la chaise, au petit bureau de la chambre de motel, une oreille aux aguets des bruits en provenance de la salle de bains pendant qu'il parcourait Internet à la recherche d'informations sur la famille Layne.

Il avait entendu Zara fermer la porte à clé et n'était pas surpris. Il avait l'impression de bien la connaître, mais en réalité, ils ne se connaissaient pas du tout.

Sa cheville et ses côtes, qui l'élançaient tandis qu'il faisait défiler les résultats de la recherche, lui rappelaient comment et pourquoi il avait rencontré Zara.

Trente minutes plus tard, la douche coulait toujours – et Meat s'adossa à sa chaise avec un soupir. Ce qu'il avait découvert sur Chad et Emily Layne changeait pas mal de choses. D'une certaine manière, ce qu'il avait appris rendrait la vie de Zara plus facile, mais d'un autre côté, ça la compliquerait beaucoup.

Le couple était plein aux as.

Quinze ans auparavant, ils pesaient environ dix millions de dollars. Aujourd'hui... ce chiffre se montait à environ vingt millions. Et s'il ne se trompait pas, Zara était l'unique héritière. Elle n'aurait plus jamais à se soucier de trouver un endroit sûr où dormir la nuit ou d'avoir assez d'argent pour acheter des vêtements propres et une brosse à dents.

Mais cet argent s'accompagnait de maux de tête dont Zara n'avait aucune idée.

A priori, à la mort de ses parents, l'argent avait été placé sur un fonds fiduciaire au nom de Zara. Elle était censée recevoir une allocation mensuelle à partir de 18 ans et le reste de la somme à ses 28 ans.

À un moment donné, son oncle, Alan, avait tenté de mettre la main sur l'argent, arguant que Zara était décédée, mais comme son corps n'avait jamais été retrouvé, l'avocat de ses parents s'était battu contre lui et un juge avait refusé de débloquer les fonds. C'était une décision avisée, étant donné qu'Alan avait fait des allers-retours en désintoxication et en prison pratiquement toute sa vie.

D'après les photos que Meat avait pu trouver, Zara avait été une enfant adorable. Ses cheveux bruns étaient souvent ébouriffés sur les photos en ligne et ses yeux semblaient briller de bonheur. En bref, elle était heureuse et insouciante. Il n'avait rien perçu de cette enfant dans la Zara qu'il connaissait, ce qui était affligeant. Il détestait le fait qu'elle ait dû apprendre à ses dépens à quel point la vie pouvait être injuste et difficile.

Ce qui le dérangeait le plus dans sa recherche rapide en ligne, c'est l'absence de presse concernant la disparition de Zara. Lorsque ses parents avaient été retrouvés assassinés, quelques articles avaient été rédigés sur leur fille disparue, contenant des spéculations sur ce qui lui était arrivé, mais c'était tout. Il n'avait déniché aucun rapport policier sur l'incident, pas d'émission spéciale anniversaire, pas de veillée chaque année le jour de l'anniversaire de Zara, pas de croquis actualisés sur ce à quoi elle pourrait ressembler à l'âge adulte.

Comme si personne, y compris ses grands-parents, ne s'était soucié du fait que la petite fille de dix ans avait disparu dans la nature.

En comparaison avec le vacarme que le père de Morgan avait soulevé lorsqu'elle avait disparu, les informations sur Zara étaient pathétiques. C'était déchirant, en fait. Ses grands-parents paternels étaient morts dans un accident de voiture quand Zara avait cinq ans. Mais ses grands-parents maternels n'avaient pas donné d'interviews approfondies sur sa disparition. Sur les quelques photos qu'il avait vues, ils avaient l'air stoïques. La seule citation qu'il avait trouvée, de son grand-père, stipulait qu'ils avaient déconseillé au couple de partir en vacances à Lima, parce que c'était dangereux.

C'était presque comme s'il disait : « je vous avais prévenus », alors qu'il aurait dû organiser des recherches pour sa petite-fille disparue.

Meat se jura de faire tout ce qu'il pourrait pour aider Zara à se réadapter à la vie aux États-Unis. De ne pas la lâcher comme ses grands-parents semblaient l'avoir fait.

Il avait le sentiment qu'en raison de son héritage, des gens allaient sortir du bois pour lui offrir de l'« aider ». Et même si elle ne touchait pas la plus grande partie de son argent avant quelques années, elle allait percevoir une bonne partie de ses mensualités en retard sur l'allocation qu'elle aurait dû recevoir. En résumé, Zara était maintenant une femme très riche. Et avec l'argent venaient les ennuis.

Quand Meat entendit la douche s'éteindre, il regarda sa montre. Quarante-cinq minutes. Il sourit, ravi à l'idée de Zara se prélassant sous l'eau chaude. Loin de lui l'envie de lui reprocher ce petit plaisir. S'il avait vécu la même existence chaotique qu'elle, il aurait pris son temps aussi.

Ne voulant pas prendre le risque d'utiliser le téléphone du motel pour le cas où il serait surveillé, il eut une conversation rapide par messagerie instantanée avec Rex via une application sécurisée qu'ils utilisaient régulièrement. Leur officier traitant, qui avait déjà parlé avec Gray, s'employait à obtenir les documents dont Zara avait besoin pour quitter le pays en toute légalité. Cela prendrait quelques jours : même avec ses relations, il ne pouvait pas obtenir un passeport pour Lima du jour au lendemain.

Rex était dégoûté d'avoir dû payer deux fonctionnaires péruviens pour parvenir à ses fins, mais après tout ce que Meat et lui avaient appris sur la corruption au Pérou, ils n'en étaient pas surpris.

Rex demanda si Zara était prête à passer un test ADN pour prouver qu'elle était bien Zara Layne, et Meat répondit qu'à son avis, elle s'y plierait. Mais lui savait sans l'ombre d'un doute que Zara était bien celle qu'elle disait être.

Rex dit à Meat qu'il était content qu'il ait la tête dure. Il ajouta qu'il lui parlerait, ainsi qu'au reste de l'équipe, à leur retour au Colorado.

Meat venait de refermer son ordinateur portable quand il entendit la porte de la salle de bains s'ouvrir. En se retournant, il sourit en découvrant l'énorme panache de vapeur qui s'échappait par la porte, bientôt suivi de Zara.

La buée l'entourait, telle une apparition sortie d'un film de science-fiction ringard ou quelque chose du genre. Ses cheveux courts étaient mouillés et un peu bouclés sur son front. Ses joues étaient rouges et les vêtements qu'il lui avait prêtés dix fois trop grands pour son petit corps.

Meat se déplaça avant même de réaliser ce qu'il faisait. Il s'approcha d'elle, clopinant un peu, car sa cheville lui faisait mal après l'effort de la journée. Il s'arrêta devant elle, l'odeur fraîche et propre du savon qu'elle avait utilisé flottant entre eux lui rappela sa propre saleté.

Il n'était pas sûr de ce qu'il allait dire – si tant est qu'il dise quoi que ce soit. Il savait juste qu'il était attiré par elle. Qu'il voulait être près d'elle.

— Tu te sens mieux ? finit-il par demander.

Elle hocha la tête et se mordilla la lèvre inférieure.

Il ne savait pas si elle était nerveuse à l'idée d'être près de lui ou si quelque chose d'autre l'agitait. Elle avait l'air si peu sûre d'elle que Meat eut envie de la prendre dans ses bras pour lui promettre que tout irait bien. Qu'il s'en assurerait. D'une certaine manière, debout là, pieds nus et dans ses vêtements, elle semblait plus vulnérable.

Avec ses vêtements de « garçon » des rues, la saleté sur son visage, elle était dans son élément. Elle s'était fondue dans la masse et parfaitement capable de prendre soin d'elle-même. Mais si quelqu'un pouvait la voir à cet instant même, il saurait qu'elle n'était pas l'adolescent qu'elle avait fait semblant d'être.

Les yeux de Meat se promenèrent le long de son corps pendant une fraction de seconde et il fut surpris de constater qu'elle avait bel et bien des courbes. Elle avait réussi à bander ce qui semblait en réalité être une poitrine généreuse et, bien qu'il ne voie pas grand-chose sous les kilomètres de tissu, il n'y avait absolument aucun doute sur le fait que Zara était une femme.

Elle s'agita devant lui, comme si elle était mal à l'aise sous son regard.

— J'ai lavé mes vêtements, mais je n'ai pas pu remettre mes... sous-vêtements parce qu'ils étaient mouillés, se hâta-t-elle de lui expliquer.

Meat prit une profonde inspiration pour se ressaisir. Il recula d'un pas, songeant qu'il l'intimidait probablement, or c'était la dernière chose qu'il voulait.

— Je suis sûr qu'Arrow te trouvera des sous-vêtements appropriés.

Il n'en était pas sûr, en fait, d'ailleurs il n'aimait pas

l'idée qu'Arrow choisisse des vêtements aussi intimes pour Zara. Mais c'était ridicule : d'abord, parce qu'Arrow était fou amoureux de Morgan et ensuite, il fallait bien que Zara ait quelque chose à porter sous ses vêtements.

Elle se contenta de hocher la tête et de courber les épaules vers l'avant, comme si cela pouvait cacher sa silhouette. Meat recula d'un autre pas, détestant l'idée de ce qu'elle avait pu subir pour être aussi timide et peu sûre d'elle.

Elle leva les yeux quand il se déplaça de nouveau et fronça les sourcils.

— Est-ce que ta cheville te fait mal ?

— Oui, avoua-t-il, avec une honnêteté sans filtre.

Son froncement de sourcils s'accentua.

— Tu ne devrais pas rester debout.

Il haussa les épaules.

— Je ne vais pas m'allonger sur le lit propre avant d'avoir pris ma douche.

Elle le regarda. Visiblement, elle reprenait confiance en elle.

— Pourquoi t'éloignes-tu de moi ?

Surpris par sa question, Meat répondit à nouveau honnêtement.

— Je te rends nerveuse et je ne veux pas te bousculer.

— Je n'ai pas peur de toi, répondit-elle.

Et Meat ne vit aucun signe de mensonge dans son expression. Il lâcha un soupir soulagé.

— Bien. Parce que je ne te ferai jamais de mal, Zara.

— Je sais. Tu en as eu beaucoup de fois l'occasion. Même cette première nuit où tu m'as attrapée par le cou, tu t'es assuré de ne pas me serrer trop fort pour ne pas me couper la respiration. Tu as peut-être eu une commotion cérébrale, des côtes cassées, une cheville et une épaule fêlées, pourtant j'ai su dès le début que rien de tout cela ne t'en empêcherait, si tu voulais vraiment me faire du mal… ou partir.

Elle avait raison. Il y avait quelque chose en elle depuis cette première nuit qui l'avait amené à baisser sa garde et il lui avait fait confiance.

— Je suis désolé pour ma réaction, lui dit-il. Je ne savais pas qui vous étiez Daniela et toi, ni si vous me vouliez du mal.

— Elle t'en a fait, du mal, convint Zara. Elle m'a dit de te frapper à l'épaule, que tu me lâcherais, mais je n'ai pas eu le cœur… et je savais que tu ne me ferais pas de mal.

— Chacun de ses gestes a été très efficace, admit Meat, contrit en se souvenant de la douleur que lui avait infligée le médecin en le frappant à la cheville.

— Je suis désolée d'avoir pris tant de temps sous la douche, ajouta Zara, changeant de sujet.

Meat secoua la tête.

— Pas de souci.

— C'est juste que… ça faisait si longtemps que je n'avais pas pu…

— Tu n'as pas à te justifier, Zara. Je me fiche que tu prennes des douches d'une heure tous les jours du reste de ta vie. Tu fais ce que tu veux, quand tu veux, et au diable ce que les autres pensent.

Il vit ses lèvres tressauter.

— C'est la devise de ta vie ?

Meat haussa encore les épaules.

— Pas vraiment, c'est juste que j'ai vu de mes propres yeux combien la vie est courte. Et après être sorti de l'armée et avoir commencé à travailler pour Rex, j'avais besoin de faire quelque chose pour occuper mon temps libre. En commençant à travailler le bois, j'ai découvert que j'aimais vraiment fabriquer des meubles. Ça me détend. Certains hommes aiment chasser ou bricoler des voitures ; moi, j'aime travailler le bois. Prendre un tas de planches au hasard et les transformer en une commode ou une table unique en son genre, c'est satisfaisant. Ce n'est pas très sexy ou excitant, mais je m'en fiche. Si prendre de longues douches te détend et te rend heureuse, alors tu devrais en prendre une tous les jours.

Elle le dévisagea si longtemps après sa tentative pour la mettre à l'aise, que Meat commença à se sentir lui-même inconfortable.

— Moi, par contre, je n'aime pas prendre de longues douches, reprit-il. Je suppose que c'est parce que je me sens trop vulnérable là-dedans et parce que, dans l'armée, on n'avait pas le temps de lambiner. À ce propos, le seul fait de me tenir à côté de toi me rappelle à quel point j'ai besoin de me laver. Arrow n'est pas encore revenu, mais il ne devrait plus tarder. On va pouvoir manger et ensuite je te dirai ce que j'ai trouvé en menant mes recherches.

L'expression incertaine revint sur son visage et Meat eut envie de se botter les fesses.

— D'accord.

Elle se déplaça vers l'un des lits queen size et s'assit sur le bord.

Meat s'accroupit près d'elle, en faisant attention à sa cheville.

— Qu'est-ce qui ne va pas ? demanda-t-il.

— Est-ce que quelqu'un m'a cherchée ? chuchota-t-elle.

Même en sachant qu'il était sale, Meat leva la main et lui prit le visage dans sa paume. Elle avait la peau chaude et douce, légèrement humide à cause de la vapeur dans la salle de bains et de la transpiration. Il passa doucement le pouce contre sa joue.

— Oui, Zar, ils t'ont cherchée. Pas aussi longtemps qu'ils auraient dû, et ils n'en ont pas fait assez à mon avis... mais ils ont cherché.

— Ils ont trouvé les types qui ont tué mes parents ? Dismoi que oui et qu'ils sont enfermés.

Meat détestait avoir à la contrarier. Mais elle dut le comprendre en voyant sa tête.

— Ils n'ont pas été arrêtés, c'est ça ?

Il pinça les lèvres et secoua lentement la tête.

— Il n'y avait pas d'autres témoins et ce n'est pas comme s'ils avaient des caméras dans cette partie de la ville, il y a quinze ans. Ils n'avaient rien sur quoi baser leurs recherches. Je suis vraiment désolé.

Zara soupira, puis rencontra son regard et lui demanda :

— Et maintenant ? Je n'ai rien, Meat. Est-ce que je vais retourner aux États-Unis et vivre dans la rue avec d'autres sans-abri pendant que je tente de reprendre ma vie en main ? Je n'ai qu'une éducation de niveau primaire, aucune compétence, et je ne vois pas qui aurait envie de m'embaucher, sans expérience professionnelle et avec mes antécédents. Je pourrais me débrouiller en volant pendant un certain temps, mais avec ma chance, je me ferais prendre et je finirais en prison. Je ferais peut-être mieux de rester ici.

Meat secouait la tête avant même qu'elle ait fini de parler.

— Je ne peux pas t'affirmer que ce sera facile de t'acclimater, ce serait malhonnête de ma part. Mais tu n'auras plus jamais à t'inquiéter d'être de nouveau sans-abri. D'abord, parce que tu peux rester chez moi aussi longtemps que tu le souhaites. Je n'ai pas une grande maison, mais c'est une jolie cabane bâtie sur quelques hectares au nord-ouest de Colorado Springs. J'ai deux chambres d'amis et une chambre d'appoint au-dessus de mon atelier, tu y seras toujours la bienvenue. Mais surtout... tu n'auras pas plus à te soucier de l'endroit où tu vas vivre que de quoi que ce soit d'autre, parce que tu as plus d'argent que je n'en gagnerai jamais de toute ma vie.

Les sourcils de Zara se plissèrent sous l'effet de l'incompréhension.

— Ma puce... tes parents avaient de l'argent. Beaucoup d'argent. Et tu es leur seule héritière. Cet argent est à toi. Enfin, pas tout, pas avant tes vingt-huit ans, mais assez pour que tu puisses vivre où tu veux et prendre toutes les douches chaudes que ton cœur désire. Elle le dévisageait comme s'il parlait une langue qu'elle ne comprenait pas.

— Je sais que c'est beaucoup à encaisser, mais tu n'es plus seule, Zara. Et tu peux acheter tout ce que tu désires, quand tu veux. Des vêtements, de la nourriture, une maison... même deux maisons. Tu n'es pas obligée de travailler et tu peux décider de retourner à l'école ou de rester couchée à manger des barres chocolatées toute la journée. Tu es libre, Zar. La vie que tu as vécue n'est pas celle que tu es censée vivre éternellement.

Elle ne pleura pas, ne cria pas de joie et ne dansa pas autour de la pièce. Elle se contenta de le regarder fixement.

— Zara ?

— J'ai peur.

Meat le savait. Il le voyait dans la façon dont ses muscles étaient tendus. La façon dont elle se tenait assise. Dont sa respiration s'accélérait.

— Ne t'inquiète pas. Si tu veux, je t'aiderai à te dépatouiller.

Elle hocha immédiatement la tête.

L'étrange sentiment qui habitait Meat s'amplifia encore un peu plus. Il était content qu'elle ne veuille pas le virer de sa vie à la seconde où elle serait rentrée aux États-Unis. Il voulait apprendre à mieux la connaître. La regarder apprendre à voler de ses propres ailes. Finalement, il était sûr qu'elle se débrouillerait sans lui. Et même qu'elle s'ennuierait dans sa vie simple sur son petit lopin de terre. Mais il ferait tout ce qui était en son pouvoir pour qu'elle soit prête à affronter le monde quand elle partirait.

Il lui repassa le pouce sur sa joue rougie.

— Je dois me laver. Je ne serai pas long. Mets-toi à l'aise.

Puis il se leva, non sans pousser un grognement de douleur quand le mouvement lui vrilla les côtes.

Zara se redressa aussitôt pour l'aider.

— Merci.

— C'était stupide de t'agenouiller comme ça. Tu devrais être allongé, le réprimanda-t-elle.

Meat ne put s'empêcher de sourire.

— Qu'est-ce qui te fait sourire ? demanda-t-elle, irritée.

— Toi. Tu n'as vraiment pas peur de moi.

Ce n'était pas une question.

— Pourquoi aurais-je peur ? demanda-t-elle, les mains à la taille, soutenant son regard.

— Parce que je suis plus grand que toi. Plus fort. Un inconnu. Un homme. Je pourrais te citer une centaine de raisons différentes.

— La plupart des gens sont plus grands que moi, rétorqua-t-elle. J'ai nettoyé ton vomi, je t'ai dit des choses sur moi que je n'ai dites à personne d'autre et tu n'as même pas bronché. Tu m'as crue quand je t'ai raconté mon histoire et tu ne m'as donné aucune raison de penser que tu risquais de m'agresser. Tu m'as donné des vêtements à porter et tu ne t'es pas moqué de moi quand j'ai pris une très longue douche.

Elle continua d'une voix plus basse.

— Tu m'as trouvée, Meat. Tu m'as traitée comme un être humain, pas comme un insecte agaçant que tu voudrais écraser. J'aidais Daniela, mais j'avais parfois l'impression de la gêner. Tu m'as fait me sentir utile, nécessaire même pour la première fois depuis longtemps. Alors non, je n'ai pas peur de toi. J'ai peur de ce qui va arriver, oui... mais pas de toi.

— Putain, Zara, lâcha Meat, la poitrine serrée par ses paroles. Une fois que je serai lavé, je peux... Merde. Laisse tomber.

— Tu peux quoi ? demanda-t-elle en inclinant la tête.

— Rien.

— Meat. Quoi ? insista-t-elle.

— Je voulais juste... J'aimerais te serrer dans mes bras, mais je ne veux pas dépasser les bornes.

Elle resta si longtemps silencieuse que Meat en vint à penser qu'il avait merdé. Il s'apprêtait à reculer quand Zara le rattrapa par la taille.

— Je n'ai pas serré quelqu'un dans mes bras depuis que je suis petite, chuchota-t-elle.

Le cœur de Meat se brisa pour elle.

Puis elle continua :

— J'aimerais beaucoup un câlin... mais pas avant que tu aies changé de vêtements. Je sens encore l'odeur de vomi sur toi.

L'espace d'une seconde, il ne sut pas comment réagir. Alors quand elle esquissa un sourire timide, il ferma les yeux, soulagé, et pouffa.

— Il va falloir que tu me lâches, si je veux que je la prenne, cette douche.

Ses doigts se resserrèrent, puis elle le lâcha et le poussa vers la salle de bains.

— Eh bien, vas-y, alors. Je t'ai peut-être laissé un peu d'eau chaude, mais je ne suis pas sûre.

Meat prit note mentalement d'augmenter la capacité de son chauffe-eau à la maison. Peu importe qu'elle reste avec lui un jour ou un an. Elle aurait toute l'eau chaude qu'elle voudrait s'il avait son mot à dire.

— N'ouvre pas la porte, la prévint-il. Si quelqu'un frappe, ne réponds pas. Ils reviendront plus tard.

— Et si c'est Arrow avec la nourriture ? demanda-t-elle.

— Je verrai avec Gray quand j'aurai fini. Ne t'inquiète pas, tu auras ta nourriture, la taquina-t-il.

— Ce n'était pas mon estomac qui gargouillait tout à l'heure, répliqua-t-elle sur le même ton.

Meat s'esclaffa.

— Très vrai. Dix minutes et je reviens, dit-il.

Sur quoi, il prit les vêtements de rechange qu'il avait sortis de son sac puis il se glissa dans la salle de bains. Le miroir était encore embué, ce qui était tant mieux, car il préférait ne pas voir à quoi il ressemblait en ce moment. Il en avait assez vu dans le miroir de l'autre pièce. Il avait le visage meurtri et, quand il se serait rasé, il savait que ce serait encore pire. Peut-être qu'il laisserait sa barbe pour l'instant et la raserait à son retour au Colorado, quand il n'aurait plus besoin de fréquenter autant de gens.

Il se passa une main sur le visage et constata qu'il aimait bien la sensation. Peut-être qu'il garderait la barbe encore plus longtemps.

Zara avait accroché son tee-shirt et son pantalon sur le porte-serviettes et ils dégoulinaient lentement sur le sol. Il les déplacerait dans la douche quand il aurait fini.

Mais ce ne furent pas son tee-shirt ou son pantalon qui attirèrent son attention. C'était le petit bout de sous-vêtements en coton noir qui lui serra le cœur, si usé qu'il y distingua deux trous, et l'élastique était distendu.

Il était contrarié, parce que cette culotte venait lui rappeler à quel point sa vie avait été dure. Elle avait dû s'accrocher et se battre pour tout. Elle devrait porter de la lingerie en dentelle qui la rendrait sexy et lui donnerait confiance en elle et en sa féminité. À la place, elle s'était contentée de culottes en coton usées. Ce constat attristait Meat en même temps qu'il le rendait furieux.

Il y avait aussi un long bandage Ace qui pendait à côté de son pantalon. Elle s'en servait évidemment pour cacher ses seins, pour les aplatir afin de donner de la crédibilité à son déguisement de garçon.

Il voulait le déchiqueter à mains nues et le jeter à la poubelle. Il brûlait de sortir de la salle de bains et lui dire qu'elle n'aurait plus jamais à s'infliger cette torture.

Au lieu de cela, il prit une grande inspiration et se contrôla.

Il était fier de Zara, qui avait fait ce qu'il fallait pour survivre. Le type de sous-vêtements qu'elle portait ne faisait aucune différence dans sa vie quotidienne. Mais il ne pouvait s'empêcher de se demander si elle avait été blessée ou agressée pendant qu'elle était seule. Sans doute... et cette pensée le rendait fou. Personne ne devrait avoir à subir de violences, mais comme il éprouvait des sentiments très forts pour Zara, il détestait particulièrement l'idée que ça ait été son cas, à elle.

Il ne pouvait pas changer son passé, mais il pouvait certainement influencer son avenir. Personne ne lui ferait faire une expérience qu'elle ne voulait pas répéter. Il s'en assurerait.

Se débarrassant rapidement des vêtements que Zara lui avait achetés, Meat entra dans la douche en refusant de penser au fait qu'elle s'était tenue à cet endroit précis, nue comme au jour de sa naissance, il n'y avait pas dix minutes. Il ramassa le savon, en s'efforçant encore une fois de ne pas visualiser la mousse qui avait dû se répandre récemment sur tout le corps de Zara... et commença à se laver.

Plus vite il finirait de se doucher, plus vite il pourrait retourner auprès de Zara. Il n'avait jamais ressenti cette... urgence et ce désir de simplement faire connaissance avec une autre personne auparavant. Il détestait même passer dix minutes loin d'elle, parce que c'était dix minutes où il ne lui parlerait pas. Où il ne découvrait pas ce qu'elle aimait et ce qu'elle n'aimait pas.

Ignorant son corps endolori, Meat fit de son mieux pour prendre sa douche en vitesse. Il avait un câlin à donner… et soudain, c'était bien plus important que tout.

12

Zara s'était assise sur le bord du lit, effrayée à l'idée de toucher à l'équipement informatique de Meat et pas assez à l'aise pour se détendre complètement. Fidèle à sa parole, Meat n'avait mis qu'une dizaine de minutes pour se doucher et se changer.

Lorsqu'il sortit de la salle de bains, elle ne put s'empêcher de le fixer du regard. Il ne portait pas de haut, juste un pantalon de survêtement bas sur les hanches.

— Désolé, expliqua-t-il. Gray va ausculter mes côtes, alors autant que je reste torse nu pour l'instant. Si ça te dérange, je peux renfiler mon tee-shirt.

Zara se contenta de secouer la tête. Si ça la dérangeait ? Non, voir son torse absolument parfait ne la dérangeait pas. Il avait une légère toison et pas un gramme de graisse en trop. Les vilaines ecchymoses sur son ventre et sa poitrine étaient laides, mais elles n'enlevaient rien au fait que Hunter Snow était bâti comme une vraie baraque.

Ils se dévisagèrent un long moment, interrompus par un coup frappé à la porte, qui fit sursauter Zara.

— Relax, Zar, je suis sûr que c'est Arrow ou Gray.

En fait, c'étaient les deux. Ainsi que le reste de ses amis. Même Black était là. Il s'allongea aussitôt sur l'un des lits, après que Ro lui avait ordonné de « poser son putain de cul » s'il ne voulait pas tomber.

Ces hommes étaient bourrus, voire brutaux entre eux, mais bizarrement, Zara se surprit à apprécier leur façon de faire. Progressivement, elle se sentait plus à l'aise avec eux.

Arrow posa deux grands sacs sur le sol près du lit et un troisième sur la petite table de la chambre. Zara était plus intéressée par les odeurs provenant de ce qui se trouvait dans ce troisième sac que par ce que pouvaient contenir les deux autres.

Il entreprit immédiatement de déballer le sac de la nourriture… et elle le regarda faire, incrédule. Où avait-il dégoté toute cette nourriture en si peu de temps, dans ce coin ? Elle n'en avait aucune idée, mais l'eau lui monta à la bouche sur-le-champ.

Il déballa deux récipients remplis de soupe, plusieurs boîtes en polystyrène avec des brocolis et des carottes, et un dernier grand récipient contenant de la viande. Zara n'écoutait plus ce qui se disait autour d'elle : toute son attention était focalisée sur la nourriture.

Arrow lui tendit l'un des bols de soupe et une cuillère. Sans hésiter, elle le prit et alla se caser dans un coin, où elle s'assit lentement. Elle replia les genoux, son trésor serré près de sa poitrine tandis qu'elle soulevait le couvercle. Une vapeur parfumée se dégageait de la soupe qu'elle inhala profondément. Puis elle la remua en regardant les morceaux de poulet et de légumes frais flotter à la surface.

Oubliant la cuillère, elle porta le récipient à sa bouche et en prit une gorgée timide, ne sachant pas si le liquide était très ou trop chaud. Elle leva les yeux…

Et se figea en voyant les six hommes qui posaient sur elle un regard préoccupé, furieux ou compatissant. Elle reposa la soupe avec précaution et chercha quelque chose à dire qui puisse briser la tension.

— C'est tout pour toi, Zara, dit gentiment Arrow. Nous avons déjà mangé.

Elle ne savait pas si c'était vrai ou non, mais elle avait honte de son comportement. Elle avait juste reproduit ce qu'elle aurait fait si elle s'était trouvée dans le *barrio*, à savoir prendre la précieuse nourriture et se réfugier dans un petit coin où personne ne pourrait lui voler son butin par surprise avant qu'elle n'ait eu le temps de le consommer.

Évidemment que les amis de Meat n'allaient pas lui prendre sa soupe. Elle ferma les yeux et s'efforça de faire comme si elle ne venait pas de se ridiculiser.

Mais Meat étant Meat, il s'arrangea pour détourner l'attention, en attirant les regards sur lui.

— Tu as apporté des analgésiques, Arrow ? Parce que j'en aurais bien besoin.

— Bien sûr. Eh oui, on dirait que tu as fait un round ou deux sur un ring, dis donc, constata Arrow.

— Je dirais que tu as l'air encore plus mal en point que moi, observa Black.

— Comment vont tes côtes ? demanda Gray. Arrow a récupéré des bandes de gaze, ce qui devrait aider à stabiliser ton tronc et à soulager un peu de pression.

Autour de Zara, la discussion tournait désormais autour des blessures de Meat et de Black, et de tout ce que ce dernier avait vécu ces derniers jours. Ils la laissèrent donc en paix. À un moment donné, Meat s'allongea sur le lit et Gray l'examina rapidement.

Pendant ce temps, Ro mélangea une partie de la viande et des légumes dans un récipient. Puis il s'approcha du coin où elle était encore assise et posa le récipient au sol à côté d'elle... avec une barre au chocolat et caramel. Sans piper mot, il retourna simplement à l'autre bout de la pièce où il s'appuya contre le mur et reporta son attention sur Meat et Gray.

Il ne fallut pas longtemps à Zara pour être rassasiée. Elle n'avait pas vu autant de nourriture depuis des mois. En novembre dernier, elle avait conduit le vélo et la remorque à l'un des dîners de charité organisés près de Miraflores. Elle s'était goinfrée au maximum, puis avait emporté autant de restes qu'elle pouvait à ses amis du *barrio*. Mags était absente, mais Teresa, Gabriella, Bonita, Maria et Carmen avaient été ravies de voir toute cette nourriture. Elles s'étaient assises dans l'obscurité, une unique bougie éclairant leur cabane, et elles avaient toutes mangé jusqu'à avoir l'impression qu'elles allaient éclater.

Ça avait été une bonne journée, mais une fois la nourriture ingérée, la faim revenait inévitablement et la vie quotidienne redevenait aussi difficile dans le *barrio*.

Zara recouvrit soigneusement le récipient de soupe encore à moitié plein et rapporta ce bol à table ainsi que les légumes et la viande qu'elle n'avait pas pu finir. Ball se tenait là, qui les lui prit, et Zara fit de son mieux pour atténuer le sentiment de regret qu'elle éprouvait de devoir rendre la nourriture. Mais Ball se contenta d'apporter le tout vers ce qui ressemblait à une armoire et l'ouvrit. Il s'agissait en réalité d'un petit réfrigérateur.

Zara soupira de soulagement. Il ne jetait pas les reliefs de son repas. Elle pourrait encore le manger plus tard.

L'idée d'avoir de la nourriture à disposition quand elle avait faim lui était étrangère. Il y avait peu de réfrigérateurs dans le *barrio*. Et jamais de restes.

Elle appréciait, même si elle avait le sentiment que tous les hommes de la pièce la surveillaient, tout en faisant de leur mieux pour qu'elle se sente aussi à l'aise que possible. Ils ne la dévisageaient pas, ne commentaient pas ses manies alimentaires. Ils continuaient simplement à discuter entre eux.

Meat avait également mangé un peu et, quand il eut fini, Arrow apporta aussi ses restes au réfrigérateur.

— Tu as parlé à Rex ? demanda Black à Meat.

— Oui - il leva les yeux vers Zara -, tu es prête à entendre la suite ?

L'opinion déjà élevée qu'elle avait de Meat monta encore d'un cran. Elle était seule à décider de sa vie depuis long-temps maintenant et, même si elle faisait confiance à Meat, elle ne voulait pas qu'il prenne les rênes sans lui donner son mot à dire. Elle hocha la tête.

Il remercia Ball qui lui tendait son ordinateur et l'ouvrit sur ses genoux. Il s'adossa contre la tête d'un des lits, les jambes allongées devant lui. Il avait mis un tee-shirt et Zara pouvait presque se le figurer chez lui, dans la même atti-tude. Elle ne savait pas à quoi ressemblait sa maison, mais il semblait à l'aise dans sa peau et il s'était manifestement déjà assis comme ça, avec un ordinateur sur ses genoux.

— Alors... Zara est multimillionnaire, lâcha-t-il sans préambule. Ses parents, qui étaient riches, lui ont tout légué.

— Merde, murmura Arrow.

Zara le regarda, surprise. Il était contrarié qu'elle ait de l'argent ?

— Désolé, Zara. Je suis content que tu n'aies pas à t'in-quiéter pour l'argent, mais ça va te compliquer les choses.

— Ah bon ? s'étonna-t-elle.

Il hocha la tête.

— Quand ma Morgan est rentrée aux États-Unis après avoir été kidnappée, la presse a perdu la tête. Tout le monde aime les jolies histoires qui racontent comment une personne a retrouvé sa famille après avoir disparu. Et Morgan n'avait disparu que depuis un an. Toi, ça fait quinze ans. La presse va te harceler. Les journalistes seront impitoyables. Et maintenant, des gens vont aussi sortir du bois pour te réclamer de l'argent. Ils te raconteront toutes sortes d'histoires tristes sur les raisons pour lesquelles ils en ont besoin. Leur enfant a un cancer, ils sont affamés, sans-abri. Tout ce que tu peux imaginer et plus encore. Ils vont jouer sur tes émotions, utiliser ce qui t'est arrivé pour essayer de gagner ta sympathie et obtenir de l'argent de toi. Ça va être l'enfer.

Zara fronça les sourcils. Merde, ça n'avait pas l'air bien du tout.

— Je me fiche de l'argent, dit-elle honnêtement. Je ne parlerai pas aux journaux, voilà tout, et personne n'en saura rien.

Arrow se passa une main dans les cheveux, mais resta muet.

— Ce n'est pas si simple, intervint doucement Gray. Ils le découvriront quand même.

— On s'interposera, affirma Meat depuis sa place sur le lit. On ne la laissera pas se faire harceler.

— Bien sûr que nous veillerons sur elle, répondit Gray, mais toi et moi savons qu'ils l'atteindront quand même. Tu ne peux pas la garder enfermée dans une bulle. Elle ira à l'épicerie, quelqu'un la reconnaîtra et la harcèlera. Elle recevra des centaines de lettres de personnes de tout le pays qui la supplieront de l'aider.

Gray se tourna pour s'adresser à elle.

— Tu vas devoir t'endurcir, la prévint-il. Les histoires que tu entendras te briseront le cœur. Tu auras probablement envie de donner de l'argent à tout le monde et à toutes les causes possibles et imaginables. Ils essaieront de te faire culpabiliser, t'accuseront de méchanceté si tu ne donnes pas.

Plus ça allait et moins Zara était sûre de vouloir

retourner aux États-Unis. Elle pourrait peut-être prendre l'argent et se trouver une maison ici à Lima. Loin des *barrios*, dans un quartier agréable.

Comme s'il entendait ce qu'elle pensait, Meat lança à Gray :

— Arrête de lui faire peur, connard.

Puis il lui tendit la main.

— Viens ici, Zara.

Sans réfléchir, elle se dirigea vers sa main tendue. Quand elle fut assez proche, il lui passa une main autour de la taille et l'attira vers lui, jusqu'à ce que sa hanche touche le matelas. Meat plongea dans ses yeux et lui murmura :

— On va trouver une solution.

On va trouver une solution. Pas, *tu* vas trouver une solution. Ces mots l'apaisèrent.

— Et sa famille ? demanda Ball.

Sans enlever la main de sa taille, Meat répondit :

— Là, ça va poser problème.

Le cœur de Zara se serra, mais elle ne pouvait pas dire qu'elle soit surprise.

— Son oncle, Alan, conteste le testament et essaie de mettre la main sur l'argent de son compte depuis des années. Ses grands-parents ne semblent pas s'intéresser de près ou de loin à leur petite fille disparue. J'ai trouvé une interview qui remonte à dix ans, à l'occasion du cinquième anniversaire de la disparition de Zara. Ses grands-parents maternels y disent qu'ils la supposent morte, tout comme leur fille, et que l'argent du fidéicommis sera remis à ses parents les plus proches encore en vie lorsque son vingt-huitième anniversaire arrivera enfin et qu'elle ne se sera pas présentée pour le réclamer.

Personne ne pipa mot. Les hommes semblaient retenir leur souffle, attendant sa réaction.

Zara se tourna vers Meat et haussa les épaules.

— Ils n'ont jamais donné l'impression de m'aimer beaucoup, quand j'étais petite. J'étais trop bruyante, trop ennuyeuse, trop... enfantine pour eux.

— Tu étais une enfant, quoi, fit Gray, visiblement agacé. Je n'ai même pas encore rencontré mon fils, ma mère non plus d'ailleurs, mais je sais sans l'ombre d'un doute que si quelque chose nous arrivait, à Allye et à moi, et qu'il avait disparu, elle remuerait ciel et terre pour le retrouver.

— Tout le monde n'est pas comme ça, répliqua Zara sans détour.

Elle avait vu sa part d'horreurs, ici, au Pérou. Des mères qui vendaient un de leurs enfants pour avoir assez d'argent pour nourrir les autres, des hommes qui battaient leur femme par simple désœuvrement, des grands-parents qui refusaient de s'occuper de leurs enfants ou petits-enfants parce qu'ils les jugeaient inférieurs. Plus rien ne la surprenait.

— Eh bien, ils devraient, marmonna Gray.

Puis il prit une profonde inspiration et reprit.

— Bon, on gérera les choses au fur et à mesure qu'elles se présenteront. Zara est riche et Rex travaille à faire établir les documents pour qu'elle rentre dans le pays. Nous devrons peut-être organiser au minimum une conférence de presse afin qu'elle puisse raconter son histoire - il se tourna vers elle. Le pire, c'est de laisser la presse tout inventer ou que des gens qui n'ont aucune idée de ce dont ils parlent viennent expliquer ce que vous pensez et ressentez. Ça craint, mais c'est comme un pansement. Tu l'arraches d'un coup et c'est fini, tu peux alors te concentrer sur ce que tu veux faire du reste de ta vie.

Elle n'aimait pas cette perspective, mais elle espérait que ces hommes savaient mieux qu'elle ce qu'il fallait faire.

— J'ai quelques chambres supplémentaires chez moi,

lui dit Gray. Tu peux venir habiter avec Allye et moi, si tu veux.

— Tu viens d'avoir un bébé, lui rappela Ro. Elle peut venir chez Chloé et moi.

— Elle reste avec moi, les interrompit Meat avant que quelqu'un d'autre ne puisse lui offrir son toit. Enfin... si elle veut bien.

Zara n'avait jamais été aussi touchée de sa vie. Elle était passée d'une situation de sans-abri à une situation où des inconnus lui proposaient de l'héberger. C'était aussi émouvant qu'inattendu.

Elle se rendit compte que tout le monde la regardait à nouveau. Après une seconde de panique, à se demander pourquoi ils la dévisageaient, elle se souvint des paroles de Meat.

Elle avait apparemment assez d'argent pour vivre où elle voulait, mais l'idée de vivre seule, d'essayer de s'acclimater à une nouvelle vie et à un nouveau monde était trop effrayante. Elle fit un signe de tête.

— À quoi dis-tu « oui », ma puce ? demanda doucement Meat, à côté d'elle. Tu as une pièce remplie de gens prêts à t'aider. Sans condition. Les autres - il montra ses amis - ont tous une femme qui vit avec eux. Cela te mettrait probablement à l'aise, puisque tu es habituée à côtoyer Mags, Daniela et les autres femmes d'ici.

Elle le regarda fixement, essayant de lire entre les mots. Regrettait-il déjà de lui avoir proposé de vivre avec lui ? Il lui avait fallu beaucoup de temps pour se lier d'amitié avec Mags et les autres. Il était difficile de se faire des amis, surtout avec les femmes, qui semblaient toujours plus critiques. Et si les autres femmes pensaient qu'elle essayait de voler leur homme ? Cela s'était produit plus d'une fois dans le *barrio*. Quelqu'un accueillait une parente ou une amie qui avait besoin d'un endroit pour vivre et, peu de temps après, l'homme trompait sa femme avec la nouvelle venue.

— Tu as dit que je pouvais rester avec toi. J'aimerais bien, si c'est toujours possible, dit-elle à Meat.

Il eut l'air soulagé et cette réaction contribua beaucoup à apaiser Zara.

— Bien sûr que c'est d'accord. Mais souviens-toi, je ne suis pas très intéressant... Je préfère bricoler mon ordinateur ou fabriquer des meubles plutôt que de sortir.

— Il ne plaisante pas, l'assura Ball. Ce n'est pas vraiment M. Social.

Les autres se mirent tous à taquiner Meat sur son manque de compétences sociales, mais lui n'avait pas détourné son regard du sien. Il était intense, cependant Zara ne pouvait nier qu'elle aimait bien qu'il semble toujours savoir comment elle se sentait et ce qu'elle pensait. Personne dans sa vie, à part ses parents très longtemps auparavant ne l'avait comprise aussi profondément.

Au bout d'un moment, les gars se lassèrent de titiller Meat et ils commencèrent à se disperser lentement. Gray partit le premier pour aller appeler Allye et « parler » à son fils. Arrow s'en alla ensuite, arguant qu'il voulait appeler sa femme et s'assurer qu'elle allait bien. Zara eut l'impression que leur mariage était récent et que Morgan n'était pas encore tout à fait prête à accoucher, mais, apparemment, Arrow était extrêmement protecteur envers elle et leur enfant à naître, il profitait de toutes les occasions possibles pour prendre de ses nouvelles.

Avant de partir, il désigna les sacs qu'il avait laissés par terre un peu plus tôt.

— Si quelque chose ne va pas, fais-le-moi savoir et je te trouverai autre chose.

Zara avait oublié les vêtements qu'il lui avait achetés. Pour l'instant, elle n'était pas pressée de vérifier ce qu'il avait pu acheter. Le tee-shirt et le survêtement qu'elle portait étaient extrêmement confortables et, comme elle n'avait pas l'intention de quitter cette chambre de motel avant d'y être obligée, elle se sentait bien dans ce qu'elle portait.

Les autres quittèrent la chambre peu de temps après Arrow, en annonçant qu'ils reviendraient le lendemain matin pour voir quel était le programme pour la journée.

Zara et Meat se retrouvèrent à nouveau seuls.

— Tu es fatiguée ? lui demanda-t-il.

Zara fit « oui » de la tête.

— Je vais dormir ici cette nuit. Ce lit est tout à toi, indiqua-t-il en inclinant la tête vers l'autre lit. Mais d'abord...

Il laissa sa phrase en suspens pour mettre de côté son ordinateur et se tourner vers elle. Il s'assit sur le côté du lit, si bien que sa tête était plus haute que celle de Meat. Tendant les bras, il demanda :

— Maintenant que je ne sens plus le vomi, que dirais-tu de ce câlin ?

Il n'avait pas oublié. Zara ne savait pas pourquoi elle lui avait dit qu'elle n'avait pas été étreinte depuis son enfance, pourtant, quand il était sorti de la douche, elle n'avait eu qu'une hâte : sentir ses bras autour d'elle. Puis ses amis étaient arrivés et elle s'était dit qu'il avait oublié.

Mais en le regardant maintenant, elle comprit que cet homme n'était probablement pas du genre à oublier grand-chose.

Sur un signe de tête timide, elle se dirigea vers lui. Il avait les jambes écartées, ce qui lui donnait de la place pour se glisser entre elles. Il se pencha et enroula lentement les bras autour de sa taille.

Zara inspira brusquement lorsque Meat posa la tête sur sa poitrine.

Faute de savoir où mettre ses mains, elle lui noua les bras

autour des épaules. Même s'il était assis, il l'enveloppait. Elle sentait la chaleur de ses cuisses contre ses propres jambes et même ses respirations lui réchauffaient la poitrine lorsqu'il inspirait et expirait. Il avait l'air très fort, il sentait le frais et le propre et ses cheveux étaient encore un peu humides.

Les yeux fermés, Zara s'abandonna au doux contact d'un autre être humain. Cela faisait si longtemps qu'elle n'avait pas ressenti une émotion pareille. Elle était en sécurité. Apaisée.

Quinze ans plus tôt, sa vie avait pris un tournant radical, qui l'avait bouleversée. C'était comme si elle venait de recevoir une autre secousse, à cette différence près que cette fois-ci, c'était un changement positif. Du moins l'espérait-elle.

Un des pouces de Meat lui caressait doucement et lentement le dos. Même à travers le coton de son tee-shirt, ce geste lui faisait l'effet d'un marquage. Au sens positif du terme.

Par une sorte de miracle, Zara avait réussi à éviter d'être agressée sexuellement. Elle était passée inaperçue en faisant semblant d'être un garçon et avait trompé à peu près tout le monde. Elle était vierge dans tous les sens du terme. Elle n'avait jamais embrassé personne, n'avait pas été en contact peau à peau avec une autre personne. Elle ne s'était même pas touchée très souvent.

D'ailleurs, ça ne lui avait pas manqué. Elle n'avait pas voulu s'engager avec quelqu'un. Elle était trop préoccupée par la recherche de nourriture et d'un abri pour penser aux garçons ou au sexe.

Cependant debout là, avec les bras de Meat autour d'elle, en sécurité, elle y pensait pour la première fois.

À quoi cela ressemblerait-il ? Comment se sentirait-elle d'avoir les mains de Meat sur elle sans rien entre sa peau et la sienne ? Serait-il dégoûté par ses seins ? Était-elle trop maigre, trop masculine ?

Elle se sentait encore confuse et incertaine lorsque Meat s'écarta. Ses grandes mains étaient toujours posées sur les hanches de Zara, avec ses doigts qui lui enserraient presque la taille en entier.

Pourquoi éprouvait-elle ces sentiments maintenant ? Était-ce parce qu'il l'aidait ? Parce qu'elle le voyait comme une sorte de sauveur ? Elle savait qu'il était un homme bien. Elle était passée maîtresse, de façon innée, pour détecter qui était bon et qui ne l'était pas rien qu'en regardant la personne, mais son radar avait pu se détraquer, juste parce que cet homme-ci l'avait traitée gentiment. Peut-être que la douche chaude, la nourriture et la chambre l'avaient influencée, l'empêchant de percevoir son côté dangereux.

Comme s'il avait perçu son accès de panique, Meat l'écarta doucement et retira ses mains. S'étant déplacé sur le lit, il reprit son ordinateur portable. Sans la regarder, il lui dit :

— Vas-y, grimpe sur le lit là-bas. Je vais rester debout et voir ce que je peux trouver d'autre sur ta famille et toi. On discutera demain matin, Zara.

Se sentant étrangement dépourvue et honteuse de ses pensées sur Meat, Zara hocha simplement la tête et se dirigea vers l'autre lit. Elle se glissa sous les draps propres et s'allongea, raide comme une planche. Elle l'avait offensé et telle n'avait pas été son intention. Pendant une seconde, elle s'était juste questionnée quant à ses motivations. Mais elle comprenait maintenant qu'en fait, il n'avait aucune motivation cachée. Il voulait juste un câlin et elle avait tout fait foirer.

En soupirant, Zara changea de position, mal à l'aise. Le matelas était trop mou. Elle avait pris l'habitude de dormir sur le sol dur. L'oreiller lui faisait mal au cou. Pourtant, elle savait qu'elle devait apprécier ce confort inhabituel. Les gens normaux dormaient sur des matelas mous et utilisaient des oreillers. Il fallait juste qu'elle s'adapte.

Se retournant sur le côté, le dos vers Meat, elle fixa le mur qu'elle avait sous les yeux. Elle avait peur de retourner en Amérique. Mags lui avait conseillé de dire la vérité à l'Américain et de le supplier de l'aider. Mais maintenant, elle n'était plus si sûre que ce soit une bonne idée. Apparemment, personne n'attendait son retour. Ses grands-parents s'en fichaient et son oncle semblait n'en avoir qu'après son argent. Beaucoup de gens allaient faire semblant d'être gentils avec elle pour avoir accès à cet argent. Sa situation serait un enfer.

Et si elle attendait que Meat s'endorme, qu'elle se levait, se rhabillait et s'enfuyait ? Histoire de revenir à ce qu'elle connaissait ?

L'esprit tourbillonnant, entre confusion et détresse, Zara ferma les yeux et attendit que Meat éteigne la lumière et s'endorme. Elle pourrait alors décider ce qu'elle devait faire.

13

Meat savait que Zara ne dormait pas lorsqu'il éteignit son ordinateur et la lumière à côté du lit. Le câlin qu'il lui avait donné n'était pas bien passé et il n'avait pas compris pourquoi. Il s'était produit quelque chose dans sa jolie tête, mais il ne se sentait pas le droit de demander quoi.

Il ne savait pas non plus ce qui l'avait réveillé au milieu de la nuit, cependant il sut immédiatement que cela avait un rapport avec Zara.

Il s'assit en vitesse, gémissant quand son mouvement réveilla aussi la douleur dans ses côtes. En regardant vers le lit à côté du sien, il constata qu'il était vide.

Plus délicatement, il posa les jambes au sol, bien décidé à gagner la porte pour la rattraper. Car le bruit qui l'avait réveillé devait être celui de la porte qui se refermait derrière elle alors qu'elle se faufilait dehors.

Mais il s'immobilisa en découvrant le petit monticule par terre à ses pieds. Zara.

Elle n'était pas partie.

Elle avait enlevé la couette de son lit et l'avait traînée de l'autre côté, près du lit de Meat, aussi loin de la porte que possible. Elle s'était fait une paillasse à même le sol, où elle s'était roulée en une toute petite boule.

Le cœur toujours battant avec force sous l'effet de l'adrénaline, Meat se mit debout avec précaution. Il tira la couette de son propre lit et s'agenouilla. Très lentement, les côtes toujours sensibles, il s'allongea derrière elle et étala la couverture sur eux deux. Il passa un bras autour de sa taille et se serra contre son dos.

Elle ne bougea pas, ne se retourna pas, mais demanda tranquillement :

— Qu'est-ce que tu fais ?

— Ça devrait être ma question, ça, répliqua-t-il.

— Le lit est trop mou, expliqua-t-elle. L'oreiller aussi.

Meat hocha la tête. Bien sûr. Quand on n'a utilisé ni l'un ni l'autre depuis quinze ans, il devait être extrêmement bizarre de dormir sur un vrai lit.

— Je ne pense pas que ça va marcher, dit-elle tristement.

— Si, ça va marcher, asséna-t-il aussitôt.

Elle secoua la tête.

— Je ne sais pas comment être Zara Layne. Je ne suis plus la fillette de dix ans. Je suis Zed. L'assistant de Daniela, un pickpocket.

Meat resserra l'étreinte autour de sa taille.

— Tu es Zara Layne, insista-t-il.

— Je ne sais pas qui c'est, chuchota-t-elle.

— C'est la femme que tu décideras qu'elle soit. Je sais que c'est difficile. Et je ne peux pas promettre qu'à partir de maintenant, tout deviendra plus simple. Parce que ce ne sera pas le cas. Mais tu n'as pas à tout changer pour devenir celle que tu penses être. Tu dors mieux par terre ? Bien. Fais-le. On s'en fiche. Tu veux continuer à aider les personnes malades ? On se renseignera sur la façon dont tu pourras faire du bénévolat dans un hôpital ou une chose comme ça. Ce que je veux dire, c'est que tu as su t'adapter pour devenir

Zed. Tu y as même excellé. Tu t'adapteras à cette nouvelle situation aussi. Et cette fois, tu n'es pas seule. Tu nous as, le reste des gars et moi, pour t'aider. Et leurs femmes aussi. Et tu te feras de nouveaux amis aux États-Unis.

— À t'écouter, on dirait que c'est facile, fit-elle.

— Non. Ça va être dur, très dur. Il y aura des moments où tu te demanderas pourquoi tu as eu l'idée saugrenue de revenir. Tu en voudras au monde entier, tu trouveras que ce n'est pas juste. Mais tu y arriveras. Je le sais.

— Comment ?

— Parce que tu aurais pu passer cette porte ce soir et disparaître à nouveau. Tu connais les *barrios* bien mieux que je ne les connaîtrais jamais. Je ne t'aurais jamais retrouvée. Mais tu ne l'as pas fait. Tu es restée. Tu es venue ici et tu m'as mis entre la porte et toi. Au fond de toi, tu me fais confiance. Même si tu ne sais pas encore pourquoi. J'ignore pourquoi tes grands-parents ou ton oncle n'ont pas fait plus d'efforts pour te trouver et je ne m'en soucie pas particuliè-rement. Ce qui m'importe, c'est que je t'ai trouvée. Ou plutôt, que tu m'as trouvé. Et maintenant que tu es là, je ferai tout ce qu'il faut pour te rendre la vie qui t'a été volée il y a quinze ans. Il te suffit d'avoir la force et le courage de le vouloir aussi.

Elle ne répondit rien, mais elle n'exprima pas non plus de désaccord.

— On ne peut pas partir avant un jour ou deux. Alors on va rester ici dans la chambre et discuter. Je te parlerai de Colorado Springs, de moi, des femmes de mes amis... de tout ce que tu voudras. Je te montrerai comment utiliser l'or-dinateur, je te créerai peut-être un compte mail et nous défi-nirons notre stratégie pour traiter avec la presse. On peut même avertir l'avocat qui s'occupe de ton fidéicommis et lui dire que tu as été retrouvée, afin qu'il commence à préparer les documents nécessaires pour que tu puisses récupérer ton argent. Ce sera peut-être difficile, mais cette fois-ci, tu n'es pas seule. Compris ?

Elle fit « oui » de la tête... et il la sentit reculer un peu pour se rapprocher de lui.

Meat resserra le bras autour d'elle et ferma les yeux. Le sol lui mordait la hanche et ses côtes n'étaient pas du tout heureuses de dormir sur la surface dure, mais tant pis. Si Zara se sentait plus en sécurité ici, il supporterait ses propres douleurs pour la réconforter.

Une minute ou deux s'écoula sans qu'aucun des deux parle, avant que Zara n'ose :

— Je ne suis pas très douée en lecture. Tu pourras m'aider à comprendre les documents juridiques que l'avocat me fera signer ?

— Oui.

— Je ne suis pas stupide, reprit-elle avec force. Mais comme je n'ai pas eu la chance de poursuivre mes études, il y a des choses que je ne sais pas.

— Bien sûr que tu n'es pas stupide, affirma Meat, consterné qu'elle puisse même émettre cette supposition.

Cela ne lui avait pas traversé l'esprit une seule fois. Elle était plus avisée que la plupart des filles de son âge. Elle avait l'intelligence de la rue qu'elle avait acquise à la dure. Par nécessité.

— Le jargon juridique n'est pas ma spécialité non plus. On pourra demander à Rex d'y jeter un œil ou alors on engagera un autre avocat pour le traduire.

Elle lâcha un petit rire.

— Je suppose que je peux me le permettre maintenant, pas vrai ?

Meat sourit.

— Oui.

— Tu sais de quoi j'ai envie.

— Quoi ?

— De lire *Harry Potter*. J'ai vu les livres dans les magasins et les panneaux d'affichage annonçant la série, mais je n'ai jamais eu l'occasion d'essayer de le lire moi-même. Je n'étais pas intéressée quand j'avais dix ans, ne me demande pas pourquoi, et je suis sûre que ça va me dépasser, mais je voudrais essayer.

Meat n'avait jamais été aussi impressionné par quelqu'un. Et les paroles de Zara mettaient encore plus clairement l'accent sur tout ce qui lui avait manqué au fil des ans.

— Je vais envoyer un des gars te trouver un exemplaire anglais du premier tome demain.

Elle secoua la tête.

— Non, je ne voulais pas dire tout de suite. Quand on arrivera en Amérique.

— Ne pas repousser à demain ce qu'on peut faire aujourd'hui, répliqua Meat. On va avoir du temps à tuer et crois-moi, tu vas t'ennuyer à force de rester assise dans cette pièce avec moi. Ça te donnera quelque chose pour t'occuper, plutôt que de te stresser à la perspective de retourner au Colorado et de revoir ta famille.

— Tu crois qu'ils voudront me voir ? chuchota-t-elle.

Meat n'en était pas sûr. Ce n'était pas comme s'ils avaient semblé se soucier de sa disparition. Mais il ne voulait pas non plus blesser Zara d'une manière ou d'une autre.

— Je pense qu'ils vont être curieux, répondit-il après une hésitation. Ils voudront que tu leur prouves que c'est vraiment toi et ils auront probablement beaucoup de questions. Alors oui, je pense qu'ils voudront te voir.

— Mais est-ce qu'ils voudront me voir, moi ? insista-t-elle.

— Je ne sais pas, admit-il en toute honnêteté, comprenant ce qu'elle lui demandait vraiment.

Elle serait une curiosité. Mais est-ce que ses grands-parents s'intéresseraient vraiment à la personne qu'était Zara maintenant ? L'accueilleraient-ils à bras ouverts ? Il n'en avait aucune idée.

— Meat ?

— Oui ?

— J'avais prévu de renfiler mes vêtements et de sortir en douce, cette nuit.

Tout en lui se révolta à cette idée, mais il obligea ses muscles à rester détendus.

— Quand je me suis réveillé et que j'ai vu le lit vide, j'ai cru que tu l'avais fait, avoua-t-il. Pourquoi as-tu changé d'avis ?

— Je me tenais près de la salle de bains, puis j'ai regardé dans la chambre et je t'ai vu dormir. Ton ordinateur était sur le matelas à côté de toi et j'ai vu les déchets de notre dîner dans la poubelle. J'ai pensé à tout ce que tu avais fait pour moi et à tout ce que tu as fait pour d'autres femmes et enfants qui ont eu besoin d'aide. Et je n'ai pas pu. Mais sache que j'en ai toujours envie. Je ne suis pas sûre que rentrer en Amérique est le bon choix. Je ne pense pas que je vais réussir à m'y adapter. Je ne me suis pas non plus adaptée ici, remarque, mais au moins, je sais à quoi m'attendre à Lima.

— Si tu étais partie, je t'aurais poursuivie, l'avertit Meat.

— Tu ne m'aurais pas retrouvée, affirma Zara en toute franchise. Je connais trop bien les *barrios*.

— Je sais.

Meat sentit Zara se retourner jusqu'à être sur le dos et elle le regarda. Il n'avait pas bougé, il était toujours sur le flanc, la tête soutenue dans sa main, il la contemplait.

— Alors pourquoi aurais-tu pris la peine de me chercher ?

— Parce que tu n'es pas à ta place ici. On t'a pris ta vie et ce n'était pas juste. Parce que quand les adultes de ta vie et la police péruvienne auraient dû retourner le moindre pavé pour te retrouver, il y a quinze ans, ils n'ont pas fait cet effort. Tu en vaux la peine, Zara. Et puis...

Il s'interrompit, pas sûr de devoir dire ce qu'il pensait, mais décida d'abandonner toute prudence.

— Même si je ne suis dans ta vie que depuis quelques jours, je sais, au fond de moi, que tu es spéciale. Tu vas faire de grandes choses, Zara Layne. Je le sais, c'est tout.

Il ne pouvait pas lire sur son visage ce qu'elle pensait, car elle le dévisageait simplement sans cligner des yeux.

— Et puis, poursuivit-il alors, je t'aime bien, tu te souviens ? Tu as franchi ma garde, l'air de rien. J'ai aidé à sauver des centaines de femmes, mais il y a quelque chose de différent chez toi. Tu me fascines et je veux mieux te connaître. Je veux tout savoir sur toi.

— Je n'ai rien de spécial, chuchota-t-elle.

— Et c'est pour ça que tu l'es, répliqua Meat. La plupart des vrais héros ne pensent pas être quelqu'un de spécial non plus. Thomas Edison, Martin Luther King, Neil Armstrong, Anne Frank, Harriet Tubman... pour n'en citer que quelques-uns.

Il leva sa main libre et lui écarta doucement les cheveux du front. Il ne pouvait pas la voir très clairement, car c'était le milieu de la nuit, mais la faible lumière provenant d'un lampadaire sur le parking, devant la fenêtre, suffisait pour la distinguer. Il se rappela à quel point sa peau était douce, après sa douche. Se laver de la saleté et de la crasse qui la recouvraient l'avait littéralement fait rayonner et, maintenant, il ne pouvait pas s'empêcher de la toucher.

— Je crois vraiment que tout arrive pour une raison. Je ne sais pas pourquoi tes parents ont été tués. Ni la raison pour laquelle tu as dû vivre le genre de vie que tu as vécu jusqu'à présent. En revanche, je sais une chose : tu as déjà accompli de grandes choses.

Elle secoua la tête.

— Non, je n'ai rien fait.

— Et cette femme chez Daniela ? Vous leur avez probablement sauvé la vie, à elle et à son bébé. Et ces petits enfants auprès de qui tu t'es arrêtée pour parler quand on rentrait dans le *barrio* ? Et moi... tes amies et toi, vous m'avez sauvé. Je suis sûr que tu as touché des centaines d'autres vies ici et je ne doute pas un instant que tu feras de même une fois que nous serons de retour dans le Colorado.

Zara ne répondit rien, mais elle se retourna à nouveau sur le côté, afin de se plaquer contre lui. Meat se détendit une fois de plus. Aucun des deux ne parla pendant un long moment, jusqu'à ce qu'elle finisse par demander :

— Est-ce que tu allais vraiment me poursuivre ?

— Oui, dit-il simplement.

Ils ne parlèrent plus. Et ce fut seulement lorsque Meat sentit son corps se détendre complètement et entendit ses longues et lentes respirations, signe qu'elle s'était endormie, qu'il se permit de fermer les yeux.

Il avait failli la perdre ce soir. Ils le savaient tous les deux. Lui, il comprenait qu'elle était assez forte pour supporter la suite, mais il espérait qu'elle le découvrirait aussi quelque part en cours de route.

14

————

Trois jours plus tard, Zara était assise, nerveuse, sur son siège à côté de Meat alors que leur avion descendait vers l'aéroport de Colorado Springs. Il avait fallu deux jours à Rex pour faire livrer un passeport américain à leur motel. Elle n'avait aucune idée du genre de ficelles qu'il avait dû tirer pour y parvenir, mais il avait réussi.

Elle en avait appris un peu plus sur le mystérieux officier traitant des Mercenaires Rebelles et, bien qu'il ait éveillé son intérêt, elle avait trop de choses en tête en l'occurrence pour lui accorder beaucoup d'attention.

Il lui avait indiqué que la première chose à faire en arrivant dans le Colorado serait de fournir un échantillon d'ADN pour prouver qu'elle était bien la Zara Layne disparue. Elle avait été surprise de ne pas avoir eu besoin de le faire pour obtenir son passeport, mais, apparemment, Rex avait des dons magiques qui lui avaient permis de l'obtenir sans cette preuve essentielle. Elle n'allait pas s'en plaindre.

Meat avait été en contact avec l'avocat responsable de son fonds fiduciaire. L'homme avait été médusé, ce qui était compréhensible. Il avait refusé de donner des détails à Meat, Rex ou Zara tant qu'il n'aurait pas reçu la preuve, au-delà de tout doute raisonnable, qu'elle était bien celle qu'elle prétendait être.

Arrow avait fait un travail incroyable en lui choisissant ses vêtements et, après avoir insisté pour qu'elle lui dise ce qu'elle aimait et n'aimait pas dans la première fournée, il était sorti acheter une valise et d'autres vêtements pour la remplir. Elle avait maintenant assez de jeans, de tee-shirts à manches longues et courtes, de sous-vêtements, de soutien-gorge et de chaussettes pour s'habiller pendant des années si elle avait encore vécu dans la rue.

Elle avait également appris qu'Arrow se prenait pour une sorte de comique, car la plupart des tee-shirts qu'il avait achetés étaient du genre de ceux que les touristes achètent. Des tee-shirts qui proclamaient « J'AIME LE PÉROU » et un autre qui montrait un lama avec un homme vêtu d'une tenue traditionnelle inca et le mot « PÉROU » en grosses lettres en dessous. Zara n'avait jamais vu de lama de sa vie et quand elle l'avait avoué à Arrow, il avait simplement souri.

En fait, tous les hommes avaient été incroyables. Merveilleux. Meat avait manifestement parlé à Gray de son désir de lire *Harry Potter*, car ce dernier s'était présenté le lendemain avec un exemplaire de poche tout neuf du premier livre de la série. Zara n'avait pas tenu un livre neuf entre ses mains depuis l'âge de dix ans. Les pages étaient propres et la couverture impeccable. C'était très dur pour elle de lire, mais elle faisait de son mieux pour s'y tenir et, quand Meat l'avait vue se débattre avec le texte, il lui avait proposé de lui expliquer tout mot qu'elle ne connaîtrait pas.

Zara avait tout appris sur les femmes qui l'attendaient dans le Colorado… et elle était intimidée. Bien que les hommes n'aient pas donné de détails précis sur les épreuves qu'elles avaient traversées, il était évident qu'elles avaient toutes vécu un enfer. Zara n'était pas très sûre de vouloir rencontrer Everly, en particulier. Les policiers ne figuraient pas en haut de sa liste de ceux avec qui elle rêvait de s'acoquiner, cependant elle n'imaginait pas Ball sortant avec quelqu'un de corrompu, comme presque tous les policiers qu'elle avait connus à Lima, alors elle ferait de son mieux pour lui accorder le bénéfice du doute. Gray était impatient de rencontrer son fils pour la première fois et Zara avait tellement entendu parler du bébé, Darby, que même elle avait hâte de le voir, ce petit gars.

Mais la personne qu'elle était la plus pressée et curieuse de voir, c'était Morgan. Son histoire semblait assez proche de la sienne et Zara avait énormément de questions à lui poser.

Lorsqu'ils avaient quitté Lima, elle s'était demandé comment ils allaient s'y prendre pour lui faire passer le filtre des soldats qui « protégeaient » l'équipe de Meat. Les membres de la Brigade stationnés à l'extérieur du motel s'étaient garés sur le parking, près de la camionnette de l'équipe. Peut-être s'étonnaient-ils que les hommes n'aient pas quitté Lima immédiatement après avoir retrouvé Meat.

Quelle que soit la raison de leur présence, l'équipe ne pouvait pas sortir tranquillement du motel avec Zara. La Brigade serait soupçonneuse en découvrant cette étrangère avec eux. Et ils poseraient des questions. Beaucoup de questions. Or, même si elle n'avait rien fait de mal, elle voulait à tout prix éviter l'armée.

Toute l'équipe avait eu une conversation la veille de leur départ, pour réfléchir aux moyens de la faire sortir en douce. C'était Zara elle-même qui avait suggéré de se cacher dans une valise. Meat avait d'abord opposé son veto à cette idée, mais les autres avaient semblé enclins à l'envisager.

En fin de compte, le choix final lui était revenu : soit elle prenait le risque de laisser les soldats l'interroger sur son identité, d'où elle venait et pourquoi elle était avec les Mercenaires Rebelles, soit elle se cachait dans une valise jusqu'à ce qu'ils soient dans le fourgon et en route pour l'aéroport.

La décision avait été facile à prendre.

Zara n'avait jamais été aussi heureuse de sa petite stature que lorsqu'elle s'était retrouvée enfermée dans la valise à roulettes que Ball avait achetée. Sans doute sa situation n'était-elle pas plus propice à la claustrophobie que celle de Meat dans la remorque qu'elle-même avait utilisée pour le transporter dans le *barrio*. Ce n'était pas confortable, mais ce n'était pas non plus l'horreur absolue.

Elle avait entendu Meat et les autres dire au revoir à quelques soldats et n'avait pu s'empêcher de se réjouir du bon tour qu'elle leur jouait.

Gray avait ensuite placé la valise par-dessus leurs autres sacs dans le petit espace à l'arrière du fourgon et, dès qu'ils avaient été en sécurité, loin de leurs escortes – qui avaient été si contents de les voir partir qu'ils n'avaient pas pris la peine de les suivre jusqu'à l'aéroport –, Gray et Ro avaient fait passer la valise par-dessus le dossier du troisième siège, l'avaient ouverte et avaient aidé Zara à en sortir.

Après quoi, le passage de la sécurité et des douanes avait été un jeu d'enfant grâce à son tout nouveau passeport.

Ils avaient pris un vol en première classe pour Dallas-Fort Worth et, même si elle avait été nerveuse avant le passage en douane sur le sol américain, personne n'avait sourcillé. Toute la situation était quelque peu surréaliste. Elle qui était habituée à être scrutée à la loupe, surtout par les propriétaires de magasins qui craignaient qu'elle ne commette une bêtise, découvrait à présent l'effet d'être totalement ignorée. Et se rendait compte qu'elle aimait bien.

Mais alors qu'ils effectuaient leur transfert vers le petit

aéroport de Colorado Springs à la fin de leur voyage, Meat regarda par la fenêtre et lâcha un juron.

— Quoi ? demanda Zara.

Au lieu de répondre, il s'étira entre les sièges, tapota l'épaule de Ball et lui montra la vitre.

— Meat, qu'est-ce qui ne va pas ? insista Zara.

Il se tourna alors vers elle et elle n'aima pas l'inquiétude qu'elle vit dans ses yeux.

— On pensait bénéficier d'un peu plus de temps avant de devoir gérer ça, lui dit-il.

— Gérer quoi ?

— Regarde, répondit-il en pointant le hublot.

Au début, Zara ne comprit pas ce qu'il voulait lui désigner. Elle voyait une montagne, si haute que sa cime était encore un peu enneigée, le spectacle absolument époustouflant. Elle s'était tellement habituée aux *barrios* et aux bidonvilles de Lima que la vue de belles montagnes en arrière-plan lui confirma sans aucun doute possible qu'elle était vraiment sortie du Pérou une bonne fois pour toutes.

Puis elle laissa son regard se perdre plus bas… et découvrit ce qui ressemblait à des dizaines de camions et de voitures, la plupart portant des chiffres et des lettres sur la carrosserie, alignés le long de la route menant au bâtiment vers lequel ils roulaient.

Elle se retourna vers Meat, qui haussa les épaules.

— Ce sont les médias, Zar. Je ne sais pas comment ils ont su que tu serais ici aujourd'hui, mais ils sont là.

Elle écarquilla les yeux. Ils avaient beaucoup évoqué le problème des médias et elle n'était pas sûre de se sentir capable de les affronter maintenant. Elle n'était pas prête.

Elle avait mis la plus belle tenue qu'Arrow lui avait apportée, un pantalon kaki avec un chemisier à manches courtes violet foncé. Elle portait un soutien-gorge qui, bizarrement, lui semblait plus serré que le bandeau qu'elle utilisait depuis des années pour aplatir sa poitrine. Elle n'avait pas l'habitude de baisser les yeux et de voir ses seins, mais elle n'avait plus aucune raison de cacher son sexe. C'était effrayant, toutefois elle s'y habituait peu à peu.

Malgré tout, elle se sentait sale et fripée, après avoir voyagé toute la journée. Ce qui était ironique, car elle avait passé des mois sans prendre une douche dans le *barrio*, alors que là, elle avait pris une autre douche de quarante-cinq minutes pas plus tard que le matin même, en se savonnant au moins quatre fois. Elle n'était donc pas du tout sale comme elle l'avait été pendant quinze ans, cependant s'imaginer face aux caméras et aux journalistes l'effrayait.

— Nous ne leur parlerons pas aujourd'hui, déclara Gray depuis le siège derrière eux.

Zara était tellement perdue dans ses pensées que cette voix masculine la fit sursauter, puis se retourner vers Gray. Elle sentit la main de Meat sur son genou pour l'aider à recouvrer son calme et elle fut surprise de sentir à quel point ce contact lui faisait du bien.

— Il nous faut la preuve de ton ADN avant que tu puisses envisager une quelconque déclaration. La dernière chose à laquelle te confronter, c'est le scepticisme de la presse. Le FBI a accepté de venir chez Meat pour t'interroger. Ils nous y attendront. Comme nous en avons parlé, ils vont faire un prélèvement dans ta bouche pour prélever ton ADN et ils devraient avoir les résultats d'ici un jour ou deux. Tu vas leur raconter ton histoire et basta. D'accord ?

Zara opina du chef.

— Et eux ? demanda-t-elle en désignant la vitre.

— Je devrais être surpris qu'ils aient appris ton retour, mais non, répondit Gray. On va rester dans l'avion pour être les derniers à sortir. Black est au téléphone avec Rex, une voiture va venir nous chercher. Il suffira de passer devant les journalistes et de refuser toute déclaration. Ça ira.

— Pourquoi ne s'est-il pas arrangé pour nous faire sortir par une porte dérobée, afin qu'elle n'ait pas à les affronter du tout ? grommela Meat.

— On en a parlé, lui rappela Gray. Plus nous serons secrets quant à son retour, plus ils deviendront fous. Zara doit être vue. Elle n'a pas besoin de sourire et de faire des signes ou quoi que ce soit, mais la montrer ne peut pas faire de mal. Nous ne dirons rien tant que nous n'aurons pas la preuve qu'elle est l'héritière des Layne.

Le regard de Zara passa de Gray à la mine renfrognée de Meat. Puis elle jeta un coup d'œil devant elle et vit Arrow et Ball qui la regardaient d'entre les sièges. De l'autre côté de l'allée, Black regardait aussi dans sa direction, pareil pour Gray et Ro derrière.

Elle était entourée d'hommes qui pouvaient certainement se protéger sans problème et dont elle était presque sûre qu'ils feraient de même pour elle. Et ils la croyaient. Pas une seule fois ils n'avaient mis en doute qu'elle soit exactement celle qu'elle affirmait être. C'était incroyable et ça lui donnait envie de pleurer... elle qui ne pleurait jamais.

— Ball et moi allons nous assurer que tout le monde sache qu'il y aura peut-être une conférence de presse à une date ultérieure, mais que pour l'instant, Zara a besoin de temps pour s'acclimater à sa nouvelle situation, expliqua Gray.

Le pilote annonça qu'ils s'approchaient de leur voie de garage et qu'ils ne devaient pas enlever leur ceinture de sécurité avant l'arrêt complet de l'appareil et l'extinction du voyant. Zara se retourna vers l'avant et vers Meat. Il ne l'avait pas quittée des yeux.

— Tu vas bien ? demanda-t-il doucement. Parce que si tu préfères, je vais appeler Rex et lui dire de trouver un moyen de te faire sortir d'ici sans avoir à croiser de journalistes.

Zara déglutit avec peine. Il était sincère. Elle le voyait.

— Je vais bien, répondit-elle d'une petite voix. Je ne suis pas encore prête à parler à qui que ce soit, mais je peux passer devant eux. Je pense.

— Tu es forte, murmura-t-il, puis il déplaça sa main pour aller entremêler leurs doigts.

Zara n'avait aucune idée de ce qui allait se passer dans les dix minutes qui allaient venir, mais elle savait que Meat serait à ses côtés... et d'une certaine manière, cela rendait la chose moins effrayante.

Après l'ouverture de la porte de l'avion, Zara resta tranquillement assise pendant que le reste des passagers sortaient. Puis Meat se leva et elle prit son petit sac à dos avec son *Harry Potter* et les snacks que Meat lui avait apportés, au cas où elle aurait faim. Elle se demanda brièvement qui s'occupait de sa valise, mais se dit que Gray ou l'un des autres s'en chargerait.

Ro et Ball partirent en premier et disparurent rapidement dans la foule aussitôt descendus de l'avion. Ils allaient s'assurer qu'une voiture les attendait, comme Rex l'avait promis. Meat avait lâché la main de Zara lorsqu'ils s'étaient levés de leur siège et son contact lui manquait, la sensation de sa grande main autour de la sienne. Comme elle n'aimait pas être le centre de l'attention en temps normal, elle savait que sortir devant toutes les caméras agglutinées, ça allait être une épreuve.

— Tu restes entre nous quoiqu'il arrive, lui dit Gray. Si quelqu'un pose la question, nous dirons que nous sommes tes gardes du corps. Tout ce que tu as à faire, c'est avancer, d'accord ?

Zara hocha la tête. Elle se sentait encore plus petite, entourée de ces quatre malabars. Elle en venait presque à souhaiter qu'ils puissent la cacher dans une valise comme ils l'avaient fait pour quitter le motel de Lima, mais elle savait qu'elle devrait faire face à la presse tôt ou tard et qu'elle ne ferait que retarder l'inévitable. Meat était derrière elle et, de temps en temps, elle sentait sa main se poser dans son dos pour la diriger, car elle ne pouvait pas vraiment voir où elle allait avec Arrow devant elle.

Une fois qu'ils approchèrent de la zone de sécurité entre les portes d'embarquement des compagnies aériennes et les gens qui n'avaient pas de billets, ils accélérèrent le pas. Le cœur de Zara battait la chamade et elle faisait de son mieux pour avoir l'air sûre d'elle et confiante, alors qu'à l'intérieur, elle voulait juste courir, se cacher et ne pas avoir à affronter tout ça.

À la seconde où les journalistes la virent, le niveau sonore dans le petit aéroport devint presque assourdissant. Les reporters criaient des questions, se pressant autour d'eux à tel point que Black, Meat, Gray et Arrow étaient littéralement collés contre elle.

— Êtes-vous vraiment Zara Layne ?

— Pourquoi avez-vous attendu si longtemps avant de vous manifester ?

— Savez-vous combien d'argent vous valez ?

— Avez-vous vu vos parents se faire tuer ?

— Pourquoi êtes-vous restée cachée si longtemps ?

— Qui vous a aidée à vous cacher ?

— Avez-vous été violée ?

— Que s'est-il passé il y a quinze ans ?

Zara cillait sous l'afflux incessant des questions. Elles étaient aussi offensantes qu'ignorantes. Car non, elle ne s'était pas volontairement « cachée ». Au contraire, elle aurait aimé que quelqu'un la trouve et la fasse sortir du *barrio* des années plus tôt.

Et qu'on ose lui demander si elle avait vu ses parents se faire assassiner... Qui posait ce genre de questions ?

Quelqu'un près d'eux poussa un peu trop fort et Black, qui trébucha, la heurta. Zara serait tombée si la main de

Meat n'avait été là pour la rattraper. Même quand elle eut repris sa progression, il ne retira pas la main de sa taille. Zara s'efforçait de ne pas froncer les sourcils, mais elle n'était pas sûre d'y réussir. Elle ne pouvait faire autrement que de regarder le sol et de s'accrocher à son sac à dos comme à une bouée de sauvetage.

Au bout de deux minutes – même si ça lui avait paru durer une heure –, les portes de l'aéroport s'ouvrirent et ils se retrouvèrent dehors. L'air était plus froid et plus sec que ce à quoi Zara était habituée, et la sensation était à la fois étrange et merveilleuse. Un 4x4 noir attendait sur le trottoir et Arrow n'hésita pas : il ouvrit la porte et se glissa sur la banquette arrière. Zara se précipita à sa suite, Meat sur ses talons. Ro était déjà sur le siège du passager avant et, à la seconde où la porte se referma sur Meat, le chauffeur démarra, écrasant presque un caméraman qui s'était posté devant la voiture pour obtenir un dernier cliché de Zara.

— Tu vas bien ? demanda Meat.

Zara hocha la tête, la bouche trop sèche pour parler.

— Ce n'était pas trop terrible, commenta Ro après un instant.

Zara le regarda avec incrédulité. Il se retourna et s'esclaffa à la vue de son expression.

— Rappelle-moi de te raconter la conférence de presse à laquelle ma Chloé a dû participer, un de ces jours.

— Non, intervint immédiatement Meat.

Ro se contenta de sourire. Meat se pencha et regarda Zara dans les yeux.

— Sérieusement, tu vas bien ?

Elle hocha à nouveau la tête et se passa la langue sur les lèvres.

— Est-ce que les gens pensent vraiment que je me cachais pendant toutes ces années ? Que je ne voulais pas être retrouvée et sauvée ?

Il pinça les lèvres.

— Certains le pensent probablement, oui, mais ils ne te connaissent pas. Une fois que tu auras raconté toute ton histoire, leur attitude changera.

Zara déglutit péniblement et tenta de calmer son cœur qui s'emballait. C'était nul. Elle n'aimait vraiment pas être sous les feux de la rampe et redoutait la perspective de devoir refaire une chose pareille.

— Ça va aller, dit doucement Meat, en lui prenant la main pour entremêler leurs doigts. Si nous faisons une conférence de presse, ce sera beaucoup moins frénétique que cela. Il y aura toujours beaucoup de caméras, mais elles ne te poursuivront pas. Tu auras plus de contrôle sur la situation. Promis.

Elle se sentait mieux qu'il ait dit « *si* nous faisons une conférence de presse », mais elle n'était pas stupide. Elle devrait faire une déclaration tôt ou tard. Oh, elle pourrait probablement s'arranger pour que quelqu'un d'autre passe devant les caméras à sa place, mais elle avait le sentiment que si elle n'affrontait pas les journalistes, ils la traqueraient pendant des mois, voire des années. Mieux valait répondre à leurs questions une bonne fois pour toutes qu'elle puisse continuer sa vie ensuite.

Ils roulèrent pendant un certain temps avant que le 4x4 tourne sur un chemin de terre presque caché au milieu des arbres qui bordaient la route de campagne sur laquelle ils se trouvaient. Ils roulèrent en bringuebalant sur la route pendant un moment avant qu'Arrow n'annonce :

— Faut vraiment que tu fasses paver ce truc, Meat.

— J'ai moins de gens qui viennent ici, grâce à « ce truc » comme tu dis, s'esclaffa Meat.

Zara n'avait pas réalisé qu'ils étaient sur un sentier jusqu'à ce qu'ils approchent d'une clairière dans les arbres...

et soudain, une maison apparut devant la voiture. Elle n'était pas énorme, mais ce n'était pas non plus une cabane.

— Tu vis ici ? demanda-t-elle à Meat alors que le 4x4 s'arrêtait.

— Mon doux foyer, répondit-il.

Puis il se détourna pour sortir. Il y avait déjà trois autres voitures garées devant la maison, si bien que la zone était encombrée. Et quand un 4x4 transportant les trois autres membres des Mercenaires Rebelles s'arrêta derrière eux, Zara secoua la tête.

À la seconde où Meat sortit de leur véhicule, les hommes commencèrent à descendre des autres. Ils portaient tous des costumes sombres et même Zara pouvait deviner qu'ils appartenaient au FBI. Meat n'ayant pas lâché sa main, elle le suivit de près pendant que, sans se préoccuper des hommes en costume sombre, il se dirigeait vers le perron devant sa maison. Les types voulurent lui emboîter le pas, mais Meat leva la main pour les en empêcher.

— Donnez-nous dix minutes, dit-il.

Puis, sans attendre de réponse, il enfonça une clé dans la serrure et ouvrit sa porte. Il entraîna Zara à l'intérieur et referma derrière eux. Là, il se dirigea vers un panneau dans le mur et appuya sur des boutons, avant de revenir vers elle et de lui reprendre la main.

— Je pensais que j'étais censée leur parler, murmura Zara.

— C'est le cas et tu le feras. Mais tu as besoin d'un peu de temps pour décompresser après l'aéroport. Je pensais te montrer ma maison et tu pourrais utiliser les toilettes pour te laver les mains et le visage avant de devoir raconter à nouveau ton histoire.

C'était attentionné. Très attentionné, et Zara lui en était plus que reconnaissante. La scène de l'aéroport l'avait d'autant plus ébranlée qu'elle se sentait complètement hors de son élément. Disposer ne serait-ce que de dix minutes sans avoir à se soucier de dire ou de faire quelque chose d'erroné lui donnait l'impression d'être soudain au paradis.

— Merci, dit-elle à Meat.

— Allez, viens. Ce n'est pas immense, mais on y est bien.

Il entreprit de lui faire visiter sa maison.

Le rez-de-chaussée était complètement ouvert avec la cuisine à gauche quand on entrait dans la grande pièce. Les meubles de cuisine étaient blancs et un îlot avec un long comptoir la séparait du salon. En voyant les trois tabourets de bar calés en dessous, elle se demanda si Meat les avait fabriqués lui-même.

— La cuisine aurait besoin d'être modernisée, admit-il. Mais j'aime bien que les appareils soient blancs et pas en acier inoxydable.

Zara n'avait aucune idée de ce dont il parlait. Pour elle, la cuisine était parfaite. Cela faisait si longtemps qu'elle n'avait pas mis les pieds dans une vraie cuisine que tout lui paraissait excessivement cher et luxueux. Elle se rappelait vaguement celle de la maison où elle avait grandi, mais cela remontait à si loin qu'elle en avait oublié les détails.

— Viens, laisse-moi te montrer le reste, reprit Meat, en se tournant vers la grande pièce derrière eux.

Un énorme canapé partageait l'espace, flanqué d'un grand fauteuil, avec quelques autres sièges en bois disséminés un peu partout dans la pièce. Une bibliothèque remplie de livres dans un coin et un gigantesque écran de télévision accroché au mur au-dessus d'une cheminée complétaient le tout. Immédiatement attirée par la bibliothèque, Zara lâcha Meat pour s'en approcher.

Les livres étaient la chose qui lui avait le plus manqué au fil des ans. Elle avait pu en récupérer quelques-uns, mais ils étaient en espagnol et avec des pages à moitié manquantes ou mouillées en général. Elle passa respectueusement les doigts sur le dos des ouvrages. Elle ne connaissait aucun des titres, pourtant elle pouvait presque imaginer les merveilleuses histoires qu'ils contenaient.

Fermant les yeux, elle revit un souvenir : elle assise sur les genoux de son père pendant qu'il lui faisait la lecture. L'histoire était oubliée depuis longtemps, mais le sentiment de confort et de sécurité perdus lui serra le cœur.

Une paire de mains se posa sur ses épaules et Zara se laissa instinctivement aller contre Meat. C'était surprenant, pourtant elle ressentait le même confort et la même sécurité à son contact. Probablement en raison de ce qu'il avait fait pour elle, car il ne ressentirait probablement jamais rien d'autre qu'une sorte de sollicitude professionnelle envers elle. N'empêche, elle trouvait du réconfort dans le fait qu'il soit là, avec elle, en cet instant.

— Tu aimes les livres.

Ce n'était pas une question. Zara hocha la tête.

— Alors on va essayer de se procurer le reste des *Harry Potter*, ainsi que tout ce qui te fera envie.

— J'aimais lire quand j'étais petite, se rappela-t-elle.

— Et si je me fie à la vitesse à laquelle tu avances sur *Harry Potter*, tu aimes toujours, conclut Meat.

Zara acquiesça, puis elle s'obligea à se détourner de la bibliothèque. Elle suivit Meat à travers la maison, sidérée par sa taille. Cette maison serait un manoir, au Pérou, et elle ne put s'empêcher de songer comme Mags, Teresa, Bonita et les autres l'aimeraient.

Attristée à l'idée qu'elle ne reverrait plus jamais les femmes qui avaient été ses amies et l'avaient aidée à garder sa santé mentale, elle fit de son mieux pour se concentrer sur ce que disait Meat.

Ils gagnèrent l'étage par un escalier et il lui montra la chambre principale, les deux chambres d'amis et les deux salles de bains. Elle le questionna sur les meubles, les lits et les commodes, et il expliqua qu'il en avait fabriqué la plus grande partie, sans se départir de sa modestie, alors que Zara était impressionnée par la beauté et la solidité de l'ensemble.

Elle ne voulait pas que leur visite se termine, mais lorsqu'ils se retrouvèrent dans le couloir devant la chambre principale, elle sut qu'il était temps.

— Tu te sens mieux ? lui demanda-t-il.

Zara hocha la tête. Et c'était vrai. Il avait réussi à lui faire oublier la folie de l'aéroport. Bien sûr, elle devait maintenant raconter son histoire à nouveau, et probablement répondre à plus de questions qu'avec Meat et ses amis.

— Tu es en sécurité ici, insista-t-il, d'une voix ferme, mais douce. Ne les laisse pas te faire éprouver le contraire.

— S'ils ne me croient pas, vont-ils m'emmener et m'arrêter ? demanda-t-elle.

— Non ! s'écria-t-il aussitôt, avant d'ajouter, après une profonde inspiration : Non, ils ne t'emmèneront nulle part. Tu es Zara Layne et tu n'as rien fait de mal. Ils exigeront probablement que tu ne quittes pas l'État jusqu'aux résultats de ton test ADN, mais c'est à peu près tout ce qu'ils peuvent faire.

Zara gloussa.

— Où est-ce que j'irais ? Je veux dire, j'ai grandi ici et maintenant, je suis de retour, mais je ne connais personne en dehors du Colorado. Je n'ai pas de voiture ni de permis de conduire. Je ne suis pas prête à aller où que ce soit.

— Nous n'avons pas beaucoup parlé de ton enfance, fit-il. Aucun de nous ne voulait évoquer des souvenirs douloureux pour toi.

— J'ai eu une enfance heureuse, répondit Zara. Je n'y ai pas pensé depuis longtemps, je l'ai refoulée, mais ça ne me fait pas mal d'y penser, maintenant que je suis de retour ici.

Je sais désormais que nous avions de l'argent, même si, à l'époque, je ne m'en rendais pas compte.

— Et tu as grandi à Denver ?

Zara savait qu'ils devraient retourner en bas et laisser les enquêteurs du FBI et les amis de Meat entrer, mais elle aimait bien s'entretenir avec Meat seul. Il savait sans doute où se trouvait exactement la maison de son enfance, puisqu'il avait fait beaucoup de recherches sur son passé, dans le motel de Lima.

— Dans ce qui s'appelait le quartier de Hilltop à l'époque, opina-t-elle, mais je ne sais pas comment ça s'appelle maintenant.

— Ça s'appelle toujours comme ça. J'ai vu que ta maison a été vendue. Le produit de la vente et tout ce dont tes proches ne voulaient pas est retourné alimenter le fidéicommis.

Zara soupira. Quel dommage qu'elle n'ait rien pour lui rappeler ses parents ! Pas même une photo. Mais avec un peu de chance, elle pourrait récupérer quelque chose auprès de ses grands-parents ou de son oncle. Ils auraient sûrement gardé des babioles de la maison de son enfance, non ?

— Désolé, murmura Meat, en lui effleurant l'avant-bras, à peine une caresse, avant de baisser la main. Je ne voulais pas évoquer quelque chose d'aussi douloureux.

— Ce n'est pas ça. C'est juste que... J'ai presque l'impression que c'est arrivé à quelqu'un d'autre. Je suis une personne différente de l'enfant que j'étais et je continue à penser que je devrais être plus bouleversée que je ne le suis.

— Tu as vécu plus de temps en tant que Zed, le petit Péruvien, qu'en tant que Zara, lui rappela Meat. Ne sois pas trop dure avec toi.

Ils entendirent frapper à la porte du rez-de-chaussée et

Zara soupira. Apparemment, leur temps imparti était écoulé.

— Meat ? lâcha-t-elle avant de risquer de se dégonfler.

— Oui ?

— Je sais que j'ai gâché le moment, l'autre jour, mais tu crois que tu pourrais... que je pourrais avoir un câlin avant qu'on descende ?

— Tu n'as rien gâché, Zar.

Et il lui ouvrit ses bras. Sans hésiter, elle s'y blottit.

Cette étreinte fut très différente de la première. Principalement parce que Meat était maintenant debout, et qu'il la dominait. La tête de Zara reposait contre son torse, cette fois, et elle sentait les battements réguliers de son cœur sous sa joue alors qu'il la tenait serrée.

Aucun des deux ne dit mot, mais lentement, elle sentit la tension s'évacuer de ses membres.

C'était incroyable de voir à quel point sa vie avait changé en une semaine. En revanche, il y avait une constante dans tout cela : cet homme.

Sachant qu'elle s'attachait trop à Meat, qu'il n'y avait pas moyen qu'il ressente plus que de la pitié pour la femme sans éducation qu'il avait secourue, elle s'obligea à lâcher prise et à prendre du recul.

— Merci, chuchota-t-elle. J'en avais besoin.

— Moi aussi, lui dit Meat. Viens, on ferait mieux d'y aller avant qu'ils s'angoissent et n'entrent par les fenêtres.

Pendant une seconde, elle crut qu'il parlait sérieusement, mais il lui sourit et elle pouffa. Elle n'était pas inquiète pour le test ADN, elle savait qui elle était. En revanche, elle avait peur de ce qui allait suivre. Elle ne pouvait pas vivre éternellement dans la maison de Meat, si tentante que semble cette perspective. Elle devait trouver une solution pour le reste de sa vie et ce questionnement était particulièrement angoissant.

Décidant qu'elle ne pouvait prendre les choses qu'un jour après l'autre, comme dans le *barrio*, elle descendit l'escalier à la suite de Meat. La première étape vers son indépendance était cet entretien avec le FBI, elle allait leur dire tout ce qu'ils voulaient savoir. Et après ? L'avenir le dirait.

15

Meat était assis sur l'un des nombreux sièges disposés ici et là dans son salon pour quand les gars de l'équipe et leurs femmes lui rendaient visite. Raide comme un piquet, il écoutait les agents du FBI interroger Zara. Il était fier d'elle. Elle lui avait semblé très fragile dans ses bras, pourtant après deux heures à raconter son histoire aux agents, elle n'avait même pas l'air fatiguée ou agitée du tout.

Il savait que tout cela n'était qu'une façade. Car lui, il voyait les mains qu'elle gardait serrées sur ses genoux et la façon dont elle gigotait discrètement sur sa chaise.

Il savait que les agents en étaient conscients, eux aussi, toutefois ils ne semblaient pas s'en soucier, probablement trop habitués à traiter avec des criminels endurcis. Zara ne faisait pas l'objet d'une enquête, le FBI essayait simplement de rassembler le plus d'informations possible sur la dispari- tion d'une citoyenne américaine et sur une affaire de meurtre vieille de plusieurs décennies. N'empêche, songeait Meat, ils auraient pu se montrer plus sensibles face à sa situation.

Pour commencer, les agents avaient prélevé un échantillon d'ADN à l'intérieur de sa joue. L'homme qui s'en était chargé avait emballé le tout avant de partir sur-le-champ, probablement pour accélérer le traitement de l'affaire à leur bureau du centre-ville de Denver. Meat était content. Plus vite tout le monde saurait qui elle était, plus vite elle pourrait reprendre sa vie.

Lui, il savait déjà qui elle était. Elle s'appelait Zara Layne. Il n'était pas expert, mais même lui était en mesure d'affirmer, en regardant la photo d'une Zara de dix ans, qu'elle et la femme assise à sa table de cuisine ne faisaient qu'une seule et même personne. Toutes les deux avaient les mêmes yeux bleus, le même petit grain de beauté près de la bouche. Son nez avait toujours la même forme et chaque information communiquée aux agents sur ce dont elle se souvenait de sa vie à Denver correspondait à ce qu'il avait pu trouver en ligne... jusqu'au nom de son école primaire, celui de ses instituteurs et de certains des enfants avec lesquels elle était amie à l'époque.

Gray et les autres Mercenaires Rebelles étaient partis depuis peu, à l'exception de Black, qui avait refusé de s'en aller, car il avait été blessé lors du même incident que Meat. Ils avaient tous deux raconté au FBI ce dont ils se souvenaient de l'attaque dans le *barrio*, précisant que si Zara et ses amis n'étaient pas intervenus, ils seraient peut-être morts tous les deux.

— Pourquoi n'avez-vous pas essayé d'obtenir de l'aide au cours des quinze dernières années ? demanda l'un des agents du FBI pour la deuxième fois.

Il avait commencé l'entretien par cette question, et Zara avait calmement répondu qu'elle avait essayé, mais elle était si jeune qu'elle ne savait pas où aller ni à qui s'adresser.

Elle se débrouillait très bien jusque-là, pourtant Meat devinait que la répétition de la question, comme si l'agent l'accusait de n'avoir pas déployé tous les efforts nécessaires pour obtenir de l'aide, brisait le calme auquel elle tentait désespérément de s'accrocher.

Elle restait pourtant très patiente, répondant du mieux qu'elle pouvait. Elle avait même décrit, avec autant de détails qu'elle se rappelait, ce qu'elle avait ressenti en voyant ses parents se faire assassiner. Ce qu'elle avait éprouvé lorsqu'on l'avait embarquée et tenue fermement, une main plaquée sur sa bouche, avant de la jeter ensuite dans une voiture et de l'emmener. Comment, même si elle ne comprenait pas leurs paroles, elle avait saisi qu'ils reviendraient la tuer si elle racontait à quelqu'un ce qui s'était passé.

Mais avec cette question de l'agent, quelque chose qu'ils avaient déjà demandé, Zara craqua. Elle repoussa sa chaise et se leva. Regardant chacun des agents dans les yeux, elle explosa :

— Pourquoi je n'ai pas demandé de l'aide ? Je vous l'ai déjà expliqué, j'avais dix ans. D'ailleurs, j'ai demandé de l'aide, mais personne ne me comprenait et, franchement, les gens s'en fichaient. Quand tout ce qui vous préoccupe, c'est de trouver de la nourriture pour faire subsister votre famille et d'essayer de ne pas vous faire tuer, il est difficile de se soucier d'une petite fille perdue. Je vous ai raconté tout ce dont je me souviens. Je suis Zara Layne. Alors maintenant, je me fiche que vous ne me croyiez pas. Je sais qui je suis. Et je suis fatiguée. Si vous avez de nouvelles questions, des questions moins offensantes, à me poser une fois que mon identité aura été prouvée, vous savez où me trouver. Mais pour l'instant, je pense que je vais monter me reposer.

Sur ce, elle leva le menton et sortit de la salle à manger pour monter à l'étage.

Meat brûlait d'applaudir son geste, mais il préféra s'abstenir : ce ne serait sans doute pas vraiment apprécié.

Les agents n'étaient pas ravis qu'elle ait mis fin à leur

entretien si brusquement, mais comme Zara n'était pas en état d'arrestation, ils n'eurent d'autre choix que de plier bagage. Bien sûr, ils avertirent Meat une dernière fois que Zara ne devait pas quitter Colorado Springs tant que son identité n'avait pas été vérifiée.

Après leur départ, Black lâcha :

— Elle me plaît bien. Beaucoup, même.

Meat hocha la tête.

— À première vue, elle semble fragile. Très jeune et morte de peur. Mais au fond, elle est forte comme tout.

Black opina du chef.

— Ces hommes qui nous ont attaqués ne plaisantaient pas, ajouta-t-il, changeant légèrement de sujet.

— Non, convint Meat.

Il se rappela comment les mafieux du *barrio* avaient su où frapper pour le priver rapidement de capacité de riposter. Et à quelle vitesse ils l'avaient dépouillé de ses armes et de ses vêtements. C'était presque irréel.

— S'ils nous avaient attaqués une seconde fois, nous ne serions pas ici aujourd'hui, déclara Black.

Meat hocha la tête.

— Je n'ai pas eu le temps de réfléchir à grand-chose pendant que ça se passait, mais quand Gray et les autres sont venus me chercher et que je suis revenu à moi, la première personne à qui j'ai pensé a été Harlow. Son désespoir si quelque chose m'arrivait.

Meat fixa son ami du regard : où voulait-il en venir avec cette conversation ? Il n'eut pas à attendre longtemps.

— Je pense demander à Rex de ne plus envisager que des missions sur le sol américain, à partir de maintenant.

Meat fut momentanément sidéré. Mais... ce que son ami disait avait du sens.

— Gray a raté la naissance de son fils. C'est seulement grâce à Zara et à ses amis que tu as été retrouvé et que je n'ai pas été tué. Pendant les recherches, nous n'avons pu interroger personne parce que nous ne parlions pas la langue. L'équipe a déjà été confrontée à des situations délicates et je ne pense pas que quiconque s'en soit trop formalisé. Ça faisait partie de la vie d'un soldat et d'un Mercenaire Rebelle, au fond. Mais maintenant que nous avons tous quelqu'un qui nous attend à la maison, je pense que les choses sont différentes.

Meat hocha la tête. Il était toujours le vilain petit canard – pas marié et pas même en couple –, toutefois il avait conscience d'être passé tout proche de la mort.

— Tu en as déjà parlé aux autres ? demanda-t-il.

Black secoua la tête.

— Non, mais je pense qu'ils ne vont pas argumenter. Je sais qu'Arrow s'inquiète pour la grossesse de Morgan. Elle a eu des éruptions cutanées et des douleurs, ces derniers temps, même s'il lui reste encore cinq semaines. Ro s'inquiète que les amis du frère de Chloé, ces détritus de la société, décident d'en faire une cible, même après tout ce temps. Ball doit s'inquiéter pour Everly et sa sœur et, bien sûr, je suis toujours inquiet pour Harlow. Je pense qu'il est temps. Aucun de nous ne rajeunit et un de ces jours, notre chance va tourner. S'en tenir aux missions nationales ne signifie pas que nous ne serons pas en danger, mais honnêtement, je pense que nous avons de meilleures ressources pour nous aider. Et puis, si quelque chose se passe chez nous, nous serons plus vite rentrés.

— Si tu me poses la question en premier parce que je n'ai pas de compagne, je suis partant, déclara Meat. Après avoir vu à quel point tout le monde autour de nous était corrompu, au Pérou, je me dis que c'est une chance si nous sommes tous rentrés avec aussi peu de blessures.

Black soupira de soulagement.

— Je vais parler aux autres. Voir ce qu'ils en pensent

avant que nous en parlions avec Rex.

— Tu penses qu'il va nous virer ? demanda Meat, à mi-chemin seulement de la plaisanterie.

— Non. Je pense qu'il est fatigué lui aussi, dit Black. Sa femme a disparu depuis une décennie et je crois qu'il réalise enfin qu'elle est bel et bien partie. Ça craint... mais il est temps de tourner notre attention vers notre patrie.

— Je suis d'accord, dit Meat avec un signe de tête.

— Bien. Maintenant, je vais rentrer chez moi. Je sais que Harlow est impatiente de constater par elle-même que je vais bien.

— Tu as besoin d'un antidouleur avant de partir ?

— Non. J'en ai déjà pris deux il y a un moment.

Black jeta un coup d'œil vers l'escalier, puis il reporta son attention sur Meat.

— Sois gentil avec elle, chuchota-t-il. Même si elle a semblé raconter aux agents tout ce qu'elle a vécu, j'ai l'impression qu'elle a omis beaucoup de détails.

— Oui, je suis d'accord. Mais même si ce n'était pas volontaire, je ne pense pas qu'elle ait absolument tout compris de ce qu'elle a vécu de toute façon. Elle avait dix ans, Black. Dix ans. Pratiquement un bébé. Le fait qu'elle soit vivante et qu'elle n'ait pas besoin d'être internée est déjà un petit miracle.

— N'oublie pas, en revanche, qu'elle n'est plus un bébé. C'est une femme adulte et bien plus sage que ne le voudrait son âge. À bien des égards, elle semble plus mature que n'importe lequel d'entre nous. Je vous appelle tous bientôt pour parler de ce qu'on a dit avec Rex.

Meat fit un signe de tête et leva le menton en guise d'au revoir. Après le départ de son ami, il ferma la porte derrière lui et se dirigea vers l'escalier. Il laverait les verres et le reste plus tard. Là, il voulait juste voir Zara.

S'il était honnête avec lui-même, il s'attendait à la

trouver en larmes. Ou du moins extrêmement bouleversée et à fleur de peau après son épreuve avec le FBI.

Quand il frappa à la porte de la chambre d'amis et l'ouvrit en l'entendant lui dire d'entrer, il vit qu'elle était bel et bien bouleversée, à fleur de peau, mais elle ne pleurait pas. Zara arpentait la chambre à pas rapides et furieux. Elle allait et venait de la fenêtre à la porte.

Quand elle le vit, elle demanda d'un ton sévère :

— Ils sont partis ?

— Oui, Zar, ils sont partis.

— Bien, cracha-t-elle. Je n'en reviens pas ! Je veux dire, je comprends qu'ils doivent connaître mon histoire pour s'assurer que je ne mens pas, mais pendant une seconde, j'ai cru qu'ils allaient m'emmener en prison ou quelque chose comme ça ! Ce n'est pas moi qui ai tort, Meat. Je suis la victime – bien que je déteste ce mot, je préfère « survivante ». Oui, j'ai survécu à ce qui m'est arrivé.

Meat ne l'avait jamais vue aussi énervée. Si en colère, si... forte.

— Je sais, dit-il doucement.

Mais elle ne semblait pas l'entendre.

— Sérieusement, comment osent-ils remettre en question mes actions ? Sais-tu combien de fois j'ai essayé d'obtenir de l'aide ? Beaucoup ! Les gens ne me comprenaient pas ou ne se souciaient pas de moi. Ils avaient leurs propres problèmes et s'occuper d'une enfant de dix ans, si manifestement hors de son élément, n'était pas quelque chose dont ils avaient le temps ou l'énergie de s'inquiéter. J'aurais été une bouche de plus à nourrir. Personne ne pouvait se le permettre. Un jour, peu de temps après m'être retrouvée dans ce premier *barrio*, j'ai décidé que j'allais retourner à Miraflores à pied. Je me suis mise en route, déterminée à me trouver un abri. J'ai marché toute la journée. Toute la journée, Meat. Mes pieds n'étaient plus qu'une énorme ampoule à la fin, parce que les jolies petites chaussures de ville que je portais le soir où ma vie a changé n'étaient pas vraiment faites pour la randonnée. Je ne sais pas où j'ai atterri, mais pas dans un quartier « sympa » de la ville. J'ai tourné sur moi-même, espérant retrouver le chemin de ce trou dans le mur où je m'étais cachée, mais j'étais perdue. Perdue. Il commençait à faire sombre et j'avais peur. J'ai vu quelques personnes, mais au lieu de prendre en pitié une pauvre petite fille blanche, manifestement hors de son élément, ils ont fait des commentaires obscènes. Du genre : si je prenais soin d'eux, ils prendraient soin de moi. Un homme a même baissé son pantalon et s'est mis à se frotter le sexe en essayant de me convaincre de m'approcher ! Je n'avais jamais vu un homme nu auparavant et j'étais terrifiée. Alors j'ai couru. Sans aucune idée de la direction que je prenais, j'ai juste couru. J'ai perdu mes chaussures quelque part. Même si elles ne m'allaient pas et me faisaient mal aux pieds, c'est ce qui m'a finalement fait craquer. J'ai trouvé une voiture et j'ai rampé dessous, je me suis recroquevillée près du pneu avant, pour essayer de me réchauffer et de me cacher de tous ceux qui voulaient me faire du mal.

— Bon Dieu, Zara, dit Meat.

Il voulait la prendre dans ses bras. Réconforter la pauvre petite fille effrayée et perdue qu'elle avait été autrefois. Mais à cet instant, apparemment, la dernière chose qu'elle voulait, c'était un câlin. Elle était en colère et magnifique dans sa colère.

— Ces agents du FBI n'avaient pas le droit de faire ces immondes suppositions ! Ils n'ont montré aucune compassion pour l'enfant effrayée que j'étais alors. Ils ne voyaient qu'une femme qui pouvait ou non leur mentir. Je sais qu'ils doivent envisager cette possibilité, à cause de la somme d'argent que mes parents m'ont laissée, mais j'avais l'impression qu'ils me condamnaient pour les actes d'un enfant. Ce n'est pas juste et si c'est ainsi que tout le monde va me considérer, je ne veux rien avoir à faire ces gens !

Elle haletait comme si elle venait de courir un kilomètre et le regardait avec tant de férocité que Meat ne put s'empêcher d'être impressionné.

— Tu n'auras rien à faire contre ta volonté, lui dit-il calmement.

Elle haussa un sourcil sceptique.

— Je suis sérieux, reprit-il. Si tu ne veux pas donner une conférence de presse, tu n'es pas obligée. Une fois que les résultats du test ADN seront revenus et qu'ils prouveront que tu es exactement qui tu dis, le FBI ou les flics n'auront plus aucune raison de s'entretenir avec toi. Et même s'ils le demandent, ce sera à toi de décider si tu acceptes de leur accorder une autre chance. Tu peux te terrer chez moi et ignorer le reste du monde, si c'est ce que tu souhaites.

Sa posture et son expression rigides perdirent un peu de leur colère et ses mains tombèrent de ses hanches.

— Me cacher... ce serait le paradis. Pourquoi es-tu si gentil avec moi ? Est-ce parce que je t'ai sauvé ? Je n'ai pas besoin de ta pitié ou de ta gratitude, conclut-elle, encore un peu en colère.

— Je n'ai certainement pas pitié de toi. En revanche, tu as ma gratitude, que tu le veuilles ou non. Tu m'as sauvé. Et je suis en admiration devant toi, Zara. Tu es une survivante. Une guerrière. Et je te respecte énormément. Quand je repense à mes dix ans, je sais pertinemment que je n'aurais pas pu m'en tirer comme toi. Tout ce qui m'intéressait, c'étaient les dessins animés et manger.

Elle déglutit péniblement et soupira.

— Tu n'aurais probablement pas laissé ces hommes t'emmener en premier lieu, si tu avais été à ma place.

Meat secoua la tête et fit un pas prudent vers elle. Voyant qu'elle ne reculait pas, il avança d'un autre. Puis un autre, et il continua jusqu'à se trouver juste devant elle. Délicatement, il lui passa un doigt sous le menton et lui leva la tête jusqu'à ce qu'elle le regarde dans les yeux.

— Tu m'impressionnes énormément, Zara. Tu as vécu quelque chose d'horrible et d'incroyable, et pourtant... te voilà. Tu es forte, tu ne te laisses pas faire, tu te rebelles même. Ne laisse pas les questions et les remarques insensibles des autres qui ne comprennent pas – qui ne pourront jamais comprendre – t'atteindre. Reste toi-même.

— Et si je ne sais pas qui je suis ? demande-t-elle doucement.

— Alors, prends tout le temps nécessaire pour le découvrir. Maintenant... as-tu faim ?

Elle hocha imperceptiblement la tête.

— Et si on descendait, que je te prépare une omelette ou autre chose ?

— Tu peux... Tu peux m'apprendre à le faire ? demanda-t-elle. Je n'ai évidemment pas eu l'occasion d'apprendre à cuisiner depuis une dizaine d'années... et je ne pense pas que faire cuire de la viande crue piquée sur un bâton au-dessus d'un feu, ça compte.

Meat refusait de la plaindre. Si elle parvenait à rire d'elle-même alors le moins qu'il puisse faire, c'était de rire avec elle.

— C'est peut-être utile si on fait du camping, mais je serais heureux de t'apprendre ce que je sais. Cela dit, Harlow serait une meilleure professeure. Elle est chef cuisinière.

Zara eut l'air horrifiée.

— Non ! Je me sentirais trop nulle à côté d'elle.

Meat secoua la tête.

— C'est une très bonne enseignante et jamais elle ne te donnerait l'impression d'être nulle ni ne te mettrait mal à l'aise vis-à-vis de tes compétences ou incompétences.

Zara secoua la tête.

— Non. Je veux que tu m'apprennes, toi.

Meat ne pouvait s'empêcher d'être touché par ses mots. Il ne devrait pas. Il était juste ce qu'elle avait de plus familier à disposition à l'instant « T ». À un moment donné, elle prendrait conscience qu'il y avait beaucoup d'autres gens bien plus qualifiés pour l'aider à s'acclimater à son tout nouveau monde, mais pour le moment, il aimait bien qu'ils soient tous les deux comme ça.

Sans demander et sans réfléchir, il la prit dans ses bras. Elle ne se débattit pas, ne s'écarta pas, elle posa simplement la joue sur son torse et lui noua les bras autour de la taille. Ils restèrent dans cette position pendant une minute ou deux avant qu'il ne s'éloigne à contrecœur.

— Allez, dit-il en la prenant dans ses bras. C'est l'heure de ta première leçon de cuisine.

Zara Layne. Bon Dieu. Difficile de croire qu'elle était vivante. Tout le monde pensait qu'elle avait été tuée des années plus tôt, même si son corps n'avait jamais été retrouvé.

C'était une petite fille un peu timide. Peu encline à prendre les devants, se contentant de rester en retrait et de suivre le mouvement. Elle n'était pas jolie, mais pas non plus hideuse. Elle se fondait dans le décor.

À l'époque, ses parents avaient beaucoup d'argent, mais ça ne se voyait pas sur eux. La plupart du temps, ils se comportaient comme si c'était naturel. D'ailleurs, l'opulence l'était probablement pour eux. Quand Zara avait voulu un nouveau jouet, elle l'avait eu. Lorsqu'elle avait voulu une nouvelle robe, ses parents la lui avaient achetée.

Tout le monde n'avait pas eu cette chance.

La personne regarda les images de Zara montant dans un gros 4x4 de luxe, puis écouta les gens interviewés qui spéculaient tous sur la fortune des Layne. Plus la personne écoutait, plus elle était agacée. De plus en plus contrariée par l'injustice de la vie.

Zara Layne n'était pas la seule à avoir eu une vie difficile, mais c'est elle qui se retrouvait avec une tonne d'argent.

Et pourquoi ? Elle n'avait rien fait pour le mériter. N'importe quel idiot pouvait se perdre dans un pays étranger. Oui, ses parents avaient été tués... la belle affaire. Tout le monde connaissait des emmerdes dans sa vie. Pourquoi était-elle si spéciale ?

Elle ne l'était pas. Mais...

Peut-être qu'il y avait un moyen d'avoir accès à une partie de cet argent ?

D'une manière ou d'une autre ?

Ça prendrait du temps, il faudrait être patient. Et avec un peu de chance, les hommes qui entouraient Zara sur les images passées aux infos ne seraient pas un problème...

Mais ça n'avait pas d'importance. Manipuler les gens – ou leur faire peur – pour qu'ils fassent ce que vous vouliez, ce n'était pas très difficile.

En souriant, la personne balaya du regard son appartement merdique et se dit que ce serait génial de le quitter. Ne pas avoir à se soucier de savoir si le chauffe-eau fonctionnerait encore le lendemain, ce serait le paradis. Ou de se demander si une fichue guerre de territoire menaçait d'éclater sur le parking.

Le Mexique. C'était l'endroit idéal pour vivre. Soleil, plaisir et drogue bon marché...

Il faudrait un certain temps pour mettre en place un plan, sans aucune garantie qu'il fonctionnerait, mais avec un peu d'ingéniosité et de patience, l'argent de Zara Layne – du moins une partie – pourrait être utilisé pour quelque chose de plus intéressant que ce qu'elle avait probablement prévu.

16

Zara se réveilla sur le sol de la chambre où elle avait dormi chez Meat et leva les yeux pour les fixer au plafond. Elle n'arrivait toujours pas à se sentir à l'aise sur un matelas. Il était cependant agréable d'avoir un tapis propre sous elle au lieu de la terre dure et sale à laquelle elle était habituée.

L'atmosphère était si calme que c'en était irréel. La vie dans le *barrio* n'avait jamais été silencieuse. Il y avait toujours des gens qui parlaient, riaient, criaient, des camions qui passaient, des Klaxons et, au loin, le bruit fréquent des coups de feu.

Mais ici, chez Meat, c'était si calme que Zara avait parfois l'impression de se trouver dans un autre monde. Les grillons sortaient le soir et Meat se plaignait de leur boucan, alors que pour elle, c'était un son fascinant. Un son qu'elle avait oublié. Elle avait oublié beaucoup de choses, notamment celles que la plupart des gens tenaient pour acquises. Le bruit d'une chasse d'eau. De l'eau propre qui coule d'un robinet. Le vent qui bruisse dans les arbres. Le chant des oiseaux.

Elle se leva rapidement et se dirigea vers la salle de bains des invités, dans le couloir. La porte de la chambre principale était ouverte, Meat devait déjà être dans son atelier. Il ne pouvait pas encore faire grand-chose, avec ses côtes toujours en cours de guérison, mais il restait très secret sur ce qu'il y faisait et Zara n'avait pas l'impression de le connaître assez bien pour lui poser des questions.

Il était du matin, comme elle, ce qui lui convenait parfaitement. Elle n'avait jamais eu l'occasion de faire la grasse matinée. D'abord parce qu'elle était trop effrayée et très consciente de tout ce qui l'entourait, ensuite parce que les meilleures occasions pour elle d'obtenir de la nourriture se présentaient le matin, avant que tout le monde ne soit levé. Parfois, elle avait eu de la chance et obtenu une place dans la file d'attente d'un refuge ; d'autres fois, elle avait pu récupérer le pain rassis et à moitié mangé des poubelles derrière plusieurs des restaurants situés à quelques kilomètres des *barrios*.

Elle prenait toujours des douches extrêmement longues, mais Meat ne se plaignait jamais. Il lui avait même dit de prendre son temps, que son énorme chauffe-eau supporterait ce plaisir et que, si ce n'était pas le cas, il en achèterait un plus grand. Zara tâchait de ne pas culpabiliser et elle s'était bien juré qu'être propre ne lui apparaîtrait jamais comme une banalité. Après plus d'une décennie d'ongles crasseux, d'odeurs corporelles qui la dégoûtaient, elle entendait profiter de la douche quand et où elle le pourrait.

Elle n'aimait toujours pas se regarder dans un miroir, mais elle s'obligeait à examiner son corps tous les matins. Elle avait pris un peu de poids, semblait-il, surtout que Meat prenait un grand plaisir à lui apprendre à préparer le plus de repas différents possible. En revanche, ses cheveux la faisaient toujours grimacer. Elle les avait coupés avec tout ce qu'elle pouvait trouver pendant si longtemps que c'était désormais un désastre complet.

Essayant de ne pas trop s'en faire, elle prit son temps sous la douche, puis s'habilla avec les vêtements que Chloé lui avait apportés. Elle était encore trop nerveuse pour rencontrer les femmes et les petites amies des hommes comme il se devait, alors au lieu de se montrer gracieuse et accueillante, Zara avait pris les vêtements, l'avait remerciée, puis elle était montée dans sa chambre et s'était cachée jusqu'à ce que Chloé soit partie.

Elle ne s'expliquait pas vraiment pourquoi elle était réticente à l'idée de faire leur connaissance. Toutes ces femmes avaient toujours été gentilles, lui achetant des vêtements, lui proposant de passer du temps avec elle lorsque Meat et le reste des hommes avaient des réunions en rapport avec les Mercenaires Rebelles.

Peut-être avait-elle trop peur d'être à nouveau jugée. L'attitude désobligeante des agents du FBI restait encore fraîche dans son esprit.

Les résultats de ses tests ADN étaient revenus deux jours après son arrivée chez Meat et avaient confirmé ce qu'elle affirmait depuis le début. Elle était bel et bien Zara Layne. Il n'y avait aucun doute à ce sujet. Elle avait parlé à l'avocat qui avait supervisé le fidéicommis que ses parents avaient laissé et elle avait déjà reçu sa première allocation mensuelle la veille. Vingt mille dollars : plus que ce qu'elle avait jamais vu de toute sa vie. Et c'était encore bien loin de ce qu'on lui devait depuis sept ans, à savoir plus d'un million. Une somme qui tomberait dans les jours à venir.

La seule perspective d'avoir autant d'argent à sa disposition était incroyable.

Meat l'avait emmenée en ville et ils avaient ouvert un compte bancaire, où le reste serait viré directement. Zara savait qu'elle aurait dû être soulagée d'avoir à sa disposition un moyen de subsistance, de savoir que plus jamais elle ne serait sans-abri. Pourtant, elle ne parvenait toujours pas à s'enthousiasmer pour cet argent.

Aujourd'hui, ses grands-parents venaient chez Meat pour lui parler et elle était à la fois effrayée et impatiente. Au début, ils n'avaient pas voulu faire le voyage depuis la région de Denver jusqu'à Colorado Springs, même si ce n'était qu'à une heure de route environ. Meat leur avait alors expliqué en termes très clairs que Zara était encore en convalescence et que s'ils voulaient voir leur petite-fille, ils devaient se déplacer.

Dans l'ensemble, elle n'était pas à plaindre. Elle avait un toit au-dessus de sa tête et Meat était un colocataire extra, attentif, tout en sachant lui accorder de l'espace quand elle en avait besoin.

Mais... Zara ne pouvait nier qu'elle se sentait seule.

Même si elle avait été sans personne au Pérou, elle n'était jamais vraiment seule. Surtout à partir du moment où elle avait trouvé Mags, Bonita et les autres. Ça lui manquait de parler avec des femmes qui comprenaient ce qu'elle ressentait, qui avaient vécu le même genre d'expériences qu'elle. Zara ne doutait pas que Chloé, Everly, Allye, Morgan et Harlow soient très gentilles, seulement elle avait peu de choses en commun avec elles. Enfin, sauf en ce qui concernait Morgan.

Avec elle, Zara n'aurait pas hésité à s'asseoir autour d'une table, pour savoir ce qu'elle avait ressenti à son retour aux États-Unis après son enlèvement, mais elle ne savait pas trop comment demander à parler à Morgan en particulier sans offenser les autres filles. Elles étaient toutes très proches et la dernière chose qu'elle souhaitait c'était de les vexer.

Après sa douche, Zara opta pour un pantalon noir fluide que Chloé lui avait donné, au lieu du jean qu'elle portait presque tous les jours. Elle l'associa avec un haut rose féminin plutôt que l'un des tee-shirts de Meat – à la maison, elle ne portait que ça. Elle se sentait mal à l'aise dans cette tenue plus formelle, la matière du haut lui grattait un peu la peau, mais elle s'efforça de passer outre.

D'abord, elle tenta de se brosser les cheveux, dans l'espoir de les rendre un peu plus présentables, mais abandonna à cause de sa frange, trop longue, qui s'obstinait à lui retomber sur le front et des boucles à l'arrière de son cou qui rebiquaient un peu trop.

Elle descendit et commença par vérifier ses mails. Meat lui avait ouvert deux comptes : un pour les demandes des médias et du public, et un autre, privé, pour les communications avec son avocat, avec lui-même et toute autre personne avec laquelle elle décidait de partager son adresse mail.

Tous les médias possibles et imaginables entre la Californie et New York lui avaient envoyé des courriels. Elle recevait plus de quatre-vingts demandes d'interview par jour et les journalistes la suppliaient constamment de les laisser raconter son histoire.

C'était à la fois ennuyeux et flatteur.

Meat avait proposé de filtrer les mails sur son compte public, mais Zara avait refusé. L'information, c'était le pouvoir. Ça fonctionnait aussi comme ça dans les *barrios*. Plus vous en saviez sur vos ennemis, et vos amis aussi d'ailleurs, mieux vous vous en sortiez.

Zara n'ayant jamais entendu parler de la plupart des personnes qui lui envoyaient des mails, elle effectua une recherche consciencieuse sur chaque nom, juste pour voir ce qu'ils avaient déjà dit sur elle et son épreuve. Elle savait qu'à un moment donné, elle aurait probablement besoin de donner sa version des faits. Certains des reportages qu'elle avait déjà vus étaient si sensationnels que c'en était risible.

Un homme affirmait qu'une « source » lui avait raconté que les parents de Zara étaient bien vivants et se cachaient en Colombie, parce que la mafia les recherchait. Un autre expliquait que Zara avait été adoptée par un riche couple péruvien qui travaillait pour le gouvernement et la gardait en otage dans leur maison et qu'elle venait juste de réussir à s'en échapper. Un troisième déclarait qu'elle était une espionne travaillant pour les communistes au Pérou, à qui elle envoyait des renseignements top secret afin qu'ils puissent renverser le gouvernement des États-Unis.

Tout cela était aussi bizarre que ridicule, mais savoir qui disait quoi et faire des recherches sur ceux qui souhaitaient l'interroger l'occupait.

Ce matin, lorsque Zara ouvrit sa boîte mail, elle découvrit le nombre habituel et scandaleux de journalistes qui la suppliaient de leur parler, mais il y avait aussi deux mails qu'elle n'attendait pas dans sa boîte personnelle.

Le premier était de son oncle, Alan.

Zara,

C'est ton oncle Alan. J'ai eu ton adresse mail par ma mère. Je suis content que tu sois en vie. On ne savait pas quoi penser quand tu as disparu après la mort de ma sœur.

Est-ce qu'on pourrait parler du fidéicommis ? Tu as disparu longtemps et, d'après ce qui a été dit aux infos, tu n'es pas allée à l'école là-bas, donc tous les tenants et aboutissants de cette disposition juridique sont probablement déroutants pour toi. Je veux bien prendre le temps de t'expliquer ce que tout cela signifie.

Dans trois ans, l'argent m'aurait été versé et j'aurais pu faire beaucoup pour aider mes parents et m'assurer qu'ils soient pris en charge dans leur vieillesse. Tu ne le sais peut-être pas, mais ils ont connu des difficultés récemment et il est normal qu'une partie de cette somme aille à la famille proche.

Il y a assez d'argent pour le partager et je sais que tu veux ce qu'il y a de mieux pour ta famille. Je me réjouis de pouvoir t'expliquer tout cela bientôt.

Alan

Zara relut le message trois fois, sans parvenir à en croire ses yeux.

Comment osait-il agir avec autant de condescendance ? D'accord, elle ne comprenait peut-être pas tout sur le fonctionnement d'un trust, mais qu'il laisse entendre avec tant de culot qu'elle était une idiote ayant besoin qu'il lui « explique », c'était offensant. Il ne cherchait même pas à être subtil sur le but réel de son message : qu'elle lui donne de l'argent. Si elle était aujourd'hui aussi démunie qu'à Lima, elle ne doutait pas un instant que son cher oncle n'aurait même pas pris la peine d'entrer en contact avec elle.

Elle ne se souvenait pas très bien de l'oncle Alan, mais elle se remémorait les plaintes de sa mère, comme quoi il mendiait toujours de l'argent et que, si elle lui en donnait, il le dépenserait pour acheter de la drogue. S'il s'était drogué à l'époque, Zara supposait qu'il était toujours accro. Il semblait en tout cas désespéré de mettre la main sur l'argent de ses parents.

En prenant note de montrer le courriel à Meat plus tard, elle ouvrit l'autre mail, en provenance d'une adresse qu'elle ne reconnaissait pas.

Zara,

Je ne sais pas si tu te souviens de moi, mais mon nom est Renee Heller. Nous étions meilleures amies à l'école primaire, quand tu es partie en vacances et que tu n'es jamais revenue. Je me souviens que tu n'avais pas très envie d'aller à Lima, mais que tu n'avais pas le choix. Tu m'avais promis de me rapporter un cadeau et j'avais hâte de rejouer avec toi dans la cour de récréation de l'école, parce que personne n'aimait se balancer avec moi comme toi ! Mais tu n'es jamais revenue.

Je me rappelle comme si c'était hier le jour où notre professeur nous a annoncé que tu avais disparu. Je n'ai pas vraiment compris et j'ai longtemps pensé que tu avais déménagé au Pérou.

Je suis si contente que tu sois rentrée. Je suis sûre que les choses sont confuses et folles pour toi en ce moment, mais je vis toujours à Denver et j'aimerais beaucoup te revoir un jour, ne serait-ce que pour rattraper le temps perdu. Je n'ai pas encore vraiment trouvé ce que je veux faire de ma vie. Je travaille actuellement comme coiffeuse et, bien que j'aime ça, je ne me vois pas vraiment passer le reste de ma vie à couper les cheveux des gens.

Et pour te prouver que ce n'est pas une arnaque, que je suis vraiment Renee, tu te souviens de la fois où nous étions en CE2 et où j'ai passé la nuit chez toi ? On s'était faufilées dans ton jardin avec nos oreillers et nos couvertures, parce qu'on voulait faire semblant de camper. On s'était raconté des histoires effrayantes et, juste au moment où on s'est endormies, il s'est mis à pleuvoir. On était trempées et on a couru à l'intérieur, mais on avait oublié nos oreillers et nos couvertures. Ta mère a été folle de rage, le lendemain matin, quand elle a regardé dehors et vu la literie détrempée dans ton jardin !

Quoi qu'il en soit, j'espère que tu recevras ce courriel et, encore une fois, j'aimerais bien qu'on puisse discuter un jour. Je te laisse mon numéro de téléphone. Tu peux m'appeler quand tu veux, ou simplement me répondre par mail.

Je t'embrasse,

Renee

Zara se souvint aussitôt de Renee. Elles étaient les meilleures amies du monde lorsqu'elle était partie pour ces fatidiques vacances au Pérou. Elle se rappelait vaguement la conversation qu'elles avaient eue, deux gamines qui se croyaient sur le point d'être séparées pour toujours, et que Zara avait promis de rapporter à Renee quelque chose de « péruvien » de ses vacances en Amérique du Sud. Mais elle n'était pas revenue.

Zara n'avait pas beaucoup réfléchi à ce que les gens qu'elle avait connus avaient pu vivre quand elle avait disparu. Maintenant elle pensait à sa vieille amie Renee et à la confusion qui avait dû être la sienne lorsque Zara n'était pas revenue. Au moins, les amis de ses parents savaient ce qui leur était arrivé. Ils savaient qu'ils avaient été tués. Quand quelqu'un disparaissait, il laissait juste un vide. Ignorer le sort d'un être cher devait être tout aussi difficile à gérer, sinon plus, qu'une mort à proprement parler.

Bien que Zara n'ait pas prévu d'essayer de retrouver ses anciens amis, l'idée de revoir Renee était séduisante. Elle l'avait connue « avant » et Zara avait envie de voir si Renee et elle pouvaient reprendre là où elles s'étaient arrêtées. Certes, elles avaient grandi, elles étaient aujourd'hui bien différentes de ce qu'elles étaient à dix ans, mais elles étaient très proches à l'époque. Peut-être qu'elles s'entendraient toujours.

— Coucou. Quelque chose de nouveau et d'intéressant ?

Zara sursauta à la question de Meat, qu'elle n'avait pas entendu entrer dans la maison.

— Tu m'as fait peur, lui dit-elle, une main sur la poitrine.

— Désolé ! Je pensais que tu avais entendu la porte d'entrée se fermer. Est-ce que ça va ?

Zara hocha la tête.

— Oui. Je dois juste être un peu nerveuse aujourd'hui.

— Je m'en doutais, c'est pourquoi je suis revenu plus tôt de l'atelier. Des mails intéressants ?

Zara haussa les épaules, pensant qu'elle lui parlerait d'Alan et de Renee plus tard. Elle devait d'abord se concentrer sur la réunion avec ses grands-parents.

— Tu as des journalistes préférés ?

Zara soupira.

— Je n'arrive pas à croire à quel point tout le monde a pu se tromper. Comme si, ne connaissant pas les faits, ils inventaient n'importe quoi juste pour avoir une histoire.

Meat hocha la tête.

— Ça résume à peu près l'univers des médias dans le monde d'aujourd'hui.

— Et les gens s'en fichent ? Je veux dire, est-ce que quelqu'un pense vraiment que j'ai engagé un tueur à gages pour tuer mes parents ? Quand j'avais dix ans ?

— Probablement pas, mais les gens remarquent ton histoire et la partagent juste parce qu'elle est sensationnelle. Certaines personnes croient encore que la terre est plate, tu sais, fit Meat en haussant les épaules.

Juste à ce moment, ils entendirent un véhicule s'arrêter dehors. Le regard de Zara se tourna vers la porte d'entrée, puis revint sur Meat.

— Ils sont déjà là ? Ils sont en avance ! siffla-t-elle, proche de la panique.

Meat s'approcha calmement d'une des fenêtres donnant sur l'avant de la maison et regarda dehors. Puis il se retourna vers elle.

— Non, ce ne sont pas tes grands-parents. C'est une surprise.

Zara fronça les sourcils.

— Une surprise ?

— Oui, je travaille sur quelque chose pour toi dans ma boutique, avec l'aide de Ro puisque je ne suis toujours pas guéri. Et cette livraison, c'est le point d'orgue de ma surprise. Viens ici, intima-t-il en tendant la main.

Sans hésiter, Zara ferma le portable et se leva. Puis elle mit sa main dans la sienne et, ensemble, ils allèrent à la porte d'entrée.

Depuis son retour, elle avait découvert à quel point le contact peau à peau avec une autre personne lui avait manqué. La semaine passée, Meat lui avait tenu la main à plusieurs reprises. Il l'avait également prise dans ses bras de temps en temps. À chaque contact, elle en redemandait. Elle aimait s'asseoir près de lui sur le canapé pendant qu'ils regardaient les informations, s'agaçant des spéculations continuelles sur sa réapparition. Elle aimait être avec lui dans la cuisine pendant qu'il lui apprenait comment cuire un steak de la « bonne » façon, en le saisissant d'abord, puis en le finissant au four.

Mais elle aimait par-dessus tout s'asseoir dans le jardin avec lui, tard le soir, et regarder les étoiles. Les mêmes étoiles qu'elle avait contemplées tant de nuits durant, en priant pour que quelqu'un la retrouve.

Maintenant que c'était le cas, elle était en sécurité, au chaud, et surtout heureuse d'être retour dans son État d'origine.

Le camion garé dans l'allée de Meat arborait l'enseigne : « Meubles Row » sur son flanc. Meat serra la main d'un des livreurs, sans lâcher celle de Zara.

— Ça va à l'étage, troisième porte au bout du couloir, leur indiqua-t-il. Et je vous paierai un supplément si vous montez aussi la partie qui va avec celle qui est là-bas, dans la dépendance.

Il désigna son atelier.

— J'ai quelques côtes fêlées qui sont encore en train de cicatriser, sinon je serais capable de le porter moi-même.

Les livreurs acceptèrent et furent bientôt à l'arrière du camion, prêts à en sortir ce que Meat avait commandé.

Zara n'avait aucune idée de ce qu'il avait acheté pour elle, mais, quand ils rentrèrent dans le salon, pendant que les hommes montaient un grand carton, puis redescendaient pour aller à son atelier y prendre le reste, elle lui fit remarquer :

— Tu n'as pas besoin de m'acheter des choses, Meat. Je peux me payer tout ce dont j'ai besoin maintenant que j'ai de l'argent.

— Je le sais bien, mais je pense que ça va beaucoup te plaire.

C'était ce qu'il disait toujours. Que ce soit à propos d'une boîte de bonbons qu'il avait prise au magasin ou un tee-shirt avec une phrase rigolote dessus qui, pensait-il, la ferait rire. Il semblait la connaître vraiment bien après une semaine seulement, de mieux en mieux même, au point que c'en était presque effrayant.

— Je sais que cette journée va être difficile, alors j'ai eu envie d'essayer de te changer les idées un moment, annonça-t-il.

Zara s'efforçait de se répéter qu'il était gentil uniquement parce qu'il se sentait responsable d'elle. Qu'il n'avait pas eu toutes ces attentions au cours de la semaine précédente parce qu'il nourrissait des sentiments à son égard.

En fait, elle n'avait aucune idée de ce que signifiaient tous les sentiments qui se déchaînaient dans son propre corps et son esprit. C'était ridicule d'avoir vingt-cinq ans et d'être encore vierge, et encore plus fou de n'avoir aucune idée de ce que Meat éprouvait pour elle.

Il lui prenait beaucoup la main, la touchait tout le temps, se montrait d'une gentillesse infinie... mais est-ce que c'était ce que les hommes faisaient en général ? Est-ce que c'était une attitude normale entre amis ? Ou cela signifiait-il plus ?

Elle n'en avait aucune idée. En revanche, elle savait que chaque fois qu'il la touchait, elle avait la chair de poule. Elle se réveillait toujours pressée de le voir et de lui parler et, quand ils se séparaient le soir pour aller dormir, elle était toujours un peu déçue. Elle n'avait pas oublié combien il était agréable de le voir se blottir derrière elle quand ils avaient dormi dans le motel de Lima et même chez Daniela. Elle s'était sentie en sécurité et réconfortée et, pour la première fois, elle n'avait pas eu peur de laisser un homme la toucher.

Bref, Zara était infiniment confuse quant à ses sentiments pour Meat.

Et pour la première fois de sa vie... elle avait envie d'embrasser quelqu'un. Mais elle ne savait pas comment s'y prendre pour que ça arrive.

Perdue dans ses pensées, elle n'avait pas réalisé que les hommes avaient fini de transporter ce que Meat avait fabriqué à l'étage et qu'ils leur disaient maintenant au revoir. Ils refermèrent la porte d'entrée derrière eux et Meat la fit pivoter vers l'escalier.

— Allez, monte. Va voir.

Zara le regarda avant de gravir lentement les marches. Meat avait lâché sa main, mais elle le sentait marcher juste dans son dos. Très nerveuse à l'idée de savoir ce qu'il avait acheté, elle ouvrit lentement la porte de la chambre où se trouvait sa surprise.

Médusée, elle contempla fixement le nouveau meuble dans la chambre.

Les livreurs avaient appuyé le matelas qui se trouvait là avant contre l'un des murs et avaient également démonté le cadre. À la place, il y avait un lit plus petit, plus bas, qu'ils avaient manifestement assemblé.

Zara regarda tour à tour la tête de lit magnifiquement sculptée et le matelas, avant de se retourner vers Meat.

— Je ne comprends pas, dit-elle. C'était un très bon lit. Pourquoi m'en as-tu acheté un nouveau ?

— C'est un futon, expliqua doucement Meat.

Perplexe, Zara fronça les sourcils.

— Ah... bon.

Meat sourit.

— Je sais que tu n'as pas dormi sur le lit, Zara.

Elle rougit. Elle n'avait pas voulu avouer à Meat que le matelas était trop mou ou que les oreillers étaient trop moelleux. Elle dormait encore sur le sol dur et en était très honteuse. Elle n'était plus dans le *barrio*. Elle aurait dû être heureuse d'avoir un endroit confortable où dormir, au lieu de quoi, chaque nuit, elle rampait sur le sol de son plein gré, parce que c'était ce à quoi elle était habituée.

— Je ne t'ai pas espionnée, reprit Meat. Je me suis levé une nuit où je n'arrivais pas à dormir et je voulais descendre boire un verre d'eau. Quand je suis passé devant ta chambre, j'ai vu que la porte était entrouverte. En m'approchant pour la fermer, je t'ai vue par terre. Tu aurais dû me le dire, Zar.

Elle haussa les épaules.

— Je suis désolée.

— Non, ne t'excuse pas. Je veux juste que tu sois honnête. Et même si je me fiche que tu dormes par terre ou pas, je veux que tu sois aussi confortablement installée que possible. Or je sais que ça peut être plein de courants d'air dans la maison parfois. Alors je t'ai acheté un futon. C'est un matelas moins moelleux que celui d'un lit normal. J'ai fabriqué un cadre sur mesure pour qu'il soit juste un peu au-dessus du sol. Il y a une planche de bois supplémentaire sous le matelas pour le rendre un peu plus ferme encore. Une fois que tu t'y seras habituée, on pourra enlever la planche, puis peut-être ajouter un matelas en mousse sur le futon et sous le drap. Ensuite, quand tu te seras adaptée, on remplacera éventuellement le matelas par quelque chose d'un peu plus doux. Mais honnêtement, peu importe si tu éprouves le besoin de dormir sur le futon pour le restant de ta vie. Tant que tu es à l'aise et que tu arrives à dormir, c'est ce qui est important.

Zara prit une brusque inspiration, faisant de son mieux pour retenir ses larmes. Mon Dieu, elle n'avait pas pleuré quand elle avait été battue par un groupe d'hommes affamés qui visaient le morceau de viande qu'elle avait volé dans une poubelle. Elle n'avait pas pleuré la première fois qu'elle s'était coupé les cheveux, réalisant enfin qu'elle serait plus en sécurité en se faisant passer pour un garçon. Elle n'avait même pas pleuré quand le petit chien pour qui elle s'était pris d'amitié avait disparu et qu'elle s'était rendu compte qu'il avait été attrapé et tué pour sa chair par une famille de huit personnes dans le *barrio* où elle se cachait.

Mais en voyant l'attention de Meat et les efforts qu'il déployait pour la mettre plus à l'aise, elle faillit tomber à genoux.

— Vas-y, essaie-le et dis-moi ce que tu en penses, lui dit-il en la poussant doucement vers le lit.

Zara se dirigea lentement vers le futon et s'assit sur le bord. Le lit était beaucoup plus bas que l'autre et ses pieds touchaient le sol lorsqu'elle était assise. C'était juste la bonne hauteur. Elle remonta les jambes et s'allongea sur le dos.

En fermant les yeux, elle constata que c'était parfait. Pas aussi dur que de se coucher à même le sol ou sur le plancher, mais elle ne s'enfonçait pas non plus dans le matelas.

Elle tourna la tête et regarda Meat. Il semblait anxieux et inquiet de son verdict.

— C'est parfait, se dépêcha-t-elle de le rassurer

— Tu n'as pas besoin de mentir pour me faire plaisir. Si c'est encore trop mou, je trouverai autre chose.

Elle se rassit et secoua la tête.

— Je ne mens pas. C'est très bien. Merci beaucoup. Je ne sais pas ce que je...

Meat se déplaça plus vite qu'elle ne l'en avait cru capable et son doigt lui couvrait les lèvres avant qu'elle n'ait pu terminer sa phrase.

— Chut, dit-il en secouant la tête. Tu te serais débrouillée si je n'avais pas été blessé et si nous ne nous étions pas rencontrés. Je sais que tu t'en serais sortie. Tu es destinée à accomplir de grandes choses, Zara. Et ne l'oublie jamais. Nos expériences font de nous ce que nous sommes. Alors oui, peut-être que tu aurais été une personne différente si les choses ne s'étaient pas passées ainsi, mais je ne pense pas que j'aurais aimé autant cette Zara. Avant d'aller au Pérou avec tes parents, tu n'aurais pas vu le film *La Vie est belle*, avec James Stewart ?

— C'est un film en noir et blanc avec un ange et des cloches qui sonnent ? demanda Zara.

Il hocha la tête.

— C'est ça. George Bailey traverse une période difficile et il regrette d'être né. Un ange lui accorde son souhait, puis il a un aperçu de ce que serait la vie de ceux qu'il connaît et qu'il aime s'il n'était pas là. Je crois fermement que si tu n'avais pas atterri là où tu t'es retrouvée, les choses auraient été très différentes pour beaucoup de gens, et plus particulièrement pour moi. Mais à part moi, je sais que tu as déjà fait des choses qui affecteront l'avenir de certaines personnes et dont on n'est pas encore au courant... Je le crois vraiment.

Zara réfléchit à ses paroles. Son premier réflexe fut de les rejeter, d'arguer que Meat essayait juste de l'aider à se sentir mieux par rapport à ce qui lui était arrivé. Pourtant, elle ne pouvait pas s'empêcher de penser à la femme enceinte qu'elle avait aidée à accoucher, lorsque Meat était chez Daniela. Elle avait littéralement plongé les mains dans le ventre de cette femme et avait retourné son bébé. Les mains de Daniela n'étaient pas assez petites pour le faire et la femme aurait pu mourir sans son intervention.

Elle repensa aux nombreux enfants qu'elle avait aidés au fil des années, en leur donnant de la nourriture qu'elle avait trouvée ou volée. Et même à des femmes comme Bonita, Carmen et Maria. Elle les avait aidés d'innombrables fois aussi.

Peut-être, oui peut-être que Meat ne disait pas uniquement cela pour être gentil.

— Tu n'as pas à me remercier, Zara. Tout comme tu n'as pas voulu de ma gratitude, je ne veux pas non plus de la tienne.

— Alors que veux-tu ? demanda-t-elle, impatiente d'entendre sa réponse.

Meat avait fait son possible pour lui donner un endroit où vivre. Pour qu'elle se sente à l'aise. Pour l'aider avec son héritage et améliorer ses capacités en lecture, pour lui apprendre à cuisiner. Il n'avait rien exigé d'elle et ne semblait pas se soucier le moins du monde du moment où elle pourrait déménager.

— Je veux que tu sois heureuse, murmura-t-il, en posant sur elle un regard qu'elle ne pouvait pas se permettre d'interpréter. Libre d'être qui tu veux et de faire ce que tu veux. Je veux te rendre un peu des années qui t'ont été volées et t'aider à aller de l'avant.

Ses épaules s'affaissèrent. C'était tout ?

Comme s'il pouvait lire dans ses pensées, Meat se pencha lentement et lui releva le menton d'un doigt. Puis il baissa la tête et le cœur de Zara s'emballa.

Elle ferma les yeux, priant pour faire enfin l'expérience de son premier baiser.

Et Meat l'embrassa... mais pas sur les lèvres.

Elle sentit ses lèvres lui effleurer doucement le front avant qu'il ne s'écarte. Ses yeux s'ouvrirent et elle ne put s'empêcher d'être déçue.

Il l'étudia pendant un long moment, l'air plus sérieux qu'elle ne l'avait vu depuis qu'elle l'avait rencontré.

— J'essaie de mon mieux de ne pas te pousser à faire ce que tu ne veux pas, reprit-il à mi-voix. Mais plus j'apprends à te connaître, plus je t'apprécie. Je suis attiré par toi, Zara. Cependant, je ne veux pas te mettre mal à l'aise. Il te suffit d'un mot et je bats en retraite. Et on n'en parlera plus jamais. On pourra être amis et je ferai tout ce que je peux pour t'aider avec les médias, tes grands-parents, et pour te trouver un endroit où vivre. Je serai ta plus grande pom-pom girl et ton plus fidèle garde du corps.

— Et si je ne veux pas être amie avec toi ? murmura-t-elle, incapable d'arracher son regard au sien.

Il fronça les sourcils et se raidit, reculant d'un pas.

— Alors je t'aiderai quand même pour tout ce dont tu auras besoin. Mais je demanderai à une des filles de rester avec toi ici jusqu'à ce que tu trouves un autre endroit où vivre.

Zara paniqua. Ce n'était pas du tout ce qu'elle avait voulu dire !

Elle se mit debout et s'approcha de Meat. Comme il s'était figé, elle profita de son indécision. Plus courageuse que jamais, elle posa les mains sur son torse. Puis elle inclina la tête en arrière pour pouvoir le regarder dans les yeux.

— Je ne voulais pas dire ça comme tu l'as manifestement compris. Je n'ai aucune idée de ce que je fais, là, Meat. Je n'ai jamais eu de petit ami. Je n'ai jamais été attirée par quelqu'un avant, j'étais trop occupée à essayer de rester en vie. Mais tu me fais ressentir des choses que je n'ai jamais ressenties. Et ce n'est pas de la gratitude, affirma-t-elle avec force. Je suis reconnaissante à tous ceux qui m'ont aidée à quitter le Pérou. Ce n'est pas ça. C'est... plus. Chaque fois que je suis près de toi, j'ai l'impression de pouvoir me détendre complètement. Mais en même temps, je me sens bizarre à l'intérieur, comme si quelque chose chez toi me faisait vibrer. Je ne l'explique pas bien du tout... mais bref, je sens un lien avec toi. Un lien que je n'ai jamais connu avec personne et je ne sais pas quoi faire. Je suppose qu'écrire une lettre pour te demander si tu m'aimes bien, avec une grande case à cocher « Oui » et une autre « Non », ça ne se fait plus tout à fait à l'âge qu'on a ?

Meat lui passa un bras autour de la taille et l'attira vers lui. L'autre main, il la glissa autour de son cou. Zara aurait dû se sentir menacée, mais non. Elle se détendit au contraire et attendit de voir ce qu'il allait répondre.

— Je cocherais la case « Oui », Zar, dit-il avec douceur. On t'a déjà embrassée ?

Zara savait qu'elle rougissait, mais elle secoua timidement la tête.

— Tu ne l'as pas dit et je ne te l'ai pas demandé, mais... as-tu été agressée à Lima ? Violée ?

— Non, répondit-elle fermement. Et je ne mens pas. C'est pour ça que je me suis coupé les cheveux et que j'ai fait semblant d'être un garçon. Personne n'a fait attention à moi en tant que gars, pas comme cela aurait été le cas si j'avais ressemblé à une fille.

— Tu ressembles vraiment à une fille, Zara, lui assura Meat. Et je te crois. Donc, tu es innocente...

— Je ne suis pas innocente, rectifia-t-elle. *Qu'il n'aille surtout pas penser qu'elle ne savait rien des choses du sexe.* Les *barrios* ne sont pas des endroits propices à l'intimité. J'ai vu des hommes avec des prostituées. J'ai vu des maris faire l'amour à leur femme. J'ai vu plus de pénis que je n'aurais probablement dû en voir à l'âge de treize ans. Personne ne réfléchit, là-bas, avant de le sortir pour faire pipi quand et où il veut, et peu importe qui est là pour le voir.

Zara sentit le pouce de Meat lui caresser la nuque.

— Tu es innocente, répéta-t-il d'un ton ferme. Tu as peut-être vu beaucoup de choses, mais si tu n'as pas fait l'expérience d'un contact sensuel ou d'un baiser, ou ressenti la connexion que deux personnes peuvent éprouver en faisant l'amour... tu es toujours innocente.

Faute de savoir quoi répondre, elle se contenta de le regarder.

— Je ne veux pas profiter de toi, poursuivit-il en fronçant les sourcils. La dernière chose que je souhaite, c'est qu'on entame une relation et, qu'au bout d'un moment, que tu aies l'impression de rater quelque chose. Mieux vaudrait qu'on s'en tienne à une relation amicale, que je te permette de voir ce que tu as manqué. Que je te laisse sortir, fréquenter des hommes différents, décider ce que tu aimes et quel genre d'homme t'attire.

Zara fronça les sourcils.

— Je sais ce que j'aime, Meat. J'aime les hommes qui font attention. Ceux qui achètent des bonbons simplement parce qu'ils savent que je vais les apprécier. Ceux qui m'apprennent à cuisiner et qui ne rient pas ou ne se moquent pas de moi quand je ne sais pas faire la différence entre un couteau à éplucher et un couteau à steak. Ceux qui peuvent rire d'eux-mêmes quand ils font des bêtises. Qui prennent du recul et me laissent de l'espace quand j'en ai besoin, mais qui sont là pour moi quand je veux parler à quelqu'un. Et enfin, ceux qui ne m'interrompent pas et me laissent parler à des connards d'agents du FBI même quand il est évident que je souffre. Je ne veux pas sortir avec quelqu'un d'autre. Je n'ai pas besoin de choisir au milieu d'un défilé d'hommes alors qu'il y en a déjà un que j'admire et que je respecte, juste devant moi. Je ne te demande pas de m'épouser. Tout comme tu ne me promets pas une relation qui dure toujours. Mais j'aime à penser que les sentiments que j'éprouve quand je suis près de toi sont spéciaux. De toute ma vie, je n'ai jamais ressenti pour quelqu'un ce que je vis en ce moment, dans tes bras. Peut-être que nous ne sommes pas faits pour le long terme, mais pour l'instant, c'est terriblement excitant et... juste ce qu'il me faut.

— Merde. Innocente et courageuse. Je suis incapable de

résister à ce mélange, marmonna Meat avec un petit sourire, avant de se pencher à nouveau vers elle.

Cette fois, Zara garda les yeux ouverts et le vit se rapprocher de plus en plus. Il s'arrêta quand ses lèvres furent à un cheveu des siennes.

— Puis-je t'embrasser, Zara ? demanda-t-il, son souffle chaud flottant sur ses lèvres.

En réponse, elle se haussa sur la pointe des pieds et pressa ses lèvres contre les siennes.

Elle n'avait aucune idée de ce qu'elle faisait. Elle avait seulement vu ses parents se donner de brefs petits baisers sur les lèvres et elle ne pensait pas non plus que la façon brutale dont elle avait vu certains hommes embrasser les femmes dans les *barrios* était appropriée. Toutefois, elle n'avait pas la moindre idée de la manière de procéder au-delà de ce rapprochement.

Heureusement, Meat savait. La main qu'il avait dans son cou se resserra, puis se déplaça pour se poser sur sa joue. Il la maintenait immobile pendant qu'il prenait les rênes. Il lui frôla plusieurs fois la bouche de la sienne, en mouvements légers et taquins, puis il donna un coup de langue sur sa lèvre inférieure, provoquant chez Zara un hoquet de surprise.

Il profita alors de sa bouche entrouverte et insinua lentement la langue. Il cajola, titilla, jusqu'à ce qu'elle sorte timidement sa langue à la rencontre de la sienne.

Meat gémit et ce son secoua tellement Zara qu'elle s'écarta pour le dévisager. Il se lécha les lèvres, les pupilles un peu dilatées. Elle se mordit la lèvre inférieure où elle aurait juré sentir encore le goût de Meat.

— Pardon, dit-elle, un peu incertaine. Tu m'as surprise.

— Ce n'est pas grave, la rassura-t-il. C'est quand même le meilleur baiser que j'aie jamais connu, haut la main.

Zara ricana.

— J'en doute.

Meat vint poser son front contre le sien et elle ferma les yeux, savourant l'intimité du geste.

— Je ne peux pas promettre de ne jamais merder à l'avenir, dit-il d'un ton des plus sérieux. En revanche, je peux promettre de ne jamais faire délibérément quoi que ce soit qui puisse te blesser. Je me plierai en quatre pour te donner ce dont tu as besoin et ce que tu veux, quand tu en as besoin et quand tu le veux. Je ne te tromperai jamais et je te soutiendrai dans tout ce que tu souhaiteras accomplir. Je serai là pour que tu t'appuies sur moi... et je te donnerai tous les baisers que tu voudras.

Il s'écarta.

— On va y aller doucement, d'accord ? Si, à un moment donné, n'importe quand, ça ne fonctionne pas pour toi, tu n'as qu'à me le dire. Le fait que nous soyons exclusifs ne signifie pas que tu doives vivre ici pour toujours. Si tu veux avoir ton propre appartement, je t'aiderai à en choisir un. Tu ne dépends pas de moi pour quoi que ce soit, Zara, tu comprends ? Tu as ton propre argent et tu es une personne à part entière. Tu prends tes décisions concernant ta santé et ta sécurité depuis longtemps maintenant, tu n'as pas besoin d'un tuteur ou d'un baby-sitter. Je veux être ton partenaire.

Zara poussa un soupir de soulagement. Elle n'avait ni besoin ni envie que quelqu'un prenne des décisions à sa place. Elle ne serait pas douée pour recevoir des ordres. Mais ce serait agréable de pouvoir discuter des choses avec quelqu'un. Elle était seule depuis si longtemps, elle avait stressé sur tant de décisions à prendre que le simple fait de savoir qu'elle aurait quelqu'un avec qui échanger était un rêve devenu réalité.

— Je veux la même chose, lui dit-elle.

La sonnette qui retentit lui flanqua une telle frousse qu'elle sauta dans les bras de Meat.

— Doucement, Zar. C'est juste tes grands-parents.

Elle le regarda, anxieuse.

— Déjà ?

— Oui, mais ils peuvent attendre que tu sois prête et calme.

— On ne peut pas les faire attendre ! s'exclama-t-elle, cherchant à s'extirper de l'étreinte de Meat.

— Respire profondément, lui ordonna-t-il.

Elle obéit et se sentit immédiatement mieux.

— Je vais descendre les inviter à entrer et leur offrir quelque chose à boire. Toi, tu nous rejoins quand tu es prête et pas une seconde plus tôt. D'accord ?

Aussi lâche que cela puisse paraître, Zara acquiesça. Elle n'avait aucune idée de la tournure que prendrait cette réunion. Sa mère n'avait pas eu de très bonnes relations avec ses parents, mais peut-être que son meurtre et la disparition de Zara pendant toutes ces années les avaient aussi changés.

Elle l'espérait.

Meat se pencha et déposa un autre petit baiser sur ses lèvres avant de se redresser.

— Je suis sérieux, Zara : ne descends pas avant d'y être prête.

— D'accord. Merci, Meat.

— Partenaires, d'accord ? dit-il, avant de se retourner et de la laisser seule dans la pièce.

En balayant la chambre, les yeux de Zara se posèrent à nouveau sur le futon. Meat avait fait quelque chose d'incroyablement important pour elle, sans l'ombre d'une hésitation. Le lit était parfait. Meat était parfait.

Enfin... parfait pour elle.

Consciente qu'elle avait bien besoin des quelques minutes si généreusement accordées par Meat, elle s'assit sur le bord du matelas et ferma les yeux. Elle n'était plus une pauvre enfant perdue sans abri. Elle était Zara Layne et les gens qui l'attendaient en bas étaient sa chair et son sang. La seule famille qui lui restait.

Néanmoins, s'ils ne la prenaient pas exactement comme elle était, alors qu'ils aillent se faire foutre. Elle avait fini d'essayer de s'intégrer là où on ne voulait pas d'elle. Elle s'était échinée pendant quinze ans. C'était fini.

Savoir que Meat serait à ses côtés lui donnait toute la force dont elle avait besoin pour écarter complètement ses grands-parents de sa vie, si cela s'avérait nécessaire.

Elle fit de son mieux pour se vider l'esprit avant de descendre. Elle était toujours nerveuse, mais pas autant qu'elle l'avait été en avouant à Meat qu'elle l'aimait bien. Qu'elle était vierge. Il l'avait crue sans hésiter, là aussi. Pourtant, tout le monde n'aurait pas réagi ainsi. Meat était unique en son genre... et pour l'instant, il était tout à elle.

Au lieu de se focaliser sur sa rencontre imminente avec ses proches, Zara se concentra, sourire aux lèvres, sur ce qu'elle avait ressenti en rencontrant les lèvres et la langue de Meat.

17

Meat serra les dents et fit de son mieux pour ne pas dire quelque chose qu'il regretterait. C'étaient les grands-parents de Zara et il n'avait pas le droit de les mettre dehors avant même que Zara les ait rencontrés. Mais jusqu'à présent, ils ne faisaient pas vraiment bonne impression.

M. Harper avait d'emblée voulu savoir combien d'argent Meat s'attendait à toucher pour avoir retrouvé Zara. Après qu'il avait expliqué ne pas vouloir de cet argent, c'était Mme Harper qui avait pincé les lèvres et insinué à mi-voix qu'il avait peut-être déjà pris sa récompense à leur petite-fille d'une autre manière.

Comme si cela ne suffisait pas, ils lui firent comprendre qu'ils n'étaient pas vraiment fans de sa maison ni de sa décoration. Après s'être assise, la grand-mère de Zara fit un commentaire désobligeant sur ses « meubles rustiques » et leur caractère pittoresque. Son grand-père eut rapidement l'air de s'ennuyer et demanda si Meat avait quelque chose à boire. Il n'était que 11 heures du matin, mais d'une certaine manière, Meat n'était pas surpris que l'homme réclame déjà de l'alcool.

Il essayait encore de faire la conversation, après les avoir assurés que Zara descendrait les rejoindre dès qu'elle serait prête, quand Mme Harper lança :

— Elle savait à quelle heure nous devions venir, n'est-ce pas ? C'est impoli de nous faire attendre.

Meat faillit bien perdre son sang-froid et il était à deux doigts de la rembarrer quand Zara entra dans la pièce. Le menton haut, elle n'avait pas l'air intimidée de rencontrer ses grands-parents, Dieu merci.

— Je suis désolée de ne pas avoir été disponible pour vous parler dès votre arrivée, commença-t-elle, avec un soupçon d'accent péruvien.

Meat ne l'avait pas remarqué avant, mais apparemment, il était plus prononcé quand elle était nerveuse.

— J'étais occupée.

Elle s'approcha de ses grands-parents maternels et se tint devant eux. Au lieu de se lever pour la serrer dans leurs bras, pour lui dire combien ils étaient heureux qu'elle soit vivante et rentrée au pays après toutes ces années, Mme Harper se contenta de lui tendre la main.

Zara la fixa un moment, mais finit par la lui serrer. Son grand-père l'imita.

Elle se tourna vers Meat et fronça les sourcils comme pour dire : « Mais qu'est-ce que c'est que ça ? » et il fit de son mieux pour garder une expression neutre. Consterné par leur comportement, il avait déjà hâte que cette réunion se termine.

Zara s'assit sur une chaise à côté de Meat, en face du siège de ses grands-parents.

— Alors, Zara, quand penses-tu être prête à retourner à Denver ? lui demanda son grand-père.

Surprise, Zara cligna des yeux.

— Quoi ?

— Quand est-ce que tu vas rentrer chez toi ? Bien sûr,

nous avons dû vendre la maison de Chad et Emily, mais il y a sur notre propriété une maison d'hôtes où tu pourrais vivre, précisa-t-il.

— Ça va prendre un certain temps avant que tu sois assez bien arrangée pour être vue en public, enchaîna Mme Harper. Tes cheveux sont atroces, il faudra te procurer des extensions. Et bien évidemment, il te faudra aussi des vêtements plus adéquats.

Meat était furieux des paroles de Mme Harper. Zara était belle comme elle était. Certes, ses cheveux étaient coupés de façon un peu inégale, mais c'était un symbole de sa force, de tout ce qu'elle avait enduré et surmonté. En fait, il aimait bien ses cheveux courts.

— Pourquoi je reviendrais là-bas ? demanda Zara en inclinant la tête, ignorant le commentaire grossier sur la nécessité de « s'arranger » pour qu'elle puisse être vue en public.

— Parce que c'est ce que les gens attendent, répondit sa grand-mère, comme si elle énonçait une évidence.

Zara resta silencieuse un long moment. Puis elle demanda :

— Est-ce que vous m'avez recherchée, au moins ? Est-ce que vous vous êtes questionnés sur ce qui avait bien pu m'arriver ?

Mme Harper poussa un hoquet et porta ses mains serrées contre sa poitrine, comme pour exprimer le choc que suscitaient les paroles de sa petite-fille.

— Bien sûr, voyons ! Comment peux-tu nous demander cela ?

— Nous avons offert une récompense de dix mille dollars à qui te ramènerait, ajouta M. Harper avec indignation.

— En revanche, vous n'avez pas pris la peine de descendre à Lima, n'est-ce pas ? demanda Zara.

Ils eurent tous les deux l'air mal à l'aise, soudain.

— Il n'y avait aucune raison d'aller jusque là-bas, argua M. Harper, sur la défensive. La police a dit qu'ils faisaient tout leur possible pour découvrir qui avait tué Chad et Emily et pour te trouver, toi.

— Meat m'a dit que vous avez vendu la maison seulement trois mois après leur mort, rétorqua Zara d'une voix calme. Vous avez tiré un trait sur cette histoire sans vous interroger une seconde sur ce qui m'était arrivé.

— Tu dois comprendre une chose, reprit Mme Harper. On nous a dit qu'il était très peu probable que tu sois encore en vie. Notre fille et notre gendre avaient été tués, et tu avais probablement été enlevée pour être violée et assassinée. On nous a dit que ton corps ne serait jamais retrouvé, qu'il était très probablement dans l'une des énormes décharges de la ville.

Meat se tordait les mains, tant cette conversation lui était insupportable : nom de Dieu, ces gens étaient-ils vraiment aussi insensibles ?

— En plus, même si on te retrouvait, tu n'aurais pas pu vivre dans cette maison toute seule. L'argent de la vente est allé dans le fidéicommis de toute façon, précisa M. Harper. Au bout du compte, c'est à toi qu'il bénéficiera.

Zara ferma les yeux une seconde. Meat brûlait de lui passer le bras autour des épaules, au lieu de quoi, il resta assis, aussi immobile qu'une statue à côté d'elle. C'étaient des membres de sa famille, il devait la laisser prendre l'initiative de ses réactions vis-à-vis d'eux. Même si c'étaient des enflures, son sang coulait dans leurs veines.

— Vous croyez que je me soucie de l'argent ? demanda Zara.

— Bien sûr, ricana Mme Harper. Qui ne s'en soucierait pas ? On ne parle pas de quelques milliers de dollars, Zara.

Ce sont des sommes dont ton oncle Alan aurait eu bien besoin au fil des ans.

— Ah oui ? Pour quoi faire ? Pour se payer sa drogue ?

Bizarrement, personne n'avait plus rien à répondre tout à coup.

— Je suis vraiment désolée que l'argent de mes parents ait été bloqué de façon si peu pratique et qu'Alan et vous n'ayez pas pu y toucher tant que je n'étais pas déclarée morte, ou avant que j'aie vingt-huit ans, si je ne me présentais pas pour le réclamer. Comme ce doit être décevant pour vous que je sois revenue justement maintenant. Avez-vous seulement pensé à moi toutes ces années ? Vous êtes-vous demandé ce que je faisais le matin de Noël ? Ce que je pouvais traverser ? Ou êtes-vous simplement partis du principe que j'étais morte ?

Silence.

— Avez-vous engagé un détective privé ? Supplié quelqu'un du FBI d'enquêter sur ma disparition ? Appelé les médias pour faire parler de mon cas ? Avez-vous fait autre chose que d'appeler la police péruvienne l'année suivant la mort de mes parents, pour voir s'ils m'avaient retrouvée ? Vous aviez les moyens de provoquer un véritable tsunami, en tout cas beaucoup plus que ce que vous avez fait. Oh, oui, je sais tout de ce que vous avez fait ou pas fait. Je me suis trouvé des amis assez puissants depuis qu'on m'a retrouvée. Et je me rends compte que je ne les connais que depuis une semaine et demie, mais les vrais amis, c'est dans les situations extrêmes qu'on les trouve.

— Tu parles de ce monsieur ? voulut préciser M. Harper, qui inclina la tête en direction de Meat.

— Oui, tout à fait, confirma Zara.

— Es-tu au courant qu'il a moins de vingt mille dollars d'économie ? demanda son grand-père. Nous avons demandé à un détective privé de se pencher sur son cas, dès que nous avons découvert que tu demeurais ici. Hunter Snow n'a ni parents ni proches. Il ne veut que ton argent, Zara. Il n'y a pas d'autre raison pour qu'il soit aussi accommodant. Ce n'est pas comme s'il pouvait se nouer la moindre relation entre vous. Il n'évolue même pas dans des cercles sociaux proches des nôtres. Cesse donc d'être aussi naïve ! C'est gênant et indigne de toi. Allez, il est temps pour toi de rentrer à la maison. Ensemble, nous ferons notre possible pour sauver ta réputation et te trouver un mari convenable. Quelqu'un qui voudra bien passer outre cette regrettable histoire, la manière dont tu as vécu et tout ce que tu as pu faire pour survivre.

C'en était trop. Meat n'y tenait plus.

Il ouvrit la bouche pour fustiger ce sale bonhomme, mais la main de Zara, qui exerça une pression sur sa cuisse, le maintint silencieux et assis.

— Combien as-tu dépensé pour l'enquête sur Meat, grand-père ? s'enquit-elle. Je parierais toute ma fortune que c'est plus que ce que tu as consenti à dépenser pour rechercher ta petite-fille disparue, n'est-ce pas ?

En voyant qu'il ne répondait pas, elle continua.

— Et je me fiche de l'argent que Meat a ou n'a pas. Il n'est pas gentil avec moi simplement à cause du nombre de zéros qu'il y a sur mon compte en banque. Les seules personnes qui s'intéressent à ce genre de choses, c'est vous et mon cher oncle Alan – qui a eu la gentillesse de m'envoyer un mail pour me dire qu'il serait heureux de m'apprendre le fonctionnement du fidéicommis... comme si je pouvais croire quoi que ce soit qui sortira de sa bouche.

Meat la dévisagea. Elle lui avait tu cette dernière information.

Son esprit se mit aussitôt à tourbillonner autour de tout ce qu'il devait vérifier sur son ordinateur. Combien d'autres mails avait-elle reçus de personnes cherchant à lui extorquer de l'argent ? Il avait supposé qu'elle ne recevrait que des courriels de la part des médias, mais cette hypothèse avait été naïve de sa part.

Il allait devoir parler aux autres et s'assurer que ni Alan Harper ni personne d'autre ne soient plus une menace pour Zara, maintenant ou à l'avenir. Il suffisait de peu d'argent pour que quelqu'un accepte de tuer quelqu'un d'autre et il n'était pas question que Zara ait survécu à tout ce qu'elle avait traversé pour finir abattue par un membre de sa propre famille.

— J'ignore pourquoi vous me détestez autant, mais j'en ai mon compte, poursuivait Zara. Non contents de ne pas vous être souciés de ma disparition et de n'avoir rien fait d'autre que de promettre une récompense la plus basse possible, voilà maintenant que vous arrivez ici pour essayer de m'imposer vos quatre volontés, sans avoir pris la peine de me demander comment j'allais ! Si j'allais bien. Sans me demander où j'étais et ce que j'ai dû faire pour « survivre », comme vous le dites si gentiment.

— Nous regardons les informations, déclara Mme Harper, quelque peu contrite. Nous savons où tu étais et ce qui s'est passé.

— Ah oui, vraiment, vous savez ? riposta Zara. Presque tout ce que les journalistes ont raconté est complètement faux. Je n'étais ni l'esclave sexuelle d'un caïd de la drogue ni une délinquante sans foi ni loi qui gagnait sa vie en volant les touristes !

Deux paires d'yeux vides la regardaient fixement.

— Sortez, ordonna-t-elle en se levant.

Meat se planta à côté d'elle, les bras croisés.

— Je ne veux plus jamais vous revoir.

— Mais tout le monde s'attend à ce que tu reviennes à Denver ! protesta Mme Harper.

— Je m'en fiche. Vous pouvez raconter ce qui vous

chante à vos chers amis pour sauver la face, en ce qui me concerne, c'est terminé. Je n'avais jamais compris pourquoi maman et papa ne s'entendaient pas avec vous, maintenant si. Vous êtes égocentriques, snobs et tellement préoccupés par votre réputation et votre richesse que vous ne pouviez pas vous soucier d'une enfant de dix ans qui aurait donné tout ce qu'elle avait si seulement quelqu'un s'était soucié de la rechercher. De la retrouver. Vous avez eu l'opportunité de bien agir, il y a quinze ans. Vous ne l'avez pas saisie. Dehors.

M. Harper ouvrit la bouche, apparemment pour contester les accusations de sa petite-fille, mais Meat s'approcha de lui, un doigt tendu vers la porte.

— Dehors, répéta-t-il d'une voix grave et menaçante.

Le couple se leva aussitôt et se dirigea vers la sortie sans demander son reste.

En quittant la maison, son grand-père se tourna pour lancer une dernière salve.

— Tu n'as pas changé en quinze ans, asséna-t-il d'un ton glacial. Tes parents étaient beaucoup trop indulgents avec toi. Ils te laissaient porter ce que tu voulais et faire n'importe quoi, ils n'ont pas pris la peine de t'enseigner l'importance de ton héritage.

— Ce que l'on porte n'a absolument aucune influence sur le genre de personne qu'on est, rétorqua Zara. Surtout à dix ans. Bon sang. En plus, regarde-toi, avec ton costume onéreux et ta montre qui coûte plus cher que ce que le Péruvien moyen gagne en un an : ça ne t'empêche pas d'être une brute doublée d'un connard. Alors que certaines des personnes que j'ai rencontrées et qui n'avaient littéralement rien à eux étaient une personne dix fois meilleure que celle que tu seras jamais.

Ses grands-parents quittèrent la maison sans un mot de plus.

Zara courut vers la porte et la claqua derrière eux,

restant plantée à la fixer des yeux jusqu'à ce qu'ils entendent le bruit d'un moteur qui démarrait et la voiture qui descendait l'allée de gravier.

— Zara ? demanda Meat, hésitant, ne sachant pas trop dans quel état elle se trouvait.

— Qu'ils aillent se faire foutre, lâcha-t-elle fermement quand elle se retourna pour lui faire face.

— C'est normal d'être triste, lui dit-il.

— Je ne suis pas triste. Je suis furax. Sérieusement, comment osent-ils venir ici et proférer ces accusations horribles sur toi alors que c'est toi qui m'as ramenée à la maison ? Meat, mes parents n'étaient pas du tout comme les salauds qui viennent de partir. Ils étaient gentils et généreux, et tu n'aurais jamais deviné qu'ils étaient pleins aux as en les regardant.

— Je sais, assura Meat.

Il s'approcha et lui prit le visage entre ses paumes.

— Comment le sais-tu ? lui demanda-t-elle, en lui saisissant les poignets.

— Parce qu'ils ont élevé une sacrée fille. Si tout ce qui les intéressait avait été l'argent, tu n'aurais pas survécu.

Le visage de Zara s'adoucit.

— Oui, nous étions en vacances au Pérou. Mais ils n'ont jamais hésité à donner de l'argent aux sans-abri que nous voyions dans la rue. Je pense d'ailleurs que c'est pour ça qu'ils ont été ciblés. Les hommes qui les ont tués les avaient peut-être vus donner de l'argent à quelqu'un et en voulaient plus. Ils avaient aussi l'intention de faire un don à une sorte de refuge pour femmes pendant que nous séjournions là-bas. Je ne sais pas lequel, je n'ai pas le souvenir des détails, mais je les avais entendus en parler un soir. Ils voulaient aider ceux qui n'avaient pas autant de chance qu'eux. Mais ils n'en ont pas eu le temps. Ils ont été tués avant que la donation ne soit faite.

Meat se pencha en avant et embrassa Zara sur le front.

— Je suis désolé que tes grands-parents ne voient pas quelle femme incroyable tu es.

Elle haussa les épaules.

— Je ne peux pas nier que ça fait mal, mais j'ai appris que la vie est trop courte pour qu'on s'attarde sur ses aspects négatifs. J'ai passé ma vie à vivre chaque jour l'un après l'autre. Je ne sais pas ce que me réserve l'avenir alors j'essaie de rester dans l'ici et le maintenant.

— Tu es une femme sage.

— Pas vraiment. Je te rappelle que je n'ai été qu'à l'école primaire, fit-elle avec un petit sourire.

— Il y a plus que l'intelligence des livres dans la vie, nuança Meat. Et je ne doute pas que tu auras ton diplôme d'enseignement général en poche d'ici peu. Et... Je dois dire que j'aime cette nouvelle Zara qui parle franchement. Il y a seulement une semaine et demie, tu répondais à la plupart des questions par un « oui » ou un « non » ou un hausse-ment d'épaules. Maintenant, tu n'as plus peur de dire exac-tement ce que tu penses.

— Je crois que c'est parce que je me sens en sécurité, déclara-t-elle avec solennité. Je n'ai pas l'impression de devoir me taire et passer inaperçue pour me fondre dans le décor.

— Bien sûr que non. J'aime savoir exactement ce que tu penses.

Ils restèrent comme ça un long moment dans le vesti-bule, près de la porte d'entrée, Meat avec ses mains sur le visage de Zara et elle accrochée à ses poignets.

Au bout du compte, elle détourna le regard et lui demanda :

— Est-ce que mes cheveux sont vraiment si moches ? Je veux dire, je sais que ma coupe n'est pas stylée, je me la faisais avec n'importe quel objet pointu sur lequel je mettais la main. Il était plus important qu'ils soient courts que bien coupés.

Meat passa une main dans ses cheveux bruns.

— Ils auraient bien besoin d'une petite égalisation, mais, honnêtement, je n'y avais pas pensé parce que j'étais trop occupé à être impressionné par tout ce qui te concerne. Si tu veux vraiment changer quelque chose à ta coupe de cheveux, je suis sûr que nous pouvons trouver quelqu'un pour t'aider. Il y a un salon de beauté où les femmes des gars se rendent. On pourrait s'y réserver une journée de spa et tu en profiterais pour te faire coiffer, ainsi que t'offrir une manucure et une pédicure, si ça te fait envie. Histoire de te faire un peu chouchouter. Mais il y a autre chose dont nous devons parler tout de suite.

Elle le regarda.

— Ah bon ?

— Oui. Ton oncle Alan, fit-il, un sourcil arqué.

Zara détourna de nouveau le regard.

— Et tout autre mail que tu as pu recevoir et qui t'a semblé menaçant, même vaguement. Je suis sûr que tu as compris maintenant que j'ai la possibilité de pirater ta boîte mail et de le découvrir par moi-même, pourtant je ne l'ai pas fait par respect pour toi. En revanche, Zara, je le ferai si tu ne te décides pas à me parler. Tu n'es plus seulement une petite fille kidnappée il y a longtemps. Tu es à la fois riche et célèbre maintenant. Hélas, ça signifie aussi que des fous feront ou diront n'importe quoi pour mettre la main sur ton argent. Tu as vu de tes propres yeux ce que la cupidité peut provoquer. La dernière chose que je veux, c'est que quelqu'un t'enlève un jour en pleine rue et te retienne en échange d'une rançon. Je peux te protéger et je le ferai, mais ça ne sera possible que si je sais d'où vient la menace.

Zara prit une profonde inspiration et releva la tête.

— Tu as raison. Mais...

— Oui, Zar ?

— Je déteste être riche, chuchota-t-elle. J'avais peur et la vie n'était pas facile dans le *barrio*, mais je n'avais pas à me soucier que les gens veuillent devenir mes amis ou me faire du mal à cause de ce qu'ils espéraient obtenir de moi. Tout ce dont j'avais à me tracasser, c'était de trouver de la nourriture et de rester à l'écart des brutes et des criminels.

Meat hocha la tête.

— Tes grands-parents avaient raison à mon sujet. J'ai quelques économies, mais je ne serai jamais riche. Je ne peux donc pas me mettre à ta place. Cependant, si tu me laisses t'aider maintenant, je ferai ce que je peux pour te protéger des brutes et des criminels ici aux États-Unis aussi.

— Merci.

— Maintenant, avant qu'on s'intéresse de plus près à tes mails et que tu me montres tous ceux qui ne demandent pas simplement une interview... tu veux quelque chose à manger ?

— Oui.

Meat n'aurait pas pu s'empêcher de l'embrasser doucement sur les lèvres si sa vie en avait dépendu.

— Je suis fier de toi, Zara, lâcha-t-il en se redressant. Je sais que certaines personnes s'attendent probablement à ce que tu sois brisée et abîmée, mais ce n'est pas le cas. Tu es forte, déterminée et tu as un sens inné du bien et du mal. Tes parents ont accompli un travail incroyable pendant les dix premières années de ta vie, ils t'ont enseigné les bases dont tu avais besoin pour devenir le pilier, la force que tu es aujourd'hui.

— Je pense que c'est la chose la plus gentille qu'on m'ait jamais dite, répondit Zara.

— C'est la vérité.

Meat l'embrassa une nouvelle fois, incapable de résister à la tentation de lui lécher la lèvre inférieure pour la goûter, avant de s'écarter. Elle avait les yeux écarquillés et, s'il ne se trompait pas, il voyait le pouls battre sur le côté de son cou, plus vite que la seconde précédente.

Il lui passa un bras autour des épaules et l'attira contre son flanc.

— Et si je te montrais comment faire des gaufres à partir de rien ?

— Tu l'as déjà fait il y a quelques jours.

Meat gloussa.

— Alors si toi, tu me montrais comment on fait ?

— Ça marche.

Meat était content de la voir sourire… mais il n'oubliait pas comment ses grands-parents l'avaient traitée. Elle avait eu l'air forte face à eux, mais il ne savait pas si elle serait toujours capable de détourner ceux qui voulaient la tirer vers le bas, ceux qui la dénigreraient, elle et ce qu'elle avait vécu, et ceux qui voudraient se lier d'amitié avec elle uniquement à cause de son argent.

Redressant les épaules, il décida de veiller à ce qu'elle ne se fasse rouler par aucun d'entre eux. Il avait déjà beaucoup accompli pour la protéger, chose qu'elle n'avait pas vraiment remarquée puisqu'elle n'avait pas beaucoup quitté sa maison, mais elle finirait par réaliser à quel point il pouvait être protecteur. Elle n'apprécierait peut-être pas, d'ailleurs, mais tant pis. Elle n'avait pas eu de champion depuis quinze ans – elle en avait un maintenant.

18

———————

Plus tard dans l'après-midi, après avoir mangé, Zara s'assit avec Meat à la table devant l'ordinateur portable qu'il lui avait prêté et lui montra les courriels qu'elle avait reçus.

Des quantités de journalistes de tout le pays la suppliaient d'accepter une interview. Elle n'avait aucune envie de leur dire quoi que ce soit, à ces inconnus. Ils ne se souciaient pas d'elle, tout ce qui les intéressait, c'était l'audimat. Elle n'était pas naïve au point de ne pas le savoir, alors elle avait simplement ignoré ces mails.

Il y avait aussi des messages de personnes qui avaient trouvé son adresse électronique personnelle et lui avaient écrit pour la supplier de les aider. Ceux-là étaient plus difficiles à ignorer.

Meat lut le courriel d'Alan et fronça les sourcils. Puis il prit son téléphone et appela Ball.

— Je pense qu'on pourrait avoir un problème, déclara-t-il dès que son ami décrocha, sans prendre la peine de le saluer.

— Quel problème ? s'enquit Ball.

Zara était assise assez près pour l'entendre même sans que le téléphone soit sur haut-parleur.

— L'oncle de Zara. Il lui a envoyé un mail rempli de sous-entendus précis. Elle n'a pas grand-chose de positif à dire sur cet homme. Si je devais deviner, je dirais que l'oncle est furieux de ne pas recevoir l'argent de sa sœur, mais il essaie de faire croire à sa nièce qu'il lui offre magnanimement d'apprendre tout ce qu'elle doit savoir sur l'argent contenu dans le fonds.

— Laisse-moi deviner, dit Ball. Il va probablement lui raconter des conneries et prendre tout l'argent qu'il peut obtenir.

— C'est ma supposition, confirma Meat. Je vais voir ce que je peux trouver sur lui dès que Zara aura fini de me montrer les autres mails qu'elle a reçus, mais j'ai pensé que tu pourrais vérifier auprès d'Everly. Voir si le CSPD peut le mettre sur son radar.

— Est-ce qu'il vit ici ? voulut savoir Ball.

— Je ne sais pas encore. Mais je suppose qu'il est probablement à Denver, surtout que ses parents à lui vivent encore là-bas. Ils sortent juste de la maison et ils m'ont clairement paru avoir pris son parti pour ce qui est de l'argent.

— Zara a rencontré ses grands-parents ? Comment ça s'est passé ?

Meat jeta un coup d'œil à Zara, qui grimaça.

— Disons qu'ils n'ont pas prévu de passer Noël ensemble, répondit-il. Je voulais juste te prévenir et peut-être voir si Everly pouvait effectuer quelques recherches sur l'oncle. J'ai un système de sécurité installé à la maison, je saurai donc si quelqu'un emprunte mon allée avant même qu'il n'arrive, mais cela ne veut pas dire qu'il n'essaiera pas de se pointer à pied ou autre.

Ball s'esclaffa.

— Il serait sacrément idiot. Se pointer sans avoir été

invité chez un ancien Delta, ça n'est pas vraiment recommandé.

— J'ai l'impression qu'il n'est pas bien malin, affirma Meat. Envoyer un mail à sa nièce pour lui faire croire qu'il mérite son argent n'est pas exactement l'attitude qu'aurait un ingénieur de la NASA.

— Je m'en occupe, promit Ball. Tu nous tiens au courant de tout ce que tu trouves d'autre ?

— OK, répondit Meat. Je vais poser un traceur sur le téléphone portable d'Alan, histoire de garder un œil sur lui… mais tu n'as rien entendu.

Ball pouffa.

— Entendu quoi ? Dis à Zara qu'Everly et les autres voudraient venir passer du temps avec elle sous peu.

Zara baissa les yeux et étudia ses ongles. Elle était au courant que les femmes des gars voulaient venir et passer du temps avec elle, mais elle n'était pas sûre d'être prête. Elle ne savait pas pourquoi, exactement. Hormis qu'elle était un peu intimidée. Ces femmes lui semblaient boxer en dehors de sa catégorie et elle ne savait pas comment se comporter avec elles.

— Je lui dirai. Merci, Ball. On se reparle bientôt, conclut Meat.

— À plus.

Meat coupa son téléphone.

— Pourquoi tu ne veux pas rencontrer les autres ? demanda-t-il à Zara dès qu'il eut raccroché.

Elle soupira.

— Je ne sais pas.

— Tu veux bien essayer de m'expliquer ? insista Meat.

Elle lui jeta un coup d'œil. Il y avait tant de choses dont elle n'avait pas parlé. Dont elle ne parlerait jamais. Pourtant, elle avait besoin que Meat la comprenne.

— Pendant si longtemps, je n'ai pu compter que sur

moi-même. Vers l'âge de douze ans, j'ai rencontré un garçon d'environ mon âge. Je l'observais depuis un certain temps et il ne semblait pas avoir de famille, tout comme moi. Finalement, j'ai eu le courage de l'approcher. Nous avons travaillé ensemble pendant une courte période. Il distrayait les gens dans la rue en faisant du breakdance – il tournoyait sur la tête et des choses comme ça – et, sitôt que les gens étaient concentrés sur lui, je passais parmi la foule et je leur faisais les poches. C'était facile et excitant. Ensuite, quand on revenait dans le *barrio*, on partageait ce que j'avais volé. Sauf que ce n'était pas suffisant pour lui. Au bout d'un moment, il en a voulu plus. Il a dit qu'il faisait tout le travail et qu'il méritait les trois quarts du butin. Comme je me sentais plus en sécurité avec lui et je m'amusais bien à mes côtés, j'ai accepté. Nous faisions ça depuis quelques mois quand je me suis fait prendre. Un homme m'a saisi le poignet alors que j'avais la main dans sa poche, il a serré si fort qu'il me l'a presque cassée. Il m'a soulevée en l'air. J'ai crié à mon ami de m'aider, mais lui, il s'est mis à courir. Sans un regard en arrière.

— Comment tu t'en es tirée ? demanda Meat, dont la main descendit pour venir recouvrir la sienne sur la table.

Zara haussa les épaules.

— Je lui ai donné un coup de genou dans les parties et il m'a lâchée. Mon coccyx m'a fait mal pendant des semaines après ça, mais je n'avais jamais couru aussi vite de toute ma vie. De retour au *barrio*, j'ai retrouvé mon soi-disant ami et lui ai demandé pourquoi il n'était pas resté m'aider. Il m'a regardée droit dans les yeux et m'a répondu que je ne valais pas qu'il risque des ennuis pour moi. Qu'il m'utilisait juste pour gagner de l'argent pour son père. Ça m'a choquée. D'abord, je n'avais aucune idée qu'il avait un père. Et puis surtout, je pensais que nous formions une équipe. Qu'il était mon ami. Nous contre le reste du monde, tout ça. Il s'est moqué quand je lui ai avoué tout ça, et a ajouté qu'il savait que je me ferais prendre tôt ou tard parce que mon espagnol était merdique et que j'étais trop maigre et trop faible.

— Mais c'était il y a longtemps, murmura Meat. Allye et les autres ne sont pas comme ce gamin.

Zara soupira.

— Ce n'est qu'un exemple, Meat. Je ne me lie pas d'amitié facilement. C'est difficile pour moi de faire confiance. Pourquoi les femmes de tes amis voudraient-elles connaître quelqu'un comme moi ? Je suis bizarre, introvertie, je préfère m'asseoir seule dans un coin plutôt que d'essayer de sourire et de faire semblant de m'amuser si ce n'est pas le cas. Je ne suis pas très intelligente, je suis trop franche et je n'ai rien en commun avec elles.

— Je ne pense pas que tu vous rendes justice, à elles comme à toi-même, déclara Meat sans aucune trace d'irritation ou d'exaspération dans le ton. Allye et les autres ont vécu leur propre genre d'enfer. Elles sont mieux placées que la plupart des gens pour comprendre ce que tu as vécu. Elles ne te forceront pas à parler de ce que tu ne veux pas et elles ne voudront certainement pas que tu fasses semblant d'être quelqu'un que tu n'es pas en leur compagnie.

Zara haussa les épaules.

— Est-ce que ça va te poser un problème ? Si je ne m'entends pas avec elles, est-ce que ça veut dire qu'on ne peut pas être amis ?

— Bien sûr que non, affirma-t-il.

— Je ne fais pas ça pour te contrarier, reprit-elle, hésitante.

— Je sais bien, Zara.

— Et je sais aussi que c'est juste moi qui suis bizarre. C'était difficile pour moi de me faire des amis dans le *barrio* et si, pour une raison quelconque, tes amis et moi ne nous entendons pas, je sais que ce sera dur pour toi. Or c'est la dernière chose que je veux. Je sais aussi que tu ne me présenterais jamais à des gens susceptibles de me faire du mal.

— Certainement pas, confirma Meat.

— Et je veux les rencontrer. Mais j'ai l'impression de ne pas être prête. J'ai besoin de plus de temps. C'est probablement ennuyeux pour toi, il est évident que tes amis et toi vous êtes très proches.

— C'est exact, mais je comprends, Zar. Tu dois t'acclimater à ton propre rythme. Il ne faut pas oublier que tu n'es rentrée aux États-Unis que depuis un peu plus d'une semaine. Te forcer à faire quelque chose que tu n'es pas prêt à faire ne pourrait qu'être nuisible à long terme. Je ne veux surtout pas te pousser trop fort, trop loin, et que cela se retourne contre moi. Tu pourras les rencontrer quand tu te sentiras prête. D'accord ?

— Merci. Et pour information, je veux apprendre à les connaître et qu'elles me connaissent. Mes amies du *barrio* me manquent, et ça ne me dérangerait pas de m'en faire de nouvelles ici.

— On n'a jamais trop d'amis, confirma Meat avec un sourire.

— Je suis contente que tu sois de cet avis... parce que j'ai reçu un mail de quelqu'un que j'ai côtoyé dans mon passé et je veux la rencontrer.

Meat s'assit sur sa chaise et cilla de surprise.

— Quoi ? Qui ?

— Elle s'appelle Renee Heller. C'était ma meilleure amie avant que je disparaisse. Elle m'a envoyé un message. Apparemment, elle vit toujours à Denver.

— Je peux voir le mail ? suggéra Meat.

Zara hocha la tête et l'afficha à l'écran qu'elle tourna vers lui. Elle observa son visage pendant qu'il le lisait, sans être en mesure de déchiffrer ce qu'il en pensait.

Quand il eut fini, elle ajouta :

— Elle dit qu'elle est coiffeuse. Elle pourrait m'arranger les cheveux. Je pourrais l'inviter ici ? On verrait si on s'entend bien, comme quand on était petites.

— Et tu penses que c'est vraiment elle ? s'enquit Meat.

Zara fronça les sourcils.

— Bien sûr. Qui cela pourrait-il être d'autre ?

Meat sourit tristement.

— Quelqu'un qui cherche à se rapprocher de toi pour un reportage. Ou quelqu'un qui veut mettre la main sur ton argent.

Zara lâcha un soupir.

— Ah, souffla-t-elle, déçue.

— Je suis désolée, Zar. Je sais que c'est dur. Mais tu dois au moins envisager que ce n'est peut-être pas vraiment la personne que tu as connue à dix ans.

— Je suis sûre que c'est elle, expliqua Zara. Je me souviens vaguement de la soirée pyjama dont elle parle dans le mail. Comment quelqu'un d'autre pourrait-il être au courant ? Je me rappelle aussi avoir joué avec elle pendant des heures au terrain de jeu. J'ai juste... Elle fait partie de mon ancienne vie. La vie que j'avais quand j'étais vraiment heureuse et insouciante. Si je peux renouer le contact avec ne serait-ce qu'une personne de cette époque, peut-être que je me sentirai plus normale. Comme si je pouvais retrouver une partie de l'ancienne moi. Je pense alors que je serais plus prête à me faire de nouveaux amis. Je sais que l'idée peut paraître bizarre, mais c'est plus fort que moi.

Meat ne répondit pas tout de suite. Il se contenta de l'examiner. Zara n'avait aucune idée de ce qu'il pensait, mais finalement il demanda :

— Tu veux bien me laisser prendre des renseignements sur elle avant de la rencontrer ?

— Qu'est-ce que ça veut dire, « prendre des renseignements » ? demanda Zara, méfiante.

— En ligne. Voir à quoi ressemble son compte en banque, vérifier ses antécédents professionnels, voir si elle est mariée et ce que je peux glaner sur les réseaux sociaux.

Zara se débattait avec sa conscience. D'un côté, elle aimait que Meat se montre si protecteur envers elle, mais de l'autre, ça pouvait s'avérer un peu envahissant.

Cependant, il avait peut-être raison et que ce n'était pas Renee ? Et si c'était quelqu'un comme ce garçon, il y a si longtemps dans le *barrio*, qui l'utilisait simplement dans un but malfaisant ? Elle ne voulait pas être méfiante, mais Meat avait raison.

— D'accord. Mais si tu découvres sur elle quelque chose qui ne te plaît pas, il se peut que je la rencontre quand même. Je suis devenue assez douée pour évaluer les gens, au fil des ans, surtout après l'histoire avec ce gamin, avec qui je m'étais liée d'amitié à douze ans. J'espère que je serais capable de dire si elle n'est intéressée que par mon argent.

Elle savait que Meat n'en était pas aussi sûr, mais il opina quand même du chef.

— Marché conclu. Je partagerai tout ce que je peux trouver. J'aimerais aussi que tu me permettes d'être là quand tu la rencontreras. Et il vaut probablement mieux que ça ne se passe pas ici, à la maison. Il n'est pas nécessaire qu'elle découvre où tu séjournes pour l'instant. D'accord ?

Zara hocha la tête. Elle était d'accord. En fait, si elle était honnête avec elle-même, elle se sentirait beaucoup mieux si Meat était présent quand elle verrait Renee.

— Merci.

— Maintenant, dis-moi quels autres mails tu as reçus que je devrais voir aussi.

Ensemble, ils passèrent le reste de l'après-midi à parcourir les centaines de mails qu'elle avait reçus.

— Comment tous ces gens ont-ils pu se procurer ton adresse électronique personnelle ? marmonna Meat.

Ils venaient de lire le message d'une femme en Californie qui avait envoyé une douzaine de photos de la carcasse brûlée d'une maison, prétendant qu'elle avait été détruite lors des récents incendies dans la région. Elle essayait d'appâter Zara sous prétexte qu'elle était maintenant sans abri, tout comme Zara l'avait été au Pérou et que cinq mille dollars l'aideraient beaucoup à reconstruire.

— J'ai fait une bêtise, admit Zara avec regret.

— Comment ça ?

— Je lisais un article sur moi, sur ce qui s'est passé, et ils avaient tout faux. Ils ne s'étaient même pas souciés d'établir les faits correctement ! Bref, j'ai laissé un commentaire… et pour ça, j'ai dû donner mon adresse mail. J'ai accidentellement utilisé l'adresse personnelle que tu m'as créée, au lieu de l'adresse publique. Je ne savais pas que le mail serait publié avec mon commentaire, confessa-t-elle. Je ne pensais pas que quelqu'un saurait que c'était moi.

— Zara, l'adresse privée que je t'ai créée contient ton nom dans l'intitulé. Comment pourraient-ils ne pas deviner que c'est toi ? Au pire, ils ont espéré que c'était toi et t'ont envoyé un message en conséquence. Ce mail a probablement été partagé de loin en loin, maintenant, donc il n'y a plus moyen de limiter les dégâts. Même si je le supprimais de ce commentaire en particulier, il est trop tard.

— Je sais, j'ai merdé, avoua Zara. Mais… la bonne nouvelle, c'est que du coup, Renee a pu me trouver et m'envoyer ce message.

Meat soupira profondément.

— Promets-moi que tu n'enverras pas d'argent à ces gens, exigea-t-il.

Zara regarda l'écran.

— Certaines de leurs histoires sont si tristes, Meat.

— Je sais, ma puce, mais rien ne te garantit qu'ils te disent la vérité. Je veux bien que tu donnes de l'argent à des personnes dans le besoin, mais seulement si c'est à des organisations réputées ou si tu peux vérifier que la situation d'une personne le justifie.

Elle hocha la tête.

Meat leva une main et lui prit la nuque. Il l'attira vers lui jusqu'à ce que leurs fronts se touchent.

— J'aime ta bonté de cœur. Honnêtement, c'est un miracle que tu puisses encore te soucier des autres après ce qui t'est arrivé. Ne change pas, ordonna-t-il d'un ton sévère. Je préfère que tu veuilles donner de l'argent à chaque sans-abri que tu croises plutôt que te voir t'endurcir et ne plus te soucier de la souffrance de qui que ce soit. Je ne t'empêcherai jamais d'aider les autres tant qu'ils sont réglo. D'accord ?

Zara aimait bien cette idée. Non pas qu'il la trouve crédule, mais qu'il parle de rester son ami à l'avenir.

— D'accord, accepta-t-elle.

— Et cela va sans dire, mais je vais le dire quand même : si tu reçois d'autres mails ou toute forme de communication de la part de ton oncle, fais-le-moi savoir tout de suite.

— Promis.

— Mieux encore, m'autorises-tu à filtrer tes mails pendant un certain temps ? J'aimerais te créer un troisième compte, qui ne contiendra pas ton nom cette fois-ci. C'était ma faute. Ainsi, tu pourras utiliser le nouvel e-mail pour communiquer uniquement avec les personnes que tu veux, comme les gars de l'équipe et, avec un peu de chance, au bout d'un moment, leurs femmes.

— Et Renee ? demanda Zara.

Il acquiesça.

— Ouais.

— OK.

— Que dirais-tu d'utiliser quelque chose comme Guerrière464 en guise d'adresse mail ? demanda-t-il en souriant.

Elle leva les yeux au ciel.

Meat se recula et son regard se posa sur sa bouche, avant de remonter vers ses yeux.

— J'ai envie de t'embrasser à nouveau, admit-il doucement.

Zara se contenta d'un « oui » de la tête.

Il se pencha lentement vers l'avant et, à la seconde où ses lèvres touchèrent les siennes, les yeux de Zara se fermèrent.

Cette fois, le baiser ne fut pas chaste. Dès qu'il lui lécha la lèvre inférieure, elle s'ouvrit à lui. Combien de temps restèrent-ils à s'embrasser ? Impossible de le dire, tout ce qu'elle savait, c'était qu'elle ne serait plus jamais la même. Elle ignorait qu'un baiser pouvait être aussi agréable. Et qu'il pouvait réveiller d'autres parties en elle.

Meat ne la pressa pas, il ne prit pas complètement le dessus sur le baiser. Il lui montra ce qu'il fallait faire, puis la laissa explorer et expérimenter. Elle lui mordilla la lèvre inférieure et sourit de l'entendre gémir. Lorsqu'elle lui suçota la langue, il resserra la main derrière son cou et lâcha même un grognement.

Zara bougea sur la chaise dure de la salle à manger et se passa la langue sur les lèvres lorsqu'il s'écarta. Il la regarda dans les yeux pendant un long moment avant de sourire.

— Tu es peut-être débutante dans ce domaine, beauté, mais tu apprends vite, comme pour tout le reste.

Sur quoi, il l'embrassa à nouveau, fort et vite, avant de repousser sa chaise.

— Allez, viens. J'ai dessiné un croquis dans l'atelier, d'une pièce que je souhaite commencer dès que mes côtes seront complètement guéries. Tu me tiens compagnie ? Tu pourras me lire *Harry Potter* pendant que je travaille.

Zara acquiesça avec enthousiasme, heureuse de laisser

l'ordinateur et le monde extérieur derrière elle pendant un moment. Meat resta très patient lorsqu'elle lui lut à haute voix, sans jamais la rabaisser ou lui donner l'impression d'être stupide quand elle butait sur un mot ou la façon de le prononcer. Elle avait presque terminé le premier tome de la série et brûlait de passer au suivant.

C'était ce dont elle avait rêvé, au cœur de la nuit, lorsqu'elle était allongée par terre, effrayée à mort : un endroit où elle pourrait se sentir en sécurité et où elle n'aurait pas à se soucier de son prochain repas ou de la possibilité que quelqu'un vienne la sauver.

Non content de lui donner cet endroit, où se détendre et se retrouver, Meat avait commencé à lui faire penser à des choses dont elle n'avait même pas osé rêver. Une famille, un foyer, l'amour.

Alors qu'ils se dirigeaient vers son atelier, main dans la main, Zara pensa à ses amies de Lima. Mags avait eu raison. Elle ne regrettait pas de s'être ouverte à Meat et de l'avoir laissé la ramener en Amérique. Elle ne pouvait qu'espérer et prier pour que ses amies aillent bien et qu'elles aussi trouvent un jour la sécurité.

19

───────

Meat commençait à s'inquiéter un peu pour Zara.

Cela faisait deux semaines qu'elle avait rencontré ses grands-parents et elle n'avait pas quitté la maison, sauf pour de courtes excursions à l'épicerie avec lui. Cela ne le dérangeait pas vraiment qu'elle s'enferme chez lui, après tout elle n'était là que depuis quelques semaines, cependant il aurait souhaité la voir montrer plus d'intérêt pour les gens et nouer des liens avec eux.

Il l'avait emmenée plusieurs fois conduire une vieille Accord qu'il avait dans son garage et elle avait semblé apprécier. Ils étaient restés dans le périmètre de sa propriété, se contentant de rouler dans son allée, mais elle se débrouillait bien et il savait qu'elle n'aurait pas de problème quand elle prendrait la route. Elle n'était pas encore tout à fait prête à conduire « pour de vrai », comme elle disait, un choix qu'il respectait.

Elle continuait à dévorer la série *Harry Potter* et avait découvert les joies des livres électroniques. Meat lui avait commandé une tablette, sur laquelle elle téléchargeait des livres de la bibliothèque chaque fois qu'elle en avait l'occasion.

Il avait invité tous les gars et leurs compagnes à un barbecue un soir et, si Zara s'était montrée polie et avait semblé s'amuser, elle était également restée assez calme et peu enthousiaste à l'idée de les revoir de sitôt. Elle ne l'avait pas exclu, mais elle n'avait pas encouragé une future rencontre avec aucune des filles.

Pour sa part, Meat était heureux de passer du temps avec elle. En fait, il adorait ça, mais il aurait souhaité qu'elle ait plus de personnes à qui parler. Il était sûr que tisser des liens avec d'autres gens l'aiderait à guérir et à vraiment commencer sa nouvelle vie aux États-Unis.

Le bon côté des choses, c'était que tout se passait merveilleusement bien entre eux. C'était incroyable. Physiquement, ils n'avaient fait que s'embrasser, mais chaque jour qui passait rendait leur relation plus profonde, plus intime. L'autre soir, ils avaient passé environ une demi-heure avec Meat allongé sur le dos, sur le canapé, et Zara à cheval sur lui – en faisant attention à ses côtes – à s'embrasser. Elle était peut-être vierge, elle se mettait néanmoins rapidement à l'aise avec la sexualité et découvrait ce qui lui plaisait. Et la plupart du temps, ce qu'elle aimait, c'était que Meat se laisse explorer.

Il se rendait compte qu'il ne pouvait rien lui refuser. Si elle voulait voir ce qui arrivait à ses tétons quand elle les embrassait, loin de lui l'idée de l'en empêcher.

Il surveillait les premières adresses mail qu'il lui avait créées et elle avait reçu quelques messages supplémentaires de son oncle, lui demandant de le contacter au sujet du fidéicommis – chacun de ses messages devenant de plus en plus insistant étant donné qu'elle ne réagissait pas.

Elle avait également reçu quelques mails de cinglés qui prétendaient ne pas croire qu'elle avait été kidnappée à

Lima et l'accusaient d'avoir tué ses propres parents et de s'être cachée pendant quinze ans.

Meat n'avait pas partagé ces courriels-là avec elle. Chaque fois qu'elle lisait ou regardait un reportage où quelqu'un affirmait détenir des informations sur elle, si éloignées de la vérité qu'elles en étaient risibles, elle était de plus en plus contrariée. Et il ne voulait pas ajouter à son angoisse en partageant ces mails ridicules avec elle.

Zara avait choisi de ne pas tenir de conférence de presse pour l'instant, estimant que cela ne changerait rien à ce qui lui était arrivé et que la folie liée à son retour s'apaiserait si elle passait outre. Hélas, ce n'était pas le cas. Apparemment, plus le temps passait sans que Zara raconte son histoire, plus les gens voulaient savoir et plus ils inventaient ce qu'ils voulaient croire.

Par conséquent, même si Meat voulait que Zara sorte davantage, qu'elle commence à vivre vraiment au lieu de se cacher chez lui, il n'était pas convaincu que rencontrer son amie d'enfance Renee serait une très bonne idée.

Il était incapable de mettre le doigt sur ce qui le dérangeait dans cette situation. Il avait mené une enquête approfondie sur cette femme et même demandé à Rex de voir ce qu'il pouvait trouver de son côté. En l'occurrence, ce qu'ils avaient découvert correspondait exactement à ce qu'elle avait raconté à Zara.

Renee Heller avait vingt-cinq ans, était dans la même école et la même classe que Zara quand elle avait disparu, exactement comme elle le prétendait. Actuellement coiffeuse, elle avait grandi à Denver, près de l'endroit où Zara avait grandi. Après avoir terminé le lycée, elle avait travaillé à l'hôpital National Jewish Health en tant qu'employée d'entrepôt de premier échelon, recevant et livrant colis et matériel. Mais elle n'y avait travaillé que quelques années avant d'entrer à l'école de cosmétologie. Elle semblait avoir une bonne relation avec ses parents et eu quelques petits amis au fil des ans.

Elle vivait dans un studio près du centre-ville de Denver. Le loyer n'était pas exactement bon marché, mais elle le payait rubis sur l'ongle tous les mois. Elle était grande et mince, avec des cheveux blonds décolorés, toujours impeccablement habillée, d'après les photos visibles sur les réseaux sociaux. Meat n'avait pas réussi à trouver même un seul détail rendant suspecte une rencontre entre Zara et cette femme. Elle n'avait jamais été arrêtée et semblait être une citoyenne respectable.

Pourtant, quelque chose le tracassait, sans qu'il soit en mesure d'expliquer son pressentiment.

Zara était heureuse chaque fois qu'elle recevait des courriels de sa vieille amie et elles avaient même commencé à se parler au téléphone. Même s'il aurait souhaité la voir établir un lien avec Morgan ou l'une des autres femmes comme elle semblait en train de le faire avec Renee, il ne comptait pas lui montrer qu'il était mal à l'aise avec son choix, pas quand il ne trouvait aucune raison objective de se méfier. Elle était adulte, même si elle avait eu une enfance peu conventionnelle, et capable de prendre ses propres décisions.

Un soir, il avait entendu Zara raconter à Renee qu'elle avait parfois dû recourir au vol pour se procurer de la nourriture. Elle n'avait pas l'air ravie de l'admettre et, du côté de la conversation qu'il pouvait entendre, Meat avait l'impression que Renee insistait auprès de Zara pour obtenir des détails sur ses expériences peu reluisantes au Pérou, ce qui le dérangeait. La conversation n'emballait pas énormément Zara non plus, s'il en croyait le ton sur lequel elle lui avait répondu.

Vu le temps qu'elle passait au téléphone avec Renee, il ne fut pas trop surpris lorsque Zara sortit sur la terrasse à l'arrière de la maison et lui annonça un soir que Renee et elle avaient décidé d'un moment et un endroit pour se rencontrer.

— Oui ?

— Oui. Elle a le jeudi après-midi de libre. Elle dit qu'elle pourrait venir me retrouver au *Ted's Montana Grill* à Briargate, juste à la sortie de l'autoroute 25. Je lui ai dit que je verrais avec toi et que je lui ferais savoir si c'était OK.

Meat voyait bien que Zara était emballée par la perspective de cette rencontre. Il ne pouvait pas lui refuser ce plaisir, même si quelque chose continuait de le chagriner à propos de Renee.

— Je veux bien t'y conduire, proposa-t-il.

— Merci beaucoup, Meat, répondit-elle.

Sur quoi, elle le surprit en le chevauchant. Comme elle était très petite, elle devait grimper sur le fauteuil où il était assis et, une fois en place, écarter largement les jambes de part et d'autre du bassin de Meat.

La position était très suggestive et il avait toutes les peines du monde à garder les mains à sa taille afin de la stabiliser au lieu de la toucher plus intimement.

— Je sais que tu préférerais me voir plutôt fréquenter tes amies, mais je partage avec Renee un lien que je n'ai pas avec elles. Je les aime bien, mais Renee me connaît, elle. Elle connaît la personne que j'étais.

— Elle connaît l'enfant de dix ans que tu étais, nuança Meat. Beaucoup de temps s'est écoulé depuis. Les gens changent. Vous avez certainement changé toutes les deux.

— Je sais, admit-elle doucement, ses mains reposant, légères, sur ses avant-bras. Mais quand je lui parle, elle me rappelle ce que je ressentais quand je n'avais aucun souci dans la vie. Comme nous nous amusions bien ensemble.

Meat comprenait, cependant il n'était pas sûr que ce soit ce dont Zara avait besoin en ce moment. Elle devait créer des liens avec des gens qui ne lui rappelaient pas ainsi ce qu'elle avait perdu. Elle avait beaucoup changé depuis ses dix ans et il aimait ce qu'elle était devenue.

— Tu ne vois pas d'inconvénient à ce que je reste pendant que tu la vois, j'espère ? demanda-t-il.

Zara secoua la tête.

— Non. D'ailleurs, j'aimerais te la présenter. Je n'arrête pas de lui raconter à quel point tu es merveilleux.

— Tu lui as dit ce que je fais ? s'enquit-il, inquiet.

Zara hocha la tête.

— Un peu. Elle sait que tu fabriques des meubles, mais je ne lui ai pas raconté que tu avais été dans l'armée et que tu travaillais au Pérou sur une affaire d'enfants exploités quand nous nous sommes rencontrés.

Meat opina du chef.

— Restons vagues, d'accord ? Je sais que c'est ton amie, mais en général, on ne révèle pas aux gens qu'on fait partie des Mercenaires Rebelles ni qu'elles sont nos activités.

— Bien sûr. Jamais je ne te mettrais en danger ni toi ni les autres. En plus, Renee ne ferait pas de mal à une mouche. Elle est coiffeuse, voyons. Oh… et en parlant de ça : si tout va bien, elle a dit qu'elle serait heureuse de faire quelque chose pour mes cheveux, ajouta-t-elle avec une grimace. Il est de plus en plus évident que je n'ai pas fait de merveilles moi-même. Elle m'a dit qu'elle pouvait les égaliser. Elle a aussi proposé de me les teindre si je voulais, mais…

— Non ! s'exclama Meat, ce qui fit sursauter Zara. Merde, je suis désolé. Je ne voulais pas te faire peur. Je voulais juste… J'aime la couleur de tes cheveux comme ils sont. C'est original, comme toi.

— Ils sont bruns, Meat. Ce n'est pas du tout original, corrigea-t-elle avec ironie.

Meat lui passa une main dans les cheveux et il en saisit une mèche.

— Tu as le genre de cheveux que les femmes passent leur vie à essayer d'obtenir dans un salon. Bruns, oui, mais avec des nuances de roux cachées. Sombre et profond, comme toi. Ça fait ressortir tes yeux bleus et la façon dont ils encadrent ton visage me fait penser à une petite fée malicieuse.

En voyant qu'elle continuait à le regarder avec un froncement de sourcils, Meat soupira et laissa retomber sa main.

— Je ne suis pas très doué avec les mots, mais tes cheveux sont magnifiques, Zar. Renee peut les coiffer et te les couper, mais honnêtement, ne la laisse pas jouer avec la couleur.

— D'accord, chuchota Zara.

Puis elle se pencha vers l'avant, lui passa les mains derrière le dos et se blottit contre lui.

— Est-ce que je t'ai dit dernièrement combien j'aime le lit que tu m'as offert ?

Meat inhala profondément : il aimait son odeur de frais et de propre. Il savait qu'elle était sensible à l'odeur de son corps – il ne pouvait pas l'en blâmer, après avoir passé autant de temps dans la rue. Elle avait commencé à expérimenter différentes sortes de savon. Morgan lui avait envoyé toute une boîte de babioles féminines fantaisie qu'elle avait choisies au centre commercial et Zara portait actuellement quelque chose qui lui rappelait un champ de fleurs juste après un orage.

— Ouais, Zar, tu l'as déjà mentionné une fois ou deux, répondit-il en riant.

— Eh bien, c'est le cas. Et cet oreiller que tu m'as acheté est génial. Moelleux, mais pas trop.

— Content qu'ils te plaisent.

— Mais tu sais ce que je préfère ?

— Quoi ?

Elle releva la tête et le regarda dans les yeux.

— Ton épaule.

Meat ne savait pas comment répondre. Il avait beaucoup aimé, au Pérou, quand elle s'était endormie contre lui et avait utilisé son corps comme oreiller, pourtant ils n'avaient pas répété l'expérience depuis qu'elle était chez lui.

— Ah bon ?

— Mmm-mmm. Elle est dure : pas aussi dure que le sol, mais pas comme un oreiller de plumes non plus. Et puis, elle est chaude, pourtant je te jure que j'ai toujours froid. Je me demande bien comment je vais passer l'hiver, ici dans le Colorado. Jadis, j'aimais jouer dans la neige, mais après avoir passé tant de temps au Pérou, je pense que mes gènes du froid sont entrés en hibernation ou ont complètement disparu.

Meat lui sourit et lui prit la nuque dans sa paume, la forçant doucement à revenir vers son épaule. Il sentait la chaleur de son corps tout le long du sien, ce qui le rendait dur, et il savait qu'elle le sentait probablement entre ses jambes. Mais même quand cela s'était produit pour la première fois, alors qu'elle s'était blottie contre lui un soir sur le canapé, elle ne semblait pas gênée par la réaction de son corps vis-à-vis d'elle.

Meat ne répondit rien. Il aimait la tenir simplement dans ses bras. Ses côtes guérissaient bien et il ne ressentait plus qu'un tiraillement de temps en temps quand il bougeait trop vite. Étreindre Zara n'était pas du tout une épreuve.

— Tu crois que Renee va bien m'aimer ? demanda-t-elle tout bas au bout d'un moment.

— Bien sûr. Elle veut te rencontrer, pas vrai ?

Zara hocha la tête contre lui.

— J'ai juste... Mags et les autres femmes au Pérou me manquent. Je m'inquiète pour elles. Il y a des jours où j'ai l'impression de vivre dans un monde complètement différent du leur, puis je pense à ce qu'elles font, à ce qu'elles mangent ou pas, je me demande si elles sont à l'abri des policiers qui patrouillent dans la zone. Et je me sens coupable d'être ici, en sécurité et à l'abri. J'ai un peu l'impression de les avoir abandonnées. Je pense que c'est pour ça qu'il m'est si difficile de tisser des liens avec Allye et les autres. J'ai presque l'impression de tromper Mags et les autres. Je sais qu'elles ne le prendraient pas comme ça, bien sûr - elle lâcha un petit soupir - après ma rencontre avec Renee, je vais de nouveau tendre la main à Morgan et aux autres femmes. Je sais que c'est important pour toi. Et c'est donc important pour moi aussi.

— Je veux juste que tu sois heureuse, Zar. Et Mags souhaiterait la même chose.

— J'aime à le penser. Lorsque je réfléchis trop à ce qu'elles pourraient vivre au Pérou, j'essaie de garder à l'esprit comme elles sont géniales. Mags est très intelligente et Gabriella a grandi dans le *barrio*, elle sait donc se débrouiller seule. J'aimerais juste pouvoir partager avec elles la sécurité et la satisfaction que je ressens.

Zara bâilla contre lui et il la sentit se fondre encore plus étroitement contre son corps. Il faisait sombre dehors, les criquets stridulaient gaiement. L'air s'était un peu rafraîchi et le vent sifflait à travers les arbres de sa propriété.

Meat savait que les choses ne pouvaient pas rester aussi paisibles éternellement. Zara voudrait sûrement emménager toute seule pour recommencer sa vie. Sa maison était un refuge temporaire, dans lequel il la laisserait rester aussi longtemps qu'elle le souhaitait.

D'un autre côté, plus longtemps elle restait, plus il voudrait qu'elle y reste... de façon permanente. Il aimait l'écouter lui faire la lecture pendant qu'il travaillait dans son atelier. Il aimait lui apprendre à cuisiner et à conduire.

Il savait qu'à l'instant où elle se sentirait plus à l'aise

dans son environnement, elle s'épanouirait. Il ne doutait pas qu'elle aurait bientôt son diplôme en main et qu'elle passerait à des choses plus grandes et plus attrayantes que de vivre au milieu de nulle part avec un militaire à la retraite doublé d'un menuisier.

En ce moment, ses activités avec les Mercenaires Rebelles étaient peu nombreuses. Meat n'était pas sûr que cela soit dû au fait que chacun était occupé par sa propre famille et sa propre vie et que Rex, qui en avait pris bonne note, s'était retiré des missions. Il n'avait parlé à Rex que deux ou trois fois depuis leur retour du Pérou et, honnêtement, les missions génératrices d'adrénaline ne lui manquaient guère. Après avoir été blessé lors de leur expédition péruvienne et avoir manqué de perdre la vie avec Black, il était prêt à un changement.

Les gars et lui s'étaient rencontrés au Pit à plusieurs reprises depuis leur retour et tout le monde était d'accord pour dire que si les femmes et les enfants avaient toujours besoin d'aide, ils ne pouvaient pas secourir tout le monde. Une fois que Black et lui seraient complètement guéris, ils avaient tous convenu de parler ensemble à Rex et de lui demander s'il était prêt à cantonner leurs missions au continent nord-américain. À travailler plus étroitement avec le FBI sur les affaires afin qu'ils aient plus de soutien officiel dans les cas où la situation se détériorerait. Avec la naissance de Darby et celle, imminente, de la petite fille d'Arrow, les choses avaient changé. Aucun d'eux n'était plus seul.

Et plus Meat passait de temps avec Zara, plus sa volonté de mettre sa vie en danger diminuait. Elle avait besoin de lui. Il ne voulait pas être la énième personne dans sa vie qui la quitterait. Même si ce n'était pas parce qu'il lui faisait défaut.

Combien de temps passa-t-il sur sa terrasse, avec Zara

dormant tranquillement contre son torse ? Meat ne le savait pas. Mais quand il se leva et la porta à l'intérieur, monta l'escalier et la déposa sur son lit, il avait pris une décision.

Il ferait tout ce qu'il fallait pour convaincre Zara d'être sienne. Si elle tenait à sortir avec d'autres hommes, il s'efforcerait de l'accepter, mais au bout du compte, il espérait qu'elle le choisirait.

C'était fou la vitesse à laquelle la vie pouvait changer. Un jour, on pouvait être allongé dans la boue dans l'une des régions les plus pauvres du Pérou, à croire sa vie sur le point de se terminer, et le lendemain, on prévoyait de passer le reste de sa vie avec l'ange de la miséricorde qui vous avait sauvé.

Meat savait qu'il était tombé vite et fort amoureux de Zara, mais apparemment, c'était une caractéristique des Mercenaires Rebelles. Il remuerait ciel et terre pour donner à Zara la vie qui lui avait été volée, et pour la rendre heureuse du même coup.

— Ça prend trop longtemps pour obtenir l'argent, marmonnait l'homme en faisant les cent pas. Et elle ne le dépense même pas. Il va se gâcher, comme pendant ces quinze dernières années !

Il se tourna vers son compagnon et tendit un bras.

— Elle reste à ne rien faire chez ce type et ne va jamais nulle part. Elle n'achète rien du tout ! On lui a envoyé une tonne de mails, avec des histoires à faire pleurer dans les chaumières, mais elle les ignore tous. Je veux cet argent !

— Moi aussi, sauf que ce n'est pas si facile.

— Faut qu'on passe à l'étape suivante, grommela l'homme. Assure-t'en. J'ai parlé à mon contact au Mexique, ils sont prêts et attendent qu'on arrive avec l'argent. Tu connais le prix de la Black Eagle ? Au lieu de cent dollars le gramme, on peut la revendre le double ou le triple ici.

— En parlant de ça, t'en as sur toi ?

— Non.

— Alors peut-être que tu devrais aller t'occuper de ça, tu ne crois pas ?

— Va te faire foutre ! éructa l'homme. Je m'occupe de la drogue, tu t'occupes de l'argent.

— C'est ce que je fais. On l'aura, d'une façon ou d'une autre.

L'homme hocha la tête, puis sortit son téléphone pour appeler son dealer. Les choses iraient mieux avec de la dope. Les choses semblaient toujours plus belles quand ils étaient défoncés.

L'idée de quitter Denver et de se rendre au Mexique lui paraissait meilleure chaque jour. Il avait vécu dans cette putain de ville toute sa vie, il n'allait nulle part... Bref, il était plus que prêt à se tirer.

Il avait assez attendu sa chance de récupérer l'héritage de Zara Layne. Pas question qu'il laisse cette opportunité lui échapper.

20

— Je suis bien ?

Debout à l'intérieur du restaurant, Zara essuya ses paumes moites sur les côtés de son jean.

— Tu es magnifique, lui assura Meat, qui l'embrassa sur la tempe avant de reculer.

Il avait quelque chose de différent, pourtant Zara n'arrivait pas à mettre le doigt sur quoi. Il avait toujours été protecteur envers elle, préoccupé par son bien-être, mais dernièrement, il semblait l'être encore plus.

Elle était nerveuse avant cette première rencontre avec Renee et Meat n'avait pas vraiment fait grand-chose pour apaiser son anxiété. Elle était consciente qu'il n'était pas très enthousiaste à l'idée de ces retrouvailles avec son amie d'enfance, mais n'ayant rien trouvé dans son passé qui pourrait l'inquiéter, il s'était un peu détendu et avait fait de son mieux pour se réjouir pour elle.

Toutefois, elle avait remarqué chez lui autre chose que cette inquiétude. Elle l'avait aussi surpris la fixant à des moments bizarres et, quand elle lui demandait ce qu'il regardait, il se contentait de sourire et de répondre : « Toi ».

243

Lorsqu'ils s'embrassaient, Meat était soudain plus intense. Il lui laissait toujours tenir les rênes de leur relation physique, mais le regard qu'il posait sur elle lui donnait la chair de poule et des papillons dans le ventre. Il la touchait plus souvent aussi. Une caresse sur le bras, par-ci, une longue étreinte par-là.

Et il l'embrassait constamment. Sur l'épaule, la tempe, le sommet du crâne. Non que ça la dérange...

Il agissait comme son père envers sa mère, dans ses souvenirs. Avec amour. Elle se souvenait que son père tenait toujours la main de sa mère. Zara s'était plainte qu'ils s'embrassaient devant elle quand elle était assez âgée pour le comprendre. Elle n'avait pas vraiment détesté ça, c'était juste embarrassant pour une enfant de dix ans.

Elle n'avait jamais ressenti pour aucun homme ce qu'elle ressentait pour Hunter Snow. Il était la première personne à laquelle elle pensait quand elle se levait et la dernière à laquelle elle pensait avant de s'endormir. Il ne l'avait pas forcée à faire ce qu'elle ne voulait pas. Il avait été patient et gentil, même lorsqu'il l'avait gentiment poussée à sortir de l'enceinte sécurisée de sa maison.

Sur ce point... la vérité, c'était qu'elle avait peur. Ce qui lui était arrivé à Lima était une anomalie statistique, cependant elle n'était pas encore prête à tester sa chance.

Rencontrer Renee aujourd'hui était la première étape vers un retour à l'indépendance, certes, mais le plus déroutant, c'était que Zara n'était pas sûre de le vouloir. Car l'indépendance, elle avait connu ça pendant la plus grande partie de sa vie ; or ce n'avait pas été très amusant. Elle aimait cuisiner pour Meat. Elle aimait qu'il lui annonce où il allait et quand il reviendrait. Non qu'elle ait peur de vivre seule, pas exactement... Elle n'en avait juste pas envie.

— Je vais m'asseoir au bar, lui annonça-t-il en la regardant dans les yeux. Si quelque chose te met mal à l'aise, tu n'as qu'à me faire un geste et je serai là en un clin d'œil. D'accord ?

— Ça va aller, répondit-elle, sans trop savoir qui elle rassurait, elle ou lui.

Meat l'embrassa une fois de plus, ce ne fut pas juste un bref effleurement des lèvres, mais pas un baiser profond et possessif non plus.

— Amuse-toi bien, murmura-t-il avant de se diriger vers le bar.

Zara suivit la serveuse jusqu'à une table haute près du comptoir et s'y installa pour attendre Renee. Elle se sentait coupable que son amie ait dû faire toute la route depuis Denver en voiture, mais Renee l'avait assurée que ça ne lui posait pas de problème.

Au bout de dix minutes, Zara glissa au bas de son tabouret alors qu'une grande blonde se dirigeait droit sur elle. Reconnaissant Renee par rapport à la photo qu'elle avait envoyée, Zara fut surtout surprise de sa taille – évidemment plus grande qu'elle, qui mesurait un mètre cinquante. Aussitôt près d'elle, Renee la serra dans ses bras avec enthousiasme.

— Tu es toute petite ! s'exclama-t-elle.

Zara rit et remonta maladroitement sur le tabouret à leur table.

— Merde, tes pieds touchent la barre de la chaise au moins ? demanda Renee qui, hilare, se pencha pour vérifier par elle-même. Non ! C'est trop drôle. Je n'avais pas réalisé que tu étais si petite ! Tu étais déjà un petit modèle à l'école primaire ?

Cette fois, le sourire de Zara était forcé. Elle savait qu'elle était petite. Vivre avec quelqu'un de la taille de Meat le lui rappelait sans cesse. Mais Meat n'y faisait pas allusion. À la place, il avait ajusté certaines choses pour les adapter à sa taille. Le cadre de lit qu'il lui avait fait était plus bas. Il lui avait fabriqué un tabouret pour la cuisine afin qu'elle puisse atteindre les armoires et il n'avait pas dit un mot quand elle avait rapproché la table basse du canapé pour y poser ses pieds.

— Probablement, répondit-elle à Renee. Même si je suis sûre que le manque d'apports nutritionnels appropriés au cours de la dernière décennie n'a pas dû aider.

Renee fronça les sourcils.

— Pardon, je ne voulais pas t'offenser.

— Non, pas du tout, s'empressa de la rassurer Zara.

— C'est tellement surréaliste d'être assise là avec toi. Je veux dire, personne n'a jamais cru qu'on te reverrait. C'est un miracle que tu aies survécu.

Zara hocha la tête. Waouh ! La situation était plus naturelle – et beaucoup moins gênante – quand elles discutaient au téléphone.

— Alors... dis-moi ce que tu fais. Quels sont tes projets maintenant que tu es de retour ? C'est bien que tu n'aies pas à te soucier d'argent. J'ai entendu dire que tes parents t'avaient laissé un héritage. Quelle chance !

Une chance ? Zara n'en était pas si sûre, mais elle se contenta de sourire à nouveau et prit une gorgée d'eau.

— Honnêtement, pour l'instant je me réacclimate. J'essaie de décider ce que je vais faire du reste de ma vie. J'ai beaucoup lu et j'essaie de déterminer quand je vais passer mon diplôme d'études élémentaires. J'ai beaucoup de choses à étudier, surtout en maths.

— Ma fille, l'école, c'était tellement naze après la primaire que je suis presque jalouse de toi qui n'as pas eu à subir ça.

Zara ouvrit des yeux ronds et Renee parut réaliser ce qu'elle venait de sortir.

— Merde, je recommence. Je suis vraiment désolée ! Ce n'est pas ce que je voulais dire. Tu as souffert aussi, ça a même dû être l'enfer. Tu aurais été contente de vivre ton ancienne vie et d'aller à l'école, pas vrai ? Et si on commandait, histoire que je me taise un peu et que je te laisse la parole, plutôt ? Parle-moi de celui qui t'a sauvée et ramenée au pays.

Zara était ravie de ce changement de sujet. Elle avait vraiment aimé parler au téléphone et tchatter en ligne avec Renee, mais là, les choses avaient mal commencé.

Elle commanda un hamburger de bison et des frites, Renee opta pour une salade.

Après leurs débuts en demi-teinte, pour le dire gentiment, Renee ne posa plus de questions déplacées, ni ne fit ni ne dit quoi que ce soit qui puisse mettre Zara mal à l'aise. Lorsqu'elles eurent fini de manger, elle fut soulagée de constater que Renee était moins nerveuse. La discussion, plus fluide, dériva sur le bon vieux temps.

— Je me souviens de ce gamin – Derek, je crois – qui te poursuivait dans la cour de récréation pour essayer de t'embrasser. Mais tu étais beaucoup plus rapide que lui, il n'arrivait jamais à t'attraper.

Zara sourit et avoua, d'un air de conspiratrice :

— Eh bien, il y a peut-être eu une fois où je l'ai laissé m'attraper.

— Non ! s'esclaffa Renee. Et alors ?

— Il m'a embrassée sur les lèvres et on s'est dévisagés. Je ne savais pas si j'étais censée ressentir quelque chose ou non, et apparemment il s'est posé la même question, parce qu'après, il ne m'a plus poursuivie.

Elles rirent ensemble. Ça faisait du bien de partager des souvenirs aussi anodins avec quelqu'un qui l'avait connue avant que sa vie n'ait irrémédiablement changé.

— J'ai passé un bon moment, déclara Renee. C'est bon de te voir si bien... à part ces cheveux, bien sûr, ajouta-t-elle en gloussant.

Zara rit avec elle.

— Je sais, c'est un peu le bordel.

— Mon offre de t'aider à améliorer ça tient toujours.

Zara se mordilla la lèvre et jeta un coup d'œil vers le bar. Meat y était toujours et chaque fois qu'elle tournait la tête dans sa direction, elle croisait son regard. Au lieu d'être effrayée qu'il soit aussi focalisé sur elle, il l'aidait à se sentir en sécurité. Ce qu'elle n'avait jamais éprouvé pendant la majeure partie de sa vie.

— Quoi ? Tu dois vérifier avec ton chien de garde ? demanda Renee.

Zara se retourna vers son amie, surprise.

— Tu savais qu'il était ici ?

— Ben d'abord, il est sexy. Il serait impossible de ne pas le remarquer. Deuxièmement, il n'a pas quitté notre table des yeux depuis que je suis ici. Au début, je pensais qu'il me matait, mais ensuite, il est devenu évident que c'était toi qui l'intéressais. Alors j'ai assemblé les pièces de ce que tu m'avais raconté et j'ai pensé que c'était le fameux Meat dont tu m'avais parlé.

Zara hocha la tête.

— Oui. Je ne conduis pas encore et il m'a proposé de m'amener ici pour notre rencontre.

— Et il a décidé de rester pour s'assurer que je n'allais pas te kidnapper pour ton argent, c'est ça ?

Zara haussa les épaules.

— C'est juste qu'après avoir bêtement donné mon adresse mail, j'ai reçu beaucoup de messages de gens qui essayaient de m'escroquer.

— Comment sais-tu qu'il n'en a pas après ton argent, lui ?

Surprise, Zara cligna des yeux.

— Parce que. Je le sais, c'est tout.

— Tu es donc très sûre de ton jugement ? murmura

Renee. Écoute, je ne cherche pas à jouer les salopes, mais le monde est dur, comme tu le sais déjà. Tu ne peux faire confiance à personne. Même pas à lui. Je parie qu'il a essayé de te dissuader de me rencontrer, je me trompe ?

Zara secoua la tête, mais de toute évidence, son expression n'était guère convaincante.

— Oui, ça ne m'étonnerait pas. Il est probablement heureux de te garder à l'écart chez lui. Que tu ne conduises pas. Que tu n'aies pas d'amis. J'exagère sans doute, mais sérieusement, si jamais tu as besoin de quelque chose, tu peux m'appeler. On se connaît depuis longtemps, Zara. On est amies depuis vingt ans et je me fiche qu'on ne se soit pas vues depuis quinze. Si tu as besoin de quoi que ce soit, je serai là pour toi. Tu veux aller faire du shopping ? Appelle-moi. Je serai heureuse de t'aider pour ta coiffure et tout ce dont tu pourrais avoir besoin. Je ne suis pas très douée en matière d'investissements, mais je ne me suis pas trop mal débrouillée, alors je peux aussi t'aider pour ça. Tu veux un conseil en matière de garçon ? Je suis ta femme. Tu veux sortir, lâcher tes cheveux et avoir une aventure d'un soir ? Là aussi, je peux te dépanner. Je ne veux pas que tu lui fasses confiance juste parce qu'il t'a sauvée. Comment ça s'appelle... Le syndrome de Stockholm ?

— Il ne me garde pas prisonnière, protesta Zara, pas ravie du tout que Renee essaie de lui faire douter de ce que Meat avait fait pour elle.

— Oui ou non est-ce qu'il est assis là-bas à surveiller le moindre de vos mouvements ? rétorqua Renee. Il te tient toujours la laisse aussi courte ?

— Rien à voir avec ça, insista Zara, avec plus de colère qu'elle ne l'avait prévu. C'est un type bien, Renee. Tu es loin du compte. Il n'a fait que m'aider depuis notre rencontre et pas une seule fois il n'a demandé quelque chose en retour.

Renee lui tapota la main et glissa au bas du tabouret.

— Appelle-moi, Zara. Je suis là pour toi sans aucune condition. Tu as besoin d'une amie, pas de quelqu'un qui aura choisi à ta place. Je suis ravie que tu aies répondu à mon mail, parce que je pense que tu as besoin de moi.

La voyant fouiller dans son sac à main, Zara se dépêcha de dire :

— Les déjeuners sont pour moi, ne t'inquiète pas.

Renee lui adressa un clin d'œil :

— C'est vrai, c'est toi qui es riche.

Puis elle vint étreindre maladroitement Zara, encore assise sur son tabouret. Son regard se porta sur ses cheveux.

— Tu serais superbe en rousse.

Zara repensa au respect avec lequel Meat avait touché ses cheveux, aux belles choses qu'il avait dites à leur sujet. Elle se mordit la lèvre.

Renee secoua la tête.

— Laisse-moi deviner, il a dit qu'il t'aime comme tu es, c'est ça ? Ben voyons. Il ne veut pas que tu t'embellisses, parce que tu pourrais attirer l'attention de quelqu'un d'autre et lui échapper. Sérieux, Zara... Fais attention avant qu'il ne soit trop tard. Je t'envoie un mail en arrivant à la maison.

— D'accord. Renee ?

Son amie se retourna après quelques pas.

— Oui ?

— Peut-être que la prochaine fois tu pourras me coiffer ? Me couper les cheveux, les égaliser ?

— Oui, Zara, c'est dans mes cordes. À plus tard.

— Bye.

Zara regarda Renee s'éloigner, ses hanches qui se balançaient, attirant le regard de la plupart des hommes du bar. Bon, tout compte fait elle n'allait pas la présenter à Meat.

Une main se posa dans son dos et elle sut en un instant que c'était lui.

— Tu vas bien ? Ça avait l'air un peu tendu, à la fin.

Comment lui révéler que Renee avait autant de doutes sur lui qu'il en avait sur elle ?

Impossible. Elle faisait confiance à Meat et elle était gênée que la femme qu'elle était si pressée de rencontrer se méfie de lui. Sa seule amie autre que Meat ne semblait pas l'aimer, elle ne voulait pas l'accabler avec ça. Meat s'en moquerait probablement, mais pas Zara.

Elle haussa les épaules.

— Ça a été.

Meat l'étudia un long moment.

— Tu n'as pas l'air contente, observa-t-il.

Se forçant à sourire, Zara secoua la tête.

— Non, ça va. Je n'avais pas réalisé tous les souvenirs qui allaient remonter.

— Et si on rentrait à la maison et que je te faisais couler un bon bain ? Tu n'as pas encore essayé tous les parfums de bain moussant que Morgan a apportés pour toi, si ?

Zara ne put pas s'empêcher de se rappeler les mots de Renee.

« Tu as besoin d'une amie, pas de quelqu'un qu'il aura choisi pour toi. »

Était-ce pour ça que Meat l'avait tellement poussée à fréquenter Allye, Chloé, Morgan, Harlow et Everly ? Il voulait choisir ses amis ? Elle ne le pensait pas. En revanche, Renee avait raison sur un point : elle n'était pas très au fait des us et coutumes de son nouvel univers... ni des hommes.

Mettez-la au milieu d'un bidonville au Pérou, elle pourrait très bien survivre. Mais ici, aux États-Unis, c'était une tout autre histoire.

Détestant l'idée de soupçonner tout ce que Meat avait fait pour elle, ainsi que les choses qu'il continuait à faire, elle le laissa l'aider à descendre du tabouret et ils se dirigèrent côte à côte vers la porte et jusqu'à sa voiture.

Ils restèrent silencieux sur le chemin du retour vers sa

maison. Zara se débattait pour trouver les mots, mais son esprit était bloqué sur tout ce que Renee avait dit.

Une fois garé chez lui, Meat se tourna vers elle.

— Tu es bien silencieuse. Je ne sais pas de quoi Renee et toi avez parlé… mais j'espère qu'elle n'a pas essayé de te monter contre moi. Je jure sur ma vie que je ne veux que le meilleur pour toi, Zara. Si tu ne veux plus rester chez moi, je ferai tout mon possible pour te trouver un endroit sûr où vivre. Je demanderai à Everly quels sont les immeubles qui font l'objet du moins de plaintes pénales et j'enquêterai sur les propriétaires pour m'assurer qu'ils sont réglo. Mais s'il te plaît, ne doute pas de ce qu'il y a entre nous. Tu es spéciale et mes sentiments pour toi ne font que croître avec chaque jour que nous passons ensemble. Ce n'est pas de la pitié. Ni de la gratitude. Et je me fous complètement de ton argent. C'est juste que… Tu es importante pour moi, je ne supporte pas de te voir souffrir. Voici les clés de la maison. N'oublie pas de taper le code de l'alarme dans la minute qui suit ton entrée. Je serai à mon atelier si tu as besoin de quelque chose.

Sur ce, il lâcha les clés dans sa paume et sortit de la voiture pour s'éloigner vers la vaste grange érigée à côté de la maison.

Zara le suivit du regard jusqu'à ce qu'il disparaisse par la porte de son atelier. Elle savait au fond de son âme que Meat ne faisait rien de sournois. Elle avait laissé Renee semer le doute… mais après tout, ne dirait-elle pas à son amie de faire attention si les rôles étaient inversés ?

Elle devait à Meat une explication et des excuses, mais elle était trop confuse, trop perdue. De plus, elle se sentait coupable d'avoir permis que les mots de Renee l'atteignent, même un peu, ce qui avait inquiété inutilement Meat. Elle se sentait mal vis-à-vis de lui, comme si elle venait de donner un coup de pied à un chiot.

Elle n'était pas habituée à devoir prendre des décisions aussi liées aux émotions. Au Pérou, ses tâches les plus difficiles étaient de trouver quelque chose à manger et de rester à l'écart de toute personne qui pourrait la considérer comme une proie facile.

Déboussolée et le cœur brisé à l'idée de cacher des choses à Meat, elle se précipita à la maison pour faire ce qu'il lui suggérait. Prendre un bain. Plus tard, elle lui parlerait, elle essaierait de lui expliquer tout ce qui se passait dans sa tête.

Elle entra dans la maison et désactiva l'alarme. Puis elle monta et contempla la multitude de lotions, de savons et de bains moussants que Morgan lui avait envoyés. Elle avait inclus un petit mot qui disait : « Quand ma vie est devenue trop stressante, j'ai découvert que rien ne valait une longue douche ou un bain bien chaud pour m'aider à y voir clair. Il n'y a rien de mieux que d'être propre, pas vrai ? »

Zara savait qu'à sa façon, la jeune femme s'efforçait de la mettre à l'aise. Elle n'avait pas vraiment essayé de faire connaissance avec Morgan ou les autres – encore un motif de culpabilisation – et quoi que Renee ait insinué, elle ne pensait pas que ces femmes cherchent à se lier d'amitié avec elle pour des raisons malveillantes.

Il était temps qu'elle se secoue. Elle était de retour aux États-Unis depuis près d'un mois. Le moment était venu de sortir de sa zone de confort et de se faire des amis... autres que Meat et Renee. Et même si elle voulait toujours parler à Renee et la voir, apprendre à connaître aussi les compagnes des amis de Meat ne serait peut-être pas une mauvaise idée.

Sa décision prise, même si elle la rendait anxieuse, Zara choisit une fragrance appelée « Pain d'épices » et en versa une dose généreuse dans l'eau qui remplissait la baignoire.

21

———————

Une semaine plus tard, Zara écoutait Meat qui s'organisait pour aller chercher Arrow dans quarante-cinq minutes environ. Il l'avait appelé pour s'assurer qu'ils étaient toujours prêts pour leur voyage à Castle Rock ce matin-là. Ils se rendaient dans la petite ville située entre Denver et Colorado Springs où résidait un de leurs amis qui avait été membre des Mercenaires Rebelles.

Ryder « Ace » Sinclair s'était installé à Castle Rock pour se rapprocher de ses demi-frères et parce qu'il avait rencontré et épousé une femme nommée Felicity. Il avait commencé à travailler pour l'entreprise de ses frères, Ace Security, et ils étaient actuellement sur une affaire qu'ils soupçonnaient liée à de la traite d'êtres humains. Raison pour laquelle ils avaient demandé à consulter les Mercenaires Rebelles.

D'après ce que Meat avait expliqué à Zara après son coup de fil à Arrow, son ami était réticent à quitter Morgan. Elle l'avait encouragé à partir, car il s'agissait d'un travail et non d'une simple visite de courtoisie. N'empêche qu'Arrow était inquiet à une semaine seulement de la date prévue de l'accouchement, mais Morgan avait insisté en invoquant le fait que si quelque chose arrivait, il serait assez proche pour regagner Colorado Springs à temps pour la naissance.

Meat avait lui aussi essayé de rassurer son ami, en lui faisant remarquer que les premiers enfants mettent généralement plus de temps à arriver et Arrow avait fini par accepter à contrecœur. Il était complètement à cran. Ce qui n'était guère surprenant : depuis que Gray avait manqué la naissance de son fils, ils étaient tous un peu sur les nerfs.

Meat expliqua à Zara qu'aucune des autres femmes ne pouvait veiller sur Morgan, parce qu'elles étaient occupées ailleurs. Soit elles travaillaient, soit elles étaient coincées par des obligations dont elles ne pouvaient se défaire.

Cela faisait un peu plus d'un mois que Zara était revenue aux États-Unis et qu'elle vivait avec Meat. Elle avait besoin de temps pour s'acclimater à sa nouvelle situation. Pour se faire à l'idée qu'elle pouvait prendre une douche quand elle le voulait. Qu'elle avait des vêtements propres tous les jours et autant de nourriture qu'elle pouvait en manger.

Renee avait insinué qu'elle était d'une certaine manière retenue prisonnière, alors que la situation ne pouvait pas être plus éloignée de la vérité. En fait, elle était cachée. Elle n'était pas prête à affronter le monde. Elle avait peur qu'on lui fasse des reproches. Meat lui avait offert un endroit où elle se sentait en sécurité. Maintenant, elle commençait enfin à ressentir le besoin de se connecter avec les autres. De trouver sa place dans ce nouveau monde qui était le sien.

Renee essayait d'être une bonne amie et Zara avait apprécié la plupart de leurs conversations. Elle l'avait revue quelques jours plus tôt et Renee lui avait coupé et coiffé les cheveux. Ils étaient maintenant « à la garçonne », selon les termes de Renee, et Zara adorait. Elle avait aussi un peu grossi depuis qu'elle vivait avec Meat, elle n'était plus aussi maigre… malgré les taquineries persistantes de Renee quant à sa taille.

Toutefois, même si elle appréciait Renee, le lien qui les avait unies autrefois n'était plus vraiment là. Elles étaient devenues des personnes très différentes. Zara était toujours reconnaissante de l'avoir retrouvée, mais le genre de relation qu'elle avait eu avec Mags et ses amies dans le *barrio* lui manquait.

En fin de compte, elle avait décidé de tenter à nouveau sa chance avec les amies de Meat. Elle le lui devait bien. Et Morgan était la femme parfaite pour commencer. Zara voulait lui parler de la façon dont elle avait réussi à se réintégrer dans son ancienne vie et c'était l'occasion rêvée.

— Je pourrais rester auprès de Morgan pendant que vous serez à Castle Rock, proposa-t-elle à Meat. Si tu penses qu'Arrow serait d'accord.

Meat était assis sur le canapé en train de lacer ses baskets. Une fois qu'il en eut fini, il se leva et vint droit vers elle. Il lui glissa les mains dans les cheveux, de chaque côté de sa tête, et inclina son visage pour l'observer.

— Vraiment ?

Elle hocha la tête.

— Arrow et Morgan en seraient ravis.

Voyant qu'il ne bougeait pas, elle demanda :

— Tu vas les appeler pour confirmer ?

— C'est bon, affirma Meat - Zara leva les yeux au ciel - j'aime te voir faire ça, constata-t-il.

— Quoi ? Rouler des yeux ? demanda-t-elle, amusée.

— Oui. Les premiers jours où tu étais ici, tu ne parlais presque pas. Tu étais hésitante dans tout ce que tu faisais. Tu demandais la permission de prendre un verre, de t'asseoir dehors, de faire à peu près tout. Et puis, très vite, tu t'es reprise en main. Et j'aime ça.

— C'est grâce à toi, avoua-t-elle. Tu m'as rendu facile le fait d'être juste... moi.

— Je fais de mon mieux. Tu as besoin de prendre quelque chose avant qu'on parte ?

Elle secoua la tête.

— Bien. Alors on a le temps pour ça.

« Pourquoi ? » voulut-elle demander, mais il lui couvrit les lèvres des siennes avant qu'elle ait pu poser sa question.

Elle ferma les yeux et noua les bras autour de son cou, enfonçant les ongles dans son dos pour l'attirer plus près.

Meat passait toujours son temps à la toucher d'une manière ou d'une autre : en lui prenant la main, en passant les doigts au creux de son dos, sous son tee-shirt, en l'embrassant. Et elle adorait ça. Au début, c'était amusant d'expérimenter, d'aller lentement, mais à présent, elle commençait à s'impatienter.

Elle en voulait plus, sans savoir comment dire à Meat qu'elle était prête à faire passer leur relation physique au niveau supérieur. Tous les soirs, il la quittait à la porte de la chambre d'amis, sur un baiser qui lui faisait flageoler les genoux et, tous les soirs, elle manquait du courage pour l'inviter à entrer.

Mais elle perdait rapidement sa timidité. Elle le désirait. Elle voulait découvrir le sexe. Elle devait juste trouver un moyen de le lui dire.

Meat interrompit leur étreinte. Elle le sentait dur contre son ventre, ce qui lui donnait des envies de se frotter à lui.

— Tu vas me tuer, murmura-t-il en souriant, puis il se pencha et l'embrassa fort avant de reculer. J'aimerais ne pas avoir à partir à Castle Rock. Je préférerais passer la journée ici avec toi.

Jamais il ne ratait une occasion de lui faire plaisir.

— On se revoit ce soir, répliqua-t-elle, avant de lui jeter

un regard coquin. J'ai toujours hâte de passer du temps avec toi.

Meat poussa un grognement et la fit pivoter vers la porte.

— Si on ne part pas maintenant, je pourrais être tenté de te traîner sur le canapé et de te laisser abuser de mon corps.

— Et je me laisserais faire, avoua Zara, excitée à l'idée qu'ils soient peut-être enfin sur la même longueur d'onde en ce qui concernait l'évolution de leur relation.

Elle sourit en le voyant rajuster son pantalon avant de monter dans sa voiture, mais s'abstint de tout commentaire.

Alors qu'ils roulaient, Meat lui expliqua :

— Arrow et Morgan ont récemment emménagé dans la nouvelle maison qu'ils ont construite sur un terrain qu'il a acheté pas très loin de chez nous. Morgan était apicultrice à plein temps à Atlanta, elle recommence juste à se remettre au travail. Ils ont deux ruches à l'arrière de leur propriété. Quoi qu'elle dise, ne te laisse pas convaincre d'y aller avec elle. Arrow s'efforce au maximum de la tenir éloignée des abeilles jusqu'à ce qu'elle accouche, par précaution.

Zara était déjà fascinée par Morgan. Elle avait l'air d'être la personne la plus cool qui soit et Zara espérait qu'elles pourraient se trouver des points communs – outre, bien sûr, le fait d'avoir été kidnappées et à la merci d'autres personnes en dehors des États-Unis.

— Nous ne devrions pas rester absents toute la journée. Ça fait un moment qu'on n'a pas vu Ace et on est impatients de mieux connaître ses demi-frères. Mais si tu as besoin de quoi que ce soit, il te suffit de m'appeler. Tu as bien ton téléphone ?

Zara plissa le nez en regardant Meat et secoua la tête.

— Zara... on en a déjà parlé.

— Je sais, je sais. Je suis désolée. Je n'arrive pas à m'habituer à l'emporter. Je n'ai pas besoin de l'avoir tout le temps sur moi quand je suis chez toi.

Meat poussa un soupir.

— C'est pas grave. Morgan aura le sien. Mais s'il te plaît... essaie d'y penser, la prochaine fois. Je déteste l'idée que tu aies besoin de moi, ou de qui que ce soit d'autre, et que tu ne puisses pas nous contacter. En plus, avec le traceur, je sais où tu es. Non que je pense que quelque chose pourrait t'arriver, mais ça me rassure.

— J'essaierai de m'en souvenir à l'avenir, promit-elle.

Ils se garèrent devant une grande maison entourée d'arbres que Zara ne put s'empêcher d'aimer aussitôt. Elle lui rappelait beaucoup la maison de Meat, dont elle adorait l'aspect extérieur de cabane dans les bois.

Peut-être bien qu'elle avait quelque chose en commun avec Morgan, après tout. Si cette femme aimait vivre autant que Zara dans un endroit comme celui-ci, alors tout irait bien.

Arrow et Morgan sortirent à leur rencontre et la première chose qu'Arrow dit à Zara fut :

— S'il te plaît, dis-moi que tu restes.

Elle sourit et hocha la tête.

— Si c'est d'accord pour vous.

— Tu m'étonnes qu'on est d'accord, s'exclama Arrow. Plus que d'accord.

Zara regarda Morgan.

— Je ne voulais pas m'imposer, mais j'ai pensé que tu aimerais avoir de la compagnie.

— Bien sûr. Je suis super contente ! Je voulais mieux te connaître, mais ce petit haricot... me donne du fil à retordre.

Elle posa la main sur son ventre proéminent.

— Parfois, j'ai l'impression qu'elle désire sortir tout de suite et d'autres jours, elle dort aussi paisiblement que si elle voulait rester au chaud encore trois mois.

Zara sourit.

Il fallut encore vingt minutes avant qu'Arrow soit enfin

assuré que sa femme allait bien. Il lui répéta pour la centième fois de l'appeler en cas de besoin, et elle dut promettre de ne pas sortir de la maison.

Ils s'embrassèrent si passionnément, avant le départ d'Arrow, que Zara fut presque gênée d'en être témoin. Et bien sûr, histoire de ne pas être en reste, Meat la prit dans ses bras et l'embrassa avec autant d'enthousiasme.

Zara savait qu'elle était écarlate quand les deux hommes s'en allèrent enfin, mais Morgan ne fit pas de commentaire. Elles rentrèrent et allumèrent la télévision pour avoir un bruit de fond pendant qu'elles bavarderaient. Elles étaient tranquillement en train de faire la causette quand le journal de midi débuta.

Il contenait encore un reportage sur l'affaire de Zara, cette fois avec un psychologue et un détective local qui spéculaient sur ce qu'elle avait vécu et sur les séquelles psychologiques d'une telle « épreuve ».

— Ils n'ont aucune idée de ce dont ils parlent, se plaignit Zara.

— Malheureusement, ils continueront à raconter tout ce qui leur passe par la tête jusqu'à ce que tu les remettes sur le droit chemin, déclara Morgan sans toutefois sembler porter un jugement.

Zara se tourna vers elle.

— Tu penses que je devrais donner une conférence de presse ?

Elle y réfléchissait de plus en plus. À son retour, elle n'était pas prête à parler de ce qui lui était arrivé : la seule pensée de se retrouver devant un groupe de journalistes et de répondre à leurs questions la rendait malade. Elle avait passé une si grande partie de sa vie à essayer de demeurer à l'arrière-plan et de ne pas être vue que l'idée d'être le centre de l'attention lui donnait presque des crises d'angoisse.

Mais avec toutes les interviews et les fausses informations à son sujet qui circulaient encore sur Internet et à la télévision – et qui devenaient de plus en plus sensationnalistes –, elle ressentait le besoin de raconter sa version des faits. De mettre tout le monde d'accord une bonne fois pour toutes.

— Ce n'est pas à moi de dire ce que tu dois faire ou pas, répondit Morgan. Fais ce qui est bon pour toi. Mais si tu es contrariée par ce qui est dit, ça signifie à mon avis que tu es sur le point de prendre une décision.

Zara hocha la tête.

— J'ai juste... Quand Meat m'a ramenée chez lui, ça m'a semblé l'endroit parfait pour me terrer. Me cacher de tout. Je ne voulais pas parler de ma vie au Pérou. Ou me souvenir. Je n'ai jamais vraiment eu l'occasion de faire le deuil de mes parents et, avec tout le monde qui veut savoir ce que j'ai vu et entendu il y a tant d'années... ça a été dur. Je me sens encore un peu coupable. Si je n'avais pas été aussi pénible durant notre dîner au restaurant, si je n'avais pas traîné si loin derrière eux, peut-être qu'on serait arrivés plus vite à l'hôtel et qu'on ne se serait pas trouvés au mauvais endroit au mauvais moment.

— Tu ne peux pas t'en vouloir, répliqua Morgan, qui se pencha pour poser une main sur le bras de Zara. Je me suis posé les mêmes questions. Du genre : si j'avais demandé une escorte la nuit de mon enlèvement, ça m'aurait empêché d'être enlevée. Ou si je m'étais plus débattue quand ils m'ont emmenée à Saint-Domingue, peut-être qu'ils ne m'auraient pas... violée autant. Mais le fait est que toi comme moi, on s'est débrouillées de notre mieux dans les situations qu'on a connues. Ne te remets pas en question.

Morgan se cala contre son dossier et s'agita sur son siège.

Zara se demandait si la conversation la mettait mal à

l'aise. Sans doute. Après tout, elle-même n'était pas particulièrement enchantée de parler de ce qui lui était arrivé.

— Comment as-tu réussi à passer à autre chose ? Je veux dire, je ne sais pas ce qui s'est passé entre Arrow et toi après ton retour, mais est-ce qu'il... est-ce que tu... Merde, je ne sais pas comment demander ça.

— Tu peux me demander n'importe quoi, Zara. Ce qui nous est arrivé n'était pas juste. On s'est fait voler une partie de notre vie. Moi, ça n'a duré qu'un an, mais toi, c'était quinze.

— Je suis vierge, lâcha Zara.

Aussitôt, elle ferma les yeux et secoua la tête.

— Ce que je veux dire, c'est que je n'ai pas eu à subir ce que tu as subi, toi.

— Ce n'est pas parce que tu n'as pas été violée que tu n'as pas été traumatisée, objecta doucement Morgan. Tu as raté toute ton enfance. Tu t'es retrouvée toute seule à l'âge de dix ans. Je n'ai aucune idée de la façon dont tu as survécu. Je suis très admirative, Zara. Je ne sais pas ce que tu allais demander, mais si c'est à propos du sexe, sache que ça a été dur pour moi. Il a fallu beaucoup de temps. Mais Arrow a été patient et jamais je ne me suis sentie mal à cause de ce que j'ai enduré, ou de ce qui s'est passé entre nous deux dans le secret de notre chambre. Quoi que tu aies vécu, je ne doute pas que tu serais une source d'inspiration pour beaucoup de gens, Zara. Le monde est un endroit brutal. Les humains sont cruels. La plupart des gens ne vivent pas ce qui nous est arrivé, mais si tu peux y survivre, si tu restes debout et non pas dans un établissement psychiatrique, je pense que d'autres personnes pourraient bénéficier de ce que tu as à dire.

Comment pouvait-on s'inspirer d'elle ? Impossible. Rassemblant son courage, Zara parvint à poser la question qui n'était pas sortie plus tôt.

— Comment as-tu fait pour qu'Arrow ne te voie plus uniquement comme la femme qu'il a sauvée ? Je veux dire... comment lui as-tu fait savoir que tu serais intéressée par autre chose que de l'amitié avec lui ?

Morgan se retourna sur son siège et fit une grimace. Puis elle sourit à Zara.

— Désolée, rester assise trop longtemps devient inconfortable. Je suppose que tu me poses la question parce que tu aspires à ce que Meat fasse plus que t'embrasser comme avant son départ, c'est bien ça ?

Zara hocha la tête en s'efforçant de ne pas être gênée.

— Tu dois être directe. Dis-lui juste ce que tu penses. Comment tu te sens. Il est probablement effrayé à l'idée d'aller trop vite. S'il ressemble à Arrow, il veut te donner le temps d'accepter ce qui s'est passé et il redoute de te faire peur en allant trop vite.

— Je n'ai pas peur de Meat, affirma Zara avec fermeté. Je veux dire, je sais comment fonctionne le sexe. Je n'en ai peut-être pas fait l'expérience, mais vu la vie que j'ai menée, je sais de quoi il retourne. Il n'y a pas grand-chose de privé dans le *barrio*. J'ai aussi aidé le médecin à mettre au monde plus de bébés que je ne peux en compter. Mais... savoir et le faire sont deux choses différentes, et je suis terrifiée à l'idée de tout gâcher et que Meat me demande de déménager.

— Maintenant, je comprends mieux pourquoi Meat et Arrow t'ont convaincue de venir aujourd'hui, s'esclaffa Morgan, en désignant son ventre.

— Oh non, dit rapidement Zara. Je me suis portée volontaire. Je pense que j'ai fini de me cacher et de lécher mes blessures. Je voulais te parler et apprendre à mieux te connaître. Ça n'avait rien à voir avec le fait que tu aies l'air d'être sur le point d'éclater, termina-t-elle, avec un sourire pour faire savoir à Morgan qu'elle la taquinait.

— Bien, répondit celle-ci, riant toujours. Pour répondre

à ta question, tu ne gâcheras rien avec Meat. Lui et les autres Mercenaires Rebelles savent ce qu'ils veulent et ce qu'ils aiment. Et ce que Meat aime, de toute évidence, c'est toi. Il n'arrête pas de te regarder, je l'ai constaté aujourd'hui. Tout ce que tu as à faire, c'est de lui dire en termes clairs que tu es prête à aller au-delà des baisers et il s'occupera de tout à partir de là.

— Mon amie Renee pense que je devrais avoir quelques aventures sans lendemain, histoire de déterminer ce que j'aime et ce que je n'aime pas en matière de sexe et d'hommes. Elle prétend que, comme je ne vis qu'avec Meat, l'attirance que je ressens pour lui est due au fait que je n'ai jamais fréquenté quelqu'un d'autre.

— Et qu'est-ce que tu en penses ? demande Morgan.

Zara prit une profonde inspiration.

— Je pense que, d'une certaine façon, elle a raison. J'ai passé les quinze dernières années à essayer d'éviter les hommes. Mais d'un autre côté, elle a complètement tort. J'ai vu et parlé à des hommes à l'épicerie et au restaurant, la dernière fois que Renee et moi nous sommes vues. Un serveur m'a même glissé son numéro de téléphone. Renee était ravie et m'a encouragée à l'appeler, mais je n'ai pas ressenti la même sorte d'attirance envers lui qu'avec Meat.

Morgan hocha la tête.

— Je comprends. Vraiment. J'étais comme toi, je ne voulais rien avoir à faire avec les hommes, mais il y avait ce petit quelque chose chez Arrow qui me... stabilisait. Et ce n'est pas parce qu'il m'a sauvée, comme certains le prétendent. Quand il me regarde, il me voit. Il m'écoute quand je parle et ne me pousse pas à faire ce qui me met mal à l'aise. Je ne pensais pas pouvoir refaire l'amour après ce qui m'était arrivé et je ne m'imagine toujours pas laisser quelqu'un d'autre qu'Arrow me toucher. Maintenant, nous sommes mariés – même si mon père n'a guère apprécié la petite cérémonie civile qu'on a organisée juste avant le départ d'Arrow pour Lima. Et je vais avoir son bébé... J'ai l'impression que c'est un miracle. Suis ton instinct, Zara. Il t'a bien servi pendant quinze ans. Peut-être que Meat et toi ne fonctionnerez pas sur le long terme... mais si c'était le cas ?

Zara réfléchit à ses propos et sut immédiatement que Morgan avait raison.

— Merci.

— De rien. Tu as faim ?

— Oui. J'essaie de ne manger que trois repas par jour comme les gens normaux, mais je te jure, j'ai l'impression d'avoir toujours faim. Sans doute que mon corps me pousse à m'empiffrer au cas où il n'aurait rien à manger plus tard.

— Je sais exactement ce que tu ressens ! s'exclamait Morgan alors qu'elle luttait pour se lever de sa chaise.

Zara l'aida et la vit se pencher pour prendre quelques profondes inspirations. Puis Morgan se redressa et lui sourit.

— Et les douches et les bains ? Je ne peux plus prendre de bains, ces derniers temps, mais rien de tel qu'une bonne douche, bien chaude et bien longue, pas vrai ?

Zara sourit en entrant dans la cuisine.

— Meat jure que mes douches de quarante-cinq minutes ne le dérangent pas et moi, même si je culpabilise, je n'arrive pas à me forcer à les raccourcir.

— Pareil pour moi. Arrow se plaint de la facture d'eau, mais je sais qu'il s'en moque, au fond. Les gens qui n'ont pas été dans notre situation ne peuvent pas comprendre, conclut-elle.

Zara soupira intérieurement, soulagée. Elle avait été idiote de rester loin de Morgan pendant si longtemps. Et elle eut soudain le sentiment qu'elle éprouverait la même chose quand elle apprendrait à connaître les autres femmes du groupe. Elle avait l'impression de pouvoir tout confier à

Morgan sans être jugée, simplement parce qu'elle aussi était passée par là. Elle avait vécu une partie de ce que Zara avait vécu. Pas exactement, mais ça s'en approchait.

Peut-être était-ce pour cela qu'elle n'avait pas eu le déclic qu'elle espérait avec Renee ?

— Bon... qu'est-ce que tu veux manger ? demanda Morgan en ouvrant le frigo.

— Je ne suis pas une cuisinière émérite, mais je peux manger à peu près de tout, admit Zara.

Elles optèrent pour des macaronis au fromage et, alors qu'elles les préparaient, Zara sentait peu à peu les barrières protectrices érigées depuis un mois, et déjà mises à mal par Meat s'effriter encore plus.

Deux heures plus tard, après avoir mangé et discuté de tout et de rien, Morgan s'excusa pour aller aux toilettes. Ne la voyant pas revenir au bout de dix minutes, Zara commença à s'inquiéter et monta l'escalier jusqu'à l'étage.

— Morgan ? Est-ce que ça va ?

— Non ! répondit la jeune femme en pleurant.

Alarmée, Zara pénétra dans la chambre principale et se dirigea directement vers la salle de bains, où elle trouva Morgan penchée au-dessus du lavabo, appuyée sur ses coudes. Elle releva la tête et Zara constata qu'elle avait pleuré.

— Qu'est-ce qui ne va pas ?

— J'ai juste... J'ai eu des douleurs toute la journée, mais j'ai supposé que c'était une fausse alerte, comme les deux autres fois où Arrow m'a emmenée à l'hôpital. Je suis encore à une semaine de la date prévue de mon accouchement. C'est trop tôt, mais je...

Elle s'arrêta, grimaça et saisit le rebord du lavabo, assez fort pour que ses phalanges deviennent blanches.

— Tu es en train d'accoucher, comprit Zara, qui avait vu plus que sa part de femmes enceintes en plein travail.

Morgan secoua la tête.

— Je pensais qu'il me restait du temps ! Je veux dire, le premier enfant prend toujours une éternité à venir ! Je sais combien Arrow avait hâte de voir son ami. Je ne voulais pas qu'il s'inquiète. Je n'ai même pas perdu les eaux ! Je ne peux pas accoucher sans ça, non ?

— Il est possible que tu aies perdu les eaux sous la douche ce matin, ou quand tu es allée aux toilettes dans la journée.

— Je n'aurais pas remarqué ? demanda Morgan, incrédule.

— Peut-être ou peut-être pas. Comme c'est ta première fois, il est possible que tu n'aies rien vu. Mais ne paniquons pas. Je t'ai dit plus tôt que j'avais une certaine expérience en la matière. Tu veux bien me laisser jeter un coup d'œil que je voie comment les choses progressent. Ensuite, je descendrai chercher ton téléphone et nous appellerons une ambulance. Je te conduirais bien moi-même, mais...

Il y avait de quoi se fustiger de ne pas avoir obtenu son permis de conduire avant.

— D'accord.

Zara aida Morgan à s'allonger sur le sol de la salle de bains. Le carrelage était probablement froid sous son dos, mais Morgan avait suffisamment mal pour ne pas y prêter attention. Zara lui enleva son pantalon et ses sous-vêtements et lui recouvrit les genoux d'une serviette.

Pensant qu'elle allait juste vérifier la dilatation du col de Morgan et qu'elles auraient plus qu'assez de temps pour se rendre à l'hôpital ensuite, elle fut alarmée de découvrir que le bébé commençait à pointer sa tête.

— Depuis combien de temps tu as des contractions ? demanda-t-elle en se relevant pour se laver rapidement les mains au lavabo.

Elles n'allaient pas avoir le temps d'attendre une ambulance. Elle ne pourrait même pas foncer prendre le téléphone de Morgan. Ce bébé arrivait. Maintenant.

— Elles ont commencé la nuit dernière, mais, encore une fois, je ne voulais pas inquiéter Arrow, répondit Morgan, qui se mit à haleter de douleur quand une autre contraction arriva.

Zara lui jeta un coup d'œil.

— Je sais, je sais ! C'était stupide, mais il était si impatient de voir son copain... Tu pourras me crier dessus plus tard. J'ai besoin de pousser, là, grogna la future maman.

Zara attrapa des serviettes et les étendit sous Morgan du mieux qu'elle pouvait, puis elle s'agenouilla et essaya de rassurer sa nouvelle amie.

— OK, c'est maintenant, Morgan. Mais ne t'inquiète pas, on va y arriver.

— Merde, Arrow va être fou de rage !

Zara songea qu'il serait probablement plus soulagé qu'elle aille bien, mais elle ne dit rien.

— La prochaine femme de la bande qui va tomber enceinte ne sera pas autorisée à rester seule pendant tout le dernier mois de sa grossesse, se lamenta Morgan. Avec Gray qui manque la naissance de Darby et maintenant ça... nous voilà condamnées.

En souriant, Zara se concentra sur ce qu'elle faisait.

— OK, tu ressens le besoin de pousser ?

— Pas encore... Oh... attends... Bon Dieu, que ça fait mal, gémit Morgan ! Ça y est, je pousse !

Zara regarda la touffe de cheveux émerger et, bientôt, elle distingua le front du bébé. Heureusement que l'accouchement ne se présentait pas par le siège.

Mais alors que Morgan continuait à haleter et à pousser, Zara remarqua que le visage du bébé avait une teinte bleutée.

— *Madre de Dios*, murmura-t-elle. Arrête de pousser, Morgan. Tout de suite. Arrête !

— Je ne peux pas ! gémissait Morgan. J'ai besoin qu'il sorte ! S'il te plaît.

Zara exerça une légère pression sur le haut de la tête du bébé, pour l'empêcher de sortir du canal utérin. Elle releva les yeux vers Morgan et lui ordonna d'un ton sévère :

— Si tu pousses, tu vas la tuer. Alors, arrête de pousser !

Le message dut passer, car Morgan posa sur Zara ses grands yeux terrifiés.

— Qu'est-ce qui ne va pas ?

Zara prit une profonde inspiration. Elle avait déjà fait la manipulation avant, mais toujours avec Daniela à ses côtés. Jamais elle n'avait été seule responsable d'une nouvelle vie comme en ce moment.

— Je crois que le cordon est enroulé autour de son cou. Je dois la décoincer. Ça va aller. Ce n'est pas terriblement compliqué, mais tu ne dois absolument pas pousser tant que je ne l'ai pas enlevé. Compris ? Le bébé va s'étrangler s'il sort avec le cordon enroulé autour du cou.

— Oh mon Dieu ! sanglota Morgan, dont la tête se reposa sur le sol de la salle de bains. Fais ce que tu as à faire ! Ne la laisse pas mourir ! Je ne pourrai pas le supporter.

Reportant son attention entre les jambes de Morgan, Zara hocha la tête.

— OK, ça va faire mal. Je ne peux pas faire autrement. Mais si tu peux tenir trente secondes, tout sera fini et tu auras ta petite dans les bras. Est-ce qu'Arrow et toi avez déjà pensé à un prénom ?

La technique était de détourner l'attention de Morgan de ce qu'elle s'apprêtait à faire, mais, en réalité, Zara n'écoutait pas vraiment la réponse de Morgan. Très lentement, elle insinua une main à l'intérieur du col, aussi doucement que possible. Elle n'avait jamais été aussi heureuse d'avoir de petites mains qu'en ce moment précis.

Elle sentit le cordon et soupira de soulagement de l'avoir trouvé aussi facilement. D'une légère pression, elle détendit un peu la tension, puis le passa au-dessus de la tête du bébé à la vitesse d'un escargot.

Morgan hurlait de douleur, mais elle ne poussait pas et c'était tout ce qui importait à Zara. Le canal utérin d'une femme était censé s'étirer lors de la naissance d'un bébé, mais c'était une tension extrême que lui infligeait le démêlage du cordon ombilical, d'où la douleur.

— D'accord, Morgan, le plus dur est fait. Maintenant, pousse. Fort !

Sur un dernier cri, Morgan se mit à pousser de toutes ses forces. Alors que son corps faisait tout ce qu'il pouvait pour expulser le bébé de ses entrailles, mère Nature prit le relais et la vessie de Morgan se vida au moment même où sa petite fille lui glissait du corps.

Sans se soucier de l'urine qui lui giclait dessus, Zara retourna le bébé et l'allongea sur son bras. La petite était encore un peu bleue et ne pleurait pas comme elle le devrait.

— Allez, bébé, allez, murmura-t-elle en faisant de son mieux pour stimuler le nourrisson de manière tactile.

Son cœur battait, mais la fillette ne respirait pas très bien toute seule.

Ne sachant pas depuis combien de temps il était privé d'oxygène, Zara en était réduite à prier en frottant le dos du bébé et en lui tapotant la plante des pieds. Avec son petit doigt, elle lui vida la bouche du mieux qu'elle put. Plus un nourrisson mettait de temps à pleurer après sa naissance, plus il était en danger, elle le savait.

Finalement, après ce qui lui parut durer des heures,

mais qui dut prendre moins de trente secondes, la petite fille prit une respiration et poussa un petit cri aigu.

— C'est ça, encore, l'exhorta Zara en continuant à lui frotter fermement le dos.

Et le miracle se produisit. Alors qu'une seconde plus tôt, le nouveau-né couinait, il braillait désormais à gorge déployée.

Zara saisit la serviette qui couvrait Morgan et l'enroula autour de son bébé, sans prendre la peine de couper le cordon. Elle laissait ça aux ambulanciers.

— Prête à rencontrer ta fille ? demanda-t-elle à Morgan, appuyée sur ses coudes, qui l'observait avec un air de choc absolu.

— Est-ce qu'elle va bien ?

— Elle est parfaite, répondit Zara, en la lui remettant.

— Merde... je t'ai fait pipi dessus ? demanda Morgan en serrant son bébé contre sa poitrine.

Zara rit.

— Oui. Mais je suis impressionnée que tu n'aies pas perdu le contenu de tes intestins aussi. Ça arrive souvent.

Morgan fixa Zara pendant une seconde, puis ses yeux se remplirent de larmes et elle se mit à sangloter pour de bon.

— Tu... Tu lui as sauvé la vie !

Zara sentit ses propres yeux s'humidifier, ce qui était dingue. Elle avait aidé à mettre au monde au moins une centaine de bébés. Certains n'avaient pas vécu plus de quelques minutes et, en une autre occasion au moins, elle avait fait presque exactement ce qu'elle venait de faire pour l'enfant de Morgan. Et pas une seule fois, elle avait pleuré.

Pourtant, assise là, sur le sol de la salle de bains de Morgan, couverte de fluides corporels et de sang, elle sentit des larmes couler sur ses joues pour la première fois depuis des années.

— Il faut que j'aille chercher ton téléphone, annonça-t-elle dès qu'elle recouvra l'usage de la parole. Tu ne bouges pas d'ici, d'accord ?

Morgan gloussa à travers ses larmes.

— D'accord. Je n'irai nulle part.

Zara se leva et attrapa une autre serviette à une patère près de la douche. Elle la posa doucement sur les genoux de Morgan, lui offrant un semblant d'intimité, même si celle-ci ne remarqua sans doute même pas son geste. Puis elle se lava rapidement les mains et dévala l'escalier pour récupérer le téléphone portable de Morgan.

C'était bien la dernière fois qu'elle allait quelque part sans son propre téléphone. Meat avait raison. Ce n'était pas malin de ne pas l'avoir toujours dans sa poche.

22

———

Trois jours s'étaient écoulés depuis que Zara avait sauvé la vie de la petite Calinda. De toute sa vie, jamais Meat n'avait roulé aussi vite que sur le trajet de Castle Rock jusqu'à l'hôpital. Zara l'avait appelé pour l'informer que Morgan avait accouché et qu'elle était dans l'ambulance. Arrow avait perdu les pédales. Meat et ses amis avaient, heureusement, réussi à le calmer pendant qu'ils roulaient à tombeau ouvert pour rentrer à Colorado Springs.

Zara avait balayé son exploit d'un revers de la main, mais Morgan avait raconté à tout le monde ce qui s'était passé exactement et comment Zara avait littéralement sauvé la vie de son bébé. Arrow et Morgan avaient décidé de changer le deuxième prénom de Calinda : ce ne serait plus Elizabeth, mais Zara.

Meat avait enlacé Zara, qui s'était mise à pleurer en apprenant la nouvelle.

Sans surprise, Morgan et elle étaient devenues beaucoup plus proches après tout ce qui s'était passé. Mais plus que cela, Meat constatait que quelque chose d'autre avait changé. Toutes les autres femmes s'étaient présentées à l'hôpital et Zara avait multiplié les efforts pour essayer d'être sociable. Elle s'était assise avec elles, s'était même jointe à leurs conversations au lieu de rester assise à l'écart, à écouter. Elle avait semblé beaucoup plus ouverte à leur amitié que la dernière fois qu'elles s'étaient réunies.

Meat s'en fichait pour lui-même, en revanche il était heureux pour Zara qu'elle semble trouver sa voie. Elle lui avait dit à quel point Mags et les autres lui manquaient et il espérait que sa nouvelle ouverture d'esprit soit un premier pas vers des amitiés durables avec les femmes les plus extraordinaires qu'il connaisse.

Zara avait aussi brièvement parlé à Renee, peu après la naissance de la fillette de Morgan, mais, au lieu de se montrer impressionnée par la prouesse de Zara, sa vieille amie semblait juste désirer savoir quand elles pourraient se revoir et faire la virée shopping dont elles avaient parlé récemment.

Même si Meat n'avait pas trouvé de raison de s'inquiéter au sujet Renee, cela ne voulait pas dire qu'il ait baissé sa garde. Il avait encore l'impression que la réapparition de cette amie d'enfance était... bizarre. Il lui semblait qu'elle déployait un peu trop d'efforts pour redevenir amie avec Zara. Toutefois, comme cette dernière semblait trouver du réconfort dans cette relation, il n'avait pas le courage de s'interposer entre elles... pour l'instant.

En revanche, il était soulagé que Zara fasse l'effort d'apprendre à connaître les femmes de la bande.

Quant à leur relation à eux deux, elle se passait mieux que jamais. Quelle que soit la conversation qu'elles avaient eue, Morgan et elle, avant que Calinda décide de faire son apparition, leur conversation avait manifestement fait du bien à Zara. Elle se montrait désormais un peu plus directe en ce qui concernait l'affection physique et, la veille au soir, elle lui avait dit sans ambages qu'elle était prête à faire passer leur relation au niveau supérieur.

Meat était tout à fait partant, mais seulement si Zara le faisait pour les bonnes raisons. Il ne voulait pas être une simple expérience pour elle. Juste quelqu'un qui prendrait sa virginité afin qu'elle puisse passer à une « vraie » relation. Pour lui, leur relation était réelle et il ne pouvait plus s'imaginer avec quelqu'un d'autre que Zara.

Ils étaient pour l'heure en route pour une grande surface afin d'acheter à manger et quelques bricoles dont il avait besoin pour son atelier. Il tenait maintenant la main de Zara presque constamment, au point de se sentir comme dépourvu quand il devait la lui lâcher. Ils entrèrent dans le magasin, les doigts entrelacés, et leur attention fut immédiatement attirée par une femme qui parlait en espagnol à un policier juste à l'entrée.

Zara s'immobilisa aussitôt et observa le duo.

— Qu'est-ce qui se passe ? demanda Meat. Qu'est-ce qu'elle dit ?

Le policier avait l'air frustré et continuait à discuter dans son talkie-walkie, alors même que la femme lui parlait.

Sans répondre, Zara lâcha la main de Meat et se dirigea vers la femme à l'air agité.

Meat la suivit de près, tout en regardant autour de lui, en quête peut-être d'un mari en colère ou de tout autre danger potentiel pour Zara.

Zara s'approcha de la femme et lui dit quelque chose en espagnol. Une expression de soulagement se peignit immédiatement sur le visage de la femme, qui se tourna vers Zara et lui répondit à toute vitesse.

— Ma petite amie est bilingue, se sentit obligé de préciser Meat à l'agent de police – même si c'était évident.

— Dieu merci. J'ai essayé de faire venir une collègue qui parle espagnol, mais elle a été retenue ailleurs.

Zara posa une main rassurante sur l'épaule de la femme et se tourna vers l'agent.

— Elle dit qu'elle ne trouve plus son fils. Elle était dans le rayon des vêtements pour garçons, la dernière fois qu'elle l'a vu, et quand elle a tourné le dos une seconde, il avait disparu.

— Quel âge a-t-il et que porte-t-il ? demanda le policier, tout à coup très sérieux.

Zara consulta la mère hystérique, puis relaya l'information à l'agent.

— Son nom est Joseph et il a trois ans. Il porte un tee-shirt rouge et un short noir. Il a les cheveux noirs et les yeux marron. Il porte aussi des chaussures qui s'illuminent quand il marche.

Le policier hocha la tête et transmit immédiatement l'information à son répartiteur.

— Pouvez-vous rester ici avec elle ? demanda-t-il à Zara. Je vais parler au directeur du magasin et voir si on peut faire une annonce.

— Bien sûr, répondit Zara. Peut-être que je pourrais aussi dire quelque chose en espagnol par le haut-parleur ? C'est vrai, avec un peu de chance, Joseph se cache quelque part et que le fait d'entendre quelqu'un dire qu'il peut sortir, que sa maman l'attend à la porte d'entrée, ça pourrait être utile.

— Bonne idée, confirma le policier.

Pas peu fier, Meat regarda Zara prendre la mère par la main et traduire tout ce qui se mettait en place pour la recherche de son fils. Le regard de gratitude de la pauvre femme, savoir que quelqu'un la comprenait et l'aidait, décupla la fierté qu'il éprouvait déjà pour Zara.

Il fallut presque trente minutes extrêmement tendues pour que le garçonnet soit finalement retrouvé. Il s'était éloigné pour regarder des jouets et s'était vite perdu, puis il avait eu peur quand il n'avait pas trouvé sa mère. Il s'était alors faufilé derrière une pile d'animaux en peluche sur une étagère du bas et s'était caché.

La mère ne cessait de remercier Zara et, après avoir échangé leurs numéros de téléphone et promis de rester en contact, la femme partit avec Joseph.

— Merci pour votre aide, déclara le policier.

— C'était avec plaisir. Je suis contente d'avoir été là.

— Dites... vous ne seriez pas Zara Layne ? La femme qui a été secourue après avoir trafiqué de la drogue pour le compte du gouvernement vénézuélien ?

Meat se crispa. Zara n'était pas souvent reconnue, étant donné qu'elle n'avait pas donné de conférence de presse, mais ça se produisait parfois. Quelques reporters avaient pris des photos d'elle descendant de l'avion à son arrivée, des clichés qui s'étaient répandus comme une traînée de poudre.

— C'est moi, mais j'étais au Pérou et que je n'ai pas été trafiquante de drogue ou quoi que ce soit. J'étais simplement perdue et j'attendais que quelqu'un vienne me retrouver après que mes parents ont été tués, corrigea-t-elle d'un ton glacial.

— Désolé, je n'étais pas sûr des détails. Je ne regarde pas beaucoup la télévision. Quoi qu'il en soit, je suis content que vous ayez été là aujourd'hui. Si vous cherchez du travail, nous pourrions avoir besoin de traducteurs...

— Je ne veux pas être flic, le coupa Zara.

— Vous n'auriez pas à l'être. Il existe des services de traduction que les hôpitaux et d'autres organisations en utilisent. En gros, on appelle un numéro, on choisit une langue dans un menu et un traducteur vient aider à communiquer quiconque a besoin du service.

Le policier semblait chagriné.

— Ce n'est pas un service que le CSPD utilise, pour des

raisons juridiques. Mais vous pourriez aider dans beaucoup d'autres circonstances.

L'esprit de Meat se mit à bouillonner à l'idée des possibilités qui s'ouvraient à Zara. Ils n'avaient pas beaucoup parlé de ce qu'elle voulait faire de son avenir. Avec l'argent qu'elle avait sur son compte, elle n'avait pas besoin de travailler pour vivre, mais il avait le sentiment qu'elle ne tarderait pas à s'ennuyer sans rien faire. Elle avait trouvé ses marques, maintenant il voulait la voir voler.

— Je vais y réfléchir, répondit Zara sans s'engager plus avant.

Le policier hocha la tête, lui serra la main et ressortit du bâtiment.

— Alors... prête à faire les courses maintenant ? s'enquit Meat avec un sourire.

Qu'elle ne lui rendit pas.

— Tu es en colère ? Je ne pouvais pas passer sans m'arrêter. Cette pauvre femme était terrifiée et il était évident que le flic ne comprenait pas ce qu'elle disait.

— Bien sûr que non, je ne suis pas en colère, répliqua Meat.

Il lui prit le visage entre ses mains. Il aimait la sensation de ses traits délicats sous ses grosses paumes et, si la façon dont elle s'accrochait à ses poignets et le serrait fort était une indication, elle n'y voyait pas non plus d'inconvénient.

— Je suis fier de toi, au contraire. J'aime ton grand cœur. Après tout ce que tu as vécu, tu es encore capable d'empathie et vouloir te mettre au service des autres. C'est incroyable. Tu es incroyable.

— Merci.

Ses yeux se détachèrent des siens une seconde, avant de revenir, avec une détermination qu'il trouvait très sexy.

— Morgan m'a dit que si je voulais quelque chose, il fallait que j'ose t'en parler.

— Elle a raison. Tout ce que je peux te donner, je le ferai, affirma Meat.

— Je te veux, toi. Je me souviens de la sensation incroyable que j'ai ressentie quand tu as dormi derrière moi, en me serrant contre toi. Je ne te garantis pas le résultat, mais je pense que j'aimerais essayer de dormir sur un vrai matelas. Le futon que tu m'as acheté est toujours aussi bien... mais il manque quelque chose.

Le cœur de Meat faillit lui sortir de la poitrine.

— Qu'est-ce que c'est ?

— Toi.

— Tu veux dormir avec moi, Zar ?

Elle hocha la tête.

— Juste dormir ? Parce que je suis d'accord. Je ne veux pas faire une chose pour laquelle tu n'es pas prête.

— Non, pas juste dormir. J'ai rêvé de toi. J'ai fantasmé sur l'effet que cela ferait de sentir tes mains sur mon corps. De t'avoir au-dessus de moi, en train de prendre ce à quoi j'espère que nous pensons tous les deux depuis notre rencontre.

— Merde, mon cœur, voilà que je bande au milieu d'un magasin bondé. C'est pas cool.

Elle sourit.

Meat savait qu'il se souviendrait de ce moment jusqu'à la fin de sa vie. Le moment où Zara se réapproprierait l'une des choses les plus importantes qu'on avait enlevées. Sa sexualité. Sa confiance dans le domaine de la sexualité.

— Il n'y a rien que j'aimerais plus que de t'emmener dans mon lit, admit-il. Pour qu'on apprenne ensemble ce qu'on aime.

— D'accord.

— D'accord, répéta-t-il.

— On est obligés de faire les courses ? demanda-t-elle.

Meat haussa un sourcil et consulta sa montre.

— Il n'est que 11 heures.

Elle haussa les épaules.

— On est obligés de faire le sexe seulement la nuit ?

— Faire l'amour, corrigea-t-il. Et non, bien sûr que non.

— Alors...

Elle laissa sa phrase en suspens.

— Je pense qu'on peut acheter ce qu'on est venu chercher une autre fois, convint-il.

Sur ce, il lui prit la main et se dirigea vers la sortie. Il entendit Zara glousser derrière lui et fut choqué de sentir sa main libre se poser sur ses fesses pendant un bref instant. Il se retourna pour la regarder, surpris.

Elle haussa les épaules.

— Morgan m'a dit que je devais exprimer ce que je voulais.

— Alors, je lui suis redevable. Très.

— Aurais-tu fait le premier pas si je ne l'avais pas fait ? s'enquit-elle quand ils arrivèrent près de la voiture.

Meat hocha la tête.

— Au bout du compte, oui. Je t'apprécie, Zara. Mais plus que ça, j'ai envie de toi. Je n'aurais jamais pu tenir éternellement.

Près de sa voiture, il se tourna vers elle et ajouta, très sérieux.

— Mais si on le fait... sache que tu seras mienne. Je ne veux pas être une simple expérience pour toi. C'est très important, pour moi. Genre, nous sommes ensemble pour toujours.

Zara le fixa du regard.

— Comment peux-tu en être aussi sûr ?

— Je le sais, c'est tout. Dès la première fois où je t'ai vue, j'ai su qu'il y avait quelque chose de spécial chez toi. Et chaque jour que nous passons ensemble, j'en suis de plus en plus sûr. Je veux faire partie de ta vie, Zara. Pas comme un ami qui te donne un endroit où habiter jusqu'à ce que tu trouves une solution, mais comme un partenaire. Un homme sur lequel tu peux t'appuyer quand tu es contrariée ou effrayée et avec qui tu peux rire quand tu es heureuse. Je veux célébrer tes réussites et te soutenir quand les choses ne vont pas bien.

— Est-ce que j'ai droit à la même chose de mon côté ? demanda-t-elle.

— Absolument. Je suis un livre ouvert pour toi et je promets de ne jamais t'exclure de ma vie. On sera une équipe, on prendra nos décisions ensemble et on se débrouillera ensemble avec tout ce que la vie nous réservera.

— Marché conclu. Alors on peut arrêter de parler et rentrer à la maison pour que je puisse enfin découvrir de quoi il retourne ?

Meat ne put s'empêcher de sourire.

— Oui, m'dame.

23

Le sexe.

Zara était sur le point d'en faire l'expérience. Elle aurait dû être nerveuse. Au lieu de cela, elle avait l'impression que c'était Noël et Pâques en même temps. Elle se rappelait l'impatience qu'elle ressentait, petite, à l'idée d'ouvrir les cadeaux ou de savoir qu'elle allait chercher des œufs de Pâques. Elle ressentait à peu près la même chose aujourd'hui, le même sentiment d'excitation et d'impatience.

Maintenant qu'elle avait décidé de faire ce qu'elle voulait, elle avait terriblement hâte de voir Meat nu. Elle l'avait vu sans chemise et avait senti son érection contre elle, mais maintenant elle allait pouvoir le reluquer en entier.

Lorsqu'ils arrivèrent chez lui, après que Meat avait éteint l'alarme, il monta directement dans la chambre principale. Il l'attira à l'intérieur, sans prendre la peine de fermer la porte. Zara était à deux doigts de rire de la détermination dont il faisait preuve, mais elle réussit à se retenir.

Il la guida jusqu'au bord du lit et pivota pour s'y asseoir. Puis il lui passa les mains autour de la taille et la tint entre ses jambes en la regardant pendant une longue minute.

— Meat ? finit-elle par demander. Qu'est-ce qui ne va pas ?

— Absolument rien, répondit-il. Je ne fais que mémoriser ce moment. Nous n'aurons jamais une autre première fois ensemble et je veux me souvenir de tout.

Oooh !

Il était si parfait.

Il y avait eu quelques jours où il l'agaçait un peu. Pas beaucoup, c'est vrai, mais tout de même. Actuellement, il disait et faisait tout bien, et ces petits désagréments s'estompaient totalement.

Il n'y avait pas beaucoup d'occasions dans la vie de Zara où elle se souvenait d'avoir été vraiment heureuse. Elle avait fait du mieux qu'elle pouvait avec la main que la vie lui avait tendue, mais elle ne s'était jamais laissé aller à faire entièrement confiance à autrui. Jamais elle n'avait lâché assez de contrôle pour laisser quelqu'un d'autre prendre les décisions à sa place. Même pas Mags.

Mais se tenir là devant Meat, voir ses cheveux ébouriffés parce qu'il y passait toujours une main dedans, ses joues rosies par l'excitation et par le désir, sentir ses pouces lui caresser les flancs alors qu'il la regardait dans les yeux, tout cela l'amenait à réaliser qu'elle faisait confiance à Meat à cent pour cent.

Elle lui faisait confiance pour rendre sa première fois agréable. Elle lui faisait assez confiance pour lui avouer ce qu'elle voulait faire de sa vie. Si elle faisait le premier pas vers lui, il ne l'embarrasserait pas et ne la mettrait pas mal à l'aise par rapport à ce qu'ils s'apprêtaient à faire.

Avec tout cela à l'esprit, Zara retira son tee-shirt.

Elle resta devant lui en silence, sans rien d'autre que son jean et son soutien-gorge. Elle n'était pas extrêmement bien dotée en matière de poitrine, un détail dont jusqu'à présent elle était plutôt contente, car cela rendait le bandage de sa poitrine moins douloureux qu'il ne l'aurait été autrement. Elle avait porté un soutien-gorge pour la première fois lorsqu'elle avait quitté le Pérou, mais s'était sentie un peu mal à l'aise depuis, après avoir vu les énormes poitrines qu'arboraient beaucoup de femmes ici, aux États-Unis.

Le regard de Meat passa de son visage à sa poitrine et elle vit ses pupilles se dilater. Il s'humecta les lèvres et se déplaça sur le matelas.

Elle aimait sa réaction désinhibée, se sentir capable de l'exciter.

Passant les bras dans son dos, elle dégrafa maladroitement le fermoir de son soutien-gorge et le laissa glisser jusqu'au sol.

Son cœur battait à des millions de coups par minute et elle sentait ses tétons se dresser par avance.

— Merde, Zara. Tu es si belle, je n'arrive toujours pas à me faire à l'idée qu'on ait pu te prendre pour un garçon même une seconde.

Elle ouvrit la bouche afin de lui expliquer à nouveau. Que les gens ne voyaient que ce qu'ils voulaient voir, qu'elle avait volontairement fait tout ce qu'elle pouvait pour perpétuer la tromperie... mais tout ce qu'elle aurait pu dire resta coincé dans sa gorge lorsque Meat resserra son étreinte autour de sa taille et se pencha en avant.

Il fourra le nez contre la courbe de l'un de ses seins, et elle sentit son ventre frémir quand il sortit la langue pour y goûter.

— Meat, gémit-elle en lui posant les mains sur la tête, pour s'accrocher à lui alors qu'il continuait à l'explorer.

Il ne parla pas, mais une de ses mains lui palpa le bas du dos, l'incitant à se cambrer. Le mouvement fit ressortir sa poitrine plus avant et, lorsqu'elle regarda vers le bas, elle vit l'autre main de Meat venir exercer une légère pression sur son autre sein, juste avant que sa bouche ne couvre le mamelon.

Zara n'avait aucune idée de la sensibilité de cette partie de son corps. Aucune. Elle ne s'était jamais touchée, sauf pour enrouler le bandage autour de sa poitrine. Elle n'avait pas joué avec ses tétons. La vue de Meat, les yeux fermés, et qui prenait un plaisir manifeste à les sucer, sa mâchoire bougeant d'avant en arrière, était la chose la plus érotique qu'elle ait jamais vue.

Il passa à l'autre sein et, chaque fois qu'il aspirait le mamelon, elle le ressentait entre ses jambes. Elle se mit à onduler et un gémissement presque désespéré s'échappa de ses lèvres. Meat lui mordilla le téton, ce qui ne fit que décupler encore son excitation.

Il releva la tête et la regarda, tandis que son pouce jouait avec son téton pointé.

— Tu es très sensible, constata-t-il avec un sourire de prédateur.

— Ah tu trouves ? demanda Zara, sans vraiment réfléchir à ses mots.

— Oui, Zar. Et j'ai hâte de voir comment tu vas réagir quand je vais sucer ton clitoris comme je viens de le faire avec tes tétons. J'ai l'impression que tu vas ruer comme une pouliche sauvage.

Elle ne comprenait rien à ce qu'il disait, mais son regard lui donnait envie d'arracher le reste de ses vêtements et de se jeter sur son lit pour le supplier de faire d'elle ce qu'il voulait. Surtout si ça lui procurait un plaisir identique.

— Je veux te faire du bien aussi, lui dit-elle, incertaine.

— Ça viendra, répondit Meat sans l'ombre d'un doute. Te voir t'épanouir est très excitant. Tu vas être à l'aise ici, sur mon matelas ? Ou préfères-tu qu'on aille sur le futon de ta chambre ?

Zara faillit fondre à le voir aussi prévenant. Une partie

d'elle voulait aller dans sa chambre, juste pour pouvoir sentir l'odeur de Meat sur ses draps ensuite, mais elle ne voulait pas interrompre ce qu'ils étaient en train de faire pour changer de chambre.

— À quoi tu pensais ? demanda-t-il, sans cesser de lui caresser le mamelon du pouce.

— À rien. Ici, c'est bien.

Mais Meat ne voulait rien entendre de ses faux-fuyants. Il lui pinça un téton entre son pouce et son index.

— Dis-moi, Zara.

Elle se haussa sur la pointe des pieds, mais sans essayer de se dégager de son étreinte. Elle était trempée entre les jambes et haletante de désir.

— Je voulais que mon lit sente ton odeur, pour pouvoir m'endormir plus tard en la respirant.

Meat réduisit la pression sur son mamelon et, au lieu de la soulager, le sang qui afflua dans la pointe de son sein engorgé augmenta encore la palpitation. Mon Dieu, elle n'avait aucune idée que ses seins étaient aussi sensibles.

— Tu vas t'endormir avec mon odeur dans le nez et sur tout ton corps, Zar. Si tu crois que je vais faire l'amour avec toi, puis t'envoyer dormir dans la chambre d'amis, tu es folle. À partir de maintenant, nous dormons dans le même lit. Le mien, si tu t'y habitues, ou le tien. On peut dormir par terre, je m'en fiche. Tant que tu seras dans mes bras, je serai satisfait.

C'était une réponse incroyable et Zara ne put que lui sourire, avant de poser une main sur le côté de son visage.

Meat lui sourit en retour, puis recula pour enlever sa propre chemise. Sans la quitter des yeux, il défit le bouton de son jean, puis souleva les fesses et le poussa, ainsi que son caleçon, ses chaussures et ses chaussettes.

Les yeux écarquillés, Zara le regardait se révéler à elle centimètre magnifique par centimètre délicieux. Il ne semblait pas du tout gêné par sa nudité. Et pourquoi le serait-il ? Il était absolument magnifique.

Ses cuisses étaient musclées, sans une once de graisse. Son ventre ressemblait à ce qu'elle savait maintenant être des « tablettes de chocolat » et il avait une légère poussière de poils foncés sur le torse. Incapable de s'empêcher de regarder entre ses jambes, elle déglutit avec difficulté en voyant pour la première fois sa partie la plus intime.

Son sexe était long et dur, légèrement recourbé vers le haut, avec une goutte de liquide pré-séminal à la pointe.

Meat se pencha et ouvrit un tiroir à côté du lit, dont il sortit une boîte de préservatifs. Il plaça un petit sachet près du bord de la table. Puis il recula jusqu'à se retrouver allongé sur le dos.

Ses prunelles semblaient encore plus sombres que d'habitude quand il lui tendit la main.

— Tu me rejoins ?

Il ne la pressa pas de se dévêtir plus qu'elle ne l'était déjà. En fait, il s'était rendu vulnérable en se déshabillant le premier. De quoi la faire craquer encore plus pour lui.

Les mains tremblantes, elle s'efforça d'être aussi courageuse que Meat. Ôtant ses chaussures, elle défit le bouton et la fermeture Éclair de son jean. Elle le baissa, sans toutefois se résoudre à enlever ses sous-vêtements et à s'exposer complètement.

— Viens ici, ordonna Meat en s'asseyant, les bras tendus vers elle.

Mettant sa main dans la sienne, Zara se laissa guider sur le matelas. Mais au lieu de l'allonger et de ramper sur elle, il l'attira à cheval sur lui. Même si elle portait des sous-vêtements, cette position intime lui donna l'impression d'être nue.

Elle savait que si elle regardait en bas, elle verrait une tache humide sur la culotte gris clair qu'elle portait. Elle ne voulait pas être gênée et pourtant, elle l'était toujours. Assise sur le ventre de Meat dont les mains étaient posées sur ses cuisses, elle avait la peau presque brûlée par la chaleur qui s'échappait de ses paumes.

— Regarde-moi, ordonna-t-il.

Zara leva son regard et soutint courageusement le sien.

— Tu es belle. Chaque centimètre de toi. Et comme je l'ai dit plus tôt, je suis un putain de veinard que tu m'aies choisi. Tout ce qui se passe entre nous, ici dans notre lit, est naturel et juste. Je t'admire, Zara. Tu me donnes envie d'être un homme meilleur. Et autant te l'avouer tout de suite... je suis très nerveux.

Un aveu qui la surprit.

— Ah bon ?

— Absolument. Je ne suis pas du genre petit, comme tu l'auras constaté. C'est ta première fois. Je préférerais me couper le bras droit plutôt que te faire mal. Mais je sais que peu importe ma douceur, peu importe ton excitation, tu vas probablement souffrir.

Zara connaissait les bases du sexe. Elle était vierge, mais pas ignorante. Et, bizarrement, savoir que Meat était nerveux la rassurait.

— Le corps des femmes est extensible, dit-elle, en essayant de contrôler son rougissement. J'ai vu ça de mes propres yeux, quand j'ai aidé à mettre au monde des bébés. J'ai confiance en toi, Meat.

Il ferma les yeux pendant une seconde et, quand il les rouvrit, Zara put constater qu'il était revenu à son habituelle confiance en lui. C'était si sexy qu'elle se mit à se tortiller sur son ventre.

— Viens ici, dit-il encore, portant une main à l'arrière de sa nuque pour l'attirer vers lui.

Zara n'aurait su dire combien de temps ils passèrent à s'embrasser, pourtant sans même qu'elle s'en rende compte, elle se retrouva sur le dos alors que Meat descendait lentement le long de son corps. Il l'embrassait et caressait chaque centimètre de sa peau, lui donnant la chair de poule. Et il s'en rendait compte, si l'on en jugeait par le sourire sur son visage. Il ne fit pourtant aucun commentaire, continuant juste à se frayer un chemin entre ses jambes.

Il finit par s'installer là, couché sur le ventre, le visage juste au-dessus du sexe de Zara.

Il inhala profondément et renifla le coton humide en se léchant les lèvres. Zara n'avait pas vraiment envisagé le sexe oral. Elle avait vu des hommes se faire tailler des pipes, mais n'avait pas pensé à la façon dont cela fonctionnait dans l'autre sens. Mais avec Meat qui salivait pratiquement au-dessus de son sexe, elle ne pouvait penser à rien d'autre qu'à ses sensations s'il la touchait là.

— Je peux ? demanda-t-il alors que son doigt suivait le bord de sa culotte sur l'intérieur de sa cuisse.

Zara hocha la tête, sans trop savoir comment cela allait fonctionner, car elle avait les jambes écartées de part et d'autre de lui.

Mais Meat résolut facilement le problème.

Il se pencha vers le tiroir de la table de nuit, celui où se trouvait la boîte de préservatifs, et en sortit un couteau. L'ouvrant d'une main, il amena la pointe aiguisée sur le tissu au niveau de sa taille.

Zara ne cilla même pas. Elle savait que Meat ne lui ferait pas de mal. Entre deux respirations, il avait tranché le tissu des deux côtés et la lame claqua en retombant sur la table.

Zara sentit l'air plus frais de la pièce flotter au-dessus de son sexe trempé avant que Meat ne revienne au-dessus d'elle. Il inspira de nouveau profondément et Zara ferma les yeux, pas sûre de vouloir regarder ce qu'il faisait.

Elle sentit l'un de ses gros doigts calleux glisser le long

de sa fente et elle gémit déjà à ce léger contact. Elle voulait à la fois ouvrir ses jambes plus largement et les refermer.

— Tellement belle, murmura-t-il, plus pour lui-même que pour elle.

Et Zara sentit alors sa langue remplacer son doigt. Elle sursauta au premier contact, puis elle gémit. C'était bon. Pas trop, juste… bon.

Il continua à lécher paresseusement ses replis et Zara eut le courage d'ouvrir les yeux et de regarder l'homme qui se trouvait entre ses jambes. Tout en donnant ses légers coups de langue, il levait les yeux vers elle, à croire qu'il n'avait fait qu'attendre qu'elle ouvre les yeux.

À la seconde où leurs regards se rencontrèrent, très lentement il utilisa un doigt pour la pénétrer.

Zara inhala, mais ne détourna pas les yeux. C'était intense, ce regard si puissant pendant qu'il lui faisait des choses si intimes, mais cela semblait aussi normal.

Puis, alors qu'elle continuait à regarder, il remonta un peu et lécha son clitoris. Elle tressaillit de surprise. Ce qu'il lui faisait auparavant était bon, mais là… c'était incroyable !

Il sourit et la lécha à nouveau. Zara gémit bruyamment. Bon Dieu, elle ne se doutait pas que ce serait si merveilleux.

Alors qu'elle l'observait toujours, il referma les yeux et, les lèvres autour de son clitoris, il entreprit de lui donner du plaisir.

Zara geignait et se débattait dans ses mains tandis qu'il léchait, suçait et mordillait le petit bouton de nerfs hyper-sensible. En même temps, il insinuait son doigt en elle, en va-et-vient lents et paresseux. À un moment donné, il ajouta un deuxième doigt, mais elle était trop perdue dans les sensations qu'il offrait à son clitoris pour penser à autre chose.

Elle aimait ce qu'il faisait, toutefois ce n'était pas suffi-sant pour la précipiter par-dessus bord. Zara se mit à onduler, en proie à la frustration, ne sachant pas trop comment lui dire ce qu'elle voulait. Ce dont elle avait besoin.

Mais il semblait savoir. Sa tête se souleva et elle pleura presque à cette perte, mais avant qu'elle puisse dire quoi que ce soit, il commença à lui frotter le clitoris avec deux doigts. Il avait maintenant trois doigts qui entraient et sortaient de son vagin, tandis qu'avec son autre main, il frottait fort et vite la partie la plus sensible de son anatomie.

Il ne fallut pas longtemps, une quinzaine de secondes seulement de cette stimulation directe, avant que les étoiles ne se mettent à danser derrière les yeux de Zara et qu'elle soit secouée de tremblements. C'était comme si son corps appartenait à quelqu'un d'autre ; elle ne parvenait plus à contrôler ses pensées ou ses mouvements. Enfonçant les doigts dans les draps, elle souleva le bassin du matelas et poussa un cri alors que l'orgasme la consumait.

Elle se rendit vaguement compte que Meat avait bougé : le plaisir courant toujours dans ses veines, elle était bien incapable de se concentrer sur autre chose que ses sensations.

Lorsqu'elle put enfin rouvrir les yeux, elle découvrit Meat au-dessus d'elle. Appuyé sur une main, il tenait de l'autre sa hampe couverte d'un préservatif et, avec la pointe de son sexe, il continuait à stimuler son clitoris. Il ne la touchait qu'entre les jambes et Zara ne put s'empêcher d'écarquiller les yeux devant ce spectacle érotique. Il fit alors glisser son sexe dur comme la pierre entre ses plis, caressant son clitoris à chaque passage.

Elle frissonna et ouvrit ses jambes plus largement.

Elle n'avait pas peur. Pas de lui. Jamais.

— Viens, murmura-t-elle. Je te veux en moi.

Elle vit les narines de Meat se dilater à sa supplique.

— Il n'est pas trop tard pour refuser, lui rappela-t-il d'une voix gutturale et profonde. Un mot de toi et j'arrête.

L'idée qu'il la laisse maintenant était exclue. Elle passa les bras autour de lui et enfonça les ongles dans ses fesses.

— Baise-moi, Meat, lui dit-elle.

Sur un grognement, il avança la pointe de son sexe entre les jambes de Zara. Il était gros, cela ne faisait aucun doute, mais il l'avait préparée avec ses doigts. Elle sentit une pression, mais pas de douleur quand il poussa lentement à l'intérieur.

C'était incroyable. Très étrange, mais pas au mauvais sens du terme. Il poussa un peu plus loin et Zara fit de son mieux pour cacher sa grimace. Plus il s'enfonçait, plus son corps semblait protester.

Il s'immobilisa et elle baissa les yeux pour constater qu'il n'était même pas encore à mi-chemin en elle.

Pour la première fois, elle se prit à douter que cela fonctionne. Après tout, elle ne mesurait qu'un peu plus d'un mètre cinquante et lui trente bons centimètres de plus. Peut-être qu'ils n'étaient pas compatibles. Peut-être...

Ses pensées furent brusquement interrompues lorsque Meat glissa soudain entièrement en elle. Elle se raidit et essaya de s'éloigner, mais Meat la retint. Lui-même ne bougeait plus.

— Je suis désolé, lui chuchota-t-il à l'oreille alors qu'il était étendu sur elle.

Il était tombé sur les coudes et elle se sentait complètement entourée par lui. Il était au-dessus d'elle, en elle, et elle était submergée par ses pensées, les sensations qui la traversaient.

D'un côté, son corps bourdonnait encore de contentement à cause de l'orgasme monstrueux qu'il lui avait donné, mais de l'autre, il y avait la douleur.

— Accorde-nous une seconde, lui dit Meat. Ne bouge pas, on va rester allongés jusqu'à ce que ça fasse moins mal. Je suis désolé, Zara. Vraiment désolé.

Elle inspira profondément et l'odeur de Meat emplit tout son être. Pendant une seconde tendue, elle eut l'impression d'être déchirée... et puis la douleur s'estompa lentement. Ses ongles s'étaient enfoncés si profondément dans les fesses de Meat qu'il en garderait probablement des marques. Elle décramponna ses doigts et leva les mains pour s'accrocher à ses biceps.

Timidement, elle se mit à bouger les hanches... et ses yeux s'élargirent sous la sensation de plénitude qu'elle ressentit.

— C'est bon, chuchota-t-elle.

— Attends encore une minute ou deux, dit Meat, sans lever la tête.

Il avait l'air bizarre et Zara n'avait aucune idée de ce qui se passait dans son cerveau. Elle tira sur ses cheveux.

— Regarde-moi.

Quand il leva la tête, elle fut stupéfaite par ce qu'elle découvrit.

Des larmes. Il ne pleurait pas vraiment, mais ses yeux étaient rouges et il déglutit très fort.

— Oui ?

— Qu'est-ce qui ne va pas ?

— C'était à la fois le plus beau moment de ma vie et le pire, putain, admit-il. Beau parce qu'il était à la fois émouvant et merveilleux de savoir que tu m'as fait assez confiance pour me laisser être le premier.

— Et le pire ? insista Zara, pas sûre de vouloir entendre la réponse.

— Parce que je savais que je devrais te faire mal en te pénétrant. Je n'aime pas te voir t'éloigner de moi et je n'aime pas non plus te voir te raidir de douleur pour quelque chose que je te fais. Je te jure que ça ne te fera plus jamais mal comme ça. Je ne peux pas te promettre que ce ne sera pas inconfortable pendant un certain temps, puisque tu es très serrée, mais je ferai tout ce que je peux pour que tu sois complètement prête à m'accueillir avant que je ne revienne en toi.

Le cœur de Zara bégaya. Si elle n'avait pas déjà aimé Meat, elle serait tombée amoureuse sur-le-champ.

— Je vais bien. C'est tout ?

Il sourit et une partie de l'angoisse qu'exprimaient ses yeux se dissipa.

— Non, Zar. Ce n'est pas tout. Je vais bouger maintenant. Si ça fait mal, dis-le-moi. Je peux lire beaucoup de ce que tu ressens sur ton visage, mais je sais aussi que tu es douée pour cacher tes émotions. Alors, dis-moi si cela fait mal. Je peux me retirer tout de suite et aller te faire couler un bain si tu veux.

Elle secoua la tête.

— Non. Enfin, ça ne me dérangerait pas de prendre un bain... après. Mais là, je veux aller au bout.

— Tellement courageuse, chuchota Meat.

Puis il se retira lentement de son corps, pour y rentrer à nouveau, tout aussi lentement.

C'était une sensation étrangère en elle, mais qui ne lui faisait plus mal... du moins pas comme à la première pénétration. Elle se sentait remplie de lui et ses cuisses étaient tendues, des muscles qu'elle n'avait jamais utilisés auparavant se retrouvaient bandés, tant elle gardait ses jambes bien ouvertes pour lui. Il entra et sortit doucement plusieurs fois avant que Zara ne relâche le souffle qu'elle avait retenu.

— Ça va ? demanda-t-il.

Zara fit « oui » de la tête.

Elle n'avait aucune idée de la durée pendant laquelle Meat lui fit l'amour, lentement et tendrement, en la laissant s'habituer à son corps, avant qu'elle ne commence à avoir... des fourmis partout.

— De quoi as-tu besoin, Zar ? N'aie jamais peur de me parler.

— Je ne sais pas, admit-elle. C'est juste que... ça fait du bien, mais cela ne suffit pas.

Meat passa une main sous elle et souleva une de ses fesses. Le changement de position intensifia ses poussées, devenues un peu plus profondes, et elle se mit à crier. Elle baissa les yeux entre eux et vit le sexe de Meat luisant de ses sucs alors qu'il continuait à lui faire l'amour.

Incapable de s'arrêter, elle tendit la main et caressa la partie de lui qui n'était pas en elle.

Il gémit bruyamment.

Enhardie, elle déplaça la main jusqu'à atteindre ses bourses, qui se balançaient chaque fois qu'il poussait à l'intérieur de son corps. Sa tête partait en arrière et il gémissait lorsqu'elle le caressait. Zara aimait pouvoir agir sur lui de la même manière que lui sur elle.

Avant qu'elle ne comprenne ce qu'il faisait, il lui lâcha les fesses et porta la main à l'endroit où leurs deux corps étaient réunis. Il lui donna une petite tape sur le clitoris et elle sursauta.

— Toujours aussi sensible, hein ? fit-il.

Zara acquiesça.

— Très bien, alors j'ai le sentiment que ça va devenir intense très vite. Accroche-toi.

Avant qu'elle ne puisse lui demander ce qu'il voulait dire, Meat recommença à titiller son clitoris comme il l'avait fait auparavant. C'était tout aussi agréable, bien que différent avec sa hampe dure en elle. Zara sentit ses muscles se serrer et ils poussèrent tous les deux un gémissement.

— Putain, Zara... tu es si serrée. C'est ça, laisse-toi aller. Jouis sur ma queue, fais-le-moi ressentir.

Elle n'était que vaguement consciente de la crudité de ses mots, plus préoccupée par la poursuite des sensations intenses d'un orgasme imminent. Son corps se mit à trembler de nouveau et elle entendit Meat lâcher :

— C'est la plus belle chose que j'ai jamais vue.

Et puis elle perdit toute conscience de ce qui se passait autour. Elle s'envola dans un autre orgasme. Intense. Les poussées paresseuses de Meat étaient devenues plus puissantes et plus rapides, et il ne fallut pas longtemps pour qu'il s'enfonce tout au fond d'elle, qu'il s'immobilise enfin, crispé, sur un long grognement guttural.

Après quoi, il s'effondra et les fit immédiatement pivoter pour qu'elle soit couchée sur lui. Ils étaient toujours connectés et Zara aurait pu jurer qu'elle sentait les battements de son cœur à travers son sexe au fond d'elle. Elle était en sueur, son entrejambe et ses cuisses couverts d'un voile humide, mais elle ne s'en souciait pas. Meat était étonnamment confortable et elle n'avait aucun problème pour poser sa tête sur son épaule et à se blottir contre lui.

Elle le sentit bientôt glisser hors de son corps et gémit, sans bouger pour autant.

— Zar ?

— Mmmm ?

— Tu vas bien ?

— Mmmm-hmmm.

Elle ressentit plus qu'elle entendit son rire.

— Laisse-moi deviner : tu vas vouloir m'utiliser comme matelas à partir de maintenant, c'est ça ?

— Ça t'embête ? demanda-t-elle.

— Bien sûr que non, répondit-il sans hésiter, alors que ses bras l'entouraient.

Ils restèrent ainsi allongés ensemble, en plein milieu de l'après-midi, nus comme au jour de leur naissance, et aucun des deux ne semblait mal à l'aise.

— Tu es à moi, chuchota Meat après quelques minutes.

Sa main traçait paresseusement la ligne de sa colonne

vertébrale de haut en bas, et Zara était presque endormie. Elle n'eut pas l'énergie de se plaindre de sa déclaration de mâle alpha ni d'acquiescer d'ailleurs. Elle se contenta donc de tourner la tête d'un centimètre, embrassa la peau chaude de son torse, puis elle s'endormit aussitôt.

— Tu connais le plan, OK ? demanda l'homme à son comparse.

— Oui. On l'a revu au moins cent fois, pas besoin de me le rappeler sans cesse.

— Parfait. Bientôt, on sera bien au Mexique, à fumer toute la dope qu'on veut sans avoir à se soucier de la police, de tes parents ou que qui que ce soit s'en mêle.

— Ça m'énerve de vivre dans ce putain d'endroit minable alors qu'elle a tout l'argent du monde. Elle ne le dépense même pas ! J'ai entendu dire qu'elle avait créé une bourse pour le morveux qu'une de ces salopes vient d'avoir. Un bébé. Qui ne touchera même pas à l'argent pendant des années ! Elle est complètement stupide.

— En parlant de ça, comment elle est devenue si proche d'elles tout à coup ? Je pensais qu'elle n'avait pas d'amis, qu'elle passait son temps dans la maison de son trou du cul ?

— Je ne sais pas, mais ça aussi, ça me rend furax.

L'homme sourit, mauvais.

— On dirait que quelqu'un est un peu grincheux.

— Va te faire foutre. Peut-être que si tu avais apporté plus d'un gramme à fumer, je ne serais pas de si mauvaise humeur.

— Eh... bientôt on nagera dedans.

— Ça a intérêt à marcher.

— Ça va marcher, affirma l'homme. On a tout prévu. Elle est trop conne pour aller voir les flics... et quand on lui annoncera ce qui se passera si elle le fait, elle sera encore plus disposée à nous obéir.

Son comparse hocha la tête.

— Tu as entendu qu'elle a décidé d'organiser une conférence de presse, tout compte fait, pour raconter son histoire au monde entier ?

— Oui. Mais peu importe la putain d'histoire qu'elle raconte, on s'en tient au plan.

— Ouais, c'est ça.

— Qu'est-ce que ça veut dire ?

— Rien. Juste que je pense que tu as raison.

— T'as intérêt à pas me doubler.

— J'en ai pas l'intention. Je reste avec toi jusqu'à la banque.

Ils échangèrent un sourire.

— À un avenir plus brillant et plus ensoleillé au Mexique, dit l'un des deux en levant une bouteille de bière pour porter son toast.

— Au Mexique, renchérit l'autre en inclinant sa propre bouteille.

24

—————

— Tu es bien sûre de vouloir faire ça ? demanda Meat à Zara pour la dixième fois.

Une semaine s'était écoulée depuis que leur relation était officiellement passée d'amicale à amoureuse. Il n'aurait pas pu être plus heureux de la façon dont les choses progressaient entre eux, néanmoins il ne pouvait pas non plus s'empêcher de s'inquiéter de la rapidité avec laquelle Zara, qui tenait à rester seule chez lui, se montrait désormais pressée de prendre en charge tous les aspects de sa vie à la fois.

C'était comme si une lumière avait été allumée après l'incident à la grande surface, avec la jeune femme hispanophone et le policier. Elle avait décidé de devenir traductrice pour ceux qui en avaient besoin. En outre, elle avait soudain hâte de remettre les pendules à l'heure concernant ce qui leur était arrivé, à elle et ses parents au Pérou si longtemps auparavant.

La décision de parler à la presse semblait un peu sortie de nulle part, mais Zara l'avait rassuré en affirmant qu'elle y pensait depuis un moment. Elle en avait assez que les médias diffusent des informations erronées. Ils avaient récemment appris que son oncle était responsable de la diffusion de certaines des pires rumeurs via les réseaux sociaux. Alan en avait apparemment fini avec la subtilité et les tentatives de séduction de sa nièce pour lui soutirer de l'argent. Il s'était répandu sur diverses pages d'information avec des commentaires sur la façon dont il avait « entendu dire » qu'elle avait travaillé comme prostituée, qu'elle n'avait pas été vue depuis son retour aux États-Unis parce qu'elle était droguée et qu'elle était actuellement en désintoxication. Plus absurde encore, elle aurait en fait travaillé pour le compte des meurtriers de ses parents pendant toutes ces années.

Le plus écœurant, c'était que les gens croyaient à ces conneries. Des articles étaient écrits pour de faux sites d'« information » et diffusés sur les réseaux sociaux. La goutte d'eau qui semblait avoir fait déborder le vase pour Zara avait été le policier du magasin qui lui avait dit croire qu'elle avait été trafiquante de drogue pour un cartel.

Elle avait parlé à Rex et lui avait demandé s'il pouvait organiser une conférence de presse. Avant que Meat ne puisse discuter plus en détail de la situation avec elle, Rex avait contacté les médias de Colorado Springs et parlé avec Everly de la sécurité, puis une date avait été fixée.

Au lieu de la seule présence des journalistes locaux, la situation avait beaucoup évolué si bien que des correspondants de plusieurs pays différents et de toutes les grandes chaînes et émissions avaient débarqué. En gros, tout le monde avait demandé l'un des cinquante créneaux si convoités, attribués aux médias.

— J'en suis sûre, affirma Zara avec confiance, pour répondre à la question de Meat après une longue réflexion.

Il ne constatait aucune nervosité ou inquiétude, ni dans sa voix ni dans son expression. Une fois de plus, il prit conscience de l'incroyable force de Zara. Un constat qui n'aurait pas dû le surprendre – elle n'aurait pas survécu à ce qui lui était arrivé, sinon. N'empêche, il brûlait de l'envelopper dans du coton et de la cacher loin des cruautés du monde.

Ils avaient décidé de tenir la conférence de presse au palais de Justice, dans l'une des grandes salles de réunion. L'auditorium était assez vaste pour accueillir tout le monde confortablement et l'ambiance n'y ressemblerait pas à un interrogatoire pour Zara. Il était prévu qu'elle explique avec ses propres mots ce qui s'était passé, puis qu'elle répondrait aux questions.

Morgan avait essayé de la dissuader de se plier à cette dernière partie, mais Zara avait refusé de changer d'avis, arguant que si elle ne laissait pas les journalistes lui demander ce qu'ils voulaient, d'autres rumeurs suivraient, alors qu'elle n'avait rien à cacher puisqu'elle n'avait rien fait de mal.

Meat ne pouvait pas vraiment contester cette logique, mais ça ne voulait pas dire qu'il était satisfait.

Zara avait emménagé dans sa chambre la nuit même où ils avaient fait l'amour pour la première fois, et la question de savoir si elle serait à l'aise de dormir sur son matelas moelleux n'avait plus été un sujet après qu'elle avait découvert comme elle dormait bien... sur lui. Il avait fallu que Meat s'y habitue, mais ça n'avait pas pris longtemps. Il adorait pouvoir la serrer contre lui lorsqu'ils s'endormaient. Au matin, ils s'étaient généralement déplacés pendant leur sommeil pour s'allonger l'un à côté de l'autre, même si elle le touchait toujours d'une manière ou d'une autre. Elle tendait les mains vers lui, même lorsqu'elle dormait. Autant dire qu'il n'en était pas peu fier.

— Ça va aller, reprit-elle, en lui posant la main sur le bras.

Meat hocha la tête et l'attira contre lui.

— Je sais que ça va aller. Parce que tu es une dure à cuire, affirma-t-il fièrement.

Zara lui sourit.

— J'ai besoin de faire ça pour aller de l'avant, dit-elle. J'espère que tu comprends.

— Je comprends. Tu as parlé à tes grands-parents ou à ton oncle ? Tu leur as communiqué tes intentions ?

Elle soupira.

— J'ai appelé mes grands-parents, mais ils ne m'ont pas rappelée. J'ai laissé un message sur leur boîte vocale pour les inviter à venir, m'enfin je doute qu'ils soient là. Ils m'ont fait part assez clairement de leurs sentiments, la dernière fois que je les ai vus.

— Tant pis pour eux, grommela Meat, qui lui donna un baiser sur le front.

— Tu as raison, accepta Zara. Je ne peux pas dire qu'ils me manquent, parce que je ne les ai jamais vraiment connus. En revanche, l'idée d'avoir une famille qui se soucie de moi, ça me manque.

Meat détestait les Harper. Qu'ils puissent ne pas se soucier de leur unique petite-fille dépassait son entendement. Zara était étonnante... courageuse et résiliente. Ils auraient dû être ravis de la retrouver.

— Et ton oncle ?

Zara plissa le nez.

— Il agit toujours comme un con. Il me laisse des messages odieux sur mon téléphone en geignant que, si j'avais aimé ma mère, je lui aurais donné de l'argent pour qu'il ne soit pas dans la misère.

Meat grogna.

— Tes grands-parents n'auraient jamais dû lui communiquer ton numéro. Ils devaient savoir qu'il te harcèlerait pour l'argent. Tu as dit que tu ne souhaitais pas te plier aux tracas liés à un changement de numéro, mais je pense qu'il est temps.

Zara acquiesça.

— Si tu le penses, très bien. Je n'ai pas vraiment envie de reparler à mon oncle. Jamais. Et depuis qu'il a répandu ces rumeurs à mon sujet, il peut toujours courir pour obtenir une partie de l'héritage de maman et papa. Comment me trouves-tu ?

Meat reconnaissait un changement de sujet quand il en croisait un, et il n'insista pas.

— Tu es très belle.

Et c'était vrai. Elle avait invité Harlow à venir l'aider à décider quoi porter. Meat avait été un peu surpris qu'elle s'adresse à elle plutôt qu'à Renee, mais il en était ravi. Elle avait continué à faire des efforts pour se rapprocher des autres femmes de la bande, depuis son expérience bouleversante avec Morgan et la naissance de sa fille.

Zara portait un pantalon kaki, à la place de son jean habituel, et un chemisier jaune clair au décolleté pudique – il n'en fallait pas trop, puisqu'elle serait filmée. C'était un ensemble féminin et délicat, différent de ce qu'elle portait normalement. Elle sortait de plus en plus de sa coquille, désireuse de montrer sa féminité, mais juste un peu. Meat s'en fichait bien de ce qu'elle portait tant qu'elle était à l'aise, mais il ne pouvait s'empêcher de l'admirer. Il était très fier d'elle, reconnaissant chaque jour de sa présence auprès de lui.

— OK, on dirait que c'est l'heure, lâcha Zara. Souhaite-moi bonne chance.

— Tu n'as pas besoin de chance, répondit Meat. Sois juste toi-même. Je serai là et les autres gars seront placés tout autour de la salle pour le cas où. Everly est ici aussi avec certains de ses amis les plus fiables du CSPD et ils s'occuperont de tout si la presse s'emballe. Chloé et Harlow sont dans la foule, Allye et Morgan arriveront après la fin de la conférence et t'attendront avec leur bébé. Je crois même avoir vu Renee dans la foule. Ne t'inquiète pas. Tu n'es pas seule.

Zara prit une profonde inspiration et hocha la tête.

— Rien ne va plus, lança-t-elle.

Puis elle pivota et entra par une porte latérale dans la grande salle, sur l'estrade qui avait été aménagée pour elle. À la seconde où les journalistes la virent, un silence tomba sur la pièce. On aurait pu entendre voler une mouche.

Meat profita du fait que toute l'attention soit dirigée vers Zara pour se faufiler dans la salle à son tour, d'où il regarda, avec un mélange de crainte et de fierté, la femme qu'il aimait se tenir la tête haute et s'adresser à la foule.

Zara crut qu'elle allait vomir. Elle voulait le faire. Pour mettre les choses au clair. Mais ça ne l'empêchait pas d'être terrifiée.

Ses yeux écumèrent la foule qui l'observait et voir les gens qu'elle pouvait maintenant appeler ses amis venus la soutenir la soulagea énormément. Renee lui adressa un pouce levé et Zara lui répondit par un bref signe de tête, avant de commencer à parler.

— Merci à tous d'être là. Je m'excuse de ne pas avoir organisé cette conférence de presse avant aujourd'hui. J'ai eu du mal à m'adapter à la vie ici, aux États-Unis. C'est très étrange de passer de l'absence de tout à son contraire : j'ai l'eau courante, de la nourriture quand je veux, de l'argent pour acheter des vêtements et tout ce dont j'ai besoin. Je ne me sentais pas non plus prête à raconter mon histoire. Peut-être d'ailleurs que je ne le suis toujours pas. Mais à cause de toutes les fausses rumeurs et des récits ridicules qui circulent sur mon histoire, je veux remettre les pendules à l'heure.

On aurait dit que personne dans la salle ne respirait. Comme s'ils retenaient leur souffle en attendant qu'elle dévoile des secrets sur l'endroit où se trouvait un trésor enfoui. C'était dingue. Les lumières rouges des caméras clignotaient constamment, rappelant à Zara que ce qu'elle disait serait retransmis dans tout le pays, peut-être même dans le monde entier. Elle devait veiller à ne rien dire qui mettrait ses amis péruviens en danger, qui mettrait del Rio sur leur piste.

Elle prit une profonde inspiration et se lança.

— Quand j'avais dix ans, mes parents m'ont annoncé qu'ils m'emmenaient en vacances dans un pays merveilleux appelé Pérou…

Vingt minutes plus tard, Zara avait l'impression de finir un marathon.

Elle sentait la sueur ruisseler dans son dos, sa voix était rauque à force de parler. Elle avait été complètement honnête, jusqu'à la façon dont elle avait eu peur de sortir du trou dans le mur où elle s'était cachée, et que jour après jour, elle avait continué d'espérer que quelqu'un la retrouve.

Elle avait expliqué comment, finalement, elle avait cessé de s'attendre à être secourue et s'était concentrée sur sa survie au jour le jour sans se faire frapper ou violer. Elle fit de son mieux pour minimiser le rôle des Mercenaires Rebelles dans son sauvetage, sans les nommer, déclarant simplement que lorsqu'un groupe d'Américains qui faisaient partie d'une force opérationnelle conjointe avec l'armée péruvienne l'avait trouvée, elle leur avait raconté son histoire, et tout le monde connaissait le reste.

À vif et vulnérable, elle n'aspirait à rien de plus qu'à quitter la pièce, maintenant qu'elle avait terminé. Mais elle avait promis de répondre aux questions, et c'était ce qu'elle allait faire.

Le chef de la police présent pour faciliter la séance de questions-réponses intervint pour expliquer comment la partie suivante de la conférence de presse allait se dérouler.

Les premières questions furent assez anodines. Des choses comme : « Quel effet cela fait-il d'être rentrée à la maison ? ou : « Quelle est la première chose que vous avez mangée à votre retour ? »

Mais elles se corsèrent rapidement.

Beaucoup de gens s'interrogeaient sur son argent : combien ses parents lui avaient laissé et quels étaient ses projets maintenant qu'elle était riche. Zara fit de son mieux pour éluder ces questions, ne souhaitant pas aborder le sujet de sa situation financière. Elle avait assez de gens qui lui envoyaient des mails – et maintenant qui l'appelaient, grâce à son oncle qui divulguait son numéro de téléphone – pour lui quémander de l'argent.

Tout se passa bien jusqu'à ce qu'une journaliste se lève et lui demande :

— Pourquoi ne vous êtes pas plus débrouillée pour trouver de l'aide quand on vous a déposée dans le *barrio* ? Il devait bien y avoir quelqu'un qui parlait anglais vers qui vous auriez pu vous tourner. Ou qui aurait pu vous indiquer la direction de l'ambassade américaine. Vous auriez pu être rentrée depuis des années.

La question ne la surprit pas. Le FBI lui avait posé la même et elle avait lu des commentaires en ligne de personnes qui se la posaient aussi. N'empêche, c'était agaçant que tout le monde pense qu'elle n'avait rien fait pour essayer de s'en sortir.

— Avez-vous des enfants ? demanda Zara d'une voix étonnamment calme.

— Oui, répondit la journaliste.

— De quel âge ?

— Je ne suis pas sûre que ce soit pertinent, fit l'autre d'un ton hésitant.

— Quel âge ? insista Zara.

— Cinq, onze et treize ans.

— Qu'est-ce que vous avez appris à vos enfants à faire s'ils sont perdus ? Par exemple, s'ils partent en randonnée, s'égarent et ne savent pas quel chemin prendre ?

Elle n'attendit pas la réponse.

— Vous leur dites de rester où ils sont. Que quelqu'un les trouvera. La pire chose qu'ils puissent faire, c'est de se déplacer, parce que ça les rend encore plus difficiles à trouver. Eh bien, figurez-vous que mes parents m'avaient appris la même chose. Alors quand ces monstres m'ont lâchée dans ce *barrio*, j'ai fait ce que je pensais être juste : je me suis recroquevillée et j'ai attendu d'être trouvée. Mais le problème, c'est que personne ne me cherchait vraiment. Tout le monde pensait que j'étais morte. Imaginez votre propre enfant dans une situation comme la mienne. Comment pensez-vous qu'il ou elle s'en sortirait ? Leur avez-vous appris ce qu'il faut faire s'ils se perdent dans une grande ville où ils n'ont jamais mis les pieds ? Avez-vous appris à vos enfants comment communiquer avec des personnes qui ne parlent pas la même langue ? Ont-ils connu une faim si intense qu'ils auraient littéralement mangé de la terre pour avoir quelque chose dans le ventre ?

Lorsque la journaliste secoua la tête en silence, Zara poursuivit.

— J'étais dans cette situation-là : dix ans, incapable de parler à quiconque, affamée, sale et traumatisée d'avoir vu mes parents se faire tuer sous mes yeux... et j'ai fait ce qu'on m'avait appris. J'ai attendu. Et j'ai attendu. Et j'ai attendu. Mais personne n'est jamais venu. Quand j'ai dû sortir de ma cachette, j'étais terrorisée. On ne comprenait pas un mot de ce que je disais et je ne comprenais pas non plus mes interlocuteurs. J'ai été chassée des poubelles par des hommes qui me criaient dessus dans une langue que je ne connaissais pas, d'autres enfants me lançaient des pierres pour m'empêcher d'avoir des restes de nourriture. Vous voulez savoir pourquoi je ne m'approchais pas continuellement des gens pour leur demander, en anglais, où se trouvait l'ambassade américaine ? Parce que les quelques adultes à qui j'essayais de parler m'ignoraient. Ou alors ils me regardaient... avec un peu trop d'intérêt, si vous voyez ce que je veux dire. Et le seul policier que j'ai approché m'a frappée avec sa matraque. Je ne savais pas où j'étais ni dans quelle direction l'ambassade pouvait se trouver. Quand on a dix ans, le monde est un endroit effrayant, et plus encore quand on est tout seul. Alors vous pensez peut-être : d'accord, mais une fois que j'ai appris l'espagnol ? Une fois que j'ai grandi ? Pourquoi n'ai-je pas demandé de l'aide à ce moment-là ? Parce qu'à ce moment-là, j'étais trop occupée à essayer de rester en vie. À manger. À éviter les gens qui voulaient s'attaquer à une enfant sans défense. Mais ce que j'entends vraiment quand on me pose cette question – ou toute autre question qui commence par : Pourquoi n'avez-vous pas... ? –, c'est un reproche et un jugement. On me juge pour mes actes. Les actes d'une petite fille horrifiée. Laissez-moi vous dire une chose : si je pouvais revenir en arrière et faire les choses différemment, je le ferais. Je n'aurais pas été pénible avec mes parents au dîner. J'aurais marché plus vite pour que nous puissions être à l'hôtel avant que ces hommes ne croisent notre chemin. J'aurais crié aussi fort que je pouvais quand ils ont sorti un couteau la première fois. J'aurais couru. J'aurais marché des kilomètres et des kilomètres depuis l'endroit où ils m'avaient déposée jusqu'à l'hôtel où nous étions hébergés, ou du moins j'aurais essayé. J'aurais appris l'espagnol plus vite. Je me serais liée d'amitié avec des gens plus tôt. J'aurais eu plus d'assurance et j'aurais supplié quelqu'un de m'aider. Seulement voilà, je ne peux pas revenir en arrière. Et vous n'avez pas le droit de rester assis là et de me juger pour ce que j'ai fait. J'ai fait du mieux que j'ai pu quand j'avais dix ans. Et à onze ans. À quinze ans. À vingt ans. Je prie Dieu que vous ne soyez jamais dans une situation comme celle que j'ai connue. Une situation où vous seriez effrayée, perdue, terrifiée parce que tous ceux qui croisent votre chemin cherchent à vous faire du mal. Il n'est littéralement pas possible que vous compreniez pourquoi j'ai fait ce que j'ai fait, à moins que vous n'ayez vécu la même expérience, alors j'espère pour vous que vous ne comprendrez jamais. Mais en attendant, vous n'avez pas le droit de me juger pour mes actes. De me blâmer pour la situation dans laquelle j'étais et pour ce qui s'est passé.

La pièce resta silencieuse après que Zara eut cessé de parler et, pendant une seconde, elle crut même que la journaliste allait pleurer. Mais elle se contenta de hocher la tête et se rassit, les yeux rivés sur le bloc de papier devant elle.

Zara prit une profonde inspiration, prête à ce que la foule se retourne contre elle. Qu'on lui pose une question inappropriée, voire carrément ridicule. Mais avant qu'on puisse lui demander comment elle faisait lorsqu'elle avait ses règles pendant qu'elle vivait dans la rue, ou si quelqu'un, découvrant qu'elle n'était pas un garçon, l'avait violée, le chef de la police conclut poliment la conférence de presse en remerciant tout le monde d'être venu.

Puis il prit le bras de Zara et la guida doucement vers la porte latérale, l'éloignant des journalistes et des caméras.

Avant qu'elle ait pu souffler, Meat était là. Il l'enveloppa de ses bras et Zara enfouit le visage contre son torse, heureuse de pouvoir s'échapper du monde réel pendant une seconde. Dans son étreinte, à respirer son odeur unique de bois et de pin, elle parvenait presque à oublier tout ce qu'elle avait vécu.

Presque.

— Putain, tu as été phénoménale, lui chuchota Meat à l'oreille.

Elle s'attendait à ce qu'il soit contrarié pour elle. Quand elle leva la tête, elle vit qu'il était énervé, mais elle vit aussi la fierté qu'elle lui inspirait.

— Tu aurais pu refuser de répondre à sa question et passer à une autre, mais toi, tu l'as remise à sa place et lui as expliqué exactement en quoi sa question était très grossière.

— N'est-ce pas ?

— Oh, ça, oui.

Ils n'eurent pas plus de temps pour parler en privé, car ils furent soudain entourés de tous leurs amis. Ils s'installèrent dans la pièce où Allye et Morgan les attendaient et, même s'il avait été difficile de raconter au monde entier ce qui lui était arrivé, ce qu'elle avait ressenti quand elle était enfant, cet espoir désespéré que quelqu'un la retrouve et puis l'atroce déception quand rien ne s'était produit, Zara ne put s'empêcher de se sentir chanceuse.

Elle avait survécu. Ses parents seraient fiers d'elle, elle n'en doutait pas. Et elle avait de bons amis qui feraient tout ce qu'il fallait pour la retrouver si jamais elle disparaissait à nouveau. La plupart avaient vécu leur propre enfer. Même Renee, qui avait eu une vie calme et normale à Denver, l'avait soutenue depuis le début.

Il avait été convenu que tout le monde irait chez Gray et Allye pour déjeuner et décompresser. Meat se pencha et demanda :

— Tu veux toujours aller chez Gray ? Ce n'est pas grave si tu préfères rentrer à la maison.

Zara réfléchit, mais secoua la tête.

— Non, j'ai envie d'y aller. Je t'avoue que j'étais

nerveuse, mais maintenant que c'est fini et que j'ai remis les pendules à l'heure, je veux fêter ça. Je suis en vie. Et je veux apprendre à mieux connaître mes nouveaux amis.

Meat posa sur elle un drôle de regard.

— Quoi ? demanda-t-elle en fronçant les sourcils.

— J'ai juste… Je suis en admiration devant toi, Zar. Chaque jour, tu me surprends. En bien.

— Je suis juste moi-même, Meat. Je ne suis personne de spécial.

— Tu as tort. Mais ce n'est pas grave, tu peux penser ce que tu veux, moi je resterai à tes côtés, histoire d'être sûr qu'aucun connard n'aura plus jamais l'occasion d'éteindre cette lumière en toi.

Zara secoua la tête et sourit.

— Tu es fou.

— Oui. Continue donc à vivre dans votre monde d'illusion, lâcha Meat avec un sourire.

Elle leva la main pour l'attirer vers elle, mais il ne résista pas. Au contraire, il se pencha et elle l'embrassa.

— Merci d'être ici avec moi aujourd'hui.

— Je voudrais être nulle part ailleurs, Zar.

— Je sais que, même si j'ai raconté mon histoire, les gens vont continuer à bavarder. Ils vont reprendre mes mots et les déformer. Mon oncle va probablement continuer à me harceler et à me supplier de lui donner de l'argent, mais je sais ce qui est vraiment important.

— Ah oui ?

Elle hocha la tête.

— Oui. Des amis qui me soutiendront quoiqu'il arrive.

— Essaie un peu de m'éloigner, gronda Meat. Allez. Voyons si on arrive à faire sortir tout le monde d'ici pour aller chez Gray. Je suis sûr que tu as faim.

— J'ai toujours faim, lui rappela-t-elle en riant.

Meat sortit une barre protéinée de sa poche et la lui tendit.

— C'est pour ça que je t'ai apporté ça. En dépannage.

La vue de la petite barre dans sa grande main donna envie à Zara de pleurer. Meat s'occupait toujours d'elle. Même lorsqu'il semblait perdu dans son ordinateur, à la recherche de quelque chose pour Rex, son chef solitaire, ou lorsqu'il nageait au milieu des copeaux de bois dans son atelier, il répondait toujours à ses questions. Ou bien, il faisait quelque chose de surprenant comme sortir une collation ou un morceau de chocolat de sa poche et le lui remettre sans un mot.

Au lieu de pleurer, Zara s'empara de la nourriture et lui sourit. Elle lui prit la main lorsqu'ils sortirent du tribunal pour aller à sa voiture. Elle allait en effet devenir une femme aussi bien que possible, et le Pérou, avec ce qu'elle y avait vécu, aurait pu se trouver à des millions de kilomètres.

25

— Tu es sûre que tu ne veux pas que je vienne avec toi, que je m'installe discrètement au fond du bar ? s'enquit Meat lorsque Zara entra dans la cuisine.

— Oui, je suis sûre. Tu es toujours inquiet par rapport à mon oncle ?

— Zara, Alan est un connard et je suis sur le point de péter les plombs avec lui, admit-il.

Zara était très déçue par son oncle. C'était le frère de sa mère et elle aurait aimé qu'ils aient de meilleurs rapports, mais le bateau de leur relation avait définitivement pris l'eau. Une semaine et demie après la conférence de presse, il n'arrêtait toujours pas de la harceler et de la menacer en vain, insistant sur le fait que si Zara ne lui donnait pas la moitié de son argent, elle le regretterait.

Ball et Everly étaient allés à Denver deux jours plus tôt, histoire de lui transmettre en personne un message de menace qui, du moins Zara l'espérait-elle, lui clouerait le bec.

En pratique, Everly était allée lui signifier une ordonnance restrictive qui lui interdisait de contacter Zara par téléphone, par écrit ou en personne.

Mais quand Everly était retournée à la voiture, Ball avait ajouté un message de son cru… disant à Alan, en termes très clairs, que s'il osait ne serait-ce que respirer dans la direction de Zara, il perdrait tout. Ils savaient tout de ses activités liées à la drogue et Ball s'était assuré qu'Alan sache que, s'il envoyait un autre mail ou s'il reprenait contact avec Zara de quelque manière que ce soit, son dealer apprendrait comment il avait transmis des informations à la police locale en échange d'argent.

— Ça va aller, insista Zara. Everly sera là ce soir et si quelque chose arrive, elle le gérera.

— Qui d'autre sera là ? voulut savoir Meat.

— Harlow et Renee. Allye ne peut pas venir. Elle est épuisée, ces derniers temps, parce que Darby a été difficile. Et Morgan ne réussit pas encore à s'arracher à Calinda, ce dont je ne la blâme pas, vu comme elle est adorable.

— Et Chloé ?

Zara haussa les épaules.

— Elle a promis qu'elle essaierait de venir si possible. Elle est sur l'analyse du compte retraite de quelqu'un et, apparemment, elle est à fond sur ce genre de dossiers et n'aime pas s'arrêter avant que ce soit bouclé.

— Tu m'appelleras quand tu auras besoin que je vienne te récupérer ?

Zara secoua la tête.

— Non. Tu n'as pas besoin de venir jusqu'en ville pour me chercher. Renee me déposera en repartant pour Denver.

— Assure-toi qu'elle ne boive pas, dans ce cas, lui recommanda Meat, sévère.

Zara leva les yeux au ciel.

— Oui, papa.

— Je suis sérieux. Je ne sais pas ce que je ferais si quelque chose t'arrivait.

— Il ne m'arrivera rien. Je sors juste dîner avec mes amies. J'ai été surprise que Renee ait accepté de venir. Je pense qu'elle est un peu jalouse que je me sois rapprochée des autres et je déteste ça.

Meat fronça les sourcils. Il n'aimait pas les petits commentaires lâchés ici et là par Zara. Renee était probablement jalouse, mais il y avait plus que ça. Il n'arrivait pas encore à mettre le doigt dessus et il ne lui restait qu'à espérer le renforcement de leur amitié à mesure que Zara redeviendrait elle-même, ou son extinction.

— D'accord, mais appelle-moi si tu as besoin de quoi que ce soit.

— Promis.

Ils entendirent klaxonner dehors et Zara se retourna pour prendre son sac. Elle portait un jean et un tee-shirt ajusté qui épousaient merveilleusement ses courbes. Meat dut se retenir de poser sur elle un regard concupiscent. Toutefois, quand elle se retourna et afficha un sourire amusé, il comprit que ses efforts de discrétion avaient été peu efficaces.

Elle se dressa sur la pointe des pieds et l'embrassa, puis se retourna pour se diriger vers la porte.

— Meat ? dit-elle avant de sortir.

— Oui, Zar ?

— Je porte un nouvel ensemble soutien-gorge et culotte rouge vif que j'ai acheté l'autre jour. Peut-être que je pourrais te faire un petit défilé quand je rentrerai à la maison.

Meat grogna et avait déjà fait un pas vers elle avant même de s'en rendre compte.

Zara gloussa et disparut par la porte.

Meat se dirigea vers la fenêtre et la regarda monter dans la voiture de Renee, puis elles s'éloignèrent dans sa longue allée. Il se rendit compte qu'il ne l'avait jamais entendue rire depuis qu'elle avait emménagé.

Si douloureux que soit son sexe durci, cette envie brusque de la prendre contre le mur quand elle ne porterait rien d'autre que son soutien-gorge rouge et sa nouvelle culotte, il aimait savoir qu'elle était assez à l'aise et se sentait assez en sécurité pour le taquiner.

— Tu vas nous dire pourquoi tu avais un sourire jusqu'aux oreilles quand tu es montée dans la voiture ? demanda Renee une fois qu'elles furent toutes installées au restaurant.

Everly et Zara buvaient de la limonade, Renee et Harlow avaient chacune un verre de vin. Elles avaient commandé une assiette de chips au fromage en guise d'apéritif et s'en régalaient en attendant leur repas.

— Oui, tu m'as l'air terriblement joyeuse ce soir, commenta Harlow.

Zara essaya de cacher son sourire en prenant une gorgée de sa citronnade, mais elle savait qu'elle n'y parvenait pas.

— Crache le morceau ! insista Everly en posant les coudes sur la table pour se pencher vers l'avant.

Zara haussa les épaules.

— C'est juste que... les choses se passent très bien entre Meat et moi.

Les autres femmes se fendirent toutes d'un grand sourire.

— Laisse-moi deviner... soit tu as pris ton pied juste avant de quitter la maison, soit tu l'as titillé sans merci et il va te sauter dessus à la seconde où tu rentreras, suggéra Harlow avec un sourire complice.

Hilare, Zara éluda la question, se contentant de :

— Je n'avais aucune idée...

— De quoi ? voulut savoir Everly.

— Qu'être dans une relation pouvait être si... satisfaisant. Je veux dire, oui, le sexe, c'est génial, ne vous méprenez pas, mais Meat me rend heureuse. Honnêtement, je n'aurais jamais pensé trouver quelqu'un qui serait aussi encourageant et compréhensif vis-à-vis de ma situation. On a également eu quelques longues et utiles discussions sur ce que je veux faire de mon avenir et sur l'argent que mes parents m'ont laissé.

— Que vas-tu faire de tout cet argent ? demanda Renee.

Zara n'était pas sûre de comprendre ce qui se passait avec Renee ce soir, mais elle se montrait un peu... plus dure que par le passé. Sur le chemin du restaurant, elle avait semblé contrariée par le fait qu'elles n'allaient pas être seules, même si elle savait depuis le début que Harlow et Everly seraient là. Et plus elle passait de temps avec Renee, plus cette vieille amie devenait étouffante. Elles avaient à nouveau dix ans et Renee était jalouse que Zara ait d'autres copines qu'elle.

Zara avait trop souffert pour vouloir s'embarquer dans ce genre de mesquineries. Mais comme elles étaient déjà en route pour le restaurant, elle n'avait pas accordé plus d'attention à cette attitude, se disant qu'elle en discuterait avec Renee plus tard.

— Je ne suis pas encore tout à fait sûre, répondit-elle, mais j'aimerais faire quelque chose pour aider les familles des enfants disparus.

Elle se tourna vers Everly pour ajouter.

— La police fait tout ce qu'elle peut, mais leurs ressources ne suffisent pas. Parfois, un détective privé peut être beaucoup plus efficace pour trouver des indices, surtout quand il s'est écoulé du temps.

— Je pense que c'est une excellente idée, approuva Everly avec un grand sourire et un hochement de tête.

— Et j'aimerais aussi voir ce que je peux faire pour aider les gens qui vivent dans les *barrios* au Pérou. Mais il y a tellement de corruption, c'est un peu plus délicat. Par exemple, j'ai vu quelle est la situation des femmes enceintes. Alors peut-être que je pourrais construire une clinique ou quelque chose du genre pour que celles qui en ont besoin puissent bénéficier de meilleurs soins de santé.

— C'est génial ! s'enthousiasma Harlow.

— Tu vas donner ton argent aux personnes qui t'ont opprimée ? Qui t'ont plus ou moins retenue en otage ? demanda Renee, incrédule. Il me semble qu'il y a beaucoup de gens ici, aux États-Unis, qui en auraient bien besoin.

Sa réaction ne surprit pas vraiment Zara, qui savait que certaines personnes ne comprendraient pas pourquoi elle voudrait aider les pauvres de Lima. Toutefois, elle fut déçue qu'une personne censée être son amie soit d'emblée aussi sceptique.

— Les gens avec qui je vivais et interagissais quotidiennement n'étaient pas ceux qui avaient tué mes parents. Et ils ne me retenaient pas en otage. Il y a des gens méchants partout et je n'ai jamais dit que je n'aiderais pas des gens ici aux États-Unis. Je veux utiliser le fait que je sois bilingue pour aider les autres d'une manière ou d'une autre, peut-être en travaillant pour ce service d'interprétariat dont le policier m'a parlé. J'essaie juste de trouver la meilleure façon d'aider le plus de gens possible.

— Je trouve que toutes tes idées sont merveilleuses, déclara Harlow. Je sais par exemple que les femmes du refuge pour lequel je travaillais avaient bien besoin de toute l'aide qu'elles pouvaient obtenir. Mais honnêtement, il ne s'agit pas seulement d'argent, il s'agit de savoir que quelqu'un s'intéresse à elles. Et cette attention, je pense que tu peux en donner des tonnes, Zara.

— Merci.

Le serveur arriva à leur table avec leur repas et la discussion dévia sur la qualité de la nourriture et leur capacité ou non à vider leurs assiettes.

En silence, Zara réalisa une fois de plus combien elle avait de la chance. Quelques mois plus tôt, elle n'aurait pas imaginé se trouver là à ce moment précis : assise devant une énorme assiette de nourriture avec plus d'argent qu'elle ne saurait en dépenser. Non, elle se voyait plutôt assise dans la saleté sous l'une des huttes faites de tôle ondulée ou de cartons, à se demander d'où viendrait son prochain repas.

À la fin du dîner, Renee s'excusa pour aller aux toilettes, et Harlow, Everly et Zara se retrouvèrent seules à la table.

— Je sais que Renee et toi étiez amies il y a longtemps, commença Everly, les sourcils froncés. Mais vous semblez être complètement à l'opposé maintenant.

Zara soupira.

— Oui. J'étais très heureuse de renouer le contact avec elle à mon retour, mais dernièrement, elle devient un peu fatigante.

— Rien ne t'oblige à continuer de la fréquenter, lui fit remarquer Harlow.

— Je sais, mais je me sens… obligée ? Ce n'est pas vraiment le bon mot, mais elle a été là pour moi quand j'avais vraiment besoin d'un visage familier. Tout mon univers était bouleversé et je ne savais pas trop comment faire face. Elle m'a appelée, m'a rendu visite et m'a même aidée à retrouver une coiffure convenable. Ce serait dégoûtant de la laisser tomber maintenant.

— Je ne dis pas que tu dois la laisser tomber, reprit Everly. Mais les gens changent. Aucun de nous n'est identique à ce qu'il était à dix ans. Nos expériences nous changent. Vous pouvez toujours être amies, mais vous n'êtes pas obligées de traîner ensemble tout le temps.

— Elle s'est beaucoup plainte ce soir à propos du trajet

de Denver à Colorado Springs, ajouta Harlow. Si elle déteste autant faire la route, pourquoi vient-elle te voir si souvent ?

— Je pense qu'elle se sent seule, répondit Zara, en regardant autour d'elle pour s'assurer que Renee ne revenait pas à la table. Elle ne parle pas beaucoup de ses autres amis et elle semble parfois presque désespérée d'être la mienne. Je me sens mal pour elle.

— En tout cas, si jamais tu as besoin de nous, on est là, conclut Everly. Sans condition.

— Merci. J'apprécie.

Elle se rendait compte de la chance qu'elle avait eu de trouver un groupe de femmes avec qui elle pouvait se lier aussi bien qu'avec les autres membres importants des Mercenaires Rebelles. Elle aurait dû leur donner une chance plus tôt.

Le serveur revint à leur table avec l'addition et Zara s'en saisit rapidement, avant que l'une des deux autres filles ne puisse le faire.

— Ce soir, c'est moi qui paie, annonça-t-elle.

— Non, protesta Harlow. On peut payer notre part.

— Non. En plus, j'ai tant d'argent maintenant, que je ne pourrai jamais le dépenser de toute ma vie, alors vous me feriez une faveur en me laissant payer, sourit Zara.

— Je suis d'accord, lança Renee souriante en revenant vers la table.

Zara vit Everly et Harlow tiquer, mais elle soupira de soulagement en voyant qu'aucune des deux n'exprimait tout haut ce qu'elles pensaient manifestement.

Le serveur prit la carte bleue de Zara et revint une minute ou deux plus tard avec le bordereau à signer.

— Tu veux que je te ramène chez toi ? proposa Everly.

— C'est bon, intervint Renee. Je passe devant chez Meat pour rentrer à Denver, je peux la déposer.

— Envoie un SMS quand tu arrives à la maison, dit Harlow.

— Tu crois que je vais me planter dans un arbre ou quoi ? lança Renee avec un froncement de sourcils.

— Non, je suis juste inquiète de nature, expliqua Harlow.

— En plus, sur les routes il faut se méfier des autres conducteurs, ajouta Everly. Tu pourrais bien faire tout comme il faut, il suffit d'un chauffard ivre pour provoquer un énorme accident. Crois-moi, j'en ai été témoin.

— Désolée, tu as raison. Je vais faire attention. Je suis sûre que Zara vous fera savoir quand elle sera à la maison. Tu es prête à partir ?

Zara acquiesça et signa le reçu de la carte de crédit, s'assurant de laisser un généreux pourboire à leur serveur attentionné. Elle prit son sac à main et se glissa hors de la banquette. Elle avait réussi à repousser les pensées de ce qui se passerait entre elle et Meat à son retour, mais à présent, toutes les cochonneries charnelles qu'elle voulait lui infliger revenaient au pas de charge.

Elle prit congé de Harlow et Everly et sortit du restaurant avec Renee. Plus vite elle rentrerait à la maison, mieux c'était. Elle avait des projets pour son petit ami.

Meat regardait la télévision, mais avait un mal fou à se concentrer, trop obnubilé par Zara. Il s'était tellement habitué à ce qu'elle soit toujours là qu'elle lui manquait terriblement quand elle sortait. Même lorsqu'ils n'étaient pas dans la même pièce, il savait au moins qu'elle était à proximité et cela l'apaisait. Il adorait qu'elle l'accompagne à son atelier, qu'elle lui parle de tout et de rien ou qu'elle s'asseye dans un coin en lisant un livre. Le fait qu'elle soit dans son champ de vision chaque fois qu'il levait les yeux était réconfortant.

Ce soir, il avait hâte qu'elle rentre à la maison, vu ce qu'elle lui avait dit juste avant de partir. Elle était peut-être vierge il y a peu, cela ne l'empêchait pas d'embrasser maintenant de tout cœur sa sexualité. Et elle ne se contentait plus de le laisser tout le temps prendre les devants, ce qui était sexy en diable.

Il allait lui demander un strip-tease dès qu'elle aurait franchi leur porte d'entrée, jusqu'à ce qu'elle ne porte plus que ses nouveaux sous-vêtements assortis, puis il allait la prendre fort et vite sans les lui enlever. Ensuite, s'il pouvait se contrôler, il la porterait peut-être à l'étage, où elle pourrait s'entraîner encore un peu plus à le sucer.

Cela dit, elle n'avait vraiment pas besoin d'entraînement, c'était déjà une experte en la matière, mais il aimait la titiller... ou peut-être était-ce elle qui le titillait, lui ?

Meat était perdu dans ses fantasmes sur la femme qui occupait toutes ses pensées lorsque son téléphone sonna. Il baissa les yeux et reconnut le numéro de téléphone de Renee. Inquiet, il décrocha aussitôt.

— Allô ?

— Salut, Meat, c'est Renee.

— Qu'est-ce qu'il y a ?

— Rien. Enfin... pas tout à fait rien. Zara a un peu trop bu ce soir et elle s'est mis en tête que tu devais venir la chercher.

Meat fronça les sourcils. Tout d'abord, il était étrange que Zara soit saoule. Elle lui avait dit une fois qu'elle avait vu trop d'hommes au Pérou gaspiller leur argent en alcool et elle n'aimait pas la façon dont les gens se comportaient quand ils étaient ivres. Autrement dit, le fait qu'elle se soit suffisamment imbibée pour se mettre dans cet état n'était pas du tout dans son caractère.

— Est-ce qu'elle va bien ? demanda-t-il.

— Oui, répondit Renee.

Il ne perçut pas de réelle inquiétude dans sa voix, ce qui le rassura un peu.

— Elle est… bien… elle est excitée, reprit Renee plus bas. Elle a dit qu'elle voulait essayer quelque chose de nouveau sur le chemin du retour chez toi, si tu vois ce que je veux dire. Everly a essayé de lui dire que c'était dangereux, mais tu connais Zara…

Elle laissa sa phrase en suspens de façon suggestive.

Le sexe de Meat tressauta à la pensée de Zara affairée sur lui alors qu'il conduisait. Everly avait raison, ce n'était pas sûr… mais cela ne signifiait pas que l'image n'était pas excitante.

— OK, j'arrive tout de suite.

— Merci. Je lui dis que tu es en route, répondit Renee. À tout de suite.

— À plus tard.

Meat raccrocha et se leva aussitôt. Il lui suffit de quelques minutes pour enfiler ses chaussures et prendre son portefeuille. Il entra le code de l'alarme et quitta la maison, sachant que la sécurité se mettrait en marche deux minutes après la fermeture de la porte d'entrée. Il se dirigea vers sa voiture et démarra, prenant la longue allée.

Quelques secondes après s'être engagé sur la route peu fréquentée qui le conduisait à l'autoroute, il jeta un coup d'œil dans son rétroviseur, inquiet. Un camion le rattrapait… à très vive allure.

Il n'avait pas vu de véhicules quand il avait tourné sur la route et maintenant, il avait un camion aux fesses ?

Avant qu'il ait pu faire autre chose que de se cramponner au volant, il était percuté par l'arrière.

Il batailla pour maintenir la voiture sur la route, sans succès. Le véhicule effectua un tour complet avant de filer vers les arbres. Il en rata deux d'extrême justesse, mais n'eut pas autant de chance avec le troisième, qu'il percuta.

L'airbag se déclencha, le désorientant quand il se gonfla violemment et lui faisant voir des étoiles. La tête lui tournait sous l'impact, il mit un moment à reprendre ses esprits. Quand enfin il parvint à retirer l'airbag de son visage, il ouvrit sa portière pour sortir, bien déterminé à constater les dégâts sur sa voiture et à parler assurances avec le connard qui lui était rentré dedans.

Mais à la seconde où il se retrouva debout, il se figea. Un homme se tenait près de sa portière, un pistolet pointé sur sa tête.

Meat leva lentement les mains.

— Doucement, mec. Tu peux prendre tout l'argent et les cartes que j'ai dans mon portefeuille.

— Je ne veux pas de ton argent, rétorqua l'autre.

Ses pupilles étaient dilatées, il avait l'air agité. Si Meat devait deviner, il était définitivement sous l'emprise de quelque chose.

— Où est ton téléphone ?

Meat haussa les épaules.

— Probablement sur le plancher de ma voiture. Il était sur le siège à côté de moi quand tu m'as heurté.

— OK, bien.

— Qu'est-ce que tu veux ? demanda Meat, de plus en plus énervé.

— Tu vas venir avec moi.

Meat ne put s'en empêcher. Il rit.

— Ben voyons, ironisa-t-il.

— Tu vas venir avec moi de ton plein gré, sinon Zara y passe.

À ce moment-là, les yeux de Meat se plissèrent et tous les muscles de son corps se contractèrent.

— Quoi ?

— Tu m'as entendu ! On tient Zara, et si tu ne fais pas exactement ce que je dis, elle sera tuée. Ne va pas t'imaginer que tu peux prendre le dessus sur moi. Enfin, tu peux essayer, mais si tu t'y amuses et que mon partenaire n'a pas de mes nouvelles dans vingt minutes, Zara est morte.

Meat était furax. Plus que furax. Il pourrait se débarrasser de ce connard facilement. S'il s'agissait juste de lui, il l'aurait déjà fait.

Mais il ne pouvait pas risquer la vie de Zara. Pas question.

Le gars mentait peut-être, mais s'il y avait ne serait-ce qu'une infime chance qu'il ne bluffe pas, Meat ne prendrait pas le risque.

— Que veux-tu que je fasse ? demanda-t-il entre les dents serrées.

L'homme sortit quelque chose de sa poche et le lança à Meat.

— Attrape.

Instinctivement, Meat leva une main et attrapa la petite bouteille en plastique que l'homme lui avait lancée.

— Bois ça.

La première pensée de Meat fut : *Va te faire foutre.* Puis il envisagea de faire semblant de boire et ensuite, il se chargerait de ce connard complètement drogué une fois qu'ils seraient en route pour l'endroit où il allait l'emmener.

— Tout, précisa l'homme.

— Qu'est-ce que c'est ? demandait Meat, essayant de gagner du temps.

— Juste un petit quelque chose pour te faire dormir. Ça ne te tuera pas, ce n'est pas dans nos plans. Mais si tu décides de jouer les héros et de faire une bêtise, je te descends.

Meat hésita. Il ne voulait pas boire ce que ce type lui

donnait. L'homme pouvait mentir et le contenu de cette fiole le tuer s'il était toxique.

Meat devait accorder ça à l'inconnu, il jouait ce kidnapping de la seule façon qui pourrait garantir que son otage se plie à ses desiderata : en menaçant Zara, il avait l'avantage. Et en ne s'approchant pas de Meat, il s'assurait de ne pas être pris à l'improviste et de ne pas se faire arracher l'arme des mains.

— Je ne vais pas boire ça, finit-il par répondre.

— J'avais dit à mon partenaire que tu ne le ferais pas, commenta l'homme... qui appuya sur la gâchette.

La douleur traversa l'épaule de Meat. Dans un hoquet, il se plia en deux contre sa voiture, appuyant sur son bras que le feu traversait. Les dents serrées, il s'accrocha pour ne pas perdre connaissance par la seule force de sa volonté.

— Bois ! cria l'homme en agitant son arme. Si tu n'obéis pas, je ferai la même chose à Zara. Je lui tirerai dans l'épaule, puis dans le genou. Puis l'autre genou. Puis je monterai sur elle et je la baiserai par tous les trous avant d'enrouler mes mains autour de sa gorge et d'extraire lentement la vie de son corps... tout en m'assurant qu'elle sache que c'est toi qui m'as obligé à lui faire ça !

Par miracle, Meat tenait encore la bouteille dans sa main. Sans quitter l'homme des yeux, il arracha le bouchon et porta la bouteille à sa bouche. Sans plus d'hésitation, il avala le liquide à l'odeur fruitée. S'il devait mourir, qu'il en soit ainsi, mais il ne ferait absolument rien qui puisse nuire à Zara.

Les lèvres de l'homme s'étirèrent sur un sourire mauvais.

— C'est bien. Maintenant, tu vas marcher jusqu'à mon camion. Lentement. N'essaie pas de faire le malin.

Meat jeta la bouteille par terre, espérant sans trop y

croire qu'un de ses coéquipiers la trouve tôt ou tard, ainsi que son véhicule, et devine ce qui se passait.

Il n'avait pas fait plus de quelques pas... qu'il commençât immédiatement à osciller sur ses pieds. Entre l'accident et ce qu'il avait ingéré, il n'était pas très stable.

Ils parcoururent la courte distance entre les arbres et le camion, garé à moitié sur la route, à moitié sur le bas-côté. Un des phares avant du véhicule était cassé et les débris jonchaient la route.

— Monte sur le siège arrière, ordonna l'homme.

Meat s'exécuta. Il ouvrit la portière et grimpa maladroitement sur le siège arrière de la vieille camionnette. Voyant que le connard ne montait pas immédiatement du côté du conducteur, il demanda :

— Qu'est-ce que tu attends ?

— Que tu fasses dodo, répondit l'homme avec un sourire en coin. Le Midazolam devrait faire effet d'une minute à l'autre.

Meat jura. Cette merde était dangereuse, surtout sous forme liquide. Mais il était trop tard pour revenir en arrière.

Son épaule l'élançait affreusement et ses paupières étaient d'une lourdeur extrême. L'homme avec l'arme était peut-être un drogué, mais il n'était pas complètement stupide. Il avait été assez intelligent pour faire monter Meat dans le camion, parce qu'il aurait été impossible pour lui, qui était plus petit de plusieurs centimètres et plus léger d'au moins quinze kilos, de hisser son corps dans le véhicule.

— Si tu fais du mal à Zara, tu ne pourras te cacher nulle part, je te trouverai et je te tuerai, jura Meat.

— Je ne pense pas que tu sois en position de proférer des menaces, répliqua l'homme. C'est moi qui ai toutes les cartes en main.

Meat ouvrit la bouche pour répondre, mais rien n'en

sortit. Ses yeux se fermèrent et il se sentit tomber sur le flanc, sans qu'il puisse faire quoi que ce soit pour s'en empêcher. Il entendit l'homme rire et, dans la seconde qui suivit, tout devint noir.

Zara adressa un signe de la main à Renee en se plantant devant la porte d'entrée de chez Meat. Elle avait envoyé un SMS à Everly lorsqu'elles s'étaient approchées de la maison, pour lui faire savoir qu'elle était arrivée. Comme ça, elle n'aurait pas à interrompre ce que Meat avait prévu pour elle lorsqu'elle serait à l'intérieur. Renee lui rendit son signe de la main et rebroussa chemin.

La maison était plongée dans le silence quand Zara entra. Elle se dépêcha d'aller désactiver l'alarme.

— Meat ? appela-t-elle.

Pas de réponse.

Elle fronça les sourcils. Elle qui s'était imaginé que Meat la rejoindrait à la porte et exigerait de voir illico le fameux ensemble de lingerie avec lequel elle l'avait taquiné avant de partir... Elle appela à nouveau son nom.

Une fois de plus, elle ne fut accueillie que par un silence sinistre.

Zara passa rapidement le rez-de-chaussée en revue. Pas de Meat. Elle monta les escaliers en courant et se rendit directement dans la chambre principale. Il faisait sombre et là non plus, il n'y avait pas de trace de Meat. Elle prit quelques secondes pour vérifier les autres chambres à l'étage, sans succès.

Tirant son téléphone de sa poche arrière, Zara cliqua sur le nom de Meat et porta l'appareil à son oreille. Quatre sonneries retentirent avant que la messagerie vocale de Meat ne se mette en marche. Elle lui laissa un message.

— Meat ? C'est Zara. Où es-tu ? Il est environ 21 heures

et je suis rentrée du dîner avec les filles, mais tu n'es pas là. Appelle-moi quand tu auras ce message.

Désormais inquiète, parce que ce n'était pas le genre de Meat de ne pas décrocher son téléphone, surtout après toutes les recommandations qu'il lui avait faites sur la nécessité d'avoir un portable sur soi, Zara lui envoya un petit SMS, lui demandant une fois de plus de la contacter.

Elle retourna en bas et essaya de réfléchir. Elle vérifia le garage, notant que sa voiture n'était plus là. L'alarme avait été déclenchée à son arrivée, il s'était donc manifestement rendu quelque part. Mais pourquoi ne lui avait-il pas laissé de mot ? Ou n'avait-il pas répondu à son appel ou à son message ? Ils n'étaient pas en couple depuis très longtemps, mais tout ce qu'elle savait sur Meat lui faisait penser qu'il ne partirait jamais sans lui dire où il allait.

Juste au moment où elle commençait à envisager d'appeler Gray ou l'un des autres gars, son téléphone reçut un texto. Soupirant de soulagement, elle sortit l'appareil de sa poche et le déverrouilla pour lire le message.

Mais il n'était pas de Meat.

Il provenait d'un numéro inconnu.

« *On a Meat. Si vous voulez le revoir vivant, apportez un million de dollars à l'aire de repos située au sud du Pikes Peak International Raceway sur la I-25. Au bout, il y a une poubelle. Garez-vous devant, mettez l'argent dans la poubelle et partez. Vous avez vingt-quatre heures à partir de maintenant. Si vous ne vous montrez pas, nous le tuerons. Si vous appelez les flics, nous le tuerons. Si vous appelez ses amis, nous le tuerons. Envoyez un SMS à ce numéro quand vous partirez pour l'aire de repos.* »

Une image apparut quelques secondes après qu'elle avait fini de lire le message.

Meat. Allongé sur le flanc sur un siège de voiture, avec du sang partout sur sa chemise. Zara se figea, glacée. Pendant un instant, elle fut perdue : que fallait-il faire ?

Oui, elle avait un compte en banque, et plus qu'assez d'argent pour retirer le million de dollars demandé par les ravisseurs. Elle avait perçu rétroactivement tous les versements qui lui étaient dus depuis l'âge de dix-huit ans, et cet argent dormait à la banque jusqu'à ce qu'elle trouve le moyen de l'investir correctement.

Mais elle n'était pas sûre de savoir comment le retirer. Elle avait passé toute sa vie à vivre de l'argent qu'elle pouvait mendier dans la rue. Elle commençait tout juste à comprendre le fonctionnement des chèques – ce soir-là, c'était seulement la deuxième fois qu'elle utilisait sa carte de crédit. Elle savait que les banques étaient fermées à cette heure.

Et elle n'avait que vingt-quatre heures.

Serait-ce suffisant pour récupérer l'argent ? Peut-être y aurait-il un délai, pour un retrait aussi important, ou bien la banque ne pourrait pas tout lui donner en une fois. Elle n'en avait pas la moindre idée – et le fait de ne pas savoir l'effrayait à mort.

Elle contempla le visage blême de Meat sur la photo... et un son à mi-chemin entre le gémissement et le cri échappa de ses lèvres.

Elle n'en avait rien à foutre de l'argent. Celui qui retenait Meat pouvait bien lui prendre jusqu'au moindre centime, peu lui importait. Elle avait prouvé sans l'ombre d'un doute qu'elle pouvait très bien se débrouiller sans argent. En revanche, elle ne pouvait pas se passer de Meat. Pas maintenant. Pas après être tombée amoureuse de lui.

Elle allait se procurer l'argent, le déposer et récupérer Meat. Toutes les autres options disparurent de son esprit.

Elle tapa un message en réponse aussi vite qu'elle put. Elle n'était pas encore très douée avec les petits boutons, mais elle faisait de son mieux.

« *Ne lui faites pas de mal. Je vais chercher l'argent et le déposer.* »

Il n'y eut pas de réponse, mais Zara n'allait pas rester assise à attendre le matin.

Comme une enfant de dix ans perdue à nouveau, elle essaya de ne pas paniquer. Elle ne savait toujours pas quoi faire, mais elle savait qu'elle devait agir et vite.

S'efforçant désespérément de réfléchir, elle arpenta la pièce. Ses paumes étaient moites et elle respirait beaucoup trop vite. Elle devait d'une manière ou d'une autre commencer à rassembler l'argent.

Elle courut vers son sac à main et en sortit son portefeuille. En regardant à l'intérieur, elle constata qu'elle n'avait que trente-cinq misérables dollars.

Secouant la tête, elle soupira, dépitée. Comme si elle s'attendait à trouver par magie un million de dollars dans son portefeuille. *Ressaisis-toi, Zara !*

Puis elle sortit la toute nouvelle carte de retrait au guichet automatique qu'elle avait reçue lors de l'ouverture de son compte. Elle ne l'avait jamais utilisée auparavant, mais elle savait qu'elle était liée à son compte.

Combien d'argent pouvait-elle retirer de cette façon, au lieu d'attendre près de douze heures atroces que la banque ouvre ?

Soulagée de pouvoir au moins tenter quelque chose, n'importe quoi – car elle n'allait certainement pas pouvoir dormir de sitôt –, Zara attrapa le jeu de clés de la vieille Honda Accord de Meat – il l'avait depuis toujours, mais ne pouvait se résoudre à s'en débarrasser, surtout quand elle roulait bien – et se dirigea vers le garage. Elle n'avait pas encore son permis de conduire, mais tant pis, elle prenait le risque. Heureusement, Meat lui avait donné quelques leçons de conduite sur la propriété. Elle découvrirait ce qu'elle ignorait encore en cours de route.

Peut-être, si elle avait eu les idées claires, aurait-elle appelé l'un des amis de Meat, en dépit de la mise en garde du SMS. Eux, ils auraient su quoi faire.

Mais trop facilement, Zara était redevenue la petite fille solitaire et effrayée qu'elle avait été quinze ans plus tôt. Seule et sans personne sur qui compter à part elle-même.

— Accroche-toi, Meat. J'arrive, murmura-t-elle en redressant le dos.

Et elle se jura de faire tout ce qu'il fallait pour le ramener sain et sauf à la maison.

26

———————

Le lendemain matin au petit-déjeuner, Ball fronça les sourcils en consultant ses mails.

— Qu'est-ce qui ne va pas ? demanda Everly.

— Je ne suis pas sûr, répondit Ball, continuant à faire
défiler les alertes mail qu'il avait reçues. Est-ce que Zara t'a
paru… bizarre hier soir ?

Everly s'assit plus droite sur sa chaise et secoua lentement la tête.

— Pas vraiment, pourquoi ?

— Entre elle et Meat, ça marche toujours ?

— Oui, répondit Everly. En fait, Zara était tout excitée de
rentrer à la maison pour lui montrer la nouvelle lingerie
qu'elle avait achetée. Pourquoi ? Parle-moi, Ball.

En jetant un coup d'œil à la sœur d'Everly assise sur le
canapé à fixer son téléphone pendant qu'elle envoyait des
SMS à ses amies sans leur prêter la moindre attention, Ball
soupira.

— J'ai reçu quelques alertes de la banque dans laquelle
Zara a placé son argent. Meat utilise une sorte de
programme qu'il a développé pour suivre les gros débits de

son compte, car aucun d'entre nous ne faisait totalement confiance à son oncle. Il m'adresse une copie de sauvegarde des alertes, juste au cas où, et j'ai reçu deux notifications qui ont été déclenchées la nuit dernière, tard. La première après que mille cinq cents dollars ont été retirés de son compte via un distributeur automatique, et la seconde lorsqu'un autre retrait a été tenté, mais qu'en raison des limites quotidiennes, il a été refusé.

— Elle n'a pas mentionné avoir besoin d'argent hier soir, déclara Everly. Elle a parlé de ce qu'elle voulait faire de son héritage, comme le donner à des œuvres de charité et ouvrir une sorte de clinique au Pérou, mais c'est tout.

— Mon Dieu, Meat est un putain de génie. Il y a même des vidéos des distributeurs automatiques qui ont été envoyées avec les notifications. Je n'ai aucune idée de la façon dont il s'y prend. Faut vraiment que je suive des cours supplémentaires, marmonnait Ball en cliquant sur la vidéo jointe à la première notification par mail.

L'image neigeuse montrait Zara s'approchant du distributeur automatique. Elle semblait avoir du mal à se servir de la machine, appuyant presque frénétiquement sur les boutons. Elle avait également l'air stressée.

Très stressée.

— Merde, lâcha Everly, qui regardait par-dessus l'épaule de Ball. Quelque chose ne va pas. Premièrement, elle ne devait pas conduire, et deuxièmement, elle a l'air inquiète.

Ball était d'accord. Dès que la vidéo s'arrêta, il cliqua sur le numéro de Meat. Le téléphone sonna, mais Meat ne décrocha pas. Ball essaya alors d'appeler Zara elle-même : pas de réponse non plus.

— Viens. Emmenons Elise à l'école, puis on s'arrêtera chez Meat pour voir ce qui se passe.

Everly hocha la tête.

Au bout de quarante minutes, ils s'arrêtaient devant la

maison de Meat, sauf qu'on l'aurait dite déserte. Après avoir sonné à la porte sans obtenir de réponse et rappelé sur les téléphones de Meat et de Zara, Ball commença à s'inquiéter. Il appela Rex.

— Qu'est-ce qui ne va pas ? demanda Rex en guise de salutation.

— Meat et Zara ne répondent pas à leur téléphone. Ils ne sont pas chez eux et Zara a retiré quinze cents dollars de son compte en banque tard hier soir, débita Ball sans hésiter.

Il entendit les doigts de Rex taper sur un clavier, puis son officier traitant demanda :

— Tu es sûr que c'est Zara qui a retiré l'argent ?

— Affirmatif. Meat a mis en place une alerte spéciale sur son compte et a ajouté mon adresse mail juste au cas où. J'ai vu une vidéo d'elle au guichet automatique.

— OK, je suis en train de tracer le téléphone de Meat en ce moment même. Je vais commencer par lui. Je suppose qu'il n'était pas avec Zara quand elle a retiré l'argent ?

— Pas d'après ce que je peux voir.

— OK... Hmm, c'est bizarre.

— Quoi ?

— Il n'est pas loin de sa maison. Le téléphone borne à quelques centaines de mètres à l'est de son allée, sur la route.

Ball se dirigea immédiatement vers sa voiture, Everly sur ses talons.

— Tu en es sûr ?

— Affirmatif. Je reste en ligne pendant que tu vérifies.

Ball mit le téléphone sur haut-parleur alors qu'il démarrait sa voiture et informait Everly de ce que Rex avait dit. Il ne savait pas quoi penser. Peut-être que leur ami avait eu un accident, mais cela n'expliquait pas pourquoi Zara retirait de l'argent de son compte au milieu de la nuit.

Il tourna à droite dans l'allée de Meat et vit presque aussitôt des morceaux de plastique sur la route et une marque de dérapage. Il ralentit et aperçut l'arrière d'une voiture dans les arbres.

— Rex, on dirait qu'on a trouvé sa voiture. Il y a eu une sorte d'accident, je pense.

— Fais-moi savoir ce que tu trouves, ordonna Rex.

Ball attrapa son téléphone et sortit. Everly l'imita. Il lui aurait dit de rester sur place, mais comme elle était agent de la CSPD, ce devrait probablement être à lui de rester dans la voiture. Mais pas question non plus.

Ils s'approchèrent du véhicule et Ball se crispa lorsqu'il découvrit une petite éclaboussure de sang sur le toit de la voiture, près du côté du conducteur.

Meat ne gisait pas à l'intérieur, blessé ou mort, ce qui était une bonne chose, toutefois la présence de sang ne plaisait pas du tout à Ball.

Il se pencha et utilisa un bâton pour ramasser une petite bouteille en plastique, jetée au sol près du côté conducteur. Il la renifla et fronça les sourcils.

— J'ai trouvé quelque chose qui pourrait n'être rien, annonça-t-il à Rex.

— Quoi ?

— Une bouteille vide qui contenait un truc sucré.

— Garde-la pour pouvoir l'analyser si nécessaire, commanda Rex. Tu as vérifié le coffre ?

Ball déglutit péniblement et plongea le bras à l'intérieur de la voiture pour actionner l'ouverture du coffre.

— Vide. Son téléphone est sur le plancher du côté passager, mais Meat n'est pas là.

— Merde, putain. D'accord, attends. J'ai un double appel.

Moins de deux minutes plus tard, Rex était de retour en ligne.

— Je vais continuer à voir ce que je peux trouver, mais toi, file à la Bank of America *pronto*, ordonna-t-il.

Ball et Everly étaient en route avant que Rex n'ait fini sa phrase.

— Pourquoi ? Que se passe-t-il ?

— Zara y est, elle essaie de retirer un million de dollars de son compte. En liquide.

— C'est quoi ce bordel ? s'exclama Ball. Et comment le sais-tu ?

— C'était le directeur, au bout du fil. Je connais presque tous les directeurs des banques de la région. Je m'en suis fait un devoir. On ne sait jamais quand ça peut être utile. Et quand Meat aidait Zara à ouvrir son compte, il a mis mon nom comme contact secondaire, juste au cas où ce serait nécessaire. Je suppose qu'il a déjà essayé de joindre Meat. En fin de compte, peu importe pourquoi il a appelé, ce qui compte, c'est qu'il l'ait fait. Je prends contact avec le reste de l'équipe. Il va leur falloir un certain temps, à la banque, pour rassembler l'argent, donc je ne pense pas qu'il y ait de danger qu'elle reparte avant votre arrivée, toutefois j'ai quand même demandé au directeur de s'assurer qu'elle ne s'en aille pas avant que quelqu'un soit là pour l'escorter.

— On se met en route.

— Je ne sais pas ce qui se passe, mais quoi qu'il en soit, ce n'est pas bon, déclara Rex.

— Tu m'étonnes, confirma Ball, soucieux, en remontant dans sa voiture. On reste en contact. Fais-nous savoir si tu apprends autre chose d'intéressant.

— Sûr. Je vais pirater leurs deux téléphones et voir ce que je peux trouver. Sois prudent.

Ball coupa la connexion et se tourna vers Everly. Elle se pencha et l'embrassa passionnément avant de faire un geste de la tête.

— Allons voir ce qui ne va pas, histoire de régler ça.

Ball redémarra et roula aussi vite qu'il osait pour rejoindre Zara. En espérant qu'elle aurait des informations sur l'endroit où se trouvait Meat et sur ce qui se passait.

Zara faisait les cent pas à l'intérieur du petit bureau où on lui avait demandé d'attendre, le temps que les employés de la banque rassemblent l'argent qu'elle avait demandé.

Elle n'avait aucune idée de la gravité de la blessure de Meat. Il y avait beaucoup de sang sur sa chemise, sur la photo qu'on lui avait envoyée. Elle ne savait pas si quelqu'un avait pris la peine de le soigner ou s'ils l'avaient blessé encore plus. Elle n'avait pas reçu d'autres textos ni de photos, et le fait de ne pas savoir la tuait.

— Allez, allez, marmonna-t-elle.

Elle n'avait aucune idée du temps qu'il fallait pour réunir un million de dollars, mais elle avait l'impression que cela faisait déjà une éternité qu'elle attendait. Elle entendit quelqu'un à la porte et se retourna avec empressement, reconnaissante d'avoir enfin obtenu l'argent et de pouvoir partir.

Mais au lieu du directeur qu'elle s'attendait à voir, ce furent Gray et Ro qui franchirent la porte.

Zara fut immédiatement prise de panique.

— Non ! Vous ne pouvez pas être ici. Vous devez partir !

— Nous n'irons nulle part, répliqua Gray d'un ton sévère.

— Et tu vas nous dire exactement pourquoi tu as besoin d'un million de dollars en liquide aussi rapidement, ajouta Ro.

Soudain étourdie, Zara vacilla. Debout un instant plus tôt, elle se retrouvait à présent assise sur l'un des fauteuils rembourrés de la pièce, où Gray l'avait guidée par le bras. Il lui abaissa doucement la tête entre les jambes.

— Respire lentement et longuement, Zara. Respire.

Comment pouvait-elle respirer alors qu'elle allait échouer à sauver Meat ? Son interlocuteur avait strictement interdit de faire intervenir les flics et d'impliquer ses amis. Et voilà qu'ils étaient là ! Ils allaient exiger de tout savoir.

Au moment où cette pensée lui traversait l'esprit, Arrow, Black, Ball et Everly débarquèrent dans la pièce. C'était la foule, là-dedans, mais personne ne semblait s'en soucier.

Zara se redressa, ferma les yeux et fit de son mieux pour ne pas s'évanouir.

Everly s'agenouilla devant elle et lui prit les mains.

— Tu ne connais pas les Mercenaires Rebelles depuis très longtemps – moi non plus, en fait –, mais la seule chose que tu dois comprendre, c'est qu'ils se soutiennent toujours mutuellement. Personne ne fait de mal à un membre de sa famille, homme ou femme, et ne s'en tire à bon compte. Maintenant, prends une grande inspiration et dis-nous ce qui se passe.

Zara secoua la tête.

— Je ne peux pas, chuchota-t-elle. S'il vous plaît, vous ne pourriez pas tous partir ?

— Malheureusement, non, affirma Everly. Tu vas devoir nous parler. Où est Meat ?

Zara ne parvenait plus à détourner le regard de la femme qui lui tenait les mains, lui transmettant une force silencieuse. Elle n'en revenait pas d'avoir eu peur d'elle à un moment donné. Oui, Everly était agent de police, mais elle ne ressemblait en rien aux hommes corrompus que Zara avait connus au Pérou.

— Je ne sais pas ! s'exclama-t-elle enfin, au désespoir. Ils le retiennent.

— Qui ?

— Je ne sais pas ! répéta Zara. J'ai reçu un texto.

À cet instant, les cinq téléphones appartenant aux

hommes qui se trouvaient dans la pièce vibrèrent en même temps. Et leurs cinq propriétaires les sortirent pour consulter leur écran.

— Putain, jura Black.

Quatre jurons similaires firent écho au sien.

Zara ferma les yeux. Sans doute Rex avait-il déjà trouvé et envoyé par mail aux autres la photo qu'elle avait reçue.

— Je me fous de l'argent, dit-elle à Everly. Je donnerais toute ma fortune si cela signifie récupérer Meat. Il a été blessé à cause de moi !

— Non, Zara, intervint Arrow d'un ton sévère. Quelqu'un l'a blessé, un connard avide de fric.

— Tu sais qui ? demanda Black.

Zara secoua la tête.

— Mon oncle, je suppose ? Il est de plus en plus furax depuis mon retour. Je ne sais pas qui d'autre cela pourrait être.

— Ça pourrait être n'importe qui parmi les gens qui t'ont envoyé des mails, te suppliant de leur donner de l'argent, nuança Gray. Il n'y a pas eu quelqu'un qui t'a reconnue, l'autre jour, dans un magasin et qui a dû être renvoyé de force parce qu'il insistait lourdement pour que tu lui donnes de l'argent ?

Zara hocha la tête.

— Rex est sur le coup, poursuivit Gray. Il dit que le numéro d'où provient le SMS appartient à un téléphone jetable, mais il y a quand même des moyens de le tracer. Il peut trouver le numéro de série et l'endroit où le téléphone a été vendu, puis vérifier les caméras de surveillance pour savoir qui l'a acheté.

— On n'a pas le temps ! s'affola Zara, qui secoua frénétiquement la tête. On ne m'a donné que vingt-quatre heures. Vous avez vu le texto !

— Alors tu avais prévu… quoi ? De déposer l'argent et de récupérer Meat ? demanda Ball.

Zara fit la grimace.

— C'est ce qu'ils ont promis, chuchota-t-elle.

— S'ils obtiennent un million de dollars de toi, comment penses-tu qu'ils vont réagir ensuite ?

Sans attendre qu'elle réponde, Ball continua.

— Ils décideront qu'ils en veulent plus. Ce ne sera jamais assez, Zara.

La frustration montait.

— Qu'est-ce que j'étais censée faire, alors ?

Ball se pencha jusqu'à être presque nez à nez avec elle et asséna d'une voix basse et ferme :

— Nous appeler.

— Mais le mot disait que si j'impliquais quelqu'un d'autre…

Il la coupa.

— C'est ce qu'ils disent toujours, Zara. Hélas, je ne crois pas connaître quelqu'un qui ait déjà récupéré sans aide extérieure un être cher kidnappé.

Zara le regarda fixement pendant un long moment. Puis elle se leva et prit une profonde inspiration, les yeux baissés.

— Bien. J'ai merdé. Mais tout ce que je veux, c'est récupérer Meat. Qu'est-ce que je dois faire ?

Personne ne parla pendant une fraction de seconde, puis tout le monde se mit à parler en même temps.

Ils jetaient des idées à gauche et à droite, les écartant ou les soumettant à une discussion ultérieure. C'était aussi fascinant à regarder que complètement déroutant.

Everly attira Zara dans ses bras et lui chuchota :

— C'est leur job. Ils vont étudier toutes les options avant de choisir celle qui a le plus de chances de fonctionner. Je sais que c'est difficile, mais tu dois leur faire confiance.

— Je leur fais confiance, convint Zara avec un soupir las.

Après ce qui lui parut durer une éternité, mais qui ne dura probablement qu'une quinzaine de minutes, Gray quitta la pièce pour parler au directeur de la banque.

Ro se tourna vers Zara.

— Si tu es d'accord, voici le plan : tu vas prendre l'argent et envoyer un SMS au kidnappeur pour lui dire que tu te mettras en route pour l'aire de repos à 17 heures. Ça nous donnera tout le temps de nous installer autour du périmètre. Rex surveillera également le téléphone et verra s'il peut le suivre en fonction des relais d'où il émettait. Tu déposeras l'argent et tu t'en iras.

— Et Meat ?

— Après avoir mis l'argent dans la poubelle, tu enverras un SMS pour demander où tu peux trouver Meat, indiqua Ro.

— Et s'il ne veut pas me le dire ?

— Ça n'aura pas d'importance, parce que nous serons là afin d'attraper celui qui se présentera pour récupérer l'argent, assura Ball sans détour.

— Mais s'il n'a pas Meat avec lui, il pourrait simplement refuser de vous dire où il est, insista Zara. Ou bien avoir un complice !

— Crois-moi, quand nous en aurons fini avec lui, il ne refusera plus de nous dire quoi que ce soit, affirma Arrow sur un ton qui fit frissonner Zara.

C'était un meilleur plan que celui qu'elle avait mis au point toute seule. Elle espérait juste qu'il fonctionne.

Meat se sentait très mal. Sa tête l'élançait et son épaule était en feu.

Il remua et quelqu'un lui souleva la tête pour lui porter quelque chose à la bouche. Ça sentait la rose et le corps contre lequel sa tête était appuyée était celui d'une femme, sans l'ombre d'un doute.

— Zara, marmonna-t-il.

— Buvez, ordonna une voix féminine avec dureté au-dessus de lui.

La bouche sèche, Meat obtempéra et il avala ce qu'il espérait être de l'eau.

Mais à la seconde où le liquide sirupeux et sucré s'écoula dans sa gorge, il comprit. Il essaya de se débarrasser de l'emprise de la femme, mais il était trop faible et trop désorienté.

— C'est ça, buvez tout, ronronna la femme.

Étranglé, Meat se débattait du mieux qu'il pouvait. La majorité du liquide finit par se répandre sur son menton, sur sa chemise, mais suffisamment avait glissé dans sa gorge pour qu'il sache qu'il allait à nouveau s'endormir sans tarder. Il eut le temps de se rendre compte qu'il était toujours sur le siège arrière du camion où il avait volontairement grimpé. Ouvrant les yeux, il dévisagea la femme qui venait de lui faire avaler une autre dose de Midazolam.

Au bout de quelques secondes, il était assez lucide pour la reconnaître.

— Renee, cracha-t-il.

— Oui, c'est moi, répondit-elle d'un ton guilleret.

— Où est Zara ? demanda-t-il, essayant désespérément de forcer ses muscles à fonctionner... sans succès.

— Elle est, espérons-le, à sa banque en ce moment même, pour nous procurer l'argent que nous exigeons. Tu devrais être flatté qu'elle n'ait pas hésité une seconde à accepter nos conditions pour te récupérer. Tu es mignon, mais à part ça, je n'ai aucune idée de ce qu'elle te trouve.

Meat aurait bien dit la même chose à propos de Renee, mais il en était incapable. La drogue faisait déjà effet et il savait qu'il allait perdre connaissance une fois de plus. Cependant, il devait savoir une chose avant de sombrer.

— Qui est ce type ?

— Oh, lui ? C'est mon petit ami – Renee gloussa – je sais que tu as fait des recherches sur moi. Je ne suis pas idiote. Mais je savais aussi que tu ne découvrirais rien sur John. C'est plus un partenaire sexuel et de drogue qu'autre chose, mais il est loyal, ce que je ne peux pas dire de beaucoup d'hommes. On aura notre argent et on sera au sud de la frontière avant que qui que ce soit n'y ait vu quoi que ce soit. Tu ne nous retrouveras jamais. Nous allons disparaître et vivre heureux pour toujours avec l'argent dont cette bécasse de Zara ne veut même pas !

Meat ouvrit la bouche pour répliquer qu'il n'y avait aucune chance qu'elle et ce John s'en sortent après un kidnapping et une extorsion de fonds. Sans oublier que s'ils se droguaient tous les deux, l'argent qu'ils allaient toucher ne durerait pas plus d'un an. Au maximum.

— Et moi... ?

Il voulait en savoir le plus possible sur leur plan avant de succomber une fois de plus au sédatif.

— Si ton cœur ne s'arrête pas et que tes poumons continuent de fonctionner après tout ce Midazolam, tu t'en sortiras très bien.

Elle ponctua sa phrase d'une gifle pas vraiment douce sur la joue, mais Meat ne la sentit même pas. Il était déjà dans les vapes.

27

Zara n'avait jamais été aussi stressée de sa vie. Elle transportait un million de dollars dans la voiture et elle se rendait à l'aire de repos pour effectuer le dépôt. Elle s'était disputée avec les gars pour qu'ils la laissent conduire elle-même au lieu de rendez-vous, mais ils avaient catégoriquement refusé, invoquant le fait qu'elle n'avait pas le permis. C'était donc Everly qui avait pris le volant. Elle ne portait pas son uniforme, mais avait une arme sur elle, donc les gars se sentaient assez à l'aise pour les laisser se rendre au point de rencontre par leurs propres moyens.

Zara n'avait pas réalisé à quel point porter un million de dollars serait lourd et encombrant. Ce n'était pas comme dans les films, où tout tenait dans un sac de sport. Elle avait trois sacs remplis de billets.

Le fait qu'elle ne sache toujours pas qui était derrière le kidnapping de Meat l'inquiétait également. Elle espérait que ce n'était pas son oncle, mais honnêtement, elle n'en aurait même pas été surprise. Il était plus qu'en colère contre elle. Mais était-il assez énervé pour faire du mal à Meat juste dans le but d'extorquer de l'argent à sa nièce ? Et les individus, derrière la demande de rançon, décideraient-ils de garder Meat et d'en demander plus ?

Elle donnerait jusqu'à son dernier centime si elle pouvait le récupérer sain et sauf. Au cours des dernières vingt-quatre heures, Zara avait réalisé à quel point elle l'aimait. Irrévocablement, inconditionnellement et de toutes ses forces. S'il lui était enlevé, elle ne s'en remettrait jamais. Elle avait finalement réussi à continuer de vivre sans ses parents, en revanche elle avait le sentiment qu'elle ne survivrait pas à la perte de Meat.

Il était tout ce dont elle avait toujours rêvé chez un homme. Patient, gentil, drôle, attentionné. Il était aussi autoritaire, un peu trop coincé dans ses habitudes, et ne voulait pas dire ou faire quoi que ce soit qui puisse la contrarier. Mais ces trois derniers points, elle pouvait y travailler... tant qu'il était vivant pour y travailler avec lui.

— Ça va aller, la rassura Everly, qui tapait impatiemment des doigts sur le volant.

Elles étaient coincées dans la circulation pénible du centre-ville de Colorado Springs et Zara en aurait pleuré de frustration.

Elle hocha la tête, sans toutefois répondre par des mots.

La sonnerie de son téléphone les fit sursauter toutes les deux. Baissant les yeux, Zara découvrit le prénom de Renee à l'écran. Elle n'avait pas vraiment envie de lui parler, mais elle cliqua quand même sur le bouton vert pour répondre.

— Salut.

— Salut, ma grande ! Où es-tu ?

Zara fronça les sourcils.

— Pourquoi ?

— Je me demandais juste. Je descendais à Springs pour voir un client et je pensais te proposer de passer.

— Je ne suis pas à la maison, répondit Zara.

— Ah. Tu fais quelque chose de sympa ?

Zara voulait hurler.

— Non.

— Oh, ça va, sois pas aussi sèche, se plaignit Renee.

— Je suis juste stressée. Désolée.

— Tu sais ce qui guérit le stress ? demanda Renee et, sans attendre de réponse, elle ajouta : Le shopping ! Tu devrais y aller et dépenser de l'argent ! Tu en as bien assez.

Zara n'en pouvait plus.

— Il faut que je te laisse.

— Oh, d'accord. À plus tard, alors.

— Salut.

— Bye.

Zara raccrocha et renversa la tête contre l'appuie-tête.

— Mon Dieu. Je déteste médire, mais elle me rend folle.

— C'était Renee, c'est ça ? Je l'entendais d'ici.

— Oui.

— Hmmm. Tu peux prendre mon téléphone, s'il te plaît ? demanda Everly, qui lui indiqua ensuite qui appeler.

Surprise, Zara obtempéra pourtant et, dans les contacts d'Everly, elle sélectionna le numéro demandé, en mettant le téléphone sur haut-parleur.

— Rex à l'appareil.

— Rex, c'est Everly. Peux-tu vérifier près de quelle borne se trouve un téléphone pour moi ?

— Qui ?

— Nous sommes en route pour la rencontre et Zara vient de recevoir un appel de Renee Heller. Elle avait l'air bien trop... joyeuse. Très stressée, Zara a décroché et cela s'entendait. Malgré tout, Renee s'est mise à parler shopping et dépenser de l'argent, ce qui m'a semblé très bizarre. J'ai un pressentiment. Tu pourrais vérifier sa position.

— Où a-t-elle dit se trouver ? s'enquit Rex.

Everly se tourna vers Zara.

— Elle ne l'a pas précisé, répondit Zara à Rex. Elle a dit

qu'elle allait passer à Colorado Springs et voulait savoir si j'étais chez moi.

— OK, ça devrait être assez simple. Attends... Tiens, intéressant, reprit Rex au bout d'une seconde.

— Quoi ? demandèrent Everly et Zara en même temps.

— Elle se dirige vers le sud, mais elle passe à l'instant même le long du champ de courses.

Zara prit une brusque inspiration et tourna les yeux vers Everly.

— Sérieusement ? C'est la direction où nous allons, dit Everly à Rex.

— Oui, je sais. Écoute, faites attention, une fois là-bas, d'accord ? Je dois vérifier quelque chose avant que tu ne lâches cet argent, Zara. Surveille tes arrières. Je vous recontacterai.

Sur ce, il raccrocha sans un mot de plus.

— Tu crois que Renee est derrière tout ça ? chuchota Zara.

— Je ne sais pas.

— Sauf qu'elle était au dîner avec nous quand Meat a disparu.

— Certes, mais cela ne veut pas dire qu'elle n'a pas quelqu'un pour l'aider. Elle a toujours été un peu trop intéressée par ton argent.

C'était vrai. Zara ne l'avait pas vraiment remarqué jusqu'à récemment, pourtant presque chaque fois qu'elles étaient ensemble ces dernières semaines, Renee avait fait une remarque ou une autre sur la richesse de Zara et sur le fait qu'il devait être agréable de ne pas avoir à se soucier des questions d'argent.

La colère, qui avait été refoulée par la peur, commença à monter. Si son oncle Alan avait été derrière tout cela, Zara aurait presque pu le comprendre. Il avait été franc dès le début en lui disant qu'il méritait une partie de l'héritage de sa sœur. Mais Renee...

Elle était là pour Zara depuis le début. C'était une amie de longue date... Est-ce qu'elle la trahirait vraiment ainsi ? Avait-elle prétendu être son amie dans le seul but de mettre la main sur l'argent de Zara ?

Le reste du trajet s'effectua dans le silence, les deux femmes étant plongées dans leurs pensées. Alors qu'elles approchaient de l'aire de repos, Everly répéta les recommandations :

— Rappelle-toi bien le plan. Jette l'argent, remonte dans la voiture et on se casse.

Zara acquiesça... mais alors qu'elles traversaient lentement le parking, une voiture garée derrière un semi-remorque de l'autre côté de l'aire de repos attira son attention.

Et maintenant qu'Everly avait semé le doute sur Renee, Zara n'arrivait pas à se l'enlever de la tête.

Elle savait que les gars étaient postés tout autour de l'aire de repos, qu'ils observaient et attendaient, mais découvrir cette voiture fit monter la colère en elle, si vite et avec une telle intensité qu'elle pouvait à peine respirer.

Everly s'arrêta sur la dernière place de parking, juste devant la poubelle, et Zara sortit avec l'un des sacs. Elle le mit dans la poubelle et revint à la voiture pour en prendre un autre, faute de pouvoir porter les trois en même temps.

Une fois le dernier enfin dans la poubelle, elle retourna vers la voiture d'Everly... Puis elle se retourna brusquement et se mit à courir aussi vite que possible vers la voiture qui avait attiré son attention plus tôt.

Elle était furieuse. Plus que furieuse. Elle était enragée.

Ce n'était pas juste ! Pas après tout ce qu'elle avait vécu pendant quinze fichues années.

Et ce n'était surtout pas juste pour Meat, qui n'avait rien fait de mal. Tout ce qu'il avait fait, c'était l'aider, l'aimer, alors plutôt mourir que de laisser Renee l'emmener loin d'elle.

Zara n'était même pas à mi-chemin de la voiture que Renee et un homme que Zara n'avait jamais vu auparavant s'empressèrent d'en sortir. Elle entendit Everly crier son nom derrière elle, mais ça ne l'arrêta pas. Elle allait tordre le cou à Renee de ses propres mains. La forcer à lui dire où se trouvait Meat !

— Arrête-toi immédiatement ! cria Renee, pointant un pistolet dans la direction de Zara.

Effectivement, il y avait là de quoi réfléchir à deux fois sur la conduite à tenir. Zara s'immobilisa, mais n'eut pas le temps de répliquer quoi que ce soit : un coup de feu retentit.

Dans un sursaut, un pas en arrière, Zara s'attendit à ressentir la douleur. Mais ce n'était pas elle qui avait été touchée.

Dans un hurlement, Renee lâcha l'arme qu'elle tenait. Zara vit Ro et Ball sortir des bois environnants et se diriger en courant vers l'endroit où Renee se tenait près de sa voiture, la bouche grande ouverte, la main dans son autre main.

L'homme qui l'accompagnait, voyant que leur plan virait à l'aigre, tourna les talons et courut vers les arbres voisins. Zara se moquait de le voir s'enfuir. Elle savait que les gars l'attraperaient.

Everly s'était mise sur le côté et l'avait saisie par le bras pour la pousser vers son véhicule, mais Zara refusait de reculer.

Renee ne risquait pas d'aller bien loin, avec la moitié de sa main manquante et le sang qui s'accumulait sur l'asphalte à ses pieds. Elle restait plantée près de la portière ouverte de la voiture, visiblement en état de choc, fixant sa main comme si elle n'en revenait pas de ce qui s'était passé.

Avec Everly à ses côtés, Ball et Ro faisant face à Renee, leurs armes à la main, Zara ne pensait qu'à Meat.

Et au fait que sa plus vieille amie, accompagnée d'un complice, l'avait probablement kidnappé.

— Je pensais que tu étais mon amie, cria Zara en s'approchant de Renee. J'avais confiance en toi !

— Oh, grandis un peu ! Ça fait quinze ans ! rétorqua Renee.

Puis, elle se mit à crier de douleur quand Ro lui saisit impitoyablement les mains et les menotta derrière elle, sans vraiment sembler remarquer qu'elle était couverte de sang.

— Tu ne t'en sortiras pas comme ça, promit Zara à son ancienne amie.

— Faux. Je m'en suis déjà sortie.

— Où est Meat ?

— Va te faire foutre !

— Dis-le-moi tout de suite !

— Tu ne le trouveras jamais, siffla Renee. Il va mourir là où on l'a planqué et ce sera ta faute !

Zara planta ses yeux dans ceux de Renee pour essayer de voir la fille qu'elle connaissait. Celle qui avait couru avec elle dans la cour de récréation. Qui faisait de la balançoire pendant des heures. Mais elle n'arrivait pas à la trouver. À sa place, il y avait une femme avide, égoïste et sans âme.

Zara eut alors l'impression de regarder la scène d'en haut, de se déplacer sans réfléchir.

Comme une automate, elle leva le poing et frappa Renee aussi fort qu'elle le pouvait au visage. Le coup lui fit un mal de chien, mais elle ne sentit même pas la douleur dans sa main.

Elle se pencha vers Renee, ignorant la façon dont le nez de son ancienne amie saignait, et lui dit tout doucement :

— Peu importe où tu l'as mis. On le trouvera.

Renee lâcha un rire mauvais et se racla le fond de la

gorge, prête à cracher au visage de Zara. Sauf que Ro tendit la main et la lui plaqua sur la bouche à temps pour l'en empêcher.

— Tu me fais pitié, cracha Zara. Tu n'as aucune idée de ce que tu as déclenché, des moyens que vont déployer ces hommes pour retrouver leur ami.

Renee ferma les yeux et tourna la tête sur le côté. Un vacarme attira leur attention à tous vers la droite, où ils découvrirent le comparse de Renee, ramené de force vers le parking par Gray et Black.

— Je vais chercher ton argent, annonça Arrow à Zara. Everly et toi partez, on a les choses en main ici.

Zara garda les yeux fixés sur Renee aussi longtemps que possible, tandis qu'Everly lui prenait le bras et l'entraînait.

Ce fut seulement dans la voiture que Zara fondit en larmes. Elle pleura comme jamais elle ne l'avait fait auparavant. D'énormes sanglots lui secouaient tout le corps. Elle n'avait aucune idée de l'endroit où Everly l'emmenait, mais cela n'avait pas d'importance.

Meat n'était pas sur l'aire de repos et elle n'avait aucune idée de l'endroit où il pouvait se trouver.

S'ils avaient découvert qui était derrière son enlèvement, ils ne savaient toujours pas où il était, ni s'il était vivant. Zara savait que les hommes feraient tout ce qu'ils pouvaient pour obtenir des informations de Renee et de John, mais s'ils arrivaient trop tard ?

Faisant de son mieux pour se contrôler, Zara décrocha le téléphone d'Everly et appuya sur « Rappeler ». Quand Rex répondit, elle lui dit juste deux mots.

— Trouvez-le.

28

Meat essaya de cligner des yeux. Il ne les ouvrit pas complètement, préférant essayer de se repérer avant de faire savoir à son entourage qu'il était à nouveau réveillé. Il n'avait aucune idée du temps qui s'était écoulé depuis qu'il avait été pris sous la menace d'une arme, mais instinctivement il devinait que cela faisait plusieurs heures. Peut-être plusieurs jours. Sa bouche était sèche comme du coton et il avait mal partout.

Ses souvenirs aussi étaient extrêmement brumeux. Il savait que le Midazolam était utilisé comme sédatif et qu'il avait été très efficace pour l'assommer. Comme il était physiquement incapable de faire quoi que ce soit sous l'effet de ce truc, Renee et son petit ami avaient fait le nécessaire pour le garder inoffensif de cette manière.

La dernière fois que Renee lui avait mis la bouteille dans la bouche, il savait qu'elle avait cherché à le tuer. Les deux premières fois, il n'avait reçu qu'une petite quantité de sirop chaque fois qu'il avait remué, mais la dernière fois, Renee avait essayé de le forcer à ingérer plusieurs fois la dose précédente. Heureusement, il avait été assez lucide pour se débattre, bien que faiblement, et la majorité de la drogue avait coulé sur son visage plutôt que dans sa gorge.

Il resta allongé immobile pendant ce qui lui sembla être un très long moment, jusqu'à ce qu'il soit certain qu'il n'y avait personne à proximité. Sur un chapelet de jurons, il utilisa son bon bras valide pour se redresser sur le siège. Il était toujours dans le camion où il avait été kidnappé, mais quand il regarda par la fenêtre, il ne vit rien d'autre que l'obscurité. Il n'y avait aucune lumière nulle part, où qu'il tourne la tête. Il ne savait pas où il était ni s'il était encore dans le Colorado.

Il s'efforça de concentrer son regard flou sur sa montre.

2 heures du matin. Et plus de vingt-quatre heures depuis qu'il était parti chercher Zara.

Zara !

Un afflux d'adrénaline lui envahit les veines. Où était-elle ? Il avait suivi son kidnappeur parce qu'il avait affirmé détenir Zara. L'avaient-ils droguée aussi ? Lui avaient-ils fait du mal ?

Dans un gémissement, Meat s'obligea à s'asseoir complètement droit. Il regarda par-dessus le siège devant lui, espérant voir les clés sur le contact du camion. Rien. Peu importait, Ro leur avait appris à tous comment démarrer une voiture en mettant juste des fils en contact, au cas où.

Il se pencha plus avant et tourna le bouton sur le côté du volant pour allumer les phares du camion. De nouveaux jurons lui échappèrent quand les faisceaux lumineux illuminèrent l'obscurité et il grimaça.

Tout ce qu'il voyait, c'étaient des arbres. Partout où il se tournait, il y avait des arbres. Pas de route. Pas de gens. Pas de maisons. Et encore une fois, pas de clés. Cela allait être plus dur qu'il ne l'avait espéré. Mais Meat n'était pas un ancien soldat de la Delta Force pour rien. Il retournerait auprès de Zara, quitte à mourir pour ça. Comme il n'était pas déjà mort de la balle reçue à l'épaule, il pouvait y aller.

Il poussa la porte à côté de lui, mais, à la seconde où il se leva, le monde bascula et il atterrit pratiquement à plat ventre sur le sol dur.

OK, bon peut-être qu'il n'était pas tout à fait prêt à partir. Il allait se reposer juste une minute, le temps de se ressaisir, puis il se lèverait, démarrerait le camion et rentrerait chez lui, bon sang.

Une minute se changea en deux, et deux en quatre. Il se lèverait... dès que le monde cesserait de tourner et son épaule de l'élancer.

Zara faisait les cent pas avec impatience. Allye, Chloé et Harlow l'observaient, visiblement inquiètes. Morgan s'assoupissait sur le canapé, et Darby et Calinda dormaient tous les deux profondément dans un lit d'enfant portable, posé sur le sol. Après avoir appelé la cavalerie, Everly était restée chez Meat avec Zara jusqu'à ce que leurs amies arrivent, puis elle était partie en voiture pour aller aider à chercher Meat.

Zara avait appelé Rex quatre fois, mais il n'avait rien d'autre à signaler, si ce n'était qu'il « travaillait dessus ». Ball avait appelé peu après son retour à la maison, pour lui annoncer une mauvaise nouvelle : juste au moment où ils étaient prêts à partir avec Renee et John, pour les forcer à avouer où ils avaient laissé Meat, la police était arrivée. Quelqu'un avait vu Renee sortir son arme et appelé les flics.

Renee et John étaient maintenant en garde à vue... Il n'était donc pas question d'utiliser des moyens plus « créatifs » pour les faire parler. Conclusion : Meat était aussi perdu que Zara l'avait été jadis... si seulement il était encore en vie.

Et c'était terrible à supporter. Il ne pouvait pas être mort. Il ne le pouvait tout simplement pas. Elle ne lui avait pas dit à quel point il comptait pour elle. Qu'elle l'aimait.

Zara ne voulait pas penser aux statistiques. Au nombre de gens qui disparaissaient tous les jours, à leurs corps enterrés dans la nature sauvage entourant la ville et jamais retrouvés. Il y avait littéralement des millions d'hectares où John et Renee avaient pu se débarrasser de Meat. Une pensée déprimante, pourtant Zara se jura de ne jamais cesser de le chercher.

Elle ferait tout ce qu'il fallait. Elle avait l'argent. Elle engagerait des détectives privés, des chiens de chasse… Elle parcourrait chaque centimètre carré de la campagne environnante s'il le fallait pour trouver Meat.

Elle avait dépassé le stade de la fatigue depuis belle lurette et maintenant, elle tenait sur la colère. Il était 5 heures du matin, presque douze heures s'étaient écoulées depuis la scène à l'aire de repos.

— S'il te plaît, arrête de faire les cent pas et viens t'asseoir, la supplia Allye.

Zara secoua la tête. Elle avait trop à faire pour se détendre. Trop de gens à contacter, trop de listes qu'elle dressait dans sa tête pour même envisager de dormir une seule seconde.

— Les gars vont le trouver, la rassura Chloé.

Zara acquiesça machinalement, sans voir les regards inquiets qu'échangèrent les trois femmes.

Elle appréciait qu'elles soient là. Qu'elles veuillent l'aider. Elle avait été stupide de ne pas voir la fausseté de l'amitié de Renee, de ne pas discerner la méchanceté qu'elle cachait en dessous. Elle savait que Meat avait douté de sa sincérité, mais Zara n'avait pas tenu compte de ses inquiétudes.

Trente autres minutes passèrent et Zara eut l'impression qu'elle allait devenir folle.

Lorsqu'elles entendirent un véhicule s'approcher de la maison, les quatre femmes tournèrent la tête vers la porte d'entrée.

— Est-ce qu'on attend l'un des gars ? demanda Chloé.

— Non. Gray aurait envoyé un texto ou appelé si quelqu'un venait ici, répondit Allye.

— Est-ce que l'alarme est allumée ? demanda Harlow en se levant et en se dirigeant vers le berceau, avec l'intention manifeste de protéger les bébés endormis en faisant barrage de son corps.

— Elle est activée, la rassura Zara alors qu'elle se dirigeait vers la porte d'entrée.

Elle regarda par la petite fenêtre à côté de la porte et fronça les sourcils : un vieux pick-up cabossé approchait lentement. En zigzaguant, comme si le conducteur était ivre.

La maison de Meat n'était pas exactement facile à trouver et elle ne voyait pas qui prendrait par erreur sa longue et sinueuse allée de terre.

Après avoir coupé l'alarme, Zara ouvrit la porte d'entrée. Elle entendit Chloé au téléphone, probablement en train de parler à Ro, et elle sentit Allye et Harlow venir se poster à ses côtés.

C'était le genre d'amies qu'elle voulait, qui n'hésiterait pas à se tenir auprès d'elle, quoi qu'elle ait à affronter.

Zara alluma les projecteurs extérieurs et attendit que le conducteur du van en descende pour lui expliquer ce qu'il faisait là.

Rien ne pouvait la préparer à ce qu'elle découvrit lorsque la portière du conducteur s'ouvrit.

— Meat ! s'écria-t-elle en se précipitant vers le camion.

Il était blanc comme un linge et le haut de son corps oscillait d'avant en arrière derrière le volant.

— Zara..., bredouilla-t-il, tendant une main vers elle, sans chercher à sortir du véhicule.

Elle lui prit le visage entre ses mains et le força à la regarder. Il lui passa un bras autour de la taille et il l'attira aussi près de lui que possible alors qu'elle était dehors et lui assis au volant.

— Tu vas bien ? demanda-t-il. Pas blessée ?

— Non. Je vais bien. C'est toi qui es blessé.

— C'était Renee, bredouilla-t-il, luttant pour garder les yeux ouverts.

— Je sais. On sait. Qu'est-ce qui ne va pas ? D'où vient tout ce sang ?

— Un coup de feu. La balle a traversé. M'a drogué. Midazolam. Difficile de rester éveillé.

— Et tu es venu en voiture jusqu'ici ? D'où ? demanda Allye à côté d'eux.

Meat haussa son unique épaule valide.

— Au milieu de nulle part, putain. Quelque part le long de Rampart Range Road.

— Merde, il a de la chance de ne pas s'être tué en conduisant sur cette route, vu son état, souffla Harlow.

Zara se fichait de l'état de Meat. Il était là. Dans ses bras et vivant.

— Je t'aime ! lâcha-t-elle.

— Je t'aime aussi, marmonna Meat. Je veux voir le soutien-gorge et la culotte assortis, ajouta-t-il, avant de fermer les yeux et de se laisser aller dans ses bras.

Chloé accourut et les informa que les autres étaient en route, qu'ils seraient bientôt là.

Zara resta à côté du camion, aidant Meat à tenir avec l'aide de ses amies. Elle ferma les yeux et remercia ses parents, où qu'ils soient, d'avoir veillé sur Meat. Elle était passée très près de le perdre, elle le savait. S'il avait été ne serait-ce qu'un peu moins fort, il n'aurait pas été capable de sortir de l'endroit où Renee et John l'avaient planqué. Il n'aurait pas survécu aux doses de drogue qu'ils l'avaient forcé à ingérer, et elle ne le tiendrait pas dans ses bras en cet instant.

— Il va s'en sortir, affirma Allye.

— Je sais, murmura Zara. Je sais.

ÉPILOGUE

— J'ai hâte de voir ce bar dont tu parles tout le temps, déclara Zara.

Meat sourit et tendit la main vers elle alors qu'il les conduisait au Pit.

Cela lui avait pris plus de temps qu'il n'aurait voulu pour retrouver complètement ses esprits après avoir été drogué tant de fois au Midazolam. Les médecins affirmaient que s'il avait vraiment avalé la dernière dose que Renee avait essayé de lui administrer de force, ses poumons auraient cessé de fonctionner et son cœur probablement de pomper.

Le coup de feu lui avait traversé l'épaule, comme il l'avait su d'emblée. Et même si ça faisait mal, ce n'était pas mortel et il avait déjà beaucoup progressé sur le chemin de la guérison, ces trois dernières semaines. Il ne se souvenait pas d'avoir conduit sur Rampart Range Road et d'être rentré chez lui, en revanche il se rappelait le moment où il avait revu Zara pour la première fois et où elle lui avait dit « Je t'aime ».

Il détestait ce qu'elle avait dû subir, mais cela avait renforcé son amitié avec les autres femmes de la bande et

Meat avait vraiment compris à quel point son lien avec ses collègues des Mercenaires Rebelles était extraordinaire.

En ce moment, ils étaient en route pour le bar où ses amis et lui avaient leurs habitudes. Ils parlaient affaires dans la salle de billard arrière ou aimaient simplement y passer du temps entre hommes. Ils n'avaient pas encore discuté avec Rex de la possibilité de limiter leurs futures missions au territoire des États-Unis, mais c'était leur priorité... après aujourd'hui.

— Ce n'est rien de joli ou chic, l'avertit Meat en lui passant le pouce sur le dos de la main.

— Il n'est pas nécessaire d'être joli ou chic pour être spécial, répondit Zara.

Voilà qui était tout à fait vrai.

Allye et Gray avaient décidé de ne plus attendre pour se marier. Ils ne voulaient pas d'une grosse fête, mais, bien sûr, c'était quand même devenu une grosse organisation lorsque tous les enfants handicapés à qui Allye donnait des cours de danse réclamèrent d'y assister. Dave avait donc accepté qu'ils utilisent le *Pit* pour la cérémonie et il était convenu qu'après le départ des enfants, lorsque le bar ouvrirait ses portes, ils l'utiliseraient comme salle de réception.

— Tu es d'accord avec tout ce dont tu as parlé avec l'avocat hier ? demanda Meat.

Il était allé avec Zara pour discuter de la possibilité de placer la majorité de son argent dans un fonds de charité, en conservant seulement assez pour vivre chaque année. Une grande partie serait investie, avec des parts distribuées chaque année aux organisations caritatives qu'elle aurait désignées.

Elle avait également mis de côté une petite partie de sa fortune pour son oncle, Alan. Lequel n'avait pas changé – c'était toujours un connard –, mais Zara y avait longuement réfléchi, en discutant avec Meat, et décidé qu'elle ne pourrait jamais dépenser tout l'argent que ses parents lui avaient laissé de toute façon. Donc cela valait peut-être la peine de se débarrasser de son oncle. À présent, elle avait surtout pitié de lui. Elle avait de l'amour et des amis, alors que lui n'avait... rien. De l'amertume et une dépendance à la drogue qui lui ferait sûrement perdre l'argent qu'on lui donnait. Mais comme l'avait souligné Meat, ce n'était pas son problème à elle.

Il avait également fait en sorte qu'Alan comprenne qu'il n'obtiendrait ensuite plus jamais un centime de sa nièce et que, s'il la recontactait, il le regretterait. Zara ne savait pas s'il respecterait leur accord après avoir dépensé l'argent, mais en fin de compte, elle savait que Meat et ses amis s'occuperaient de lui s'il manquait à sa parole.

— Oui, répondit-elle. Ça fait du bien d'être débarrassée de ça, pour ainsi dire. Une fois que les gens sauront ce que j'ai fait, ils penseront que j'ai complètement perdu la tête d'avoir donné autant d'argent, mais... honnêtement, je n'en veux pas. Regarde ce qui a failli t'arriver à cause de cette fortune. Je veux juste assez pour vivre, élever notre famille, et c'est tout.

Meat lui sourit, souleva sa main et embrassa la bague qu'il avait passée à son annulaire gauche la veille au soir.

— Combien d'enfants veux-tu ?

— Quatorze.

Meat faillit quitter la route en entendant sa réponse, puis il tourna vers elle un regard choqué.

Elle garda son sérieux pendant environ deux secondes avant d'éclater de rire.

— Tu devrais voir ta tête ! dit-elle entre deux respirations.

— Sale gosse, fit Meat, heureux comme jamais de la voir souriante et si insouciante.

— Je dirais deux. Peut-être trois. Et toi ?

— Deux ou trois, ça me paraît parfait, confirma-t-il. Je suis fier de toi, Zar.

Elle inclina la tête vers lui.

— Tu as vécu quelque chose qui aurait brisé la plupart des gens. Et non seulement tu n'as pas été brisée, mais tu en es ressortie plus forte que jamais. Je suis également fier de toi d'avoir mis en route la création d'une clinique pour Daniela. L'argent que tu lui as envoyé va certainement la dépanner jusqu'à ce que nous puissions nous débarrasser de la paperasserie et nous mettre au travail pour commencer la construction.

Zara haussa les épaules.

— Elle m'a beaucoup appris et elle a aidé énormément de gens. On peut aussi dire qu'elle a sauvé la vie de Calinda, car si elle ne m'avait pas appris ce qu'il faut faire quand un cordon ombilical est enroulé autour du cou d'un bébé, la petite n'aurait pas survécu.

— Et tu es d'accord pour retourner à Lima un jour ? insista Meat. Ça ne risque pas de te rappeler de mauvais souvenirs ?

— Oh, je suis sûre que si. Mais ce sera différent, parce que tu seras avec moi. Je ne serai pas seule.

— Bien sûr, confirma Meat avec émotion.

La nuit passée, après qu'il lui avait passé la bague au doigt et qu'elle avait accepté de l'épouser, ils avaient parlé de leur avenir. En plus des organisations caritatives qu'elle soutiendrait, Zara souhaitait également écrire un livre pour relater son expérience, dont les bénéfices seraient reversés à la Fondation Elizabeth Smart, qui se concentrait sur la prévention des crimes contre les enfants et fournissait des ressources aux enfants, aux parents et aux familles en cas de besoin.

Il tourna sur le parking du Pit et trouva une place malgré le monde. Il contourna le véhicule pour aider Zara à sortir et lui tint la main alors qu'ils se dirigeaient vers le bar délabré, où ils furent immédiatement accueillis par les « bonjour ». Sachant qu'ils étaient en retard – parce qu'il avait aperçu Zara dans un nouvel ensemble soutien-gorge et culotte et qu'il n'avait pu résister au plaisir de les lui enlever –, Meat l'attira directement dans l'arrière-salle.

Gray lui adressa un regard noir, mais Allye se contenta de lever les yeux au ciel. Meat embrassa rapidement Zara avant de l'escorter jusqu'à Everly. Puis il prit sa place à côté de Ball, en face de l'endroit où les femmes étaient alignées. Le mariage n'était pas traditionnel, ce qui signifie qu'il n'y aurait pas de remontée de l'allée, et personne ne portait de vêtements chics, mais Ro, Arrow, Black, Ball et Meat se tenaient tous à côté de Gray, tandis que Chloé, Morgan, Harlow, Everly et Zara assistaient Allye.

Une fois que le silence se fut installé, Dave, qui se tenait habituellement derrière le bar, mais qui s'était aligné avec les autres juste pour l'occasion, commença la cérémonie. Noah Ganter le remplaçait au bar, distribuant des boissons aux fruits aux enfants et des boissons non alcoolisées aux adultes. Une fois la réception commencée et le bar officiellement ouvert, il servirait de l'alcool.

Pendant que Dave prononçait les paroles traditionnelles de la cérémonie de mariage, Meat n'arrivait pas à détacher les yeux de Zara. Elle était rayonnante, dans une robe qu'elle avait juré de changer immédiatement après la cérémonie, mais qu'il ferait au contraire tout son possible pour la convaincre de la garder. Elle avait envisagé puis écarté l'idée de se laisser pousser les cheveux, et ceux-ci étaient fraîchement coupés. Elle avait même laissé son nouveau coiffeur lui teindre une mèche en rouge pour l'occasion, afin qu'elle soit assortie à sa robe.

Meat, qui n'avait jamais vraiment compris l'attachement presque obsessionnel de ses amis pour leur femme, le comprenait maintenant. Il ferait littéralement tout ce qu'il fallait pour que Zara soit heureuse et en sécurité. Elle avait vécu l'enfer et il était temps qu'elle se détende et profite de ce que la vie avait à offrir. Il ne pouvait pas faire revenir ses parents, mais il pouvait s'assurer qu'elle ait la famille qu'elle désirait. Ses grands-parents passaient à côté de la meilleure partie de la vie – connaître leur petite-fille –, mais c'était leur problème, pas le sien.

Quand Dave demanda si quelqu'un s'opposait au mariage, Gray lui grogna dessus et regarda fixement chacun des Mercenaires Rebelles. À un moment donné, Meat aurait peut-être dit quelque chose juste pour agacer son ami, mais l'idée que quelqu'un fasse quoi que ce soit, même en plaisantant, pour l'empêcher de se lier définitivement à Zara suffisait désormais à lui donner des sueurs froides.

— Je vous déclare maintenant mari et femme. Vous pouvez embrasser la mariée, conclut Dave avec un grand sourire.

Gray saisit Allye, la fit basculer en arrière et l'embrassa comme s'ils étaient seuls chez eux plutôt que dans un bar public.

Meat n'attendit pas que son ami termine son baiser. Il traversa la salle et prit Zara dans ses bras. Il ne l'épousait peut-être pas aujourd'hui, mais il le ferait bientôt. Et il ne pouvait pas attendre une seconde de plus avant de poser ses lèvres sur les siennes.

Bien sûr, pour ne pas être en reste, Ball s'approcha d'Everly et fit de même.

Bientôt, chacun des hommes réclamait sa femme. Tout le monde applaudissait et acclamait, et Dave, exaspéré, leva les mains en l'air et se dirigea vers le bar dans la salle de devant.

Finalement, les gars réussirent à se détacher de leur femme et tout le monde se mélangea dans la pièce. Meat ne pouvait pas s'empêcher de remarquer à quel point Zara appréciait les enfants. Elle prêtait attention à tout ce qu'ils disaient, s'agenouillant à leur hauteur pour parler avec eux. C'était naturel, chez elle, alors soudain, il eut hâte de voir son ventre s'arrondir pour porter leur enfant. Elle ferait une mère extraordinaire, probablement surprotectrice, mais cela ne le dérangeait pas.

Au bout d'une heure, les parents avec enfants commencèrent à s'éclipser et, vers 15 heures, Dave annonça que le bar était officiellement ouvert.

Une acclamation monta. Meat passa son bras autour de Zara.

— Tu veux quelque chose à boire ?

— Peut-être un mimosa ? demanda-t-elle. C'est plutôt sain, parce qu'il y a du jus d'orange dedans, non ?

Meat gloussa.

— Bien sûr, Zar, tout ce que tu veux penser.

Elle ne serait jamais une grande buveuse, ce qui lui convenait. Il l'aimait exactement comme elle était.

Ils se dirigèrent vers le bar et se faufilèrent entre deux autres couples. Meat se tenait derrière Zara, pour éviter qu'elle soit bousculée. Elle s'emboîtait parfaitement avec lui. Quoique minuscule par rapport à lui, ils fonctionnaient bien ensemble.

— C'est quoi toutes ces photos ? demanda Zara en désignant des centaines de Polaroids accrochés derrière le bar.

— Je suppose que ça a commencé quand Dave a ouvert le bar pour la première fois. Il a pris des photos de certains habitués et, très vite, tout le monde a voulu sa photo sur le mur.

Zara s'appuya sur ses coudes pour étudier les nombreux visages qui leur souriaient. Soudain, Meat la sentit se raidir dans ses bras et il s'inquiéta aussitôt.

Se penchant pour lui parler à l'oreille, il lui demanda :

— Qu'est-ce qui ne va pas ?

Dave s'approcha au moment où Zara demandait :

— Pourquoi y a-t-il une photo de Mags là-haut ?

Meat fronça les sourcils.

— Tu dois te tromper.

— Non. Je suis certaine que c'est elle, même si elle a l'air beaucoup plus jeune. Pouvez-vous m'apporter cette photo pour que je la voie mieux ? demanda-t-elle à Dave.

— Laquelle ? voulut savoir le serveur, qui se tourna pour regarder où elle pointait le doigt.

— En plein milieu. La femme avec les longs cheveux noirs. Elle a la tête renversée en arrière et elle rit.

Dave se figea, puis il se retourna lentement pour fixer Zara.

— Vous la connaissez ?

— Peut-être. Je veux dire, elle ressemble à mon amie Mags, que j'ai connue dans le *barrio* au Pérou. Mais ça ne peut pas être elle, n'est-ce pas ?

Meat regarda tour à tour Zara et Dave… et cligna des yeux, surpris par le changement de comportement de Dave.

Depuis qu'il connaissait le grand barman, celui-ci s'était toujours montré jovial et facile à vivre. Il était sérieux dans sa volonté de protéger les femmes qui fréquentaient son bar et n'hésitait pas à mettre dehors tous ceux qui lui causaient des problèmes, mais ces interventions mises à part, il était détendu la plupart du temps. L'homme qui se tenait devant Meat en cet instant, en revanche, était tout sauf décontracté.

Dave dépunaisa la photo. Il posa le cliché sur le bar devant Zara. Elle le ramassa pour l'examiner de plus près.

— Je jurerais que c'est elle, affirma-t-elle, d'une voix où la confusion étant prégnante.

— Où l'avez-vous vue pour la dernière fois ? demanda Dave d'une voix si intense, presque désespérée, que tous les gens autour d'eux interrompirent ce qu'ils faisaient pour l'observer.

— Au Pérou. Dans le *barrio*. Elle m'a accueillie et elle est en quelque sorte la chef du groupe de femmes avec lesquelles j'étais amie. Nous avons vu Meat et Black se faire tabasser par Ruben et son ami. Il y avait Maria, Carmen, Gabriella, Teresa, Bonita et Mags.

— Mags, répéta Dave. Un diminutif de Margaret ?

Zara secoua la tête.

— Je ne sais pas. Tout le monde l'appelait Mags. Vous la connaissez ?

Dave montra la photo dans la main de Zara.

— C'est ma femme. Elle a disparu il y a dix ans et je n'ai pas cessé de la chercher depuis.

Le bar était devenu si calme que Meat pouvait entendre la personne à côté de lui respirer.

— Rex ? demanda Gray, incrédule, derrière Meat et Zara.

Il hocha la tête une fois.

— C'est moi.

— Putain de merde ! s'exclama Ball.

— Putain, je n'arrive pas à y croire, dit Black.

— Sa famille la surnommait Magpie, ou par son diminutif Mags, expliqua Dave. Je lui donnais un nom spécial, rien qu'entre nous, alors je l'ai appelée Raven, à cause de ses longs cheveux noirs.

Il se pencha en avant et épingla Zara du regard.

— Vous êtes absolument certaine que la femme que vous connaissiez sous le nom de Mags est celle qui figure sur cette photo ?

Zara hocha la tête.

— Oui. Elle ne riait pas beaucoup quand je l'ai connue, mais c'est elle.

Dave prit la photo et la glissa dans sa poche arrière. Il

parcourut le long du comptoir et souleva le lourd passe-partout qui menait à la pièce.

— Dave, attendez ! appela Zara. Il y a beaucoup de choses que je dois vous dire sur elle ! Sur la situation dans laquelle elle se trouve.

Mais Dave ne ralentit même pas. Il gagnait la porte d'un pas déterminé.

Meat regarda ses amis, qui regardaient tous avec incrédulité l'homme qu'ils en étaient venus à respecter. Il allait leur falloir un certain temps pour réaliser que le barman qu'ils connaissaient et aimaient était en fait Rex, le cerveau à la tête des Mercenaires Rebelles.

— Où tu vas ? cria Gray alors qu'il approchait de la porte d'entrée.

Dave tourna la tête.

— Au Pérou, lança-t-il.

Puis il ouvrit la porte et sortit sur le parking.

* * *

Le prochain livre de la série arrive bientôt! *Un Défenseur pour Raven*

DU MÊME AUTEUR

Autres livres de Susan Stoker

Mercenaires Rebelles

Un Défenseur pour Allye

Un Défenseur pour Chloé

Un Défenseur pour Morgan

Un Défenseur pour Harlow

Un Défenseur pour Everly

Un Défenseur pour Zara

Un Défenseur pour Raven

Ace Sécurité

Au Secours de Grace

Au Secours d'Alexis

Au Secours de Bailey

Au secours de Felicity

Au secours de Sarah

Forces Très Spéciales Series

Un Protecteur Pour Caroline

Un Protecteur Pour Alabama

Un Protecteur Pour Fiona

Un Mari Pour Caroline

Un Protecteur Pour Summer

Un Protecteur Pour Cheyenne

Un Protecteur Pour Jessyka

Un Protecteur Pour Julie

Un Protecteur Pour Melody

Un Protecteur pour l'avenir

Un Protecteur Pour Les Enfants de Alabama

Un Protecteur Pour Kiera

Un Protecteur Pour Dakota

Forces Très Spéciales : L'Héritage

Un Sanctuaire pour Caite

Un Sanctuaire pour Brenae

Un Sanctuaire pour Sidney

Un Sanctuaire pour Piper

Un Sanctuaire pour Zoey

Un Sanctuaire pour Avery

Un Sanctuaire pour Kalee

Hawaï : Soldats d'élite

Un paradis pour Élodie (Apr 2021)

Un paradis pour Lexie (Aug 2021)

Un paradis pour Kenna (Oct 2021)

Un paradis pour Monica

Un paradis pour Carly

Un paradis pour Ashlyn

Un paradis pour Jodelle

Delta Force Heroes Series

Un héros pour Rayne

Un héros pour Emily

Un héros pour Harley

Un mari pour Emily

Un héros pour Kassie

Un héros pour Bryn

Un héros pour Casey

Un héros pour Wendy

Un héros pour Mary

Un héros pour Macie

Un héros pour Sadie

* * *

<u>**En Anglai**</u>

<u>**Delta Force Heroes Series**</u>

Rescuing Rayne

Rescuing Emily

Rescuing Harley

Marrying Emily (novella)

Rescuing Kassie

Rescuing Bryn

Rescuing Casey

Rescuing Sadie (novella)

Rescuing Wendy

Rescuing Mary

Rescuing Macie (novella)

<u>**Delta Team Two Series**</u>

Shielding Gillian

Shielding Kinley

Shielding Aspen

Shielding Jayme

Shielding Riley

Shielding Devyn (May 2021)

Shielding Ember (Sep 2021)

Shielding Sierra (Jan 2022)

SEAL of Protection: Legacy Series

Securing Caite

Securing Brenae (novella)

Securing Sidney

Securing Piper

Securing Zoey

Securing Avery

Securing Kalee

Securing Jane (Feb 2021)

SEAL Team Hawaii Series

Finding Elodie (Apr 2021)

Finding Lexie (Aug 2021)

Finding Kenna (Oct 2021)

Finding Monica (TBA)

Finding Carly (TBA)

Finding Ashlyn (TBA)

Finding Jodelle (TBA)

Ace Security Series

Claiming Grace

Claiming Alexis

Claiming Bailey

Claiming Felicity

Claiming Sarah

Mountain Mercenaries Series

Defending Allye

Defending Chloe

Defending Morgan

Defending Harlow

Defending Everly

Defending Zara

Defending Raven

Silverstone Series

Trusting Skylar

Trusting Taylor (Mar 2021)

Trusting Molly (July 2021)

Trusting Cassidy (Dec 2021)

SEAL of Protection Series

Protecting Caroline

Protecting Alabama

Protecting Fiona

Marrying Caroline (novella)

Protecting Summer

Protecting Cheyenne

Protecting Jessyka

Protecting Julie (novella)

Protecting Melody

Protecting the Future

Protecting Kiera (novella)

Protecting Alabama's Kids (novella)

Protecting Dakota

Badge of Honor: Texas Heroes Series

Justice for Mackenzie

Justice for Mickie

Justice for Corrie

Justice for Laine (novella)

Shelter for Elizabeth

Justice for Boone

Shelter for Adeline

Shelter for Sophie

Justice for Erin

Justice for Milena

Shelter for Blythe

Justice for Hope

Shelter for Quinn

Shelter for Koren

Shelter for Penelope

À PROPOS DE L'AUTEUR

Susan Stoker est une auteure de best-sellers aux classements du New York Times, de USA Today et du Wall Street Journal. Elle a notamment écrit les séries Badge of Honor: Texas Heroes, SEAL of Protection et Delta Force Heroes. Mariée à un sous-officier de l'armée américaine à la retraite, Susan a vécu dans tous les États-Unis, du Missouri jusqu'en Californie en passant par le Colorado, et elle habite actuellement sous le vaste ciel du Tennessee. Fervente adepte des fins heureuses, Susan aime écrire des romans où les sentiments laissent place au grand amour.

http://www.StokerAces.com

facebook.com/authorsusanstoker

twitter.com/Susan_Stoker

instagram.com/authorsusanstoker

goodreads.com/SusanStoker